El contrabando ejemplar

Pablo Maurette

El contrabando ejemplar

EDITORIAL ANAGRAMA
BARCELONA

Ilustración: El Pulpo, Italpark (Buenos Aires, 1960-1990)

Primera edición: noviembre 2025

Diseño de la colección: Julio Vivas y Estudio A

© Pablo Maurette, 2025
   c/o Indent Literary Agency
   www.indentagency.com

© EDITORIAL ANAGRAMA, S. A. U., 2025
   Pau Claris, 172
   08037 Barcelona

ISBN: 978-84-339-4805-2
Depósito legal: B. 8328-2025

Printed in Spain

Liberdúplex, S. L. U., ctra. BV 2249, km 7,4 - Polígono Torrentfondo
08791 Sant Llorenç d'Hortons

El día 3 de noviembre de 2025, el jurado compuesto por Cecilia Fanti (de la librería Céspedes Libros), Gonzalo Pontón Gijón, Marta Sanz, Juan Pablo Villalobos y la editora Silvia Sesé otorgó el 43.º Premio Herralde de Novela a *El contrabando ejemplar* de Pablo Maurette.

*Para Angela M. Signorini
y Fernando W. Maurette*

Nada existe de aquella época.
R. DE LAFUENTE MACHAIN

1

Cuando abrieron las fronteras fui a Madrid a buscar *El contrabando ejemplar*. Eduardo llevaba varios meses muerto. Me cuesta decirle Edu, me cuestan las apócopes y los apodos, me hacen sentir obsecuente; falso, mejor dicho. Es verdad que no quiero a casi nadie, pero a él justo sí lo quería. Lo conozco de toda la vida, era el mejor amigo de mi padre. Nunca tuvo hijos. Fue como un tío para mí. Siempre muy cariñoso, amiguero y generoso, hospitalario hasta el absurdo, pero también logorreico y aprensivo, inseguro, receloso, solitario y triste. Estaba incómodo en su cuerpo, era torpe, malo para los deportes, nunca aprendió a nadar. De atolondrado, tenía el sí fácil y, como buen melancólico, era esclavo de sus apetitos. Un hombre voraz e incontinente. A pesar de sufrir de insuficiencia cardíaca congénita, fumaba como un murciélago, comía salame y queso, tomaba vino y fernet en exceso. A principios de los noventa tuvo el primer infarto. En diciembre del 96 casi se muere. Lo abrieron como un pollo y lo cablearon todo de nuevo. La operación duró doce horas. Tenía cincuenta años. Durante una convalecencia larga, angustiante e inimaginablemente dolorosa, encerrado en su departamentito de la calle Agüero, decidió cambiar de vida. En cuestión de meses, dejó el cigarrillo, renunció al puesto que tenía en la Secretaría de Turismo de la Ciudad, se mudó a Madrid y asumió abiertamente su homosexualidad. Quería dedicarse a escribir, además. En Buenos Aires, había dado una vuelta por el circuito de los talleres literarios. Tenía un par de cuentos bastante buenos y una *nouvelle*, *Doña Amalia*, de corte colonial, femenina y visceral, en el estilo de Mujica Lainez. Apenas llegado a España estaba en éxtasis y lo picó el bichito de la poesía. *Yo conocí Chueca, la del pecado...*, cosas así escribía. Estaba descubriéndose, se sentía un Cristóbal Colón del mundo gay. Fue crítico gastronómico y tuvo una columna semanal en la *Guía del Ocio*; «De tapas» se llamaba. Hizo un curso de guión cinematográfico y se empeñó con ahínco en una adaptación de *Doña Amalia*. Pero estas eran puras distracciones, y él lo sabía. En su interior se gestaba desde hacía décadas una ambición enorme. Después del primer infarto había empezado a escribir una novela histórica sobre la misteriosa Buenos Aires del siglo XVII, un libro que daría cuenta del inexplicable fracaso de nuestro país. Iba a ser la gran novela argentina y se iba a llamar *El contrabando ejemplar*. En Madrid, retomó el proyecto, siguió estudiando y escribió unas cien páginas. Pero eso fue todo. Pasó el tiempo, su impulso vital se concentró cada vez más en la supervivencia y en el disfrute de los pequeños placeres, y las aspiraciones literarias quedaron relegadas a un segundo plano hasta desvanecerse por completo. Tuvo grandes amores que lo transfiguraron y que lo carcomieron, viajó por el mundo, navegó el Nilo, llegó hasta la India, forjó amistades de acero y nunca dejó de maltratar a su pobre corazón averiado comiendo grasa y tomando vino. Me dedico al comercio y al bebercio, solía decir cuando alguien le preguntaba por su ocupación. En el 96, después del quíntuple *bypass*, el médico le había dicho que si se cuidaba y tenía suerte podría vivir unos cinco o siete años más. Pasó un cuarto de siglo. Un día, en las postrimerías de la pandemia, se tiró a dormir la siesta y no se despertó más. El proyecto de la novela había quedado trunco. Yo me lo robé.

El contrabando ejemplar será mi cuarta novela. La primera me la rechazaron tantas editoriales que acabé por tirar la toalla. Un editor español dijo: «Está muy bien. Tiene duende. Pero no es el momento». Se llama *La edad de bronce* y cuenta, en estilo sebaldiano (con fotos e ilustraciones), la historia de un joven que rompe con su novia y hace un viaje por los Balcanes para olvidarla. Es una novela mal hecha que hoy duerme el sueño tortuoso de los manuscritos inéditos. Pensé en quemarla, pero, además de que me sentiría un payaso oficiando semejante misa narcisista, sería inútil porque se la mandé a demasiada gente. *De noche percibimos la pereza de las cosas* (2014) salió en una editorial independiente. La leyeron mis padres, al menos uno de mis hermanos y un puñado de amigos, entre ellos Nacho Zoppi, que me dijo que la primera persona sonaba postiza. Una reseña (hubo dos en total) la define como «novela de postín con ínfulas metafísicas». Está inspirada en la noción agustiniana de *pondus* y es un monólogo interior ininterrumpido que recorre la historia universal y va pasando de narrador en narrador emulando una cadena de transmigraciones. Empieza con Adán en el Jardín del Edén, el sopor fatal que precede a la caída, y termina con Mohammed Atta en la cabina minutos antes de que el Boeing 767 se clave en la Torre Norte del World Trade Center «como un cuchillo caliente en un pan de manteca». Con *La Casa del Arroz* (2018) me propuse llegar al gran público. Trata sobre una clínica para perder peso donde los pacientes inexplicablemente engordan y engordan. Un día llega un paciente nuevo (Odín Talavera) que junto con la profesora de pilates (Dalila Diluvio) descubre una conspiración macabra de engorde a base de arroz transgénico, sacrificios humanos, canibalismo y tráfico de cadáveres al Lejano Oriente. Odín y Dalila viven, además, un romance fogoso. *La Casa del Arroz* tiene un promedio de tres estrellas en Goodreads. A muchos lectores los decepcionó el final. No hubo segunda edición y yo me quedé sin ideas. Quería escribir, pero no sabía qué. Se me ocurrían títulos buenísimos, pero me devanaba los sesos para moldear personajes, para diseñar conflictos, y caía invariablemente en dos trampas: el lugar común y la sordidez. Terminé por convencerme de que la ficción no era lo mío. Acababa de empezar a tomar notas para un ensayo largo sobre la reforma protestante como expresión de una parafilia sádico-anal colectiva cuando estalló la pandemia.

La primera vez que Eduardo mencionó *El contrabando ejemplar* fue en el año 1997. Tomábamos café en un barcito espantoso que ya no existe, en la esquina de Santa Fe y Anchorena. Habían pasado unos meses desde la operación y él ya estaba más bien recuperado. Yo tenía dieciocho años, acababa de dejar de robar y no sabía si estudiar Letras o Historia. Como de costumbre, hablábamos de política. Debatíamos por enésima vez la pregunta del millón, la de *Conversación en La Catedral*. ¿Cuándo se jodió la Argentina?

–El 17 de octubre de 1945 –decía yo, que era gorila desde los seis años.

–Mil nueve *cincuenta y cinco*, querrás decir –retrucaba él, peronista de la vieja guardia.

–La Ley Sáenz Peña –contraatacaba yo.
–La batalla de Caseros o quizá el golpe del 30.
–Las (tristemente malogradas) invasiones inglesas.
–Cuando ayunó Juan Díaz y los indios comieron.
–Cuando cerró el Italpark.
–Cuando cerró el Canadian II.
–Cuando nació Evita.
–Cuando murió Gardel.
–Ahora en serio –dije en aras de impresionarlo con mis lecturas recientes–. Fue el primero de enero de 1872, la masacre de Tandil, el triunfo definitivo de la barbarie sobre la civilización.
–Pablito, ¿querés saber exactamente cuándo se fue todo al carajo? Vas a tener que leer mi novela, *El contrabando ejemplar*.

Me llamó la atención el título. Nunca me olvidé.

Ese fin de año viajé a Europa de mochilero con dos amigos. Hicimos todas las paradas de rigor. Roma, Florencia y Venecia, Viena, Budapest y Praga, Berlín, Ámsterdam y París. En los casi dos meses que duró el gran tour no robé nada. Un día, en el Vaticano, fui al correo a mandarle una postal a mi abuela, no tenía birome, le pedí una a la empleada y cuando ya me había ido me di cuenta de que me la estaba llevando, regresé y la devolví. Estaba traumado, como Alex en *La naranja mecánica* después de la terapia de aversión. Es que unos meses atrás me habían agarrado en el Tower Records de Santa Fe y Riobamba con el último CD de Andrés Calamaro escondido bajo el brazo. Sonó la alarma y, sin mediar palabra, el guardia de seguridad me condujo a un cuartito en el sótano. Llamaron a la policía, que llegó en menos de diez minutos. Eran dos cabos. Uno caminaba como si acabase de bajarse de un caballo. Supuse que tenía hemorroides. Les dije que mi padre era diputado nacional. Lo llamaron y le dieron la noticia. Me pasaron el teléfono y mi padre ordenó que fuese a verlo de inmediato. Los policías me miraban con desprecio. Sobre todo, el de las hemorroides. El otro tenía cara de querer hacerme cosas feas. Me dejaron ir y caminé hasta Palermo con pies de plomo. Papá estaba tranquilo. Me hizo sentar y me pidió, en tono monocorde y con un aire grave de desilusión, que me cuidase en Europa, que no fuese imbécil. A mí me agarraron robando nafta en Génova, dijo. Yo ya conocía la historia. Fue en el 75, él era hippie, iba de Italia a Francia en una combi y no tenía un peso. Mientras le vampirizaba *benzina* a un camión en un parador de ruta, pasaron los *carabinieri* y lo vieron. Estuvo detenido varios días. Lo pusieron en una celda con un tipo que casi lo viola. Lo soltaron porque alguien conocía a alguien en el Consulado Argentino en Milán. Ahí no hay tu tía, vas preso, me dijo aquella noche. Después de ese incidente no volví a robar bienes tangibles. No es que de pronto me haya dado culpa. Tampoco tomé conciencia de que robar está mal. Fue la humillación. El policía con hemorroides, mi súplica de comadreja, el vulgar abuso de poder que le hice cometer a mi padre y el paseo de la vergüenza por la ciudad que terminó con su advertencia desencantada. Un oprobio que hasta el día de hoy me da repelús evocar.

Empecé a robar a los once o doce años. Al principio, en kioscos. Robaba golosinas, cigarrillos, encendedores o forros que, dada mi virginidad, usaba para pajas de lujo. Tenía un cómplice, Rolo, que era un malabarista de la rapiña. Su padre era médico de la Cruz Roja y habían vivido en Mozambique, donde Rolo había aprendido todos sus trucos. Le hablaba al kiosquero y se iba guardando alfajores en los bolsillos como si nada. Un sábado entramos a una escuela de música por la ventana y salimos con dos guitarras criollas. Tratamos de venderlas en la calle Libertad, pero nos sacaron carpiendo. Cuando empecé la secundaria, se nos sumó otro ladronzuelo, Mendi, que propuso ir a robar pasacassettes en los garajes. Había que romper las ventanillas de los autos con una llave inglesa, desactivar alarmas, salir corriendo. No me animé. En vez, planeamos un gran golpe que en mi opinión era mucho menos riesgoso. Una noche atravesamos la verja de un club de tenis en el Bajo Belgrano y nos llevamos todo el equipo de sonido. Parlantes, mezcladora, bandeja de CD, micrófonos. Salimos con el botín en bolsas de consorcio que apenas aguantaban el peso, tomamos un taxi y, para disimular, nos hicimos pasar por disc-jockeys. El tachero no nos dio ni cinco de pelota, ¿qué le podía importar si éramos disc-jockeys, ladrones o agentes del Mossad? Al día siguiente volvimos a la calle Libertad y esta vez sí que nos compraron todo.

Una cosa lleva a la otra y un día empecé a robar billeteras del guardarropa en el instituto de inglés al que iba después del colegio. Rolo venía a buscarme a la salida y nos repartíamos el botín. La plata me importaba un cuerno. Era adicto a la adrenalina. La tensión del antes, el vértigo del durante, el alivio del después. Una tarde fui a inglés con ropa de gimnasia: pantalones de basketball holgados, inmundos, y una remera de Attaque 77 con agujeros. En esa época, para esconder mi oreja tullida, llevaba el pelo largo, me lo lavaba poco y me lo peinaba menos. Tenía dieciséis años, era impresentable; un cerdo, francamente. Durante el recreo fui al guardarropa y manoteé una billetera de una camperita de jean. La sujeté contra la panza con el elástico medio vencido del pantalón, pero se me resbaló al caminar y cayó al piso enfrente de la profesora y de mis compañeros que tomaban café en el pasillo. *In fraganti* es poco. La profesora me increpó. Todos sabían que en el instituto operaba un amigo de lo ajeno. Vino la directora a los gritos. Le dije que mi novia estaba embarazada (era verdad) y que necesitaba la plata para pagar el aborto (era mentira, ya había conseguido la plata). La mujer indicó la puerta y dijo: No te quiero ver nunca más. ¿Los va a avisar a mis padres?, pregunté. Ella no respondió. Mis compañeros de clase miraban atónitos. Fue mucho más vergonzosa que la escenita de dos años después en el Tower Records y, sin embargo, seguí robando. La directora no llamó a casa ese día (ni lo haría jamás), pero incapaz de soportar la incertidumbre, que me resultaba más penosa que cualquier represalia o penitencia, le confesé a mi madre lo que había hecho y después a mi padre. Estaban mortificados. Me obligaron a hacer terapia. Consiguieron un analista que se especializaba en adolescentes, un tal Mamone. Se llamaba así el tipo, no lo estoy inventando. Mamone era letárgico y blando. Tenía piel cetrina y un bigote a la Pablo Escobar. Me pedía que le contara mis correrías de cleptómano y se mataba de la risa. Me habré atendido con él dos o tres meses. Cuando le conté a mamá que el tipo se reía de todo, me hizo dejar de ir. Y seguí robando alegremente, sobre todo en negocios. Ropa, libros, discos. Hasta que fue lo de Tower Records.

Aquella tarde de otoño, cuando Eduardo me habló por primera vez de *El contrabando ejemplar*, no se me ocurrió robarle la idea, pero sí me pasó algo curioso. Fue como si se hubiese entreabierto la puerta que conduce a mi futuro y, desde adentro, alguien hubiese prendido una lamparita. Pasó el tiempo y el título quedó archivado en la trastienda de mi imaginación, pero de tanto en tanto la lamparita titilaba y me convocaba. ¿Adónde? Esto lo supe poco antes de su muerte cuando decidí que él no iba a escribir la novela, la iba a escribir yo.

Hacia el final de la pandemia, mi mujer y yo estábamos viviendo en Florencia, en un departamento que nos encantaba sobre la Via del Leone, del otro lado del Arno. Una mañana de domingo, me desperté y tenía un audio de WhatsApp de mi padre. A mitad de la frase «se murió Edu» se le quebraba la voz. Me conmovió ese sonido más que la noticia, pero no lloré. Unas horas más tarde, durante el almuerzo, llegaron las lágrimas. Un chaparrón breve acompañado de imágenes relámpago, visiones ancestrales de la infancia, recuerdos auténticos o basados en fotos y anécdotas. El verano del 86, las vacaciones en Alpa Corral, cuando Edu me contó la historia de Sandokán y el cuento del monstruo querandí. El living de la casa de Mar del Plata, verano del 88, un copetín, papá y él tomando Fernanditos y cantando una canción en contra de Alfonsín. Aquel desayuno en el Café Comercial, glorieta de Bilbao, cuando habló de su paso por una secta evangélica y se puso pálido y le tembló la mano mientras cortaba el café con una nube de leche fría. También me vino a la mente eso otro que me confió poco antes de morir en un mensaje de audio, eso que nunca había puesto en palabras porque es algo sencillamente inefable. Aunque lo que más me impresionó aquel día fue constatar cuán sagaz es la intuición. Sucede que el año de su muerte, después de casi una década prácticamente incomunicados, Eduardo y yo habíamos restablecido el contacto y hablábamos casi a diario. Intercambiábamos mensajes de audio. Los míos eran cortos y concretos, noticias de mi vida y preguntas sobre la suya. Los de él eran laberínticos y duraban veinte, treinta y hasta cuarenta minutos. Fui yo quien reactivó la relación. Durante la cuarentena, no podría decir exactamente cuándo ni cómo ni por qué, una ventisca del pasado me había devuelto *El contrabando ejemplar*. ¿En qué habría quedado eso? ¿Habría vuelto a escribir Eduardo? ¿Se acordaría del proyecto, de esas tres palabritas, de aquella trama rocambolesca en la Buenos Aires del mil seiscientos? Seguramente, no. Y entonces *El contrabando ejemplar* podía ser mi novela. Había que tomar el toro por las astas. Sopesando aún cómo haría para sacar el tema sin manifestarle mi verdadera motivación, le mandé un mensaje. Respondió de inmediato. Una vez que nos hubimos puesto al día, fui al grano. Me gustaría que me contaras tu vida; se me ocurrió que quizá podría escribir tu biografía, ¿qué te parece?, mentí. Le gustó la idea, le gustó mucho, y su entusiasmo lavó en parte la culpa que me daba el haberme acercado con intenciones subrepticias. Siempre pensé que venía a España para ser escritor, estaba convencido de que escribir era la razón de mi vida, pero mi baja autoestima y mi pereza nunca me lo permitieron; nadie mejor que vos para contar mi historia, Pablito, dijo. Y así empezó todo.

En el último mensaje que me mandó, unos días antes de morirse, Eduardo explicaba que estaba saliendo muy lentamente de un estado de hibernación. Durante la pandemia su condición cardíaca lo había obligado a encerrarse en el departamento de la calle San Vicente Ferrer, en Malasaña, donde vivía desde hacía veinte años. Los hospitales madrileños colapsaron. Los viejos se morían como moscas. Los tanatorios no daban abasto. Uno de sus amigos había muerto de covid. Otro estaba enfermo desde hacía meses. Eduardo afrontó la debacle hundiéndose en un letargo abismal. Pasó dos años básicamente en posición supina, releyendo sus novelas históricas preferidas, durmiendo siestas de tres o cuatro horas, hablando por teléfono y viendo una serie tras otra en la computadora. Una vez que relajaron las restricciones, empezó a salir dos veces por día a pasear a la Tita, una perrita feísima que lo acompañó durante el encierro. Ahora que todo parecía estar volviendo a la normalidad, se desperezaba con la mente y se preparaba para salir de la madriguera. Planeaba ir a desayunar pan con tomate al bar de la plaza del Rastrillo y a tomar una copa al de la Dos de Mayo. Anhelaba reencontrarse con gente a la que no veía desde 2019. Quizá incluso ir a Buenos Aires, pasar tiempo con los amigos más queridos y ver a su hermano y a su cuñada, con quienes se había reconciliado hacía muy poco tras décadas y décadas de rencor. Después de una media hora de idas y vueltas, de apreciaciones, anécdotas y digresiones enmarcadas en digresiones enmarcadas en más digresiones, el mensaje terminaba así: Yo una vez te dije que pensaba que venía a Madrid a escribir, a terminar una novela. Se iba a llamar *El contrabando ejemplar*. ¿Te acordás? Pero desde que llegué no volví a escribir nunca más. Es que en Madrid me sentí libre por primera vez y empecé a componer (no a escribir) *mi* novela, la novela de Eduardo. No es una novela publicable, pero es mía. Y creo que en eso estoy. Es mi novela y es para mí. O para vos, que sos el único lector (el único oyente) que tendrá. Pablito, perdoname, te recuerdo una vez más que sufro de incontinencia verbal. Te mando un abrazo muy grande, hasta luego, besitos, chau.

Era la tercera vez que mencionaba *El contrabando ejemplar*. De la primera ya hablamos. La segunda fue en Madrid en 2005, el 17 de octubre. Lo sé porque el tema salió en el contexto de la eterna discusión acerca de las causas del desastre argentino y la discusión empezó precisamente a raíz de que era 17 de octubre. En mayo de ese año, yo había terminado un máster en Inglaterra. A fin de la primavera viajé a Roma a visitar a mi novia, y de ahí fui a Bari y me tomé un ferri que me dejó en Dubrovnik. Bajé a Montenegro, crucé a Albania y llegué a Grecia: Atenas, el cabo de Sunio, Delfos, las Cícladas *low cost* (Tinos, Siros). Pasé a Salónica en aliscafo, subí en tren a Sofía, fui en micro a Burgas, sobre la costa del mar Negro, a Varna, a Constanza (ex Tomi, la Siberia de Ovidio) y después hacia el sur en barco con destino a Estambul, donde estuve casi un mes paseando por Pera, cruzando el Bósforo a la hora del crepúsculo, comiendo sardinas fritas y arroz sucio, tomando litros de té, sin hablar nunca con nadie, todo solo. Fueron, creo, los días más felices de mi vida. Cuando me empecé a quedar sin bolsillo le mandé un mensaje a Eduardo y le pedí hospedaje. No tenía planes, no sabía adónde ir, no quería mudarme a Roma, Madrid era la opción más lógica. Me dijo que sí, desde luego, Pablito, vení cuando quieras y quedate el tiempo que quieras.

Me quedé seis meses. Dormía en un catre incomodísimo en el cuarto de los cachivaches. Compartíamos el baño. Yo tenía poca plata. Él, menos. Comíamos sánguches de lechuga o arroz con atún. Nunca nos faltó el vino y nunca nos salteamos el copetín de fernet con papas fritas. Al poco tiempo de haber llegado, encontré trabajo como profesor de inglés en Barajas. Les daba clase a los empleados de Iberia cuatro días por semana. Tenía un grupo a la mañana temprano y otro a las tres de la tarde. Iba y venía de Malasaña en metro dos veces por día. Me leí no sé cuántas novelas entre Tribunal, Nuevos Ministerios y el aeropuerto. La mejor, *Helena*, de Evelyn Waugh, sobre la madre del emperador Constantino que se fue a Jerusalén a buscar la Vera Cruz. Cuestión que ese 17 de octubre, mientras Eduardo preparaba el copetín, salió el tema de Perón, la gran movilización del 45 y demás. Mientras que allá lejos, en el mundo, empezaba la edad de oro de la posguerra, en Argentina se celebraba la fiesta del monstruo, el principio del fin. Esto decía yo, claro. Él, que había nacido en el 46 en el seno de la clase trabajadora, me acusaba de mocoso ignorante y me explicaba la importancia histórica del justicialismo. Además, nuestra tragedia es mucho más antigua. Hay que irse al siglo XVII. Yo empecé a escribir una novela sobre eso. Un culebrón, más bien. Se iba a llamar *El contrabando ejemplar*. Algún día quizá la retome, dijo y me contó la premisa.

Hasta la creación del virreinato del Río de la Plata, en 1776, Buenos Aires no tuvo licencia para comerciar y subsistió casi exclusivamente gracias al contrabando. La ciudad (joven, remota, insignificante) estaba afuera del sistema de flotas y galeones que llevaba el flujo comercial entre España y sus colonias, y dependía exclusivamente de Lima. A principios del siglo XVII, Buenos Aires es[1] el centro contrabandista más importante de Indias. Sin embargo, es solo un eslabón más en una extensa y poderosa or-

---

1. Sin duda por deformación profesional (era licenciado en Historia y especialista en la Argentina colonial), Eduardo fue cultor intransigente del presente histórico.

ganización internacional que, operando desde los centros manufactureros de Gran Bretaña y Holanda, desde los cotos de caza de esclavos de Guinea y de Angola, controla el comercio negrero del Brasil y del Caribe. De pronto, había permisos especiales para establecer relaciones comerciales puntuales y por períodos de tiempo limitados. Pero, además de que duraban poco, solían ser ineficaces. Lo cierto es que durante doscientos años pasan por el puerto de Buenos Aires muchísimos más barcos de contrabando que navíos de registro (la mayoría de los cuales, por cierto, también contrabandeaba). A medida que se consolida este estado de clandestinidad institucional, se estrecha la relación entre la oligarquía local y la administración colonial. Va de suyo que en el tongo estaban todos: gobernadores, funcionarios reales, cabildantes, pequeños comerciantes, pulperos, vecinos, capitanes de navío y de la milicia, frailes, miembros devotos de las santas hermandades y así. La venta sistemática de cargos públicos, el amiguismo, el nepotismo, la cleptocracia y un sinfín de estrategias cada vez más sofisticadas para evadir la prohibición de comerciar estaban a la orden del día. El resultado de casi dos siglos de corrupción sistémica, total e inevitable es lo que el jurista Carlos Nino llamaría luego «un país al margen de la ley». Porque el país se hizo a imagen y semejanza de Buenos Aires, aclaró Eduardo, que en esto seguía, dijo, a Fernand Braudel y a Zacarías Moutoukias.

Yo había ido al colegio con el hijo menor de Carlos Nino. Me invitaba a jugar a su casa bastante seguido. No recuerdo haber visto jamás al padre. El pequeño Nino quería ser parte del grupo que teníamos con Miguel, mi mejor amigo, y las tres chicas más lindas del grado: Gala, Lucila y Mercedes. Miguel, las chicas y yo nos escondíamos de él para besuquearnos y, cuando lo veíamos aparecer, alguna de ellas daba la voz de alarma y Miguel hacía sirena de policía: Nino Nino Nino Nino Nino. Una vez, un compañero festejó su cumpleaños en el Italpark. Miguel no fue. Camino a la fiesta después del colegio, las chicas me propusieron que fuese su novio. Nino quiso ser de la partida, pero Gala le echó flit. En el tren fantasma me senté entre Mercedes y ella y, apenas entramos al túnel, nos empezamos a besar como en las telenovelas, pero más enchastre. Un poco con una, un poco con la otra, chupón que viene, lengüetazo que va y mucho mordiscón. Yo estaba como loco. Lucila iba sola en el carrito de atrás, le daban asco los besos. Teníamos ocho años. Volviendo a casa después de la fiesta, las chicas me anunciaron que ya no éramos novios. No me importó. ¿Quién me quitaba lo bailado? Estaba que reventaba de orgullo. El micro me dejó en la puerta de casa. Ya había oscurecido. Toqué el timbre y no atendió nadie. Volví a tocar. Nada. Sentí una angustia de muerte. Me puse a llorar. En menos de un minuto, apareció mamá. Estaba en el baño, no me había oído.

Dos años más tarde, clausuraron el Italpark después de que se soltó uno de los carritos del Matterhorn y murió una adolescente, Roxana Alaimo. Hoy hay una plaza despojada que no pega para nada con Buenos Aires, lo cual es una picardía porque el lugar tiene una historia frondosa y significativa. Mucho antes que el Italpark, allí había estado el Parque Japonés, un complejo de atracciones inspirado en las exposiciones mundiales de París y de Chicago, que cerró en 1930 después de un incendio. En 1960, se hizo ahí la exposición del Sesquicentenario de la Revolución de Mayo, una gran fiesta que el gobierno de

Frondizi celebró con fanfarria como el comienzo de una nueva era de progreso que nunca llegaría. Montaron un monumento al dinero, IBM trajo una supercomputadora y los argentinos conocieron el polietileno. El Italpark surgió de las ruinas de los pabellones de la Shell y de Industrias Kaiser, de la Comisión Nacional de Energía Atómica de Estados Unidos y de Citroën. Y allí también, en ese mismo espacio, hace tres y cuatro siglos, antes de que la ciudad le ganase terreno al río, tenían lugar muchas de las arribadas clandestinas. Las barcazas y las falúas anclaban y descargaban bajo el amparo de algún estanciero. De ahí, la mercadería se movía en carreta por los socavones, entre despensas, negocios y pulperías donde se ponía a la venta. En ocasiones, los oficiales locales orquestaban tramoyas bizantinas con los contrabandistas. Confiscaban la carga, por ejemplo, y llamaban a subasta pública para que alguien elegido de antemano por el Depositario General o por los Oficiales de la Real Hacienda adquiriese la mercadería, que, una vez blanqueada, se comercializaba legalmente. Este sistema de comercio intérlope parainstitucional se conocía como «contrabando ejemplar». Todos se llevaban una tajada. Era, como dicen los italianos, un *mangia mangia*, un festín autofágico perpetuo en el que la ciudad engordaba y se consumía al mismo tiempo.

La novela –siguió Eduardo aquel 17 de octubre de 2005– transcurre a comienzos del siglo XVII y se centra en tres figuras icónicas: Hernandarias, Juan de Vergara y Diego de Vega. Hernandarias, tres veces gobernador del Río de la Plata, es el héroe, un Eliot Ness criollo que combatió el comercio ilegal y la corrupción enquistada en el seno de la Real Hacienda. El sevillano Juan de Vergara, por su parte, había sido enviado a Buenos Aires para luchar contra el contrabando. Hernandarias lo nombró teniente de justicia. En poco tiempo, gracias a su habilidad política, a su ambición y a su falta completa de escrúpulos, llegó a ser tesorero de la Santa Cruzada, escribano de la Inquisición, comerciante, latifundista y engranaje central en la maquinaria delictiva que movía la economía porteña. Por último, tenemos al portugués Diego de Vega, rey de los contrabandistas, un Maquiavelo sexópata. Al final, los beneméritos, es decir, la oligarquía que descendía directamente de los conquistadores, y los confederados, una burguesía incipiente enriquecida por el contrabando, se funden en una misma facción. Así es como triunfa de una vez y para siempre la anomia. Hay todo un intríngulis erótico también. Incesto, cuernos, traiciones, asesinatos. Y, por último, un nacimiento monstruoso que sella la maldición que se cierne sobre nosotros por los siglos de los siglos. Ahí se jodió la proto-Argentina, Pablito. Fue un aborto. El país se murió antes de nacer.

Pero Eduardo en el fondo no era pesimista. De hecho, gran parte de su vida estuvo convencido de que teníamos futuro como país; de que estábamos condenados al éxito, incluso. Y siempre creyó que el batacazo llegaría de la mano de alguna versión del peronismo. Peregrinó a Ezeiza para recibir a Perón, que volvía del exilio, hizo campaña por Luder, fue funcionario de Menem y se embelesó con Cristina. En la fase final de su vida, como tantos exmilitantes, se afilió al partido de la nostalgia y predicó la indignación. Se convenció de que todos los males del mundo eran producto del neoliberalismo, se dejó la barba y el pelo largo, se amigó con su cuerpo y, por primera vez, se gustó. Cambié físicamente, no digo que sea guapo, pero me siento guapo. No es poco. La realidad es mía por fin, Pablito, me dijo una vez. Si eso no es optimismo yo soy Chichita de Erquiaga. Me quedó claro, entonces, que esa idea del aborto nacional, del nacimiento monstruoso y de la maldición *ad aeternum* había sido un mero recurso narrativo, un dispositivo artificioso y enclenque. Pienso que la disonancia entre la premisa de la novela y su propia visión del mundo era tal que no había forma, nunca la hubo, de que escribiese el bendito libro. Era una impostura y él se dio cuenta. La novela misma fue un aborto. Decidí devolverle la vida al feto, criarlo, quererlo. Cuando murió Eduardo me puse en campaña para conseguir el manuscrito. La clave era Teresita.

Recién llegado a Madrid, a fines de los noventa, Eduardo conoció a Teresita Cruz, una psicoterapeuta cubana que en ese entonces estaba casada con un periodista deportivo de bastante fama. Se hicieron mejores amigos en menos de lo que canta un gallo. Eduardo, con su costumbre de apodar a todo el mundo, que es una manera de marcar a la gente, una especie de yerra, la bautizó Teruca. Caminaban durante horas de Malasaña a Puerta de Toledo, de Lavapiés a Las Ventas, por el Retiro, por el Rastro, por el Botánico, por el paseo de la Castellana. Tomaban café en los hoteles de la Gran Vía y vino en Chueca, en la taberna de Baco y Beto. Ella le confiaba sus desventuras matrimoniales, él despotricaba contra P. R., su gran amor y su calvario. Teresita era una hija pródiga de la Cuba castrista que dejó el país durante el período especial, pero que nunca lo abandonó. Cuando cayó Batista, sus padres frecuentaban el mundillo del politburó. Un día, el Che fue a tomar el té a su casa. Teresita estaba enferma, tendría nueve años. Entre masita y scone, Guevara preguntó a sus anfitriones por los niños, y cuando le dijeron que la mayor estaba en cama quiso ir a verla. Teresita recuerda el momento como una visión mística. Se abrió la puerta de su habitación de niña y el héroe de Santa Clara, estatua viviente de Sierra Maestra, prototipo del hombre nuevo, vestido de fajina, la camisa arremangada y un olor a chivo y a tabaco que volteaba, asomó la cabeza descubierta por sobre la cresta de una ola de luz y le preguntó cómo se sentía. Ella no recuerda si había llegado a balbucear una respuesta cuando él se acercó a la cama, le dio la mano (tenía la piel suave y ardiente) y le dijo: Vengo del futuro, mañana estás fenómeno; ahora a descansar, que hay que ir a la escuela. Muchos años después, frente al pelotón de fusilamiento, el comandante Ernesto Guevara habría de recordar aquella tarde remota en que...

Su padre (el padre de Teresita), Américo Cruz, fue el primer embajador de la Revolución en Argentina. Vivieron en Buenos Aires apenas unos años porque la situación era insostenible. Recibían amenazas de muerte casi a diario. Tenían que ir de acá para allá con custodia. Una vez, les plantaron una bomba en el garaje y la descubrió de casualidad el perro antes de que explotara. Teresita recordaba la ciudad con escozor. Un lugar bello y peligrosísimo. Luego estuvieron en Canadá y finalmente volvieron a Cuba. Teresita se casó, tuvo un hijo, estudió psicología y se fue a Suecia a hacer el doctorado justo antes de la caída del muro de Berlín. Ganaba muy bien y le mandaba dinero a su familia. Una noche de verano, a las tres de la mañana, se levantó para ir al baño y vio un rayo de luz tenue y ocre que entraba por la ventana. Comprendió cuánto le hacía falta en el cuerpo la caricia del sol. Al poco tiempo, se mudó a Madrid, donde conoció a su segundo marido, el periodista. Cuando finalmente se hubo separado de él, empezó a viajar con Eduardo. Primero eran escapaditas de fin de semana: Zamora, Jávea, Teruel. Después, viajes más serios: Italia y Portugal, Tailandia, Egipto, Camboya, la India. Un día, el hijo de Teresita, Jerónimo, les dijo: Discuten como un matrimonio, ¿por qué no se casan? Dicho y hecho.

Nunca vivieron juntos, jamás se conocieron en sentido bíblico. Ella, que ya se había casado dos veces movida por eros, entendió estas terceras nupcias castas como la expresión más alta de la amistad. Él la quería con toda su alma, pero también necesitaba que lo cuidasen. Como marido y mujer se hicieron más amigos que nunca. El matrimonio les dio potestades de las que se valieron para sostenerse en la vejez. Hablaban todos los días antes de dormir, se recordaban tomar sus respectivos medicamentos y, durante la pandemia, Teresita a menudo se acercaba a Malasaña y lo acompañaba a pasear a la Tita o le hacía las compras. Poco después de la muerte de Eduardo, la llamé y le expliqué mi interés en los archivos. Ella sabía que yo estaba escribiendo algo sobre él. Edu estaba tan contento, le hacía tanto bien hablar contigo, mandarte esos mensajes. ¿Qué tú quieres que yo haga? Dime y nos organizamos. Le pedí que no se deshiciera de nada hasta que yo pudiese viajar. Al poco tiempo se vio obligada a vaciar el departamento de la calle San Vicente Ferrer. Los muebles y los electrodomésticos se repartieron entre amigos. La ropa fue a Cáritas. Y un cargamento de cajas llenas de libros y documentos, papeles y papelitos, fotos, notas, diarios, agendas, carpetas, cassettes y diskettes, computadoras viejas y fichas amarillentas fue a parar a un depósito en Torrelodones. Cuando finalmente pude viajar, unos meses más tarde, me encontré con que el depósito se había inundado.

Teresita fue la segunda mujer de Eduardo. En su vida anterior, cuando vivía en Buenos Aires, usaba bigote, fumaba Particulares, trabajaba en la función pública, militaba en política y tenía todavía la nariz pico de loro que tanto lo acomplejaba, había estado infelizmente casado con Betina L., una arqueóloga medio italiana. Se conocieron en la facultad cursando Prehistoria Americana y Argentina II (Culturas Agro-Alfareras). Su noviazgo fue incomprensible para ambos. No los unía ni el amor ni el espanto. Si tuviese que adivinar diría que fue la desidia, pero tampoco lo diría muy convencido. Era lo que se dice un *mysterium coniunctionis*. La decisión de casarse fue un acto reflejo directamente. Ella había conseguido una beca en la Normale de Pisa y tenía que viajar a Italia justo después de la boda. Eduardo la iría a visitar y darían una vuelta por la Toscana. Su luna de miel fue un largo escalofrío. La primera noche, después de coger, ella se mudó al sofá, prendió un cigarrillo y se puso a leer el diario desnuda. Eduardo la miraba desde la cama confundido, asqueado, aburrido, quién sabe. De repente, ella bajó el diario y anunció: Yo nunca te voy a dar hijos. Eduardo, que si sabía una cosa era que quería ser padre, sintió que le acababan de dar una piña en la boca del estómago. Discutieron. Gritaron. Betina lo trató de poco hombre, él la acusó de sádica y de lesbiana. Se durmieron envueltos en una nube de ira. A la hora del lobo, Eduardo tuvo una pesadilla larga y complicada y se despertó con un dolor espantoso en la mandíbula. Dos días antes de viajar le habían sacado una muela de juicio. El dentista le había aconsejado cambiar el pasaje, no fuese cosa que en el aire presurizado del avión se le abriese la herida. Cuando prendió la luz del baño, se vio el pecho pálido bañado en sangre y los dientes rojos como un vampiro recién comido. Años más tarde, un psicoanalista le diría que en ese momento comprendió que nunca sería padre y abortó por la boca a toda su progenie potencial. Como el pobre no dejaba de sangrar, impávida y sin ocultar su fastidio, Betina lo llevó a la guardia. En la sala de espera, Eduardo maldecía y lloriqueaba. Los pocos pacientes que había (serían las cinco de la mañana) lo miraban incrédulos. De pronto apareció una anciana vestida de negro y Eduardo la increpó: ¡Muerte hija de puta, salí de acá, tomatelás, Muerte de mierda! Eduardo y Betina estuvieron juntos once años más.

En el verano de 1986, mis padres, Eduardo y Betina, alquilaron una casa en Alpa Corral, territorio comechingón. Volamos a Río Cuarto vía Córdoba y de ahí fuimos en auto. Yo tenía seis años y medio, mi hermano casi tres. Llegamos de noche. La casa era una ruina y había olor a cementerio. No tardamos en comprobar que estaba infestada de arañas y de otras sabandijas. Mientras los adultos se ocupaban del exterminio, mi madre se encerró con nosotros en el baño. De pronto, vi algo que se movía en el bidet. Era una araña pollito negra con pelambre canosa. Mamá, aracnofóbica perdida, pegó un alarido desgarrador. Papá llegó en un santiamén tarareando la canción de Indiana Jones, acorraló al bicho y lo aplastó con un borceguí. Hubo varios episodios similares a lo largo de nuestra estancia. Hacia el final de las vacaciones, mamá juró que nunca más volvería a Córdoba.

Atrás de la casa había un huerto. La primera mañana salimos a explorarlo. Cada vez que alguien identificaba una planta, lo anunciaba a los demás. ¡Acá está la lechuga!, decía uno. O, ¡encontré las cebollas! O, ¡albahaca! Yo descubrí los rabanitos. Había también un gallinero. Siempre me fascinaron los animales. Cuando iba al campo de mis abuelos, en Bolívar, me quedaba horas trepado a tranqueras y alambrados mirando los caballos, las ovejas y los chanchos. Los lechoncitos me desesperaban de lo lindos que eran. Los tenían separados en el chiquero porque algunos machos adultos son caníbales. Yo quería tocarlos, pero no se dejan. Al ver mi frustración, una vez el peón agarró uno de las patas y me lo ofreció tipo víctima sacrificial para que lo acariciase. La experiencia no fue ni tan suave ni tan agradable como esperaba; el animal tenía el pelo duro, estaba cubierto de tierra, chillaba y pataleaba. Un día, sin que me vieran, me metí en el chiquero con un palo. Había como diez lechones. Los corrí dándoles palazos en el lomo porque ya no sabía qué hacer, me gustaban tanto. Los chanchitos gritaban aterrados y, desde el otro lado del alambrado, la mamá chancha gruñía desencajada de furia. El segundo día en Alpa Corral entré al gallinero y me robé un pollito. Me escondí con él en el galpón y lo acaricié un rato, pero sabía que me iban a retar así que salí y lo tiré lo más lejos que pude, hacia el monte. No sé si me vio o si se lo conté, pero Eduardo supo lo que había hecho y salió a buscar al animal. Lo encontró muerto entre la maleza. Todavía estaba tibio. Mamá se puso a llorar. Sos un psicópata, dijo. Yo me moría de tristeza y de culpa y de vergüenza. Me pusieron en penitencia todo el día siguiente. A la hora de la siesta, a escondidas de mis padres, Eduardo vino a mi cuarto y me contó un cuento.

Sandokán, el tigre de la Malasia, es un príncipe destronado por los ingleses que lucha contra el imperialismo al frente de una banda de piratas con cuartel general en Mompracem, una isla en el mar de Java. Su mejor amigo y mano derecha se llama Yáñez y está secretamente enamorado de él. El caudillo y sus cachorros (así los llama) han hecho de la piratería una forma de arte. Se acercan en sus praos largos y veloces a los galeones y a las corbetas inglesas u holandesas justo antes de que el sol toque el horizonte y, con el primer rayo de la mañana, al grito de ¡Al abordaje!, toman control en un santiamén. Son infalibles. O eran. Porque un día se encontraron con la horma de sus zapatos. El grumete, un inglesito despierto y con visión de lince, los vio llegar y dio la voz de alerta. Les hundieron los praos a cañonazos. Sandokán casi se ahoga. Perdió el conocimiento, encalló en la playa de Labuán y lo encontraron los ingleses, que lo confundieron con un gran señor de la zona, tan apuesto y elegante era. Se despertó días después entre sábanas blancas bajo la mirada curiosa del ser más bello que jamás hubiese visto. Era la sobrina de un lord, huérfana de padre inglés y madre napolitana. Se llamaba Mariana y le decían la Perla de Labuán. La habitación olía a begonias y a té de canela. Por las ventanas entraba una luz dorada y sedosa. Sandokán, que nunca jamás se había fijado en una mujer, se enamoró perdidamente. El amor verdadero no perdona al amado e impone con puño de hierro la ley de la reciprocidad. Mariana no pudo resistirse. Sandokán le dijo que la raptaría y que se casarían en Mompracem. Para hacerlo, tenía que reagrupar a sus tropas y tomar la casa por asalto. Tras haberse jurado amor eterno, los amantes se despidieron con un beso casto. Acto seguido, Sandokán se escapó por la ventana. Camino a Mompracem, mató a quince ingleses y salió airoso de un enfrentamiento con un rinoceronte. Al verlo llegar, Yáñez, que lo creía muerto, era pura alegría. Sandokán estaba excitadísimo, casi no podía hablar. Cuando finalmente hubo recuperado el aire, le contó todo y le confesó su amor por la Perla de Labuán. A Yáñez se le oscureció el entendimiento y se le estrujaron las tripas de celos. Tenía que asesinar a esa muchacha.

Eduardo hablaba y yo lo escuchaba boquiabierto. Hay una foto de esto. O puede que sea de otro momento, cuando me estaba contando otro cuento, porque a lo largo del mes que pasamos en Alpa Corral, Eduardo fue mi Scheherezade. Me contó Sandokán y Bomba el niño de la selva, el Llanero Solitario, el Pombero y la Mulánima. Me contó también de los enanos del Pelay, una tribu de hombrecillos que viven en el monte correntino y que salen después del almuerzo a robar chicos que no quieren dormir la siesta. Pero ningún cuento me impresionó tanto como el del monstruo querandí. Se lo había contado su tía Chiquita cuando él tenía ocho o nueve años. Quedé tan impresionado que me desvelé durante meses después. Evocarlo me daba pánico y me fascinaba. Daba vueltas en la cama durante horas, pensaba en el monstruo y en la muerte y en qué pasa después, adónde vamos y cuánto duramos. Con el tiempo desarrollé una técnica para conciliar el sueño. Imaginaba que adentro de mi cabeza, en la parte de atrás, había una ventanita que daba al cuento del monstruo querandí. Al momento de ir a la cama, después de que mamá apagaba la luz, abría la ventanita, me asomaba y me quedaba mirando un rato. Cuando empezaba a tener miedo en serio, cerraba la ventana, corría la cortina, ponía la traba y pensaba en mamá y en papá o en mis abuelos o en lo que había hecho ese día en el colegio, y así me quedaba dormido.

Una noche, ya en Buenos Aires, Eduardo vino a comer a casa y, cuando fue la hora de ir a dormir, le pedí que me contara el cuento del monstruo. Él sabía cuánto me había afectado. Mamá, que también lo sabía, lo miró con reprobación.

No, ese no, dijo él. Hoy te voy a contar el cuento de mi perro Oso.

2

La gente creía que le habíamos puesto Oso por su aspecto. Era enorme y negro, con el pecho salpicado de gris, y tenía la cabeza demasiado redonda y las orejas demasiado pequeñas para ser perro. Pero en realidad se llamaba así porque había sido criado por una familia de osos pardos en Wyoming. Oso era el único sobreviviente de una camada de cachorros que habían muerto junto con su madre cuando se incendió la granja en la que vivían. En el incendio también murieron el granjero, su mujer y sus dos hijos. La granja era tan remota que nadie se enteró del desastre sino hasta varios días después. Para entonces, los osos ya habían fatigado los escombros en busca de comida y se habían llevado al cachorro. La madre osa, que acababa de tener cría, lo amamantó y lo protegió de sus oseznos que eran más grandotes que él y jugaban rudo. Durante su estancia entre los osos, el cachorro aprendió dos o tres trucos que nunca olvidaría, como por ejemplo a abrir contenedores de basura para buscar comida y a construirse una madriguera en el tronco de un árbol. También descubrió la gran pasión de su vida, la miel. Pero la edad de oro duró poco. Un día, la familia volvía de hartarse de salmones en el río, todos somnolientos y distraídos, cuando se toparon con un cazador que hizo fuego y le llenó el corazón de perdigones a mamá osa. Los oseznos huyeron y se perdieron en el bosque, pero el cachorro quedó atrapado contra el pecho abierto de su nodriza. Cuando el cazador dio vuelta a la osa para cuerearla, lo vio. Temblaba como una hoja, tenía el hocico todo ensangrentado, era una piltrafa. Caramba, un osezno, pensó el tipo. Y qué guapo es. Lo metió en una bolsa y enfiló hacia Colorado.

En Denver, no sin un dejo de pena pues (la verdad sea dicha) se había encariñado bastante, el cazador le vendió el animal al dueño de un circo, un hombre de apellido Stuben. ¿Esto es un oso?, dijo Stuben al verlo. Es un oso enano, explicó el cazador, y tira y afloja se las arregló para sacarle setenta dólares. Cuando el circo llegó a Nuevo México, Stuben confirmó que lo habían estafado. Oso tenía la cola cada vez más larga y ya no gimoteaba, sino que ladraba. Era un puto perro. Una cruza de husky y mastín tibetano, probablemente. Intentó armarle su propio show para amortizar la inversión. El perro oso: mitad perro, mitad oso. Criado en la taiga siberiana y educado en París, en la famosa escuela canina de Dominique La Glue. Un híbrido perfecto de bestia salvaje y mascota adiestrada. Así lo presentaba en un breve entreacto que precedía al espectáculo de los trapecistas. Oso saltaba la soga (mal), se hacía el muerto o trataba de atrapar con zarpazos ineptos cabezas de pescado que le tiraban desde detrás de bambalinas. Era un mamarracho, la gente abucheaba, incluso los niños. Los perros son muy torpes, ni siquiera se paran en dos patas.

Una noche después de un show en Odessa, Texas, Stuben tomaba ginebra en una taberna y entabló conversación con un hombre llamado Paul Robles que cruzaba el continente a caballo. Robles expresó preocupación por los coyotes en México. Stuben le ofreció a Oso por doscientos dólares. Es un perro oso, leal hasta la muerte con el dueño, despiadado con sus enemigos, coyotes y lobos lo ven y huyen con el rabo entre las piernas. Nació en las Rocallosas..., dijo. Y le contó una historia delirante sobre una raza antiquísima de perros osos venerados como divinidades por los piesnegros, agregando datos de color acá y allá, como que Oso una vez había salvado a un niño de ahogarse en el río. Cuando salieron de la taberna, borrachos y a los abrazos, el animal los esperaba durmiendo adentro del tronco de un árbol. Te dije que era medio oso. ¿Alguna vez viste un perro que se meta en un árbol?, exclamó Stuben. Negociaron, acordaron en cuarenta dólares y Robles se llevó al perrazo.

Durante la travesía por Centro y Sudamérica, Oso y su nuevo dueño se hicieron íntimos amigos. Dormían acurrucados, compartían todas las comidas y charlaban. Robles le vació su corazón. Había decidido hacer ese viaje demencial después de que su prometida muriese de un infarto días antes de la boda. La enterré, viajé a Alaska y compré dos caballos. Era esto o pegarme un tiro, decía entre sorbitos de whisky. Oso lo escuchaba con esa mirada típica de los perros, inmutable, melancólica y acaso comprensiva. En ocasiones, Robles lloraba y sollozaba y Oso ladraba, quién sabe si en un arranque de empatía o irritado por el desplante. Cruzaron pantanales y manglares, selvas y ríos, sierras y llanuras. En Popayán los asaltaron y les robaron todo, incluso los caballos. Robles se hizo girar dinero de Estados Unidos y compró dos matungos que resultaron ser bien gauchitos. Cerca de Cajamarca, una noche se las vieron con un puma. Oso gruñó, impávido. El puma, agazapado, mostraba los colmillos y dos ojos brillantes como pepitas de carbón ardiente. Oso se hizo el loco, echó espuma por la boca y la fiera finalmente reculó. El altiplano boliviano casi los mata. Llegaron a San Antonio de los Cobres destrozados de cuerpo y alma y pararon unos días en una posada para recobrar fuerzas. Ahí fue que se cruzaron con mi papá, dijo Eduardo.

En las decenas de mensajes de audio que me mandó durante los meses que precedieron a su muerte, Eduardo habló mucho de su infancia en el barrio de Liniers, de su perro Oso, de sus tías, de su madre, amorosa y circunspecta, y de su padre, un hombre bueno pero ausente. La expulsión de aquel paraíso terrenal, a mediados de 1957, fue el comienzo de una caída en desgracia que duró cuarenta años y que derivó en aquel roce con la muerte que lo llevó al exilio madrileño y a la *vita nuova* en Malasaña. Claro que Eduardo nunca perdió del todo aquel edén de Liniers. Podés sacar al chico del barrio, pero nunca vas a sacar el barrio del chico, dicen. Durante el *lockdown*, cuando cerraba los ojos y se hundía en una de sus siestas abismales, viajaba a los espacios de la infancia, sentía la lengua blanda de Oso que le acariciaba la palma de la mano, olía el perfume de los jazmines en el patio y el tufo a carne cruda que llegaba del sur, del Mercado de Hacienda, en los días de tormenta; y escuchaba a su tía Chiquita contándole de los gitanos que roban chicos y se los llevan a Sevilla o veía a su padre dándole cuerda a la vitrola en la penumbra pegajosa de una noche de verano. El padre de Eduardo, Norberto, era el quinto de trece hermanos. Había nacido en Tucumán, pero fue criado por todo el país porque su padre trabajaba para los ferrocarriles y la familia se mudaba constantemente. A los dieciocho años, él también entró a trabajar para los ferrocarriles. Se casó de apuro con una santafesina hija de gringos piamonteses que se ganaba la vida tejiendo y zurciendo. El trabajo de él los llevó al Chaco, donde nació su hijo mayor, Riqui. Unos años más tarde volvieron a Buenos Aires. Como no les alcanzaba para comprar una casa, se mudaron a lo de las hermanas de él, en Liniers, el barrio que se cae de la ciudad. Allí nació Eduardo. Norberto viajaba mucho por trabajo. En 1951, cuando Eduardo tenía cuatro años, lo mandaron a Salta para supervisar un proyecto de extensión del trazado. Ahí fue que conoció a Paul Robles, el aventurero, que atravesaba el continente con su perro Oso y sus dos matungos.

Cuando conoció a papá, Oso me olió a mí, decía Eduardo. Supo en ese instante que su destino era ser mi perro. Se enloqueció con papá, no se le despegaba. Pero apenas llegó a Buenos Aires y me vio, nunca más le dio ni cinco de pelota. Robles y papá se hicieron amigos. Compartían las comidas y fumaban juntos. Yo siempre sospeché que compartieron también la cama porque cuando hablaba de Robles le cambiaba el tono de voz, como si una gran pena o una gran vergüenza le cerrase apenitas la glotis. Resulta, entonces, que esos días, en Salta, el perro se la pasó con papá, se le subía a upa incluso, algo insólito porque era un perro realmente enorme. ¿Qué raza es?, preguntó una vez Norberto. Es un perro oso, dijo Robles. Y le contó la historia que le había contado Stuben, lo de la raza fabulosa de las Rocallosas y demás. La verdadera historia de Oso (Wyoming, el incendio en la granja, la muerte de mamá osa) me la contó la tía Chiquita. Ella decía que hablaba con Oso cuando nosotros nos íbamos a dormir. ¿Y a mí por qué no me habla?, preguntaba yo. Claro que te habla, perejil, pero vos no sabés perro, yo sí.

La mañana de la partida, en San Antonio de los Cobres, Robles ensilló y montó, pero Oso no se movía. El hombre se bajó del caballo y le puso la correa. Oso estaba empacado, tiraba, gruñía. Apenas le soltó la correa, el perro fue con papá, que miraba la escena desde la galería de la posada. Está enamorado de usted, ¿por qué no se lo lleva?, dijo Robles. Mi mujer me mata, se justificó papá. ¿No ve que ya no es mi perro? Es suyo, insistió Robles. Papá le aseguró que era imposible. Entonces Robles intentó convencer al perro una vez más, pero no hubo caso. Yo me voy a ir y Oso se va a quedar acá, no hay vuelta que darle; por favor, prométame que se va a ocupar de él, dijo finalmente el americano. Y con Oso que le daba vueltas alrededor, saltando y moviendo la cola, papá lo vio alejarse por el camino que iba al sur, un Quijote sin Sancho bajo el sol tirano del noroeste. Cuando le tocó volver a Buenos Aires, viajó con el perro, que durmió todo el camino, una costumbre que le habría quedado después de hibernar con los osos. No mucho tiempo después, papá leyó en el diario que un americano que había cruzado el continente a caballo se había tirado al canal de Beagle con los bolsillos de la campera llenos de piedras.

Lo de Oso y Eduardo fue amor a primera vista y para siempre. Era todo besos y abrazos, revolcones y lamidas. Cuando no había nadie en la cocina, Eduardo metía el dedo en el frasco de miel y Oso se lo chupaba desesperado. Hacían eso varias veces por día. O el perro lo llevaba a caballito y recorrían la casa al trote. Cuando Oso comía, Eduardo se ofendía y le tiraba de la cola, exigiendo su atención. Por las noches hubiesen dormido juntos de no ser porque sus padres se negaban rotundamente a que el animal se subiera a los muebles. Pelecha que da calambre, y se babea, decía su madre. Después de las diez, lo mandaban al patio y Oso aullaba hasta que se dormía en la cucha de madera verde con techo rojo a dos aguas que le habían comprado en el mercado de pulgas de la General Paz.

La General Paz era angosta todavía, aclara Eduardo. Vivíamos en el linde, como se decía entonces. Y adentro de Liniers, que para mí era una ciudad, estábamos en el barrio de las mil casitas. En la década del treinta, la Municipalidad había construido casas populares por todo el Bajo Flores, Villa del Parque, Liniers y otros barrios periféricos. Las casitas baratas, las llamaban. Nuestra vida entera transcurría ahí. Si alguien decía: «hoy voy al centro», se refería al centro de Liniers. Ahí estaban los negocios y los cines; el Edison, por ejemplo, que era de lo más finoli. Justo antes de que nos mudásemos, lo cerraron e hicieron la Galería Liniers, que unía Rivadavia y Ramón Falcón. Fue la más grande de América Latina en su momento. La primera vez que fui a Milán y vi la galería esa famosa pensé en la Galería Liniers, mirá si seré pajuerano. Pero frecuentábamos más el Canadian II, que quedaba en la calle Montiel. Íbamos al continuado todos los sábados. Ahí vi *Flash Gordon en el planeta Mongo*, *El monstruo de la laguna negra*, *Crin blanca*, *Veinte mil leguas de viaje submarino* y miles de películas de cowboys, que eran mis preferidas. Al final, llegaba siempre el Regimiento 71 de los Rangers al son del clarín y mataban a los indios feos, sucios y malos, y nosotros gritábamos locos de alegría. Ya de chicos nos metían el odio a los pueblos originarios, fijate vos, qué terrible. Pero era tan lindo... Ahí vi también mi primera película en tecnicolor. Cuando era día de damas, a veces iba con mi tía Negra, que era bien cinéfila. Eran siempre películas de amor. Esas caras enormes de mujeres con ojos muy abiertos. Todo plateado y luminoso. Yo no entendía nada, pero me encantaba y me emocionaba, y la historia terminaba siempre con un beso en la boca. Era hermosísimo.

Eso era el centro para mí, ir al cine o a comprar ropa. El microcentro era como decirte Brasil o Samarkanda. Te llevaba el tranvía número 2, que salía de atrás de la Casa Rosada y recorría avenida de Mayo y todo Rivadavia hasta el puente de la General Paz y terminaba ahí, en el deslinde, para después pegar la vuelta. Viajábamos en tranvía, no sé, dos veces por año. Cuando íbamos al Hospital Ferroviario a darnos vacunas, por ejemplo. La primera vez que fui a plaza de Mayo me sentí Hernán Cortés entrando a Tenochtitlan. Nuestro mundo eran las mil casitas. Y estaban todas en manzanas rectangulares cortadas por pasajes con nombres de pájaros, de árboles o de libros. Nosotros vivíamos en El Hornero 525. A unas cuadras nomás empezaban los pasajes con nombre de libros: Facundo, La Cautiva, Amalia, Las Bases. Te lo digo y lo estoy viendo, conozco esas calles mejor que ningún otro lugar donde haya vivido. Es que callejeábamos a lo bestia, jugábamos a mil juegos, nos pasábamos el día entero afuera. Siempre de pantalón corto, incluso en invierno. De tanto estar en el piso teníamos las rodillas negras de mugre y, cuando volvía a casa, mi mamá me limpiaba con cepillo y jabón.

Íbamos a la escuela de varones, turno mañana, vuelta a casa para el almuerzo y, después, a la calle a jugar. Oso venía conmigo siempre. Se tiraba ahí lo más pancho y nos miraba hasta que se quedaba dormido. A eso de las cuatro, nos llamaban a tomar la leche y después volvíamos a salir. Había épocas en que jugábamos a los autitos, hacíamos una pista larguísima con cal que a veces se extendía media cuadra, con curvas, rectas y montículos de tierra. Te comprabas unos autitos chiquititos de plástico y los rellenabas de masilla para que fueran más pesados y no volcaran. Para hacerlos correr había que darles un envión tratando siempre de que no se salieran de pista. Se jugaba también a las figuritas y a las bolitas, que era mi preferido: había que tirarlas despacio y con mucha destreza para acercarlas al bolón. Yo siempre fui malo para todos los juegos, era torpe con las manos y con los pies, me llevaba mil años completar una carrera con mi autito, perdía siempre. Y Oso ahí al lado mío vigilando que nadie se burlase de mí ni me tomase de punto, que igual no pasaba, era todo tan cordial, pero por las dudas... Se jugaba mucho al fútbol también. Yo nunca fui futbolero, era muy patadura, pero se armaba cada partido ahí en el pasaje... En invierno, a eso de las seis ya teníamos que entrar. Yo hacía los deberes escuchando Radio Splendid. A las seis y cuarto, *El Llanero Solitario*. Después venía *Cisco Kid, Tarzán y Tarzanito* (Óscar Rovito hacía de Tarzanito, con la mona Chita y Juana) y *Los Pérez García*, un radioteatro de media hora sobre una familia que cada día tenía un problema distinto. Problemas tontísimos tenían. Pero siempre les pasaba algo. A tal punto que la gente, si vos venías con algún drama, te decía: «Bueh, vos tenés más problemas que los Pérez García». Después empezaba *Tango Club* y a esa hora nos daban de cenar y de ahí directo a dormir.

Los veranos eran una gloria porque todos los vecinos sacaban sillas y silloncitos a la vereda y charlaban hasta las mil y quinientas. Nadie nunca se peleaba ni levantaba la voz. Se conversaba murmurando, todo bajito, era tan lindo. Si soplaba viento del sur, llegaba del Mercado de Hacienda un olor muy particular, mezcla de meo de vaca, bosta y sangre. Oso alzaba la trompa, cerraba los ojos y abría el hocico grande para comerse entera la baranda de la faena. Todas esas pobres vacas desangradas, cagadas y meadas de miedo. Las veía pasar en camiones a veces y me daba una pena... Pero ese olor en el recuerdo es alegría pura, una nostalgia casi insoportable de aquellas noches de verano. Una vez en la casa del Ari, uno de mis amigos, pusieron una sábana en la verja y anunciaron que íbamos a ver una película. Alguien trajo una máquina vieja, una especie de lámpara que proyectaba formas tipo sombras chinas que se movían como dibujitos animados muy primitivos. Y mientras los grandes charlaban, nosotros veíamos el show tan compenetrados como si estuviésemos en el Canadian II. Tiene un nombre esa máquina, pero no me acuerdo ahora. Y para carnavales se llenaban las bañeras y a la hora de la siesta todos los vecinos salían con baldes de agua y nos empapábamos. Me daba pánico que me mojaran, gritábamos y corríamos como energúmenos, era tan divertido. Todos tirándonos agua, hombres y mujeres, chicos y grandes. Y los que no querían participar se quedaban en su casa y miraban por la ventana. Y a la noche los grandes organizaban bailes en la parte central del pasaje. Montaban luces que cruzaban la calle tipo guirnaldas, un vecino sacaba un tocadiscos y ponían tango. Mi papá bailaba con mi mamá, me daba una vergüenza espantosa verlos. Los grandes hacían clericó y a nosotros nos daban una mezcla inmunda de extracto de cola con soda. Decían que era Coca-Cola y nosotros tomábamos esa porquería. Mis tías bailaban con los vecinos. La tía Magda, no. Su marido, mi tío Pepe, era muy celoso, no la dejaba. Pero la tía Angélica y la tía Tita, sí; y la tía Norma y la tía Negra, también. Y la tía Chiquita, claro, que era la más linda, con su melena rubia almendrada y esas blusas sueltas que usaba, y esas polleras que le realzaban las caderas; qué buena figura tenía, se volvían locos los tipos.

Se armaba una milonga, directamente. Es que en esa época para nosotros la única música era el tango. Bueno, y el folclore, porque mis tías, mi papá y mi mamá eran todos provincianos (mi papá tucumano, mi mamá santafesina). Y mis tías salteñas, jujeñas, catamarqueñas. Para los Reyes, mi papá (qué hijo de puta) nos regalaba a mi hermano y a mí cosas que... Ya algún día te contaré el trauma que eran para mí esas fiestas, por los regalos, sobre todo. Entre las boludeces que nos regalaban siempre había un disco de folclore o de tango en pasta, esos de setenta y ocho revoluciones. Papá tenía una vitrola, había que darle cuerda y ponías el disco y se ve que él se compraba los discos para él y nos los ponía como regalo para nosotros, que en la puta vida los escuchábamos. Mis tías eran fanáticas de la música. La tía Tita, sobre todo. Yo me le sentaba en la falda y ella me cantaba, tenía una voz muy hermosa, tipo soprano, me cantaba tangos, me cantaba folclore y canciones infantiles también. Me pasa mucho de escuchar por ahí un tango y escucharla a ella. Entonces siento un manto de cariño que me envuelve y me cobija. Tanto amor... Tuve mucha suerte de crecer así, en ese baño libidinal constante, como le dicen los psicólogos. Los recuerdos de mis tías son tan palpables... «Negra María», me acuerdo de ese tango, después lo escuché mil veces por Susana Rinaldi y siempre me hace llorar. Tango y folclore, zambas principalmente, eso cantaba mi tía Tita. Era tan lindo... Perdón, Pablito, tengo incontinencia verbal.

En septiembre del 55, cuando Eduardo tenía ocho años, casi nueve, los militares derrocaron a Perón, lo condenaron al exilio y proscribieron su nombre. Fue el principio del fin, según Eduardo. Una vez (yo tendría diecisiete años) discutíamos como siempre que Perón sí que Perón no, y para molestarlo le canté la primera estrofa de la «Marcha de la Libertad».

> En lo alto la mirada
> luchemos por la patria redimida,
> el arma sobre el brazo,
> la voz de la esperanza amanecida.

Se ofendió muchísimo. En su recuerdo dolorido, el 55 fue no solo la gran tragedia nacional, sino también el principio de su caída en desgracia. Los tres años siguientes serían de pesadilla para el pequeño Eduardo, una sucesión de bombas atómicas cuya onda se expandiría a lo largo de cuatro décadas.

Mi papá siempre fue peronista, dijo. Peronista de la primera hora, desde que Perón apareció en escena con la Revolución del 43. Y me crió peronista. Pero no metiéndome en la cabeza cosas del tipo «Perón es lo mejor del mundo, tenés que ser peronista vos también», sino explicándonos, a mí y a mi hermano, lo que habían hecho Perón y Evita: los derechos de los trabajadores, el sufragio femenino, el plan quinquenal, las primeras vacaciones de miles y miles de personas, y –lo más importante– la separación de la Iglesia y el Estado. Desde entonces fui peronista. Lo sigo siendo. Y mi hermano salió gorila, fijate vos. Pero lo peor es que cuando cayó Perón me enteré de que mis tías eran radicales. Yo no sabía. Estaba convencido de que todo el mundo era peronista. Vi cómo los aviones de la Marina ametrallaron la iglesia de Liniers, muy cerca de casa, porque el cura era peronista. Yo estaba en la ventana el 16 de junio y veía cómo pasaba el avión rasante y veía los puntitos rojos de las balas. Y ellas, chochas, cantaban su versión de la «Marcha Peronista»:

> Las muchachas radicales
> todas unidas triunfaremos
> y a Perón lo colgaremos
> en el medio de la plaza San Martín,
> ¡viva Balbín!

Cuando finalmente cayó el gobierno en septiembre, mis tías abajo, en el comedor, festejando y arriba, en el dormitorio, mi papá cagándose de odio y de pena. Le dio tanto en las pelotas la Revolución Fusiladora que se enfermó y se le hincharon los huevos que parecían pomelos. Hubo que llamar al médico. Estuvo de cama como una semana con bolsas de hielo entre las piernas. Yo recuerdo eso como la primera crisis de mi vida. Fue un shock para mí comprobar que no todos pensábamos igual, que había gente que no era peronista. Vos te lo tomás para la chacota porque sos un pendejito rompebolas, pero imaginate lo que fue para mí. Era mi familia. Yo quería tanto a mis tías como a mi papá. La cuestión es que, al poco tiempo, mis tías charlaban y escuché que decían algo así como «por fin nosotros, la clase media, vamos a estar bien y no solo los negros». En Liniers éramos todos medio negros, hijos de inmigrantes del interior o de la Europa hambreada. Había sangre india por donde mirases; mi abuelo materno era mestizo, por ejemplo. Y mucho italiano del sur había, y andaluz, que son africanos básicamente. Yo tampoco tenía la más puta idea de qué era la clase media. Tenía ocho o nueve años. Entonces le pregunté a mi papá: Papi, ¿nosotros somos clase media? Y él me dijo: No. Nosotros somos clase trabajadora porque tu mamá y yo trabajamos para que ustedes puedan comer, para que tengan ropa, para que puedan ir a la escuela, para que se críen bien, y para un día comprar una casa. Eso me quedó grabado tan a fuego, Pablito, tan a fuego, tan a fuego, que nunca me consideré clase media. Yo soy clase trabajadora. Lamentablemente, el sueño de la casa propia se nos estaba por cumplir y fue mi peor pesadilla.

La casa de Liniers era de mis tías Tita y Chiquita, retomó Eduardo veinticinco años después de aquella charla en uno de sus mensajes vocales. Mamá nunca se había sentido del todo cómoda viviendo ahí de prestado. Papá viajaba tanto que le importaba menos tener su propia casa. Además, eran sus hermanas. Sin embargo, poco antes de la caída de Perón, el clima empezó a enrarecerse. Mamá y mis tías no se aguantaban y papá terminó sacando un crédito para comprar un chalé en las afueras de la ciudad. A fines de los cuarenta, creo que por iniciativa de Evita, habían empezado a construir barrios de chalés baratos y ofrecían créditos muy convenientes. Nosotros nos anotamos para un lote en el Apeadero Kilómetro 36 del Ferrocarril Belgrano, lo que hoy es Grand Bourg o, como lo bauticé yo no bien llegar, «el pueblo infecto-contagioso». Cuando cayó Perón, la situación en casa se volvió insostenible y empezamos a apurar la mudanza. Pero justo entonces se interrumpió la construcción del barrio, que era un proyecto estatal. Ya bien entrado el 56, se hizo cargo una empresa privada, hubo problemas de dinero, se demoró mucho todo y, cuando por fin se inauguró, el barrio no tenía luz ni agua corriente. Era un enorme terreno baldío. Nos mudamos a mediados del 57. Yo tenía diez años y toda esa vida de cuidados y protección en Liniers, esa vida de solidaridad, de amigos, de mi perro Oso, de mis tías, todo eso se terminó en un abrir y cerrar de ojos. Nos mudamos a ese pueblo de mierda y yo me convertí en otro Eduardo. De ese Eduardo me cuesta muchísimo hablar. La pasé muy muy mal y es la base de todos los problemas que saltaron como leche hervida en mi adolescencia y que me llevaron a las sectas. Casi termina en tragedia la cosa, zafé de milagro, otro día te contaré, da para largo. Lo cierto es que mi infancia termina a los diez años cuando dejo Liniers y me despido de mis amiguitos y de mi escuela y de mis tías y de Oso, que se me murió en esos días.

Fue poco antes de la mudanza. Una tarde volví a casa después de la escuela y Oso no estaba esperándome en la puerta. Teníamos nuestra rutina. Yo escuchaba sus aullidos desde mitad de cuadra y, cuando entraba, el tipo se volvía loco, giraba como una perinola, saltaba. Entonces íbamos a la cocina, le daba un dedito de miel y después salíamos a la calle a jugar. Pero esa tarde, a medida que me acercaba a casa, lo que escuché fue un silencio sepulcral. Mamá tenía la cara larga y con aire de circunstancia me dijo que Oso se había escapado pero que seguramente volvería. ¿Escapado? ¿Y por qué no salíamos a buscarlo? Qué disparate. La acribillé a preguntas, pero di con puras evasivas. Lo busqué por todo el barrio. Pasó un día entero, después otro. Yo estaba angustiadísimo, perdí el apetito, no podía dormir. Ahora cuando vuelva papá lo vamos a buscar bien, se va a resolver todo, me decía mamá. Papá estaba en Río Negro, creo. La tercera noche yo estaba tan mal que la tía Chiquita me llevó a la cama y me dijo que me iba a contar la verdad. Ella había hablado con Oso poco antes de que se fuera. Estaba harto de la ciudad, tenía que volver al bosque. Está viviendo cerca de Bariloche. Se fue en tren, yo lo acompañé a la estación. No te dijo nada porque si te veía triste no iba a poder irse. Pero tenía que hacerlo, no daba más, esto no es vida para un perro oso. Vamos a ir a visitarlo un día. O va a venir él. No llorés, perejil, dijo Chiquita. Lloré toda la noche y al día siguiente seguí llorando. Supe que mi tía mentía, era boludo pero no comía vidrio. No recuerdo una tristeza más avasallante en toda mi vida. Ni cuando se murieron mis tías y mis padres sufrí así, con todo el cuerpo. Me costaba comer, no podía dormir, ir al colegio era un vía crucis. Estaba paralizado. Al final, elegí creerle a mi tía. Me imaginé a Oso en el bosque comiendo miel y durmiendo en el tronco de un árbol. Y así me calmé. Qué increíble lo que puede la autosugestión. Pasaron un par de semanas y un día recibí una carta de papá (la tengo todavía) que decía así:

Estimado hijo:
    Te escribo desde Sierra Colorada. Tu madre me dice que has vuelto a salir a jugar después de la escuela, y que

ya comes y duermes bien. Me pone muy feliz esta noticia. Ahora que estás mejor es momento de que sepas que Oso, pobrecito, falleció. El veterinario le dijo a tu madre que fue un ataque al corazón, algo que es perfectamente normal en estos animales, máxime a la edad de Oso, que ya tenía diez años, si no más. Ahora vive en el cielo de los perros, que queda muy cerca del cielo de las personas. Para que te des una idea, es más o menos la distancia que hay entre casa y lo del Ari. Un día vas a reunirte con él y jugarán como antaño. Dentro de una semana volveré a Buenos Aires con un obsequio muy especial para ti.

Recibe afectuosos saludos de:

Tu padre

Nunca le perdoné esto a papá. La idea de Oso en el bosque se deshizo como un hongo que uno aplasta de un pisotón y me vi de pronto obligado a figurarme la imagen desgraciada del perro muerto en una veterinaria. Cuando volvió papá, nunca más se habló del tema. El obsequio muy especial era un camioncito de mierda. La mentira de la tía Chiquita también me dolió mucho. Ella se puso firme, me juró que el que mentía era papá. Era mitómana, pobre. Fue espantoso todo. Tuve que hacer el duelo de nuevo. Y justo en ese momento nos mudamos.

Con la muerte de Oso terminó para mí el tiempo feliz de la infancia y empezó una nueva era fatídica en Grand Bourg, el pueblo infecto-contagioso donde el diablo perdió el poncho. Teníamos un chalé de tres dormitorios, cocina y baño en un terreno de cuarenta metros de largo por veinte de ancho. Mi papá nos hacía trabajar en la quinta de atrás, era una tortura. Plantó árboles frutales y un montón de verduras y nos obligaba a mi hermano y a mí a palear la tierra, a sembrar y a cosechar. En la temporada de tomate comíamos tomate todos los santos días, lechuga en la de lechuga y zapallitos en la de zapallitos (mi hermano, que era medio disléxico, decía «zapatillos»). El pueblo infecto-contagioso estaba conectado con el mundo a través de dos medios de transporte: el tren Belgrano, que terminaba en Del Viso, y un colectivo que iba a San Miguel. Yo me sentía tan aislado... No había servicio sanitario, las calles no estaban pavimentadas, no había sistema cloacal ni agua corriente ni luz eléctrica. Teníamos una bomba de agua y para bañarte le dabas cien bombazos y otro tanto para llenar el tanque de la cocina. Todo el día mi hermano y yo trabajando como burros. Sin luz eléctrica tampoco había radio. Cuando anochecía, o en los días de lluvia (que directamente eran para suicidarse), iluminábamos la casa con un farol a kerosén que se llamaba Sol de Noche. Un día, y como la gran cosa, mi papá trajo una heladera a kerosén. La plancha que usaba mi mamá se cargaba con bencina. Era todo así. Y yo odiaba cada minuto. No podía entender lo que me había pasado, Pablito. ¿Dónde está mi mundo, mi casa, mis tías, la escuela, el cine? ¿Dónde carajo estoy? Calles de barro con vacas sueltas (¡vacas sueltas!) y tipos a caballo (¿eran gauchos? ¡Qué sé yo!) que las arriaban al grito de «jojojojojo». Ay, era una cosa... Todo vacío, yuyos, cardos, ay, Dios mío, qué horror. Me acuerdo de esa primera cena recién mudados, todo puesto así nomás, comiendo pan de carne que nos habían dado mis tías, la mayonesa tibia medio rancia, iluminados por la luz mortecina del Sol de Noche que echaba un hilito de humo negro. Era verano y el farol daba un calor muy feo. Yo me quería morir. Y mi hermano con una sorna muy especial me miró y dijo: «¿Qué va a hacer, Eduardo, ahora sin las tías, eh? Ahora sí que se le viene brava». Y te puedo asegurar, Pablito, que se me vino muy, muy brava.

Por suerte, ya en las primeras semanas de esta nueva vida descubrí algo que yo no sabía que tenía, aunque lo intuía, una habilidad asombrosa para hacerme querer por la gente. La vecina de al lado tenía un hijo chico que se llamaba Ricardito y me empezó a invitar a almorzar a su casa. A mi hermano le dio bastante rabia eso y empezó a decirles a mis padres: Eduardo es un desastre, no lo controlan, está en la calle, va a la casa de los vecinos, es un desubicado.

Ese primer verano del 57 se hizo llevadero porque me la pasé en lo de los vecinos. Cuando llegó marzo, fue tiempo de empezar las clases. Como la escuela más cercana quedaba en culis mundi me mandaron a lo de una maestra particular. Para llegar a su casa había que ir al Apeadero Kilómetro 36, cruzar las vías y caminar como quince cuadras a campo traviesa. Un lindo recuerdo de eso –lo único lindo– es mamá, que se levantaba antes que nosotros, encendía el calentador para hacer el desayuno y, cuando me despertaba y me lavaba la cara y me sacaba las lagañas, yo le sentía en la mano el olorcito a kerosén. Me quedaba un rato largo el olor en la cara. Era tan agradable. Tenía las manos regordetas mamá, suaves, tibias.

En invierno caían heladas y parecía todo nevado, vos caminabas y crack se quebraba el pasto. Los dedos de los pies se te congelaban. Mamá nos ponía dos pares de medias, llevábamos unas bombachas de frisa en vez de pantalones, pero igual nos recagábamos de frío; las manos y las orejas con sabañones, era horrible, horrible, horrible. Así peregrinábamos a la casa de la maestra, donde la tipa había montado una escuela. Había un aula en la cocina, otra en el comedor, otra en la pieza. Seríamos veinte en total. Ella juntaba en la cocina a los de primero inferior y primero superior, en el comedor a los de tercero y cuarto, y en la pieza a los más grandes; y después iba de acá para allá con las tablas de multiplicar o hablando del Cabildo abierto o recitando el abecedario. Y, a fin de año, nos llevaban a San Miguel a rendir examen. Vos vieras lo linda e imponente que era mi escuela en Liniers. Esto era una lágrima.

Cómo sería yo chico de ciudad que ya tenía once años y un día, yendo a clase por el campo, vi dos perros pegados por el culo y me quedé más helado que los pastos helados. ¿Qué les pasa?, pensé; Dios mío, ¿qué les pasó a esos perros? Entonces, llego a lo de la maestra muy asombrado y digo en voz alta: Señorita, había dos perros que estaban pegados por la cola. Y toda la clase, hasta los más chiquitos, se echaron a reír como locos. Yo no tenía la más puta idea de lo que era coger y que los perros habían cogido, no tenía la más puta idea de cómo nacían ni los perros ni los humanos ni nada. Y mis compañeritos, que eran todos del campo, ya habían visto eso y mucho más. Se descostillaban de la risa y me sentí tan mal. Así descubrí el sexo. En mi casa se hablaba en eufemismos, salvo la tía Chiquita que era más pícara. Pero papá y mamá... Nunca «culo», «teta», «pija». Una vez pregunté: «¿Qué es *puta*?», y papá me advirtió que si volvía a escuchar algo así me iba a quemar la lengua con una cuchara caliente. Pero en el campo está todo a la vista, es un gran cogedero al aire libre. Otro día, vi un caballo alzado, con la pija como una manguera, toda rosa. Y trataba de cubrir a la yegua que relinchaba y le tiraba tarascones. Qué impresión, fue tan violento... Cuando llegué a casa me sentía mal, estaba como mareado, tuve náuseas, casi vomito. En fin, era una vida llena de sorpresas horribles. Pero finalmente logré cierta adaptación. Y, no sé, al poco tiempo pasó aquello. Yo no suelo hablar de esto, lo he hablado muy pocas veces. Vos sabés que cuando se lo quise contar a mi psicólogo no... no me escuchó. Veinticinco años de terapia al pedo. Es que ahí, en Grand Bourg, sucedió algo tan fuerte, tan fuerte, que marcó mi vida. Estoy desvariando... Esperá, dejame seguir el hilo de mi cabeza loca. Resulta que se mudó un maestro enfrente de mi casa. Yo me hice íntimo amigo de su hijo, Manolo, y de otros pibes de la cuadra, Hugo Tapia y su hermano, el Negro. Éramos una banda, siempre callejeando. Pero leíamos también. Los libros de la colección Robin Hood, los de Bisonte y Búfalo, que eran todos de vaqueros. Y leíamos *Billiken*. Tan es así que un día se nos dio por hacer una imprenta y... Ay, Pablito, se me vació la pila del teléfono. Salvado por el gong. Seguimos otro día. Besitos, ¿eh? Chau.

Después de este último mensaje, no supe nada de Eduardo por mucho tiempo. Más adelante entendí que estaba empezando un trabajo de parto. Como esa mujer cuyo caso recoge Ambroise Paré, el cirujano francés, en su libro sobre monstruos, prodigios y maravillas. Sucedió en Toulouse, en el año 1499, que una cincuentona muy gorda empezó a tener contracciones. Cuando la visitó el médico, constató que la señora estaba dilatando y que su gordura, que todos habían siempre atribuido a un gusto desmedido por el vino, los quesos y la morcilla, era en realidad un embarazo. No hubo manera de hacer nacer al niño y la mujer murió a los pocos días entre dolores atroces. Con permiso de sus hijos, el médico, un entusiasta de la ciencia nueva, llevó el cuerpo a Montpellier donde lo ofreció para una lección de anatomía. La autopsia reveló un prodigio jamás visto. En el vientre de la mujer había un feto de unos quince años de edad que tenía el tamaño de un perro mediano. La noticia del embarazo más largo del mundo se publicó en varios panfletos y circuló por todo Europa. Eduardo también albergaba un monstruo en su interior y en la antesala de la muerte sintió la necesidad imperiosa de darlo a luz. Cuando finalmente me volvió a contactar, habló largo y tendido de la pandemia y del neoliberalismo y de la Edad de Acuario, pero no se refirió a la cuestión aquella sino de manera tangencial. Mencionó, sí, la dificultad de la labor. Se lamentó de no haberla acometido antes, cuando era joven y tenía fuerza. Se preguntó también si era necesario hacer lo que estaba haciendo, forzarse a hurgar en ese vacío. Hay cosas que quizá sea mejor no desenterrar, decía a veces. Finalmente, un día se abrió del todo, como un cuerpo sin huesos ni músculos, puro orificio, y pujó y el engendro salió al mundo.

Hace poco leí –así empezaba el mensaje– sobre cómo en el universo todo está unido a través de la materia negra. Es una energía invisible que explica las afinidades, la empatía, el afecto, la unión Luna-Tierra, Tierra-Marte. Yo percibo muy fuerte esas conexiones magnéticas. Y, a partir de ahí, sin pensarlo, voy sintiendo en estos tiempos de pandemia que estoy unido a los demás, que el vacío que percibí toda mi vida, desde los once años, no era un vacío sino energía negra y que gracias a él yo estoy y estuve siempre integrado en un todo. Siento eso. Volví a leer a Jung y entiendo todavía mejor ese todo. Si querés, llamalo Dios, pero no es el Dios de los catequistas, es esa energía negra que une todo con todo. Es el Dios del espíritu, aunque esas palabras estén machacadas y ya no quieran decir nada. En fin, Pablito, he estado muy ocupado mentalmente con todo esto. Por otro lado, siempre con el deseo de acomodar mi cabeza para contarte algo que quería contarte. Y a eso voy.

Nos mudamos de mi barrio de Liniers al pueblo infecto-contagioso, al Apeadero Kilómetro 36 que después se llamó Grand Bourg por esa boludez argentina esnob de ponerles nombres franceses a los lugares para volverlos más atractivos. Estábamos en el culo del mundo, sin luz eléctrica, sin cloacas ni asfalto, con una sola calle que iba a la estación por donde pasaban dos trenes al día (exagero, tal vez, pero hasta ahí). Las calles eran corredores de tierra apisonada que la lluvia convertía en un barrial. Yo tenía diez años. Bueno, lo que te conté la otra vez. Fue muy oscuro. Yo sentí que mi vida había terminado. Pero, al poco tiempo de estar ahí, fui adoptado por las señoras de la cuadra que me invitaban a su casa a tomar café con leche. Me invitaban tanto que terminaron abriendo una puertita en el alambrado que separaba nuestros terrenos para que yo pudiera pasar de una casa a la otra. Iba mucho a almorzar. Los de al lado tenían un hijo pequeñito, de cuatro años, Ricardito, y yo lo sacaba a pasear y le contaba cuentos. Instintivamente hice lo que siempre me salvó en la vida: me rodeé de un grupo de protección. Siempre me rodeé de gente que me ayudó, que me quiso, que me acompañó, que apostó por mí. Teruca, los Juanes, María, Susana, tu propio padre. Siempre tuve una familia no sanguínea a mi alrededor. Así fue como empecé a sobrevivir al Apeadero Kilómetro 36. Y así fue como empecé a tener mis amiguitos de la cuadra, como en Liniers. Hugo Tapia y su hermano, el Negro, y Manolo y otros chicos de mi edad. Jugábamos, charlábamos y yo me evadía, ¿viste? Cuando estaba en casa, leía. Ya en Liniers leía mucho y ahí todavía más, era uno de mis refugios. Antes de ir a dormir, a la luz del Sol de Noche, me empachaba con los libros de la colección Robin Hood que me habían dado mis tías. Vivía en los mundos de Salgari y de Julio Verne. *Viaje al centro de la Tierra* me dejó totalmente flipado. Siempre fue muy activa mi vida imaginaria y un día se me ocurrió escribir una novela. No recuerdo el título, pero sí el nombre que le di al protagonista, Pablo Robles. Era una novela de aventuras.

Les conté a mis amigos y se entusiasmaron. Hugo propuso fundar una imprenta clandestina para publicarla. No sé cómo, pero sabía de esto, creo que lo había visto en una revista. Era con una especie de gelatina gruesa a la que uno le apoyaba una página escrita con tinta, así quedaba marcada, y después ponías páginas en blanco que copiaban esa marca. Lo de la novela quedó en la nada, supongo, entonces dijimos que imprimiríamos una revista como la *Billiken*, pero bien guasa. Con tiras cómicas y versitos de historia argentina que repetíamos siempre:

> San Martín cruzó los Andes
> en un burro muerto de hambre
> y al llegar al Plumerillo
> se cagó en los calzoncillos.

De filosofía, también:

> Lo dijo Sócrates
> y lo afirmó Platón:
> la última gota del meo
> queda en el pantalón.

Y ya que estamos con Sócrates...

> Tengo una vaca lechera,
> no es una vaca cualquiera,
> me da leche con cicuta
> ay qué vaca hija de puta
> tolón tolón...

Teníamos mucho material. Pero, claro, imprimir salía dinero y éramos unas lauchas. ¿De dónde saca plata un chico de once años? A uno se le ocurrió que podíamos juntar diarios viejos e ir por los negocios del pueblo a vender papel al peso. Los negocios envolvían todo en papel de diario antes, ¿viste?

El barrio estaba separado del pueblo, había que ir en bicicleta hasta la rotonda y pasar la iglesia, no era lejos. A mí me tocó una zona en particular. Hice varias rondas, visité bastantes negocios. La pescadería, la ferretería. Siempre te compraban un kilo, medio kilo. Te pagaban chirolas. Un día (era sábado), salí con la bici y la canasta llena de diarios y fui a la rotonda donde estaba el mástil. Pasé la iglesia, un mercadito y de ahí salía la calle principal que se llamaba, creo, avenida Grand Bourg. Era la única calle pavimentada y por ahí pasaba el colectivo (uno cada hora, hora y media) que venía de San Miguel por José C. Paz. Agarré por la avenida y casi saliendo del pueblo, como si fuera por el camino de acceso a la ruta 197, la que llevaba a José C. Paz, vi una pizzería que nunca había visto. Frené, me bajé de la bici y entré. No había nadie comiendo, sería media mañana. Había solo un empleado, un tipo joven. Y tenía un perro, un pastor alemán que estaba ahí sentado. Le dije que vendía diarios viejos, qué sé yo, si quería comprar y me dijo que sí, sí, sí, ¿cuánto tenés?, vamos a pesarlo. Entonces entramos a una habitación detrás del local y, ¿cómo te lo puedo decir?... ¿Abusó de mí?... No me violó, no. ¿Me zamarreó? ¿Me obligó? ¿Se pajeó? No lo sé. A veces recuerdo algo. Me acuerdo del perro, un pastor alemán que estaba ahí sentado con la lengua afuera. Y me miraba. No me acuerdo mucho. Solo puedo decirte que en ese momento me entró la frialdad, me sentí totalmente vacío, vacío de afecto, de sentimiento, y dejé que todo pasara, sin sentir. ¿Me bloqueé? Puede ser. Y después, cuando terminó, me... me fui. Dejé... todos... yo recuerdo cosas, sí. Recuerdo muy bien cosas. Pero lo que más me impresiona, lo que más me impresiona, es que no sentía nada. Que estaba, digamos, vacío, vacío de sentimiento, no sentí nada, no sentía nada. Me acuerdo de que salí de la pizzería y no había nadie, y estaba afuera del pueblo, como saliendo del pueblo, me subí a la bicicleta y volví a mi casa y me encerré en el baño, no podía ni siquiera llorar, nada, eh. Solo sabía que me había pasado algo muy malo. Me había pasado algo muy malo. Y había sido culpa mía.

Los años que vivió en Grand Bourg, Eduardo vio muy poco a sus tías. Ellos iban a Liniers a pasar las fiestas y algún que otro domingo para almorzar. Las tías jamás los fueron a visitar, salvo una vez cuando de repente y sin aviso se les apareció Chiquita en la puerta. Era la tarde noche de un día de semana. Eduardo y su hermano hacían la tarea, la madre preparaba la comida, el padre cerraba los ojos tirado en el sofá. Chiquita llegó en tren y, una vez en la estación, se puso a charlar con el kiosquero que la mandó al verdulero que le ofreció llevarla hasta la casa de su hermano. Cuando abrió la puerta y la vio, Norberto pegó un grito. ¿Quién se murió? No se había muerto nadie, pero a la tía Chiquita le había pasado algo. Estaba rara, taciturna, tenía los ojos opacos, la cara chupada. Explicó que simplemente extrañaba a sus sobrinos y quería verlos. Eduardo estaba exultante. Era la primera alegría que tenía en mucho tiempo. Se quedó con ellos varios días, dormía en el sillón del living. Nunca supieron a qué se había debido la visita. La madre de Eduardo tenía sus sospechas. Conociendo el paño, alguna macana se habrá mandado, le dijo a su marido cuando estuvieron solos. No seas malpensada, protestó él.

Una noche, Eduardo y la tía salieron a dar una vuelta después de comer. No había una luz en la calle y el cielo estaba totalmente despejado. Qué maravilla, exclamó ella, en Buenos Aires ya no se ve este cielo, por la contaminación lumínica. Eduardo iba con la mirada clavada en el piso para no tropezarse o meter el pie en una zanja. Pero mirá para arriba, perejil, poné la cabeza poletata, ordenó Chiquita. Era una expresión inventada por ella cuando él era más chico, cuando lo bañaba y le pedía que echase la cabeza hacia atrás para enjuagarle el champú. Eduardo entonces miró y vio un prodigio que nunca había visto. En el cielo nocturno se proyectaba un espectáculo de luces y colores. Todo ese tiempo viviendo en el campo y jamás había salido a mirar las estrellas. Se sentaron en un terraplén y la tía Chiquita le enseñó los nombres de las constelaciones y le indicó los planetas. Alfa y Beta del Centauro, la Cruz del Sur y las Tres Marías: Mierda, Sorete y Porquería, acotó, y los dos rieron. Venus y Marte... y todo eso de ahí es la Vía Láctea. Alguien volcó un tarro de leche en el cielo y como quedaba lindo no lo limpiaron. Ahí viven todos los muertos y un día van a bajar a la Tierra y nos van a llevar a vivir con ellos, dijo.

Esa noche, Eduardo se fue a la cama liviano como una pluma. A la mañana siguiente, cuando se despertó y fue a buscarla, la tía Chiquita no estaba. Había vuelto a Buenos Aires en el tren de las seis y cuarto.

3

La noche del 16 de junio de 1955, los habitantes de El Hornero 525 se fueron a dormir tardísimo. Muy lejos de Liniers, en el centro y en San Telmo, en el Bajo y en Barrio Norte, los bomberos combatían el fuego que se comía la curia del arzobispado, la catedral y otras tantas iglesias. Los ataques habían sido perpetrados por peronistas o por comunistas o por satanistas en represalia –dicen– por lo que había pasado más temprano aquel día cuando una coalición de la Fuerza Aérea y de la Aviación Naval bombardeó plaza de Mayo y mató a más de trescientas personas en un malogrado intento de golpe de Estado. En lo de las tías de Eduardo, como en la mayoría de los hogares porteños, esa noche reinaban el desconcierto y la excitación. Se quedaron todos escuchando la radio hasta después de las once cuando la tía Tita dijo: Se acabó, a la cama que los chicos tienen que ir a la escuela. Pero Eduardo estaba pasado de revoluciones. Vos vení conmigo, perejil, que con este batifondo no te dormís solo ni de milagro, le dijo la tía Chiquita, y se lo llevó a dormir con ella.

En el cuarto de Chiquita había una cama de plaza y media y un catre que se plegaba y se guardaba detrás del armario. Hasta que cumplió los seis años, no era inusual que Eduardo durmiese con la tía, a veces cuatro o cinco noches por semana. Desde bebé había tenido problemas para dormir. Apenas se acostaba, arrancaba la montaña rusa de su cerebrito hiperactivo. Daba vueltas como un trompo, transpiraba, tenía taquicardia. Chiquita era la única que lo podía hacer dormir. Así empezó y se volvió costumbre. Su cuñada, la madre de Eduardo, protestaba, seguramente le diese celos, pero nunca lo prohibió. El arreglo les convenía a todos. Hasta que un día la tía dijo basta. Ya sos grande. Yo también era ojo duro y me angustiaba horrores no dormir, pensaba que me iba a morir de agotamiento; pero un día Mamita me dijo vos no te aflijas, cuando no te puedas dormir quedate tranquila, respirá, pensá en cosas lindas, dejá pasar las horas y nunca olvides que cuerpo tendido, si no duerme, descansa, dijo Chiquita. Así, a fuerza de aguantar noches blancas y mucha angustia, Eduardo aprendió a dormirse solo. Aunque en ocasiones especiales como su cumpleaños o la noche de un día agitado, la tía lo invitaba, le armaba el catre y, cuando estaban los dos metidos en la cama tapados hasta el cuello, le contaba un cuento. Esa noche de junio, dadas las circunstancias, Chiquita eligió algo bien argentino.

—Este país no tiene arreglo —empezó— y ¿sabés por qué? Porque hay una maldición que pesa sobre nosotros. Los políticos dicen que van a terminar con la corrupción, que va a haber justicia social, que el progreso pin y que la igualdad pan, pero nunca podrán hacer nada porque no saben cuál es la verdadera causa de todo este desastre. Solo alguien entendido en la cuestión puede deshacer el amarre. Hoy por hoy, yo soy una de las pocas personas vivas que conoce la historia, quizá la única, así que te la voy a contar a vos para que no se pierda cuando yo me muera.

Eduardo pensaba mucho en la muerte. La idea lo tenía en vela por las noches. No hacía mucho que se había enterado de lo de Óscar, el hermano mayor de su padre, muerto a los nueve años. Estaba jugando atrás de la casa, se clavó un palo en la barriga y se murió, escuchó que su tía Negra le contaba a una vecina. ¿Cómo es morirse? ¿Duele? ¿Y qué le pasó a Óscar después? ¿Adónde se fue?, preguntaba Eduardo. Sus padres no le habían dado educación religiosa y a sus tías, que habían sido mormonas, no les estaba permitido hablarle ni del cielo ni de Dios, de modo que el chico no tenía respuestas. ¿Y después de la muerte, qué?, repetía en la cama. ¿Y después de eso?

En ocasiones, cuando se estaba quedando dormido –o quizá fuese algo que sucedía directamente en sueños, no estaba seguro– se encontraba en una especie de fábrica enorme, gris, helada y vacía. Estaba solo, sin sus padres ni sus tías ni Oso ni nadie. Sentía entonces un peso frío que le oprimía el pecho y un miedo descomunal, tan distinto de los miedos mundanos de la vigilia. Y caminaba por ese espacio o, mejor dicho, flotaba porque no había piso ni techo ni paredes, solo vigas de metal colgantes y tubos gigantescos que zumbaban como heladeras; se movía, entonces, por esa zona industrial flotante y chupaba frío y se preguntaba: ¿Y ahora qué? ¿Y después de ahora? ¿Y después de después de ahora? La muerte debía de ser así, pensaba, un lugar helado y oscuro donde no están mis tías.

—Cuando vos te mueras, ¿adónde vas a ir? –preguntó entonces Eduardo.

—Uno nunca se muere del todo –dijo Chiquita–. Pero el tema es complicado, otro día te explico. Ahora tenés que escuchar este cuento. Es muy importante. Para deshacer el amarre hay que conocer la historia. Vos prestá atención porque si te olvidás un solo detalle, sonamos. Un día, cuando seas grande, se la vas a tener que contar a alguien y hay que sabérsela al de-di-llo. Bueno, resulta que hace muchos muchos años (pero muchísimos, eh, antes de Belgrano y San Martín), Liniers era todo campo. No había pasaje El Hornero ni barrio de las mil casitas, tu escuela no existía, no había cine ni lechería ni mercado ni nada, y mirases para donde mirases, veías el horizonte. ¿Qué había entonces?, te preguntarás. Pura pampa. Un arroyito por acá, un monte de algarrobos por allá, ñandúes, peludos, comadrejas, cardos y más cardos. De día, se oían los teros y los bichofeos. De noche, las cigarras y, cuando llovía, las ranas. Era todavía el país de los indios querandíes y se llamaba Morocotes, no Buenos Aires. Buenos Aires ya existía, en realidad, pero era muy chiquita, quedaba lejísimos y tardabas horas en llegar porque había que ir en carreta tirada por bueyes. Ahí vivían los españoles. Resulta que un día, acá mismo donde estamos ahora, o acá cerquita, a una india que se llamaba Teruca le empezó a crecer la panza como les pasa a las mujeres cuando van a tener familia. Pero Teruca no estaba casada. Sabés que para que nazca un bebé tiene que haber papá y mamá. La mamá dicta, el papá escribe, mandan la carta a París, la cigüeña después trae al bebé y lo mete en la panza de la mujer para que esté calentito hasta el momento de nacer.

Eduardo no tenía idea de nada de esto, pero asintió.

—Bueno, como la india era solterita y sin apuro, nadie entendía cómo había hecho para quedar preñada (así se dice en el campo). El cacique estaba inquieto, el brujo dijo acá hay gato encerrado. Y Teruca, muerta de miedo. ¿Qué sería lo que tenía adentro? Lo sentía moverse. De noche latía muy rápido y a veces pateaba. Un día, Teruca vio un sapo, lo aplastó con el pie y se lo comió así nomás, crudo. Vos dirás, claro, los indios comen cualquier porquería. Pero sapos no comían. La gente de la tribu la miró como si fuese un marciano. Uno que iba seguido a Buenos Aires a vender pieles de nutria contó que los españoles creían en un dios que había nacido de una mujer inmaculada y sugirió que tal vez lo de Teruca fuese un gualicho de los recién venidos para convertirlos a su religión.

Eduardo no preguntó qué quería decir inmaculada.

–Las mujeres la mortificaban, pobre Teruca, le tiraban de los pelos y le pegaban para que dijera con cuál de los varones había mandado la carta a París. No habrá sido con mi esposo, decía una. O con el mío, decía otra. Pero ella juraba que no había mandado ninguna carta con nadie, y la panza le crecía y le crecía. Un día, cuando ya parecía que iba a explotar, el brujo la revisó con un palito y un caparazón de tortuga y exclamó «¡agassaganup!», que significa algo así como «la luna hará que se arrepientan». El cacique se reunió con sus consejeros y decidió expulsar a Teruca de la tribu. Estaba maldita, no había nada que hacer. Esa misma noche, bajo una media luna color tiza, la arrastraron de su toldo. La pobrecita gritaba y pataleaba. Y, de pronto, como movida por una fuerza sobrehumana, se soltó, se empezó a retorcer y, a la vista de todos, se acuclilló, pegó un alarido y expulsó de su cuerpo una forma horripilante. A la luz de la luna, lo vieron. El recién nacido tenía tres cabezas, una de burro, una de liebre y otra de pescado, la espalda cubierta de escamas, piernas peludas, cola de mulita y pezuñas de cerdo. La tribu miraba sin hablar. Teruca lloriqueaba de rodillas. El coso tirado ahí no se movía. El brujo se acercó, lo movió con su bastón mágico y le revisó las vergüenzas comprobando lo que ya sabía: era varón y mujer. Alguien propuso matarlo a piedrazos, pero el brujo pidió silencio e hizo que todos se alejasen. De pronto, el monstruo dio un salto, se paró y enunció con sus tres bocas al unísono: *Cor anglé tamar wishi woshi*. O sea, «ahora tienes todo lo que te falta». Dicho esto, cayó redondo al piso, dio vueltas como una lombriz decapitada y se prendió fuego. En menos de un minuto era un montón de cenizas y huesitos chamuscados.

Entonces, el brujo les habló a sus monaguillos: Lo entierran en el jardín del Templo Mayor de los castillas, lo unen para siempre con los forasteros, *dor maj kigal, dor maj kigal* («juntos en el infierno, juntos en el infierno»). Bajo el manto de la noche, protegidos por la niebla de la pampa, dos indios corrieron hasta la aldea española, se inmiscuyeron sin que nadie los viese y enterraron las cenizas en el cementerio al costado de la catedral abajo de un ombú que todavía está ahí. La savia venenosa del árbol es el combustible que mantiene activa la maldición.

La tía Chiquita me inició en la dimensión misteriosa de la vida, me dijo Eduardo en la cocina del departamento de Malasaña medio siglo después de aquella noche de junio del 55. Me contaba historias de marcianos que exploraban las galaxias y que, tarde o temprano, iban a llegar a la Tierra y nos iban a esclavizar. Eso si los espíritus de los muertos, que viven en las estrellas, no llegaban antes a rescatarnos. Mamita y Papito —sus padres— nos están mirando desde la Vía Láctea, decía, y ella lo sabía porque su amiga Esther era astróloga. Siempre hablaba de esta tal Esther, pero nunca la conocimos. Yo creo que era una amiga imaginaria. Una vez le pregunté: Y cuando vengan los espíritus, ¿San Martín y Belgrano también van a venir? Obvio, respondió. Y Gardel. Y Rodolfo Valentino. Yo me creía todo y pensaba qué emoción ver a San Martín y a Belgrano, a los muertos de mi familia, a mi abuelo Manuel, el uruguayo. La escuchaba boquiabierto, literalmente. Y ella me decía: Cerrá la boca, perejil, que te vas a tragar una mosca. Chiquita me contaba cuentos de aparecidos también, los mitos de provincia, como el del Pombero del Chaco paraguayo, que es petiso de pata corta y usa un sombrero de ala ancha, tiene la barba negra tupida, vive escondido en los montes de quebrachos, silba como un pájaro y a la hora de la siesta se lleva a los chicos que se escapan de sus casas para no dormir. Los mete en una bolsa y se los lleva y no vuelven nunca más esos chicos, me decía con una mirada torva. Así nos enseñaban a hacerles caso a los grandes y a no confiar en los extraños. Contaba cuentos de gitanos la tía Chiquita también, los gitanos que se roban chicos y se los llevan a España... Mirá vos, Pablito, y yo terminé en España. Me perdí sus últimos años de vida, sabés. Ella nunca me lo dijo, pero siempre contó con que yo la acompañase al final, como no tuvo hijos... Y cuando se murió, en 2001, yo estaba en Madrid. Bueno, la tía Chiquita siempre me advertía sobre los gitanos ropavejeros que a veces veíamos yirando por el centro de Liniers. Y yo decía qué suerte, a mí nunca me robaron los gitanos. Estaba también el cuento de la Mulánima, una mujer que se transforma en mula y galopa por el campo echando fuego por la boca y arrastrando cadenas, y hay que tener mucho cuidado porque se les aparece a los varones jóvenes de noche en los cruces de caminos, toda vestida de blanco, muy hermosa, y los tienta. Es una mala mujer, un alma en pena. No hay que tocarla ni que mirarla. Un tipo en San Juan, un conocido de Chiquita, no se pudo contener, la trató de tocar y la Mulánima se sacó el vestido y abajo era toda negra y peluda, con patas musculosas y pezuñas de mula. Entonces, con un vozarrón atronador, le dijo: Ni se te ocurra. Le dio una patada en la cabeza y lo mató.

La tía Chiquita fue la persona más libre que conocí, decía Eduardo. Fue libre a un costo altísimo, la pasó muy mal, pero nunca dio el brazo a torcer, siempre vivió como ella quiso. Eduardo, sé libre, no te dejes dominar nunca por nadie, me decía siempre. Antes de mudarme a vivir a Madrid la fui a despedir y ella sabía que no nos íbamos a volver a ver. Me regaló su anillo, el anillo plateado de banda cuadrada que llevo siempre, y me explicó que era un anillo de emancipación y que un día yo se lo tenía que regalar a alguien. Me lo dio alguien muy especial hace muchísimos años, dijo con aire misterioso.

Ella había nacido en 1916, un 29 de febrero, fijate vos que hasta en eso era especial. Celebraba su cumpleaños solo los años bisiestos. En el 56, cuando yo cumplía diez años, ella festejó su décimo cumpleaños. Hicimos un fiestón en la calle, era carnaval, hacía un calor que se caían los pájaros y ella tenía un vestido a lunares azul y blanco; estaba despampanante como el sol y todos sus pretendientes revoloteando a su alrededor. Era muy dicharachera. Se divertía llamando a sus amigas, por ejemplo, y diciéndoles «me acaban de llegar flores de tu marido» o «me encontré con tu novio y me invitó al cine». Era todo mentira, jueguitos que hacía para jorobar nomás. Sus amigas la conocían, se reían.

Chiquita había nacido en Caucete, en la provincia de San Juan. Todos los hermanos de mi padre nacieron en provincias distintas porque mi abuelo era inspector de tráfico y jefe de estación de los ferrocarriles ingleses. ¿Ya te conté esto? Perdoname si me repito. A fines de la década del veinte se mudaron a Buenos Aires y, a principios de los treinta, mi abuela, María Magdalena, murió de tuberculosis. Mi abuelo Manuel estuvo ausente durante gran parte de la enfermedad. Y cuando ella murió, él ni siquiera volvió a Buenos Aires para enterrarla. Viajaba todo el tiempo. El aviso fúnebre (te lo leo) dice: «María Magdalena Rotta de De la Puente, q.e.p.d. Falleció el 12 de abril de 1933. Su esposo Manuel de la Puente (ausente), etcétera, etcétera, invitan a sus relaciones a acompañar los restos de la extinta al cementerio del Oeste. Bla bla bla. El duelo se despedirá por tarjeta». Ausente, ¿te das cuenta? Las tías nunca hablaban de estos años. Cuando alguien mencionaba a la abuela o al abuelo, la tía Tita se ponía a tararear un tango o un valsecito. Mi abuelo dejó varias familias desperdigadas por el país. Esta historia la descubrí yo no hace mucho, algún día te contaré. Tengo un tío (tuve, ya murió) en Catamarca que juraba haber sido vecino de Hitler a fines de los cuarenta. Bueno, pero cuestión que la casa de mi padre, cuando mi abuelo no estaba, era un matriarcado bicéfalo. La tía Negra era la mamá gallina. Cuidaba a sus hermanos, les cocinaba, los hacía dormir. La tía Magda, en cambio, era la madre espiritual. Les daba consejos, los consolaba, los ayudaba con los deberes de la escuela, con los problemas del trabajo y con los dramas del corazón. Los hermanos, quizá por la ausencia de padre y de madre, formaron un clan muy cerrado en el que luego ni siquiera esposas y esposos entraron. Mi hermano nunca entró, yo sí. Siempre me tuvo unos celos enfermos por eso, creo yo. Y Chiquita era el alma de la familia.

Para nosotros era la Chiquita, pero su nombre de pila era Emilse. Y le encantaba que afuera de la familia le dijeran Emilse. De niña era muy rubia, bueno, de grande también. Delgada, alta, de ojos verdes, muy linda, una nariz perfecta, pequeñita, redonda, un botoncito. Era hiperkinética, no paraba un segundo ni de moverse ni de hablar. Creo que heredé de ella la incontinencia verbal. Hablaba tanto que sus hermanos la llamaban Lengua de Vaca porque parece que, cuando era chica, la madre le decía: Callate un rato, Emilsita, si no parás de hablar te va a crecer la lengua como a una vaca. Ella se ofendía terriblemente. Era muy traviesa, siempre tenía algún asunto. Le pasaban cosas todo el tiempo. O, por lo menos, ella decía que le pasaban cosas, nunca sabías si era cierto o no. Venía y te tiraba: No sabés lo que me pasó. Y te contaba un disparate. No sé. Ponele, quería hacer un guisito de ternera y me di cuenta de que no tenía cebolla. Fui al mercado. Estaba en la cola y una tipa que tenía un nenito de la mano me dice: Rubia, ¿me lo mirás dos segundos que tengo que ir al baño?, agarralo, eh, que es muy chúcaro y si te distraés se escapa, se llama Ramoncito. Yo no tuve ni tiempo de responder que la tipa salió a los piques. El nene atinó a seguirla, pero lo agarré. Era tremendo Ramoncito. Me pegó una patada en la canilla. A duras penas, forcejeando con él, hice mis compras y me quedé esperando ahí afuera. Ramoncito no dejó de romper los quinotos ni un segundo, se quería soltar, era como llevar un perro rabioso, o me manoteaba los pechos el muy cochino o, si no, cantaba a grito pelado. Pasaron diez, quince, veinte minutos. Media hora. Yo dije le pasó algo a esta. Se hizo encima y está lavando la bombacha. O le dio un soponcio, se desmayó en el baño y se partió la cabeza contra el lavatorio. Entonces arrastré al nene, que tironeaba y pataleaba, hasta los baños, pero no había nadie. Dimos vueltas por el mercado hasta las nueve y pico. Nada. La tipa esta me enchufó al mocoso, pensé. Ramoncito, le dije, ¿vos sabés adónde vivís? Pero el chico ahora estaba asustado, lloraba y lloraba, no podía ni hablar. Le pregunté al verdulero si conocía a la señora, después al carnicero y al vigilante que está siempre en la puerta del mercado, el petiso, pero nada. Y ¿qué iba a hacer? Me lo llevé a la comisaría. Gritó como un chancho todo el camino, no sé cómo hace la gente para criar varones, son unos indios, yo me pego un tiro. Vos no, perejil, vos sos el príncipe de Gales. Cuestión que la policía me tuvo toda la mañana ahí. Que describa a la tipa, que si la había visto, me tomaron todos los datos y, claro, saltó mi temita, mi antecedente, y ahí me empezaron a tratar como a una delincuente, pero por suerte el mocoso se decidió a hablar, dio su nombre, dijo que la señora era su abuela y que estaba rayada. Entonces llamaron a la madre y parece que la señora, la abuela, es estereoesclerótica, casi les incendia la casa una vez. Yo no sé cómo le confían al nene. Salvo que quieran deshacerse de él, si es así no los culpo. Bueno, entre pitos y flautas perdí la mañana entera.

El antecedente al que se refiere acá la tía requiere de un breve paréntesis en nuestra historia. Entre 1952 y 1953, Chiquita viajó una cantidad de veces a Montevideo para hacer contrabando hormiga. La idea fue de Rubén Lobotrico, un operador de cámara al que conoció durante el rodaje de *Los isleros* y con quien tuvo primero una aventura romántica decepcionante y después una amistad breve y borrascosa. A fines de los cuarenta, Chiquita había empezado a trabajar en el mundo del espectáculo. Primero, en radioteatros, interpretando papeles secundarios, y después en el cine como extra. Tenía una voz clara pero robusta, aterciopelada, perfecta para la radio. En los radioteatros le tocaban papeles insignificantes. Sin embargo, se hacía notar. Por ejemplo, en *¿Podrías perdonarla?*, un culebrón que tuvo relativo éxito en 1951, hacía de Raquelita, ama de llaves de una familia de alta alcurnia cuya hija menor se enamora de un peón. Raquelita aparecía cada tres o cuatro episodios, pero siempre tenía bocadillos geniales y fue quien le reveló a la madre –a su patrona– que el peón tenía intenciones non sanctas con la muchacha. Le arrastra el ala el indio ese, un día se la va a llevar al galpón..., decía, y la patrona trinaba. El salto al cine lo dio de la mano de su amiga Rina, una chica de Mar del Plata, cuyo padre trabajaba en Argentina Sono Film. Hizo de lavandera en *¡Fiebre amarilla!* y de prostituta en *La pegapiñas*. Cuando se estrenaba alguna película en la que había trabajado, arriaba a Eduardo y a sus hermanas al cine. Ahí viene mi escena, ahí viene, eh, voy a pasar bailando por atrás de Perla Achával, miren, decía. Nunca nadie llegaba a verla. La tía Negra sospechaba que era puro cuento que trabajaba de extra. Pero ella juraba y perjuraba. Me consta que aparece en *Los isleros*, de Lucas Demare. Se la ve fugazmente en la escena de la fiesta, al principio, cuando balean al entrerriano. El moribundo con los ojos inyectados en sangre mira a Tita Merello desde el piso y le dice: Carancha, me has ojeado. Confundida entre el gentío, Chiquita, de vestido blanco y trenzas rubias, mira la escena con exagerada consternación. Aparece en otras escenas, pero hay tanta gente que casi no se la distingue.

El primer día de rodaje de *Los isleros*, Chiquita se fijó en uno de los cameraman, un tipo alto, doblado, de bigote a la Clark Gable y quijada oblicua. Le llamó la atención cuánto protruía esa quijada, de hecho. Era la exageración grotesca de un rasgo fisonómico generalmente halagüeño en los hombres, una marca de virilidad. Rubén Lobotrico tenía prognatismo mandibular. Le decían Progni, o Eddie (por Edmundo Rivero). Lo tenían de punto, pero él no se mosqueaba. Respondía con sonrisas obsecuentes a las chanzas, que no eran insidiosas, aunque sí constantes. A Chiquita le dio lástima que fuese tan feo y, viéndolo solo, lo encaró durante una pausa. Se presentó, le preguntó cómo se llamaba y en qué otras películas había trabajado. Miles, dijo él. Entonces ella enumeró las suyas, que eran más bien pocas, y se dieron cuenta de que habían coincidido en el rodaje de *Sin demasiada efusión*. Recordaron divertidos un ataque de histeria que tuvo Pedro López Lagar y cómo casi se va a las manos con Mario Soffici. Esa tarde, cuando Chiquita salió del estudio con Rina, Rubén la estaba esperando. Encorvado y parlanchín, escoltó a las dos amigas hasta la estación. Él iba para el norte y ellas volvían al centro. En el tren rumbo a Retiro, ellas se conmiseraron por el muchacho y estuvieron de acuerdo en que compensaba con simpatía lo que le faltaba en belleza. Es raro, me cae bien, anunció Chiquita. Tiene como una vocecilla, ¿no?, dijo Rina. Había, en efecto, una disonancia llamativa entre la voz de pito de Rubén y su facha hosca y torcida. Una vez sola, camino a Liniers, la cabeza apoyada contra la ventanilla del tranvía, Chiquita se encontró medio aturdida evocando la cara hipertrofiada del cameraman con una mezcla de rechazo y de apetito.

Rubén Lobotrico tenía treinta y siete años, vivía en Escobar con su madre jubilada y nunca había estado de novio. Había, sí, cortejado e intentado cortejar a muchas mujeres a lo largo de su vida, no era tímido. Durante la adolescencia tuvo la vara demasiado alta, festejaba solo a mujeres muy monas que lo despreciaban invariablemente. Con el tiempo, recalibró sus expectativas y empezó a concentrarse en las feas y en las de cuarenta para arriba. Le fue mucho mejor. Tuvo un par de historias. Nada que haya durado lo suficiente como para considerarse una relación seria. También en la adolescencia había empezado a frecuentar burdeles. En el Tigre era habitué del Charco de las Ranas y, si estaba por el centro, iba siempre a Maribel, en el Bajo. Con las putas se sentía como pez en el agua. Le gustaba quedarse una hora larga, charlar, tomar una cerveza, que le hicieran un masajito antes o después. Se hacía pasar por compañeros de trabajo que le caían mal. En el Charco de las Ranas, por ejemplo, era Carlos Cramer, ingeniero de sonido, casado, dos hijos. En Maribel era Manolo Rossi, iluminador, futbolista amateur, soltero. Salía del quilombo hecho una seda, amigo del género humano, optimista e indulgente. Tuvo un romance infeliz con una chica de Maribel, de hecho, una correntina que se llamaba Vilma. Rubén le dijo que quería rescatarla de la vida licenciosa, redimirla. La instaló en una pensión en Escobar, le consiguió trabajo en una panadería. Pero Vilma robaba facturas y las vendía en el tren. La echaron. Rubén entonces le propuso ser su cafishio. La mudó a Tigre. Lo intentaron por un tiempo y fue un fiasco. Vilma tenía malos modos, dormía hasta tarde, no se maquillaba. Rubén se hartó. Le pagó un mes de pensión y se desentendió. A veces, cuando iba a Tigre, la buscaba, pasaban un rato juntos, ella le pedía plata, él se rehusaba a darle, ella le gritaba, él la zamarreaba. Una vez le dio un bife, le hizo sangrar el labio y ella lo denunció a la policía. Ahí dejaron de verse. Y un día, pasado un tiempo, él la fue a buscar y no la encontró. Nunca más supo nada de ella. Habrá vuelto a Corrientes, pensó. Cuando unas semanas después leyó en el diario que habían encontrado el cuerpo de una chica flotando en el río Luján, a la altura de Punta Garrote, se le cruzó por la cabeza que pudiese ser Vilma.

El segundo día de rodaje, Chiquita y Rubén almorzaron juntos. Esa tarde, Rubén se tomó con ella el tren a Retiro. Dijo que tenía que ir al centro a hacer un trámite en la aduana. Era mentira, una excusa para pasar más tiempo juntos. Durante el viaje le contó historias de desengaños amorosos, de rechazos y humillaciones. Había entendido en un santiamén –y cuando todo se hubo consumado su instinto clarividente para la seducción lo maravilló– que Chiquita era una capaz de acostarse con alguien por lástima. Lo que no sospechó ni por un segundo es que a Chiquita su fealdad, su mala suerte con las mujeres, su condición de humillado, no solo le daba pena, sino que la excitaba. Esa tarde, cuando volvía a Liniers y mientras Rubén se esparcía en Maribel, Chiquita supo que se acostaría con él. Había algo en esas facciones de homínido que le era irresistible. La mirada prehistórica de Rubén activó en ella el instinto primigenio de la multiplicación. Tenía visiones fugaces que la ponían roja como un tomate. Ella arriba y abajo, atrás, de costado. Él inseminándola. Una profusión de vida directa al estuario de su fertilidad postergada.

El primer encuentro a solas fue en un hotel atrás de la estación Martínez y duró toda la tarde. El traqueteo y el silbato de los trenes marcaron las horas. Charlaron mucho entre actos. Rubén era un gran conversador. Desnudo y de costado, con una almohada entre las rodillas y la cabeza reposando sobre la palma de la mano, contó una anécdota tras otra con esa voz de pito que tenía. Pronunciaba las eses como un español. Chiquita le miraba la boca hipnotizada, una ranura fina que se abría apenas en la proa de esa quijada caricaturesca revelando dientes pequeños y un poco torcidos. ¿Cómo podía gustarle tanto algo tan feo? Quizá le gustase solo en teoría, pensó esa noche mientras daba vueltas en la cama asediada por los recuerdos de la tarde. De hecho, sus cuerpos no habían congeniado. Las fantasías más ardientes y más minuciosas de Chiquita no se cumplieron, esa costumbre antipática que tiene la realidad de decepcionar al soñador. Rubén era brusco y torpe. Era incansable, además. Probaron de distintas formas, pero no lograron el encastre dorado, la conjunción perfecta que une a dos cuerpos para siempre. Chiquita había conocido este prodigio en el pasado. No hay nada que se le parezca. Volvió a Liniers agotada y bastante dolorida.

Se vieron a solas dos o tres veces más pero no había caso, sus anatomías no congeniaban. A él no parecía importarle, pero para ella era un incordio. Un día le dijo que tenía cistitis. Otro, que estaba con la regla. Rubén captó la indirecta y no volvió a insistir. ¿Quién me quita lo bailado?, pensaba. Quería seguir viéndola, sin embargo. La transición a la castidad fue de lo más natural. Iban a los cines de Belgrano o a La Martona de Saavedra y después a caminar por el parque. Charlaban, se reían. Rubén hablaba mucho de política. Despotricaba contra el gobierno de Perón, que le parecía el peor de la historia. Chiquita también era muy antiperonista. Fue justo por ese entonces cuando murió Eva y obligaron a todos a llevar luto. Esa lagarta, decía Rubén, bien muerta está. Y Chiquita: No seas animal. Yo la vi en el teatro una vez, hace años, cuando hacía *Jacarandina*; era de madera, pobre. Discutían cuestiones espirituales también y ella, que había sido mormona durante años y ahora era agnóstica, se sulfuraba porque él era ateo. La pasaban bien. Un día, Rubén tuvo una idea.

Hay que aclarar primero que Chiquita nunca tuvo un trabajo estable. La idea de cumplir un horario y (horror) tener que ir a una oficina o a un negocio le resultaba inconcebible. Por suerte necesitaba poca plata, tenía gustos sencillos. Sus amigos solían invitarla al cine o a tomar algo. Siempre había algún festejante que le hacía regalitos. Se compraba ropa barata o usada y la retocaba. Tenía ojo clínico para la moda y estaba siempre espléndida. Todo le quedaba bien. Esto, sumado a su belleza natural, a su austeridad y a su contagiosa *joie de vivre*, completaba el cuadro de la elegancia absoluta. Además de los bolos en radio, cine y algo de televisión, de tanto en tanto, cuando necesitaba plata, hacía changas. Por ejemplo, una amiga suya que tenía un negocio de patentes de autos en Liniers a veces le pagaba para que fuera al centro a hacer trámites. De pronto le cuidaba los chicos a una pareja de médicos en Mataderos. O se ocupaba del perro de un vecino que viajaba mucho. Era creativa, tenía mucha energía. Eduardo recuerda que cuando él entró a la carrera de Derecho (duró apenas un cuatrimestre) necesitaba comprar libros y no tenía un centavo. Para ese entonces, había vuelto a vivir con sus tías en la casa de Liniers. Yo estaba tan afligido, decía Eduardo. Chiquita se dio cuenta y me dijo: Perejil, ¿qué te pasa? Y yo: No, que me tengo que comprar un libro y no tengo plata. Y ella: Perá. Abrió el ropero, sacó una caja de cartón donde tenía alambre, pañolenci, retazos de telas y demás, y en menos de una hora hizo unas muñecas negras y les puso unos vestiditos de yute, quedaron fantásticas. Vamos a venderlas, vení, me dijo. Y salimos con las muñecas y se las vendimos a las nenas del barrio en dos patadas. En un par de salidas así juntamos la plata que necesitaba. O a veces me decía: ¿Vamos a tomar un helado esta noche? Perate que me hago una muñeca y vengo. Era todo así con la tía Chiquita.

Decía que Rubén Lobotrico tuvo una idea. Un amigo suyo era dueño de una fábrica de ropa para niños y le compraba tela a gente que la traía del Uruguay, donde era más barata y de mejor calidad. Una tarde, Rubén y Chiquita fueron al cine a ver *El hombre del traje blanco*, la historia de un químico que inventa un tipo de fibra indestructible con el que se puede fabricar atuendos que duren para siempre. Inmediatamente, el tipo se convierte en el enemigo jurado de la industria textil que, para crecer, obviamente tiene que producir más y más y más. Al final, triunfan las fuerzas del mercado y el protagonista se queda solo en el ancho mundo librado a su ingenio. La moraleja le dejó un sabor de boca amargo a Chiquita. Cuando salieron del cine fueron a tomar un vermú y le hizo notar a Rubén que la película denunciaba un fenómeno reciente y, en su opinión, cataclísmico. Antes, las cosas (la ropa, los zapatos, los utensilios, los electrodomésticos, incluso los autos y las casas) se hacían para que durasen y, si se dañaban o averiaban, se las reparaba; hoy todo se fabrica con materiales cada vez más ordinarios para que se rompa y compres otro modelo más nuevo, más caro. Muchos oficios van a desaparecer. ¿No viste que cada vez hay menos zapateros remendones, por ejemplo?, dijo. Rubén le dio la razón sin haber escuchado una palabra. La película le había dado una idea. Eran los años del poliéster, que acababa de llegar de Estados Unidos y causaba sensación. Un material milagroso que se puede usar durante más de dos meses sin lavar y sin planchar y luce siempre impecable. En Argentina todavía era raro y muy caro. Pero en Uruguay, no. Chiquita podía viajar a Montevideo y traer una dotación de poliéster para venderle a su amigo, el de la fábrica.

—¿Y por qué no vas vos? —replicó ella.

—Porque yo soy un monstruo, Emilse. Vos sos linda. En la aduana no paran a la gente linda. Además, sos flaca, podés envolverte en capas de tela y traer mucha más mercadería. Dos valijas grandes, un bolso y lo que te puedas cargar al cuerpo, debajo de la ropa.

—¿Y cómo arreglamos?

—Sesenta cuarenta. Y los viáticos los dividimos cincuenta y cincuenta.

—¿Cuarenta vos por venir a buscarme al puerto? Mirá qué vivo...

—La idea es mía, nena. Y sin mí no te compran la mercadería.

Chiquita hizo varios viajes al Uruguay. Traía una variedad de productos, pero sobre todo rollos de poliéster y medias de nylon. Rubén la buscaba en el puerto e iban directo a la fábrica de su amigo a vender la mercadería. No se habrán hecho ricos, pero ganaron plata. Chiquita se divertía, además. Llegaba a Montevideo por la mañana en el vapor *Ciudad de Buenos Aires*, hacía las compras antes del mediodía, dejaba las valijas en consigna en la terminal de Mihanovich, almorzaba en Las Misiones, por la tarde iba al cine o si hacía buen tiempo daba un paseo por el parque Rodó, se tomaba una cervecita o dos y, cuando caía el sol, volvía al puerto a esperar el nocturno que la depositaba en Buenos Aires a la mañana siguiente. En octubre de 1953, un oficial de aduana que ya la tenía fichada la detuvo. Traía arriba de cuarenta kilos de tela de poliéster, trescientos pares de medias de nylon y un rollo de seda natural. Quedó detenida. La procesaron. Estuvo dos noches presa y salió gracias a un íntimo amigo de su hermana la Negra, que era el dentista de Roberto Dupeyron, ministro de Obras Públicas. Rubén Lobotrico se borró olímpicamente. Chiquita nunca más lo volvió a ver.

Pero su desencanto definitivo con los hombres llegaría unos años después, cuando se amancebó con un oficial de la Marina y al poco tiempo descubrió que el tipo le metía los cuernos. Chiquita estaba embarazada de tres meses. Un día se encontró por la calle con una amiga medio bicho y se pusieron a hablar del escándalo del día: Lisandro Gordillo, un vecino escribano, había pescado a la mujer que se encamaba con otro y la había molido a palos. Terminó en el hospital ella. No se la agarró con el tipo porque es un cobarde, comentó Chiquita. No, nena, porque era ella la que estaba en falta, el hombre no es culpable en esos casos, dijo la amiga. ¿Sabés cómo los agarró, no? Chiquita no sabía. Se cruzó con don Aldo en la plaza y don Aldo le dijo: Che, ¿a vos te gustan los tríos? Y Lisandro para seguirle la corriente dijo que sí. Y don Aldo: Entonces apurate que acabo de pasar por tu casa y empezaron sin vos. Chiquita insistió con que le parecía una canallada haberle pegado a la mujer y no al amante. Y la amiga: Vos siempre defensora de los débiles, mejor que te ocupes menos de las putas esas y más de tu novio que hace poco lo vi en la plaza con la hija de la costurera, la tetona. Chiquita se quedó muda. Esa noche, lo encaró y el tipo se puso blanco como una hoja. Negó todo, pero su cara de pánico era un *mea culpa* incontestable. A confesión de parte, relevo de prueba. Unos días más tarde, Chiquita se sintió mal, fue al baño y tuvo una hemorragia. En el hospital, le confirmaron que había perdido al bebé. Volvió a la casa de sus hermanas y se negó a ver al tipo que insistió durante un par de semanas hasta que un día desapareció. No sabés el shock que fue para mí, Pablito, verla así, destrozada, aullando como una loba, tirada en la cama en posición fetal durante días, sin comer. Nunca me voy a olvidar, nunca. Después me enteré de que era el segundo embarazo que perdía. Cuando se murió sola, sin hijos, pensé mucho en eso. Ella daba por sentado que yo la iba a cuidar cuando fuese vieja. Y yo estaba en Madrid cuando se murió. Me enteré tres días después.

En esas noches de verano de mi infancia, cuando sacaban las sillas y los sillones a la vereda y todos se quedaban charlando hasta cualquier hora y Oso se daba vuelta para que le rascasen la panza y nosotros jugábamos a las bolitas o al poliladrón, la tía Chiquita a veces me llevaba a la esquina y me mostraba el cielo y me hablaba a escondidas de Dios y de los dioses. Me decía: No creas en la Virgen María y esas bobadas, Dios es mucho más que eso, Dios está en todo este cielo estrellado. Va a llegar un día en que nos vamos a unir todos, los vivos y los muertos. Los que se fueron van a volver. Y yo: ¿Pero lo voy a ver a San Martín? ¿Y a Rosas? Y ella: Claaaaro. Me daba vértigo lo que me decía, un vértigo interno que era como una explosión adentro de ese mundo tan... Y ella insistía: Hay que mirar más allá de las estrellas, perejil, más allá, más. Y yo miraba más y me daba como un mareo interno, ni de la cabeza ni del corazón, sino en el centro mismo del cuerpo, era rarísimo. Y se lo contaba. Te está tocando el espíritu, decía. Qué sabia la tía Chiquita. Te está tocando el espíritu. Te está tocando. Siento ese mismo vértigo interno cuando pienso en ella. Me contaba cosas de Allan Kardec, el inventor del espiritismo, que decía que las personas somos almas que se encarnan y que, si bien el cuerpo es perecedero, esa otra parte nuestra, inmaterial y eterna, vive muchas vidas. Según Allan Kardec, durante los estados de sueño profundo nuestra alma conversa con los muertos. Me dio tanta ilusión esta idea, Pablito, tanta paz, que empecé a dormir mucho mejor. Había algo después de la muerte, había continuidad, seguíamos siendo nosotros. Cuando pasó lo de la pizzería, volví a tener terrores nocturnos y me duraron muchos años. Era angustia de muerte, pero se manifestaba no como una incertidumbre respecto de lo que pasa después de morir, sino como un vacío total y absoluto. Sentía que mi cuerpo era un recipiente hueco y pesadísimo, como un cuenco de plomo. En esos momentos de tanta desolación, de la soledad más absoluta que jamás haya sentido, lo único que me llenaba un poco y me daba alivio era pensar en la tía Chiquita, dijo Eduardo.

La versión del cuento del monstruo querandí que Eduardo escuchó de su tía Chiquita y que me contó a mí aquella noche en Alpa Corral cuando yo tenía seis años y estaba en penitencia por haber matado un pollito, no terminaba con el episodio de combustión espontánea seguido del veredicto del brujo y del entierro de los restos en el cementerio de la catedral, abajo de un ombú, desde donde las cenizas irrigadas por la ponzoña fotosintética del árbol ejercen y ejercerán sobre generaciones y generaciones de porteños una influencia maléfica que es origen y causa primera del inexplicable, del inexorable, del abismal fracaso de nuestra nación; y digo «nación» porque Eduardo creía, como Fernand Braudel y como Ruth Tiscornia, que Argentina es una extensión deforme de Buenos Aires. La versión del cuento que escuchó Eduardo aquella noche de junio del 55, digo, mientras tambaleaba el gobierno de Perón y la plaza de Mayo parecía uno de esos cuadros flamencos sobre el Triunfo de la Muerte y en las iglesias el fuego devoraba miles y miles de documentos que eran el único y último testimonio de lo que fue esa Buenos Aires miserable del siglo XVII; la versión de la tía Chiquita, quiero decir, tenía una conclusión optimista.

—Dicen que hay una manera de deshacer el amarre.
—¿Cuál? —preguntó Eduardo.
—Leche —dijo Chiquita—. Hay que encontrar el árbol y regarlo con leche de vaca.
—¿Y por qué nadie lo hizo?
—Porque no puede ser cualquier leche y no puede ser de cualquier vaca. Tiene que ser una vaca lechera de una raza muy especial que se llama Picpus.
—¿Picpus?
—Sí. Es una raza polaca que desciende directamente del uro, una especie de vacas grandes como bisontes que ya se extinguió. Su leche es un antídoto potentísimo, infalible contra todo tipo de gualichos.
—¿Y dónde se consigue leche de Picpus?
—No se consigue acá, hay que ir a Polonia. Yo nunca me pude permitir un viaje así. Pero vos cuando seas grande vas a viajar mucho, perejil. Vas a ir por todo el mundo. Tenés que hacerte una escapada.

Cuando me contó el cuento treinta años después, Eduardo omitió toda mención a la vaca polaca y a su leche milagrosa. El único remedio para este país, según él (no me lo dijo en ese momento, pero lo pensó hasta el último día de su vida), era más peronismo; y el origen de todos los males, los milicos, los del 55 y los del 76, que servían los intereses pérfidos de Estados Unidos, el Gran Satán. Mi padre también era muy antiyanqui en ese entonces. En la década del ochenta, él y Eduardo tuvieron una imprenta. Lineal B Producciones Gráficas se llamaba. Eran admiradores de Daniel Ortega y de Gadafi, del mariscal Tito y del ayatola Jomeini. Me acuerdo de un Corán que había en casa, regalo de unos iraníes clientes de la imprenta. Me acuerdo, también, de un libro para chicos que contaba la historia de la Revolución sandinista. Lo leía mucho, me encantaba. El villano se llamaba Satanasio Somoza y tenía un secuaz, el Tío Sam, que era un vampiro envuelto en una capa azul salpicada de estrellas y siempre con una sonrisa que dejaba ver dos colmillos rojos. Yo me iba a dormir pensando en Sandino y en los Contras, que en el libro eran unos enanos con túnicas negras, y sobre mi cabeza, pegada en la pared, amparaba mi reposo una calcomanía de *Reagan-Bush 84*, souvenir de la campaña electoral americana que había traído papá de uno de sus dos viajes anuales a Estados Unidos, adonde iba a comprar computadoras, las primeras Apple Macintosh, que entraba al país con una ayudita de sus amigos en la aduana y que después revendía con muy buena ganancia.

En la pared frente a mi cama colgaba la reproducción de una obra de Escher, una litografía conocida como *Reptiles*. Hasta los diez años sufrí de terrores nocturnos y dormí con la puerta apenas abierta, lo suficiente como para que entrase un haz de la luz del baño, que quedaba prendida toda la noche. Iluminada por ese hilo de luz, que se volvía más y más mortecino a medida que la noche se cerraba y yo entraba nunca sin esfuerzo en el mar del sueño profundo, la extraña visión de Escher era el punto de fuga de mi imaginación y de mi vida onírica. A veces lo que veía era una comparsa de cocodrilos que se mueve en ronda por sobre un libro, una escuadra, un dodecaedro y una caja de peltre gigantes antes de sumergirse en una superficie plana donde los reptiles cambian de forma volviéndose esquemas bidimensionales. Pero a veces me parecía que eran cocodrilos miniatura haciendo un viaje en círculos sobre la mesa de trabajo de un dibujante o de un geómetra. El cocodrilo que está sobre el dodecaedro alza la cabeza y exhala una humareda de vapor. El que le sigue se prepara para pasar de tres a dos dimensiones en ese estanque ilusorio repleto de formas chatas del que emergerá nuevamente como cuerpo tridimensional. A menudo casi que percibía el movimiento de los reptiles. Y me angustiaba por ellos, condenados a cadena perpetua en ese carnaval metamórfico. En el cocodrilo que se sumergía ya veía al que estaba emergiendo de la otra orilla pronto a subirse al libro y seguir su camino. En el que atravesaba la escuadra, anticipaba al que bufaba cabeza en alto sobre el dodecaedro. Pero a veces los animales se me figuraban en reposo, una imagen quieta en el tiempo para siempre, y en el cocodrilo que suspira desde la cima del dodecaedro veía un ícono de la parálisis absoluta. Años mirando esta imagen antes de irme a dormir y al despertarme y nunca jamás ni por un instante perdió su poder de atracción. Había algo estimulante en el juego visual de Escher que inspiraba por un lado asombro, la magia más antigua del mundo que hace que haya tres dimensiones allí donde había dos. Pero, por otro lado, la geometría infernal de la imagen estimulaba mis miedos más íntimos, la pregunta sobre la muerte y lo que pasa después, adónde vamos, qué somos cuando dejamos de ser. Y, una vez que nuestros cuerpos caducan, ¿queda algo de nosotros detenido para siempre o dando vueltas y vueltas y vueltas en un mismo espacio sombrío y estrecho? En algún momento, acaso habiéndose dado cuenta de cuánto me quitaba el sueño, mi madre bajó el cuadro y lo guardó en el cuarto de servicio. Años después, cuando yo ya vivía solo, ella dejó el departamento de mi infancia y durante la mudanza lo encontré detrás de un armario. Entonces se me hizo evidente que la danza de los cocodrilos ilustra el ciclo eterno de la transmigración de las almas. Aunque, ahora que lo pienso, tal vez sea la imagen paradigmática del círculo vicioso, eso que los griegos llamaban *dialelo*, una relación parasitaria cuyas partes parecen moverse, pero están empantanadas inexorablemente; un tipo de simbiosis autodestructiva que no es inusual en las relaciones de pareja y en los lazos familiares, pero que también puede afectar a todo un pueblo y a una nación. Y acá me llamo a silencio porque de nuestro país, como le dijo Clotilde Sabattini a su hijo del medio, Jorge, mejor no hablar.

4

Unos treinta kilómetros al noroeste de Madrid y novecientos metros sobre el nivel del mar, al pie de la sierra de Guadarrama, pasando Las Rozas, justo antes de llegar a Las Minas, el viajero que se dirige a El Escorial siguiendo la ruta de Felipe II pasa por el coqueto municipio de Torrelodones. No hay razón alguna para detenerse ahí, salvo que se quiera echar un ojo al torreón que construyeron los moros durante el califato omeya, o que esté uno poseído por el demonio de la timba y haya hecho ese viaje justamente para dilapidar la paga del mes, la pensión o la manutención de los hijos, sus ahorros, su vida entera, vamos, en el histórico gran casino del que el portero echó al perro de nadie según aquella trova tan conocida. En el kilómetro treinta de la A-6, es decir, a unos ciento cincuenta metros del casino, hay un trastero barato en una de cuyas unidades de la planta baja Teresita había depositado las cajas que contenían los libros y los archivos de Eduardo.

El día que llegué a Madrid, me encontré con Teresita en el bar de un hotel sobre la Gran Vía. Estaba espléndida con sus ojos de capilla ardiente, el pelo corto rubio plateado y un vestido color salmón que le quedaba pintado. No nos veíamos desde hacía quince años. La conversación, como es natural, giró casi exclusivamente en torno a Eduardo. Teresita me contó que poco antes de morir, un día o dos, tuvo una discusión, una pelea más bien, con un amigo en Argentina que lo dejó muy alterado. Discutieron de política, por supuesto. El amigo, un excompañero de militancia que había virado hacia el liberalismo, le recriminaba su peronismo impenitente. Eduardo, que por lo general rehuía el conflicto, se calentó. Yo soy y seré peroncho, y no me rompas más los huevos, lo escuchó gritar Teresita. También intercambiamos recuerdos más agradables, como esa vez que Eduardo, que no sabía nadar, se hundió sentado en una pelopincho y, alzando el brazo, logró a un tiempo alertar a sus amigos y preservar el mojito que estaba tomando.

Tengo algo para ti, dijo de pronto la viuda, y sacó de la cartera una bolsita de terciopelo. Era el anillo plateado de banda cuadrada. Hace tiempo, cuando estuvo ingresado por una angina de pecho, me pidió que si le pasaba algo te diera esto a ti. Se lo había regalado su tía Chiquita. Y me dijo que un día tú se lo regalarás a alguien, explicó con lágrimas en los ojos. Yo también me emocioné. Nos tomamos una botella de vino esa tarde, fue muy lindo, una de esas raras ocurrencias de genuino acoplamiento emocional entre dos personas. Antes de despedirnos, me dio la llave y la dirección del trastero. Al día siguiente, alquilé un auto y fui a Torrelodones.

El lugar era un antro. En la oficina, había un hombre con pinta de suicida que a desgano me indicó el almacén de Teresita. Apenas levanté la cortina de metal respiré una bocanada de moho. Quise prender la luz, pero no funcionaba. Entré y pisé agua. Volví a la oficina. Ah, ¿no le han informao de la inundación? Que ha habido temporal y ha desbordao el arroyo. Hemos mandao un correo a todos los clientes de planta baja para que retiren sus pertenencias, dijo el dependiente con voz cavernosa. Le pedí una linterna, volví al zulo ese y empecé a sacar las cajas al pasillo. Las de abajo estaban hechas papilla y su desintegración había provocado el derrumbe de las capas superiores de cajas, que también estaban empapadas y, en muchos casos, completamente deshechas. Perdido en ese magma de hongos y celulosa estaba *El contrabando ejemplar*. Volví a la oficina en busca de bolsas de consorcio. El hombre no tenía y me indicó el Mercadona más cercano, en Galapagar La Navata. Una hora más tarde, con los pantalones y los zapatos ensopados, me encontré sin saber qué hacer en el estacionamiento del trastero rodeado de la obra escrita de Eduardo, sus fotos, sus diarios, sus libros, años y años de facturas, contratos, fotocopias y documentos varios, todo apelotonado en bolsas de plástico que chorreaban agua podrida. Había que poner ese enchastre a secar al sol. Pero ¿dónde? Mi habitación de hotel medía dos por tres. El departamento de Teresita no tenía balcón. Eran las once y pico y el sol pegaba con bronca. A mi derecha, el Casino Gran Madrid. Canturreé aquellos versos de la canción de Sabina. Y, de pronto, eureka, me acordé: Carlos Montana vive en Torrelodones.

Había conocido a nuestro Kapuściński años atrás en una feria del libro en Xalapa. Nos veíamos muy poco y siempre con gusto. El último encuentro había sido en Florencia, un café al vuelo cuando él pasó para dar una charla o para presentar un libro. Ahí fue que me contó que se había mudado al campo, a Torrelodones. Cité *19 días y 500 noches* y él protestó. Estaba harto del monopolio referencial que tenía Joaquín Sabina sobre su flamante domicilio. Cuando lo llamé desde el estacionamiento del trastero y le expliqué mi peculiar complicación me dijo: Venite. Si te traés un pancito, genial. Tengo jabugo, quesos ricos y buenos vinos.

La casa de Montana tiene una galería larga y luminosa que alfombré estratégicamente con metros y metros de papel mojado mientras él, todo de negro, me observaba con una media sonrisa camuflada detrás de su bigote decimonónico. Al tiempo que el sol y el aire hacían lo suyo, nosotros comimos y tomamos y hablamos de esto y de lo otro hasta que llegamos a la cuestión fundamental de lo seco y lo mojado.

La vida surge de las aguas. Los fluidos corporales la nutren y en la humedad se sostiene. Los bebés son puro líquido. Con el paso del tiempo, el cuerpo se va marchitando. Nos volvemos duros y enjutos. Y la muerte es sequedad completa. Lo que más impresiona cuando uno ve imágenes de la luna y de los planetas es esa aridez total y absoluta, todo es piedra y polvo. Donde hay agua, hay vida, sentenció Montana. La noticia por esos días era que un telescopio de la NASA había detectado vapor de agua en un exoplaneta a cientos de años luz de la Tierra. Pero el líquido también es muerte y destrucción. El agua se come las piedras, la madera, el acero. Si entra en los pulmones o en el corazón, te mata en minutos. Mucho tiempo en el agua y la piel se deshace. El papel no, observó Montana señalando el río de hojas y cuadernos en que estaba convertida su galería. Parece que uno de los dramas que tenían los soldados americanos en Vietnam era que andaban siempre con los pies mojados y se les caían los dedos a pedazos, aporté yo. Lo había visto en *Forrest Gump*. Montana dijo: Pie de trinchera se llama eso, se te ulcera todo, puede terminar en gangrena, era muy común en la Primera Guerra Mundial también. Entonces compartió conmigo un recuerdo de su juventud, noviembre de 1972, el peregrinaje a Ezeiza en el marco del Operativo Retorno, el primer regreso de Perón a la Argentina después de casi dos décadas de exilio.

Viajamos toda la noche, dijo. En camiones. Y de a ratos a pata para evadir los controles. De pronto se oía un grito y nos tirábamos todos cuerpo a tierra entre los yuyos. Llovía sin parar. En un momento (estaríamos en el Barrio Eva Perón), alguien nos indicó una casa que tenía la puerta abierta. Entramos. Era lo de qué sé yo quién, un desconocido que nos ofrecía hospedaje. Había verdadera solidaridad entonces. Tomamos mate y dormimos unas horas tirados en el piso. Teníamos las medias y las zapatillas empapadas. Yo me las saqué y las puse sobre una estufa apagada a ver si se secaban algo. Nos despertamos a la mañana siguiente muy temprano y salimos. Las medias no se habían secado ni un poco, las zapatillas menos. Caminábamos chapoteando. De pronto, había como diez mil personas, treinta mil, ochenta mil, y un cordón de milicos que nos cerraba el paso. Serían las ocho de la mañana. Escuchamos helicópteros. Una señora me dio un cacho de pan con salamín. Y ahí fue que empezaron a tirar gases lacrimógenos. Salimos rajando a campo traviesa, saltando entre los charcos, todos hechos sopa. Yo tenía quince años. Sentí por primera vez en mi vida que estaba participando de la historia.

Cuando tiempo después pude leer los diarios de Eduardo, apergaminados por el sol de Torrelodones, encontré esta entrada del 17 de noviembre de 2002:

Siento vergüenza, impotencia, rabia, angustia y una sensación concreta y aplastante de precariedad. La precariedad de vivir en un mundo desbordado, a la deriva, despojado de valores y principios que a lo largo de siglos supimos conseguir con sacrificio y muerte. La sensación de vivir en una sociedad mundial insegura, peligrosa e injusta. La sensación de que el futuro individual es una utopía. O un despropósito. El sistema internacional ha perdido el rumbo. Hoy hace treinta años viví el triunfo de la dignidad. Aquel día, junto a miles y miles de compañeros de utopía, caminamos bajo la lluvia helada e intensa, corridos por los soldados, asistidos por hombres y mujeres de la barriada popular. Recuerdo un viejo que iba al lado mío. Caminaba con bastón marcando el ritmo y cantando el grato nombre que nos mancomunaba. Cada vez que apoyaba el bastón y daba un paso con la derecha decía Pee... y, al dar el paso con la izquierda, completaba: ...rón. Peee rón, Peee rón, Peee rón. Marchábamos a campo traviesa con el entusiasmo de saber que estábamos haciendo la revolución en nombre de nuestra generación y para las generaciones futuras.

Entre los documentos de Eduardo había ocho cuadernos que componían un diario ocasional de los veinticinco años que vivió en Madrid. Las entradas registraban varios viajes (Oslo, Piamonte, Marruecos), recuerdos de la infancia y reflexiones extemporáneas, melancólicas y autodespreciativas. El 17 de enero de 2008, por ejemplo, se toma una botella de vino en una pensión frente a la estación de tren de Turín y pone: Este diario no sirve para nada. A veces lo releo y me asombra la falta de expresividad, la falta completa de profundidad. ¿Por qué lo escribo? No sé. Mi ego diría que porque quiero que la posteridad sepa que supe viajar. ¿Merece la posteridad saberlo? No. Pero escribirlo me hace sentir que no estoy solo. Ya sé que nadie lo leerá, pero está escrito. Es inmodificable.

Leo y pienso acá estoy, Edu, te moriste hace tres meses, estás acá y acá estoy yo.

En octubre de 2010 se inscribe en un curso acelerado de naturopatía y *coaching*. Odia al instructor, a quien considera un ignorante y un fanático. El día 16 escribe: Increíblemente, hablando con Íñigo [el instructor] comprendí el mecanismo de mi lenta y meticulosa autodesvalorización. Siempre me supe distinto y eso me angustiaba. Tenía un secreto que guardar celosamente. Cuando probé la ayahuasca, mi viaje terminó en el desván de la casa de Liniers, yo a punto de abrir un arcón de madera que contenía el secreto de mi vida. No lo abrí. Preferí la neurosis a la liberación. No encontré la fuerza revolucionaria y me confundí militando en política. El costo fue alto. Veinticinco años de terapia durante los cuales no hice más que justificar el proceso de enajenación. ¡Cuánto aprendí del mundo y qué poco sobre mí! Y la sombra crecía adentro del arcón. Todavía me da pánico abrirlo, pero sé muy bien cuál es el secreto. No es estar enfermo, es el cáncer. No es ser homosexual, es la homosexualidad.

Entre las páginas de estos cuadernos encontré una cantidad de fotos de sus padres, de sus abuelos, de sus tías; fragmentos de álbumes familiares perdidos, imágenes tomadas en tiempos y espacios inciertos. Una sola foto incluía nombres y coordenadas. Fechada el 8 de junio de 1925, la imagen en cuestión mostraba a las tías de Eduardo formadas en fila, ordenadas de la más alta (la Negra) a la más baja (Magda) en una plaza de Caucete. La melena rubia de la tía Chiquita, de Emilse, que tenía nueve años, brillaba en el papel fotográfico erosionado por el tiempo, por el agua y por el sol.

Fue por ese entonces cuando Emilse de la Puente escuchó el cuento del monstruo querandí. La familia vivía en San Juan desde hacía once años. Su padre había sido destinado a Cuyo para trabajar en el proyecto de extensión del Ferrocarril de Buenos Aires al Pacífico. Se instalaron en Villa Colón porque necesitan una casa grande y ahí la vida costaba menos. Al lado de ellos vivía Rosario Carrizo, una anciana que jamás salía, ni siquiera para ir a misa. Nadie sabía nada de su vida y circulaban chismes de todo tipo. Se rumoreaba, por ejemplo, que era la viuda del Animita Cuello, el primer sanjuanino en morir atropellado por un tren, y que vivía encarcelada con el fantasma de su marido. Otros decían que era la hija que le hizo el Supay a Martina Chapanay en la diablada de Valle Fértil. La voz más difundida la tenía por bruja. A la hora de la siesta, cuando Emilse invariablemente se negaba a dormir, protestaba y hacía berrinches, su madre le decía: No duermas si no querés, pero te quedás en la pieza. Mirá que la vieja de al lado es la Pericana, una bruja bien fiera que sale a esta hora a darles rebencazos a los chicos que se escapan de sus casas.

Lejos de amedrentarla, a Emilse la advertencia la llenaba de curiosidad. Quería conocer a la vecina a toda costa y a veces se quedaba mirando por la ventana de su cuarto que daba directo a la puerta de al lado.

Una vez por semana, siempre a la hora de la siesta, venía un chico muy flaquito a traerle las compras a Rosario Carrizo. Será su nieto, pensaba Emilse. Un día, vio que el chico se iba habiendo olvidado una de las bolsas en la entrada. Se escabulló entonces de su cuarto y de su casa y golpeó a la puerta vecina.

La madre del agua, exclamó Rosario Carrizo cuando la vio.

Me hizo pasar a un salón en penumbras donde el aire era tan pesado que lo sentías posarse sobre tu cara y ahí se quedaba, como una capa de maquillaje, le contaba la tía

Chiquita al pequeño Eduardo. Era como estar adentro de una nube de naftalina y palo santo. Rosario Carrizo la sentó en una silla y le ofreció mate cocido y unas masas anisadas duras como piedra. La madre del agua es una ninfa rubia con cola de surubí que vive en la laguna del Tontal y trae buena suerte, explicó la tía Chiquita. Mientras que Rosario Carrizo parece haberse convencido de que Emilse era un ser sobrenatural, la niña no tardó en comprender que su vecina no era bruja ni mucho menos. Era muy vieja, eso sí. Le preguntó la edad, pero Rosario Carrizo no tenía la más pálida idea. Podía tener ochenta como noventa o ciento cincuenta años, dijo. Emilse le preguntó también si era la Pericana y si la iba a castigar por salir a la hora de la siesta. Rosario Carrizo le dijo que el que hace eso es el Duende, un niño que murió sin ser bautizado. Se aparece con sombrero negro a la hora de la siesta. Tiene una mano de lana y otra de hierro. A los nenes malos les pega con la de hierro y a los buenos con la de lana. Los nenes buenos que no duermen la siesta tampoco son tan buenos, argumentó Emilse. Nenes malos son los que lastiman a los animales, explicó Rosario Carrizo.

A Emilse la enloquecían los cuentos de campo. Empezó a visitar a Rosario Carrizo con regularidad, siempre a la hora de la siesta. Llevaba comida, restos del almuerzo, tortas fritas del día anterior. La vieja, que era medio ciega, le pedía que hiciera el mate cocido, se sentaba en una mecedora descuajeringada, empezaba a hablar y no paraba. Le contó la historia de María Antonia, la Difunta Correa, que se fue a buscar agua ahí por la serranía de Pie de Palo y la encontraron muerta con su bebé que todavía tomaba la teta. Le contó de las salamancas, donde el diablo se reúne con sus acólitos, gauchos malos, cuatreros, comadronas y alcahuetas, y cantan y bailan y tocan la quena y la vigüela. Cuantito nosotros sentíamos la música, disparábamos pal' rancho; yo la sentí la música dos o tres noches nomás, cuando era muy chica, dijo. Le contó del tigre uturunco (el tigre gente), un hombre que se convierte en tigre y sale a hacer estragos. Come pollos y gatos, mata cabritos y a veces se la agarra con los borrachos que vuelven de la farra a los tumbos. Cuando es gente va por ahí con un cuerito de tigre colgado del cuello como amuleto. Y cuando le da por hacerse tigre, echa el cuerito al piso, se revuelca sobre él y ya se transforma. En la Mesopotamia le dicen yaguareté-abá, acotó Eduardo cuando me refirió esto a mí muchos años después.

En aquellos días quietos de la década del veinte, mientras Villa Colón dormía la siesta y ahí nomás en el campo el Duende merodeaba buscando nenes buenos y nenes malos para abofetear, Rosario Carrizo también se acordaba de su infancia y juventud en los tiempos de la Confederación Argentina, y Emilse la escuchaba siempre atenta, absorbiendo como una esponja cada palabra, cada frase, cada nombre. Rosario había nacido en Jáchal, en el desierto norte, un pueblo de arrieros famoso porque en la iglesia hay una estatua de Cristo crucificado que el Viernes Santo, a media tarde, mueve la cabeza tres veces y expira. En esa iglesia, cuando era muy chica, Rosario dice que vio a Linares y a José Dolores, dos bandoleros que robaban a los ricos para darles a los pobres. Los fusilaron los gendarmes. La gente todavía les reza. De joven, ya viviendo en Caucete, padeció las montoneras del Chacho Peñaloza y de Santos Guayama. Le cortaron el pescuezo a mi hermano y a mí me castigaron ya sabe usted cómo, dijo. Emilse no sabía cómo, pero no preguntó. Supuso que era como la castigaban sus padres a ella, a cinturonazos o haciéndola arrodillarse sobre granos de maíz, que fue la penitencia que le pusieron cuando se enteraron de sus incursiones a la casa de Rosario Carrizo. Una vecina que la había visto le contó a su madre y ardió Troya. Al final, no fue ni el Duende ni la Pericana sino mi propia madre la que me dejó hecha un Cristo por no dormir la siesta, decía ya de grande la tía Chiquita.

En 1927 o 1928, Manuel de la Puente recibió la noticia de que lo destinaban a las oficinas centrales de la BAP en Buenos Aires. Emilse y sus hermanas no daban más de alegría. Se mudaban al futuro y anticiparon una metamorfosis instantánea. De un momento a otro serían chicas de ciudad, gráciles, elegantes y perfumadas. Imaginaron cines y teatros, luces y barullo, paseos crepusculares por bulevares y parques manicurados, hombres de bigote engomado, polainas y cuello duro, mujeres vestidas de raso y de satén con peinados estrambóticos, la Costanera y los barquitos, el Rosedal de Palermo, el Jardín Zoológico. Emilse estaba tan excitada que no paraba de hablar. Su madre le hizo un té de tilo. Al día siguiente de recibir la noticia, volvió a lo de Rosario Carrizo adonde no iba desde aquella penitencia. A pesar de que habían pasado muchos meses, mismo un año, la anciana la recibió como si la hubiese visto ayer. Nos mudamos a Buenos Aires, anunció triunfal la chica. Rosario Carrizo bajó la cabeza y emitió un sonido extraño, una especie de maullido grave, como hacen los gatos antes de atacar. Habiéndose aclarado la garganta con un traguito de mate cocido, le contó este cuento.

Es difícil saber exactamente cuándo, pero sin duda a mediados del XIX, probablemente en 1851 o 1852 porque Vicente Pazos Kanki aún vivía, Rosario Carrizo, que no estaba segura de qué edad tenía entonces, pero sabía que todavía era púber, fue enviada a Buenos Aires junto con un grupo de niños a trabajar de criada. Se había quedado huérfana hacía poco y su hermano, Roque, y ella habían ido a parar a lo de unos tíos que vivían en San Juan capital. Roque era un buen chico, sumiso, comedido. Pero Rosario era un demonio. Se escapaba de la casa y se iba a fumar con un grupo de atorrantitos que paraba atrás de la estación de tren. Un día volvió borracha, le habían dado chicha y ella les había mostrado sus partes, según contó el aguatero que vio todo. Los tíos la encerraron en un cuchitril que había en la casa con un kilo de pan, una jarra de agua y una pelela. Pasaron tres días, ella presa y a oscuras. Cuando salió estaba hecha una furia. Al poco tiempo, la hija de la vecina la excluyó de un juego y Rosario le rompió las ventanas de la casa a piedrazos. Entonces, el tío la molió a palos y la tuvo una semana en el cuchitril. La chica juró vengarse. Su tío tenía una pecera con pececitos de todos los colores. Era la pasión de su vida, su tesoro más preciado. La limpiaba a diario, se sentaba a mirarla como uno hoy mira la televisión. Un día, Rosario la abrió y espolvoreó ácido muriático que le había robado al boticario. ¡Se van a morir los pescaditos!, le dijo su hermano. No seas opa... Se van a quedar un poco atontados nomás, replicó ella. Al cabo de unos minutos, los peces flotaban panza arriba, duros como cornalitos fritos. El tío casi la mata, la tuvo que proteger su tía, que entendió que ya no podían tenerla en la casa. Había un hombre que llevaba niños a trabajar a Buenos Aires. Su tía la vendió, digamos. Rosario partió una mañana de invierno en un contingente de veinte chiquilines.

Atravesaron el país en carreta, una ordalía inenarrable. Tres varoncitos murieron de diarrea. A una flaca de ojos verdes, linda como el sol, se la robaron los ranqueles cuando el convoy hizo escala en la posta Las Pulgas. Pasaron hambre y frío, lloraron sin parar. Llegaron a la ciudad de noche. Diluviaba y la carreta se movía en la oscuridad como un caracol prehistórico. Ya empezaba a aclarar cuando alcanzaron la Recova Vieja. En uno de los puestos del mercado funcionaba un despacho de servidumbre. Allí, los niños fueron distribuidos en distintas casas de familia. Rosario Carrizo fue a parar a lo de los Baigorria, que vivían en un solar en la esquina de Viamonte y Paraná. Los Baigorria eran una familia patricia venida a menos que a duras penas intentaba sostener un estilo de vida distinguido con medios cada vez más escasos. El patriarca había muerto hacía poco dejando un tendal de deudas que sus dos hijos varones se esforzaban por pagar con sus sueldos magros de burócratas. La viuda era una mujer robusta de origen gallego, propensa a la crueldad, que solía desquitarse con los sirvientes. El mismo día de su llegada a la casa, Rosario fue reprendida con ferocidad por la patrona a causa de su desaliño. El hijo menor, Tomasito, un muchacho de corazón blando y espíritu utópico, salió en su defensa y a partir de entonces se convirtió en el ángel guardián de la chica.

Tomasito Baigorria trabajaba en la aduana y en sus ratos libres leía con voracidad casi exclusivamente en francés. Le interesaba la ciencia natural, en particular la embriología. Había estudiado a Lamarck, a Cuvier, a Saint-Hilaire. Seguía también con atención la política internacional en la medida en que la censura rosista se lo permitía. Por eso, cuando se enteró de que el ilustre pensador y diplomático altoperuano Vicente Pazos Kanki se había instalado en Buenos Aires después de un exilio de un cuarto de siglo en Inglaterra, se presentó en su casa y expresó el deseo de conocerlo.

Pazos Kanki había vuelto a la Argentina anciano y sin un peso, pero lleno de ideas. Fundó un nuevo periódico, el *Diario de los Avisos*. Impulsó la expansión de los ferrocarriles y promovió el aprendizaje de idiomas extranjeros. Él hablaba al menos siete. Se había instalado en Los Olivos de Altolaguirre, una de las mejores quintas de Buenos Aires, propiedad de su amigo don Tomás Whitfield. El terreno iba de la calle Quintana hasta el río y de Libertad hasta Callao. En Alvear entre Callao y Rodríguez Peña estaba el caserón de Whitfield, un edificio neoclásico con columnas dóricas y vista al río que desentonaba por completo con el paisaje urbano de aquella Buenos Aires pobretona y andaluza. Alrededor del casco de estancia, el exitoso boticario devenido en ganadero tenía varias casas que alquilaba. A su amigo Pazos Kanki, que estaba en la ruina, le ofreció una por un precio simbólico.

Tomasito Baigorria empezó a visitar regularmente a Pazos Kanki. Hablaban de política. Pazos Kanki era crítico de lord Palmerston y admirador de Washington, «el único Grande Capitán en los tiempos modernos». Cuando el autogolpe de Napoleón III, discurrió sobre el absolutismo y dijo que Rosas era un aborto de tirano. Y agregó: Tiene las horas contadas. Tomasito estaba de acuerdo, pero no dijo nada. Le pedía que contara cuentos de los años de la revolución. Pazos Kanki había sido testigo de las mayores transacciones políticas de su tiempo. Estaba avecindado en Buenos Aires en mayo del 10 y recordaba esos días, pero sobre todo los meses del 16, cuando acababa de volver de su primer exilio en Londres sin sotana y con mujer, y cuando fundó *La Crónica Argentina*, como los tiempos más felices de su vida. La revolución de los pueblos americanos hizo de un ente desgraciado como era el colono, un pensador. Eran años de optimismo auténtico, estábamos convencidos de nuestro gran destino. Hoy es claro que estamos condenados a siglos de miseria. Pero capaz que en quinientos o seiscientos años repuntamos, pienso yo, perulero cabezón que soy, decía. Tenía más de setenta años, los dientes como perlas, una pelambre morocha y sana, los ojos esmerilados por las cataratas, las manos de escriba moteadas por el tiempo. Unitarios, federales y el vulgo vocinglero van a destruir el país; para un republicano de pura cepa como este indio viejo y recoleto, eso es algo que se cae de maduro, decía también.

Un día, Tomasito Baigorria llevó a Rosario para que lo ayudase a cargar unos cajones de cerveza que quería regalarle a Pazos Kanki. Había una cervecería excelente, era de unos franceses y quedaba en Sarmiento y Carlos Pellegrini. La noche anterior había llovido y la ciudad era un lodazal. El Tercero del Medio estaba crecido y se empaparon cruzando el puente a la altura de la calle Paraguay. Cuando llegaron a Los Olivos, Pazos Kanki salió a recibirlos y, viendo a Rosario, se le iluminó la cara. La invitó a pasar e insistió en que se quedase a tomar una cerveza y que participase de la tertulia. Tomasito no se opuso, aunque la situación le resultó grotesca, la sirvienta ahí con ellos hablando de política. Se sentaron junto al fuego, Tomasito se quitó las botas y las puso a secar. Tiritando de frío, Rosario, que andaba descalza, extendió los pies hacia las llamas. Tomasito le pidió que se recatase. Pazos Kanki lo desautorizó. La chica tenía frío, estaba en su casa y él le permitía exhibir los pies cuanto le viniese en gana. Después le hizo todo tipo de preguntas a la chica, estaba embelesado. Es que Rosario era bien bonita con esos ojos chinos color nuez, el pelo negrísimo prolijamente trenzado, los labios carnosos, la piel de manteca y sus formas pubescentes ya casi distinguibles bajo el poncho. Cuando fue hora de irse, Pazos Kanki los despidió y le dijo a Rosario, en kakán, que volviese a visitarlo sola apenas pudiese porque tenía algo muy importante para decirle. La chica se quedó atónita al escuchar la lengua de sus mayores.

De camino a la casa, Tomasito quiso saber qué le había dicho Pazos Kanki.

Me saludó en mi lengua nomás, respondió Rosario.

Unos días más tarde, la mandaron a hacer la colada. Bajó al río ahí donde ahora es el parque Thays, escondió el fardo de ropa sucia adentro de un alijador encallado y subió la cuesta hasta Los Olivos de Altolaguirre. No sabía cómo se iba a anunciar, pero tuvo suerte porque Vicente Pazos Kanki tomaba sol sentado en un banquito. La recibió con frialdad y en castellano.

–Ah, es usted. Pase.

Rosario se acomodó frente al hogar. Estaba helada y toda embarrada, así vivía. Pazos Kanki le miraba los pies montaraces, roñosos, y los dedos largos con uñas negras afiladas como navajas. Parecía un animal mitológico, mitad doncella mitad oso hormiguero. Le ofreció un mate y sin demasiado preámbulo le contó el cuento del monstruo querandí que él había oído más de cuarenta años atrás, poco después de la revolución, cuando un lenguaraz araucano se presentó en *La Gazeta de Buenos-Ayres* empecinado en convencerlos de que publicasen lo que para él era la noticia del siglo. Al tipo se lo había contado una de las últimas querandíes, la nieta del brujo que enterró los despojos allá por el mil seiscientos treinta y algo.

Según la versión que le contó el lenguaraz a Pazos Kanki, el monstruo vivió varios días y enunció él mismo la profecía. Juntos para siempre, juntos para siempre, dijo. El brujo interpretó que esto se refería a una imagen icónica del mal en el imaginario querandí: una anciana que defeca un batracio gigante y se queda pegada a él. Cuando el monstruo murió (no por combustión espontánea, según el lenguaraz, sino de inanición), el brujo destazó su cuerpecito, metió las partes en una bolsa y la enterró en el cementerio de los españoles junto a la catedral de Buenos Aires. La revolución no cambia nada, dijo el lenguaraz, colonos o libres estamos embromados. La maldición persiste. Y esta tierra está condenada al caos y a la miseria por los siglos de los siglos. La única forma de revertir el gualicho es encontrar los restos del monstruo y verter sobre ellos la semilla de la poa triturada y mezclada con huevo de perdiz.

En la versión de Pazos Kanki, que Rosario Carrizo escuchó aquella tarde en Los Olivos de Altolaguirre, el antídoto no es ese mejunje nauseabundo, sino la leche de una vaca polaca descendiente del uro arcaico. Pero esto es un *ludibrium*, agregó Pazos Kanki. No hay antídoto. Ya lo dijo mi querido Gervasio de Posadas: El origen del mal está dentro de Buenos Aires y de Buenos Aires sale y se propaga por todas partes. Ahora que lo sabe, hermanita, usted se regresa con su gente.

Esa tarde, Rosario Carrizo no volvió a la playa a buscar la ropa sucia. Pazos Kanki la hizo lavarse los pies y cortarse las uñas. Ahora te tengo que podar las mechas, dijo. Rosario se horrorizó. Él le explicó el plan. La niña accedió acongojada, ofreció la cabeza como Ifigenia en Áulide y vio caer sus trenzas al piso. Para que pareciese un varoncito y nadie la jorobara, Pazos Kanki le dio, además, un calzoncillo cribado, un poncho de oveja y un par de botas de potro que eran de uno de los hijos de su amigo Whitfield. Esa misma noche la subió a una carreta que iba a Córdoba.

Unos días más tarde, Tomasito Baigorria fue de visita ansioso por contarle, entre otras cosas, sobre la misteriosa desaparición de la sirvienta india, y su docto amigo lo recibió en la cama. Volaba de fiebre. Llamaron al médico que le hizo una sangría, examinó su orina y dio un diagnóstico aciago. Vicente Pazos Kanki murió la madrugada siguiente recitando un versículo de los evangelios en aymara, la lengua de su madre.

En otra de las fotos que encontré entre las páginas de los diarios de Eduardo se ve a las tías muy jovencitas, casi niñas, frente a la Casa Rosada. No tiene fecha, pero estimo que fue tomada poco después de que la familia De la Puente llegara a Buenos Aires desde San Juan. Un sábado, quizá. De primavera, tal vez. Se bañaron todos, se entalcaron, se emperifollaron, tomaron el tranvía y fueron a conocer el centro. La tía Chiquita tenía un vestido blanco con volados que se le ensució de barro cuando se sentó en el patio del Cabildo. Furiosa con el barro, con el monumento histórico, consigo misma, se la agarró con su familia, les gritó de todo y salió corriendo. Cruzó la calle y por poco no la atropella un auto. Desde la vereda de enfrente, su padre Manuel, de uniforme ferroviario blanco almidonado, corbata y quepí de jefe de estación, le soltó una puteada.

Bajo un cielo celeste inmaculado, Emilse dio vueltas en busca del árbol que marcaba la tumba del monstruo querandí. Del río llegaba un aire fresco y apenas nauseabundo que atravesaba las ventanas de la Casa Rosada, en uno de cuyos despachos, fuera del campo visual de Emilse, ajeno completamente a su fantasía y a su mundo imaginario, Hipólito Yrigoyen transitaba con desasosiego su segunda presidencia sin saber ni sospechar siquiera que el origen de todos sus problemas, de todos *nuestros* problemas y, por empezar, del golpe que lo derrocaría en breve inaugurando la larga temporada del tumulto y del declive, estaba tan cerca de allí, debajo de un árbol común y corriente, entre piedritas y raíces, formando una capa geológica olvidada de nuestra modesta historia, el sedimento maldito de una tierra condenada irremediablemente. Pero Emilse sí lo sabía y buscó el árbol.

A un costado de la plaza, enfrente de la catedral, había un olivo. ¿Sería ese? Lo examinó en busca de alguna seña siniestra, pero no encontró nada digno de atención. Cruzó la calle y entró al templo. Atravesó la nave lateral, dobló a la derecha en el transepto y salió al jardín. Ahí había muchos árboles. Tenía que ser uno de esos. Pero ¿cuál? Las palabras de Rosario Carrizo resonaban frescas en su memoria.

Enterraron los huesitos bajo el árbol que llora.

Emilse no sabía entonces que el árbol que llora es la tipa. Eligió otro, uno que daba tanta sombra que alrededor de su tronco obeso se formaba un microclima húmedo y nocturno. Un árbol fúnebre. Tenía que ser ese. Un cuarto de siglo más tarde, cuando le contó el cuento a Eduardo, el árbol era un ombú. Un ombú que «todavía está ahí».

Esa tarde, Emilse, sus padres y sus hermanos tomaron el té en la Confitería Richmond y volvieron a la casa vibrando todavía por el sacudón que les había dado la gran ciudad. Emilse se fue a dormir llena de anhelo y de buenos augurios. Pero los años siguientes serían funestos para su familia. La madre moriría de tuberculosis. El padre se ausentaría hasta volverse una figura espectral en la vida de sus hijos. Ella y sus hermanos, empobrecidos y desesperanzados, pasarían todo tipo de apremios. Mi padre, escribe Eduardo en su diario, trabajaba de cadete en una farmacia del centro e iba y venía caminando porque no le alcanzaba para el tranvía. Volvía a la casa tardísimo. Su hermana Magda a veces le dejaba un plato de comida escondido en un cajón para que no se lo comiesen los hermanos. El farmacéutico, conmovido por la situación familiar de su empleado, le daba unos jarabes inmundos a base de aceite de hígado de bacalao para que tomase él y les diese a sus hermanos. Mi abuelo Manuel aparecía de vez en cuando, dejaba algo de plata y se volvía a ir. Años después se casó con una sobrina y se la llevó a vivir a General Pinedo, en el Chaco. Según el tío Pepe, marido de Magda, el viejo se casó por calentura. Sus hijas nunca se lo perdonaron. Al poco tiempo, la flamante esposa lo dejó y regresó a Buenos Aires. Él la siguió, pero ella no quería saber nada, así que él fue a tocarles la puerta a sus hijas, que ya vivían en la casa de Liniers. La tía Negra no lo dejó entrar. Tiempo después el tío Pepe lo encontró convertido en un linyera, viviendo en la recova de Leandro N. Alem. El abuelo Manuel se murió solo en el Hospital Ferroviario. Se murió del corazón, la enfermedad De la Puente.

¿Cómo pudieron abandonar a su padre de esa manera?, se preguntaba Eduardo. No le entraba en la cabeza tamaño desamor. ¿Todo porque viajaba mucho? ¿Por no haber estado ahí cuando se moría su mujer? ¡Viajaba por trabajo el hombre! ¿Qué iba a hacer? Sus tías jamás hablaban del tema. Un día, ya de grande, Eduardo le preguntó a Tita y la tía estalló. No daba crédito. ¿Abandonar a papá? ¿Nosotras? ¿Papá un linyera? ¿Quién te dijo esa barbaridad? ¡Papá era un conde! Cuando entendieron que había sido Pepe quien había ido con el chisme infame, la Tita, la Negra y la Chiquita le hicieron la cruz para siempre. El tío Mario después confirmó que era un cuento chino lo del abuelo linyera, que él mismo lo había visitado varias veces en un hotel de la avenida de Mayo, esquina Lima, y que Manuel siempre lo recibía sentado en el balcón, tomando aire y mirando el atardecer en una *robe de chambre* púrpura, como un pachá desposeído. Una vez, en uno de sus muchos viajes al interior como guía de turismo, Eduardo fue a visitar a la segunda mujer de su abuelo, a la sobrina, que estaba viviendo en San Miguel de Tucumán. Toqué el timbre y me abrió la mucama. Le dije que quería ver a la señora de parte de Eduardo de la Puente, el nieto de Manuel. Me dijo que esperara en la puerta y fue a avisar. De pronto, escucho un grito: ¡Que se vaya! ¡No quiero saber nada con ellos! La mucama volvió y me dijo que la señora estaba ocupada y no iba a poder atenderme en ese momento. El abuelo Manuel murió el 2 de diciembre de 1946. Yo nací el 29 de ese mismo mes. Él era joven, tenía sesenta y dos años. Yo comenzaba mi andadura por esta vida. ¿A qué edad me iré a morir yo?, dijo. Te moriste a los setenta y cinco, Edu, casi setenta y seis, de un derrame cerebral mientras dormías la siesta.

Volví de Torrelodones tarde en la noche con la panza llena de vino y el auto cargado de papel. Pasé buena parte del día siguiente encerrado en mi habitación con el aire acondicionado a todo lo que da revisando documentos hasta que encontré el manuscrito. Debió de haber estado en una de las cajas de abajo porque el agua había hecho estragos. Las hojas pegoteadas formaban un bodoque tipo papel maché. Agujeros en el papel se habían comido largas secciones y manchones de humedad volvían indescifrable el poco texto discernible. La carátula y el material introductorio estaban intactos, sin embargo: «La novela de Buenos Aires: *El contrabando ejemplar*, por Eduardo de la Puente, 1997». A la dedicatoria («Para mis tías») siguen varias secciones introductorias («Sobre el tema de la novela», «Sobre la necesidad de organizar el trabajo», «Ficha de personajes», «Sobre dudas y decisiones» y «Sobre por qué elijo esta historia») y parte del primer capítulo. Lo que todavía era legible serían unas treinta páginas de un total de alrededor de cien. La prosa es clara, por momentos melindrosa pero honesta. «Sobre el tema de la novela» es un preámbulo en el que Eduardo explica que la Argentina es un país fracasado porque está construido sobre cimientos podridos. Toda la primera mitad de nuestra historia estuvimos obligados a quebrar la ley, a contrabandear, a mentir y a hacer trampa para subsistir. Fundamos instituciones esencialmente corruptas e hicimos de la ilegalidad nuestra ley natural. Esto nos degeneró para siempre. La acción de la novela transcurre en la primera mitad del siglo XVII, cuando Buenos Aires se convierte en el escenario de una guerra entre beneméritos y confederados. Los protagonistas son Simón de Valdez («un bribón de siete suelas»), que fue lugarteniente general y capitán de Guerra de Hernandarias y, luego, tesorero de la Real Hacienda y alguacil del Santo Oficio; Lucía González, la *femme fatale* con la que Simón de Valdez vive amancebado; Juan de Vergara, capo contrabandista, y Diego de Vega, capo contrabandista y «primer banquero de la Trinidad». Las descripciones de la ciudad están tomadas de Acarette du Biscay, un francés que visitó Buenos Aires en 1658 y escribió una de las primeras crónicas porteñas de que tengamos noticia. En la sección que se puede leer del capítulo inicial, Simón de Valdez contrata a un sicario para que mate a un escribano, después va a ver a Lucía González mientras en la costa se produce una arribada forzosa y treinta y cinco esclavos angoleños marchan encadenados hacia una pulpería donde serán vendidos en una subasta pública.

En «Sobre el tema de la novela» se menciona el nacimiento del monstruo querandí, el entierro de sus huesos debajo de la catedral y la maldición *in sæcula sæculorum*. Algunos nombres que sobrevivieron a las aguas de Torrelodones («Jaktórow», «Malaspina», «Antú», «Gustavito», «vilachichi», etcétera) me hacen pensar que el cuento que Eduardo escuchó de su tía Chiquita, a quien se lo había contado Rosario Carrizo que lo había oído de Vicente Pazos Kanki, y este, del lenguaraz araucano que había conocido personalmente a la nieta del brujo, el cuento que explica la maldición eterna de nuestro país y que Eduardo me contó aquella noche en Alpa Corral cuando yo tenía seis años y estaba en penitencia por haber matado un pollito, era el centro neurálgico de *El contrabando ejemplar*.

5

Empecé *El contrabando ejemplar* en Sevilla, calle Alfaqueque 13, una planta baja oscura como la noche oscura del alma y más fría que la cripta de los capuchinos. Ideal teniendo en cuenta que fue uno de esos veranos en que la gente fríe huevos sobre el pavimento. Había llegado de Madrid con el material que rescaté del depósito inundado, tenía dos semanas de vacaciones y toda la intención de terminar al menos el primer capítulo de mi novela robada. A menudo se me hacía evidente el disparate que es escribir novelas. Y no solo porque un día el sol se va a comer a la Tierra y no va a quedar rastro alguno de este episodio curioso y breve que fue la civilización humana. Más bien, porque el esfuerzo persuasivo que supone la construcción de una novela es perfectamente inútil y no hay mayor pecado que malgastar la poca energía vital que nos ha tocado en suerte. La novela –el arte en general– compite con la vida y pierde siempre.

Cuando me ponía cínico, en general después de algún incidente de rechazo o de ninguneo (por ejemplo, cuando veía a alguien en redes sociales elogiando libros no escritos por mí), trataba de concentrarme en mi trabajo (soy docente) con la esperanza de encontrar allí sosiego duradero.

Pero había algo dentro de mí muy hondo, entre la boca del estómago y el diafragma, que no me lo permitía. Era un malestar crónico, persistente, un repiqueteo de pájaro carpintero que perforaba la urna en la que yacía mi alma a la que imaginaba como un gusanote envuelto en seda. Vivir era como dormir y no podía despertarme del sueño de ser un gran novelista. Uno no elige sus sueños. Solo eso le daría sentido a mi paso por este mundo, pensaba: la Fama. No el dinero ni el lujo (aunque bienvenidos sean, *per carità*), sino la mera Fama, diosa rauda que viaja de boca en boca multiplicando tu nombre y que un día a deshora vocifera con estruendo y te coronan de laureles y tu nombre queda resonando en la bóveda del tiempo para siempre. O, al menos, hasta que el sol se coma a la Tierra.

Hay lugar para todos, me decía una amiga cuando veía que me crispaba y me estresaba y me deprimía porque la novela de Fulanito ganaba un premio o porque una revista anunciaba que Menganito estaba entre los escritores más prometedores de determinada franja etaria. Es claro que hay lugar para todos. De hecho, ya no queda nadie que no haya publicado un libro. La cuestión no es *estar*, de lo que se trata es de *ganar*. Y ganar no significa hacerse famoso. Cualquier perejil se hace famoso. Yo no quería ser famoso, yo aspiraba a la Fama. Los famosos van a la Isla de Caras. La Fama te lleva al Parnaso. Encontraba consuelo en la idea esa de que la historia pone a todo el mundo en su lugar. A Shakespeare en el lugar de Shakespeare y a Manuel Gálvez en el de Manuel Gálvez. Si la Fama no era mi destino, vaya y pase. Pero yo intuía con todo mi ser que sí lo era. *I valued Fame as much as if I had been born a Hero* (Aphra Behn). E intuía también que la clave era *El contrabando ejemplar*. Tenía en mis manos la épica triste de la Argentina, la gran historia de nuestro eterno retorno a la derrota. Eduardo no había sido capaz de terminarla porque cuando se mudó a Madrid se entregó sin reparos al *dolce far niente*. Pero yo sí que soy capaz. Soy aplicado y laborioso, soy un purasangre que, si empieza la carrera, la termina. Y tengo cuarenta y cinco años, estoy en el acmé de la potencia creativa, es ahora o nunca. El problema de las novelas anteriores había sido que, para suplir las carencias de mi imaginación y mi falta casi completa, diría, de espontaneidad, me había apoyado en muletas enclenques (la autobiografía, la filosofía). Ahora era distinto. En esas páginas que sobrevivieron a las aguas de Torrelodones estaban todos los ingredientes de la novela: personajes, tema y argumento, espacios, léxico arcaizante, tono, estilo, manera. No había más que transcribir y rellenar. Sale o sale, pensé. Y si no sale, me pego un tiro. Quizá muerto...

Puse manos a la obra. Todo empieza en la ciudad de la Santísima Trinidad y Puerto de Santa María de los Buenos Ayres, un viernes de carnestolendas en el año del Señor mil y seiscientos y algo a la hora de la siesta. Los porteños duermen o copulan. Ni un alma en las inmediaciones de la plaza Mayor, que ocupa la mitad oeste dc la actual plaza de Mayo. Buenos Aires es un mundo agreste y marrón, un mundo de polvo y cuero, de barro, paja y mugre. A esta hora la ciudad es un parador fantasma, apenas más presentable quizá que cuando Domingo Martínez de Yrala, teniente gobernador, la despobló siguiendo el requerimiento de Alonso de Cabrera, el 16 de abril de 1541. La fundición cinco años después de la fundación. En el castellano de entonces son una y la misma palabra. De la Relación de Yrala: «He determinado de llevar la gente que estaba en el puerto de Buenos Ayres para la juntar con la que está arriba en el Paraguay conformándome en esto con lo que Alonso Cabrera, beedor de fundiziones en esta provincia, me fue requerido [...] como por escusar los daños que la gente que en dicho puerto residía continuamente rrecibia de los indios de las comarcas».

En esta tarde sofocante de viernes ni siquiera hay indios. Un burro duerme parado junto a un poste y dos perros se disputan la carcasa de un animal pequeño, tal vez un conejo. Sus gruñidos y el concierto mecánico de las cigarras es lo único que se mueve en el aire muerto de la primera tarde. Cuando de repente, detrás de un árbol, se aparece él. Al cruzar el viejo puente sobre la zanja que rodea el Fuerte, en verdad barro, charcos de agua fecal y montañas de basura, Simón de Valdez, envuelto en una capa de tafetán de México, cuida de no ensuciarse los botines adornados con rosas. El gran contrabandista, bribón de siete suelas, enfrenta la calor brutal con decisión, pero sin prisa. Eduardo enfrentó el calor de la siesta madrileña y se durmió para siempre. Yo enfrentaba el sopor de la siesta sevillana y tuve que prender el aire acondicionado porque a esa hora innoble no corría una gota de aire en todo España.

Las ruinosas construcciones de los jesuitas frente al Fuerte apenas dan sombra. Simón de Valdez se dirige a la plaza Mayor, un cuadrado de tierra desparejo por las huellas de carretas y de mulas donde los días de feria se reúnen aguateros con sus toneles llenos, vendedores de vino cuyano y de aguardiente, de harina cordobesa, lana de vicuña y ramas de algodón catamarqueño, de cuero, de sebo y de cecina provenientes de las vaquerías del sur, de miel de caña, frutas y hortalizas, de cerdos, de gallinas y de gallos de riña, de plumeros y palanganas, de albornoz, retobo, bayetas y paños de Segovia, de peinetas, estopillas y bramantes, de papel de arroz, de libros, cuchillos y pañuelos; un cuadrado de tierra donde se congregan para la feria enjambres de buhoneros y mercachifles que exhiben la mercadería sobre mostradores de cuero curtido, pregones bochincheros, mendigos exhibiendo obscenas llagas limosneras, putas pintarrajeadas buscando marineros para llevarse al berreadero, peones llegados en las grandes carretas desde el Pago de la Magdalena, desde los Montes Grandes, desde Córdoba y Asunción, negras acompañando a sus amas en la compra del día, indios lenguaraces y encomendados, cabildantes, notarios, curas y soldados, vecinos beneméritos y vecinos confederados, cuatreros que pían el turco, ladronzuelos que cabalgan el potro y cuadrillas de pícaros, vagos y engalicados que juegan al matacán o a los dados. Esa mañana hubo feria. Sambelilo Belazán (Belamán Belamugre) y Ramona fueron a comprar pescado y se pasaron una media hora abundante examinando la mercadería en busca de pagros y dorados a los que no les hubiese dado la luz de la luna porque así causan roña y flujo de sangre. Fueron con Mendes, que se compró un libro de Melchor Ortega, la primera parte de *La grande historia del muy animoso y esforzado príncipe Florismarte de Hircania y de su extraño nacimiento*. Y se encontraron con Pietro Malaspina (*who would not live long*) tirándole los galgos a la hija del pulpero, una viuda alegre que tiene treinta años y parió siete veces.

Pero ya me estoy adelantando. Ni Mendes ni Malaspina ni Sambelilo ni Ramona aparecen todavía. Ellos irán poblando la novela más adelante, cuando tenga algo de tiempo y pueda trabajar en el estudio de Grisha, en el piso once de Casa del Mar y en la casita de Los Feliz. En Sevilla, cuando empecé, solo existía Simón de Valdez, que en algún momento hizo mutis por el foro y no lo vi nunca más. Simón de Valdez cruza la plaza Mayor a la hora de la siesta para ir a pagarle a un sicario que mañana tiene que apuñalar al escribano del Cabildo. A esta hora sofocada, el viento barre las nubes, la plaza es polvareda y peste de las sobras del mercado. El contrabandista ve a una negra que lleva un recado de su ama, tal vez una convocatoria urgente para el pata de lana que espera de brazos cruzados a la sombra de un alero. La ve en la distancia y ralentiza el paso hasta que la pierde de vista. Simón de Valdez va tan lento que parece un hombre que camina abajo del agua. No quiere apresurarse y después volver con la camisa estampada con lamparones de sudor. En la casa lo espera Lucía González, con quien vive amancebado, y van a echar un polvo. Simón de Valdez quiere mantenerse limpio, pero es imposible; el sol está fuerte y exprime sudor caliente que se le pegotea en la ropa. Durante su última siesta, justo antes de que se le rompiese el aneurisma, Eduardo transpiró mucho. Cuando lo encontraron tenía el pecho y el cuello empapados. ¿Cuánto tarda en secarse la transpiración después de la muerte? ¿La absorbe la piel muerta o se evapora? Cerré la computadora. El aire acondicionado me soplaba en la nuca y me había hecho doler la cabeza, así que lo apagué y me tiré a dormir la siesta.

Cuando me desperté en un charco de sudor y con la garganta tomada, entendí que Sevilla en verano había sido un craso error. Era optar entre helarse o ahumarse en la cripta. O bien salir a la calle y derretirse al sol. Así no se puede escribir, no se puede pensar. También empecé a sospechar que *El contrabando ejemplar* era un error. Quizás Eduardo no hubiese podido escribirla porque la idea misma estaba mal. ¿Qué tiene que ver ese mundo perdido del siglo XVII con el nuestro? ¿Qué podría explicarnos esa Buenos Aires que ya no existe? Las novelas no explican nada, además. Las novelas con suerte entretienen, como mucho cautivan. Había que repensar todo. Por lo pronto, tenía que salir de ahí. Me despedí de la Torre del Oro y del bar Dos de Mayo, y volví a Madrid en un tren refrigerado. Teresita se había ido de vacaciones y me dejó el departamento. También hacía un calor de perros, pero al menos ahí tenía amigos. A Santiago lo conozco de la infancia, Mercedes es una amiga nueva, y los tres Javis: Chávez, Pelos y el Osobuco. Los dos últimos son amigos de hace casi veinte años. Los conocí en Londres y los frecuenté muchísimo aquellos meses que viví en Madrid a caballo entre 2005 y 2006. Para alguien que viene de Buenos Aires, Madrid es casa. Si bien la aridez campechana del madrileño es muy distinta del histrionismo sensiblero del porteño, nos une un vínculo entrañable que no es la lengua (la lengua es lo que más nos separa) sino el desencanto.

La decisión de irme a vivir a Madrid, a lo de Eduardo, en el otoño de 2005 fue una excusa para posponer la mudanza a Roma. No es que no me gustase Roma, todo lo contrario. Pero en esa época estaba de novio con una romana que quería a toda costa que viviésemos cerca, y su insistencia me daba ansiedad. Se llamaba Laura y yo le decía Laurita. En italiano, el diminutivo es Lauretta. «Laurita» le parecía exótico, le encantaba. Al padre, un escribano de origen calabrés, no le causaba ni pizca de gracia que su hija menor anduviese con un sudamericano. Cuando finalmente me mudé a Roma, promediando el 2006, fue sobre todo para joder al viejo que ya entonces me odiaba con pasión. Una noche comíamos en la terraza y me dijo enfrente de todos: *Ma tu che voi con mia figlia? E se domani te venisse di torna' in foresta?* Laurita estaba furiosa. *Papà, ma che stai a dì!?* El tipo ni se inmutó, puso esa cara que pone Marlon Brando mientras el dueño de la funeraria le cuenta que violaron a su hija, y siguió comiendo. *Fo-*

resta, dije yo, si viera usted lo que es Buenos Aires... Resulta que el tipo conocía Buenos Aires. De hecho, había ido en más de una ocasión. Le gustaba muchísimo. Otra vez me preguntó cuánto ganaba dando clases de inglés. A regañadientes se lo dije y respondió que el profesor de salsa de su mujer ganaba más. Eso porque se la coge también, pensé al tiempo que Laurita y su madre (que me adoraba) lo reprendían. O esa vez que dije que dormía ocho horas por día y él sentenció: *Sette ore, un corpo; otto ore, un porco.*

Durante la temporada que pasé en Madrid haciendo tiempo antes de mudarme a Roma, Laurita me venía a visitar una vez por mes y yo iba a verla a ella con la misma frecuencia. Cuando viajaba ella, Eduardo nos dejaba el departamento y dormía en lo de su amante. Un día vi que Laurita había traído toallas. Tenemos acá, eh; toallas, sábanas, papel higiénico: tenemos de todo, le dije. Se puso nerviosa. No me sabía mentir, pobre, y eso que cuando la conocí estaba de novia con un motoquero romano, uno con arito y cara de malo, y le mentía como una campeona cada vez que el tipo la llamaba y estábamos en la cama remoloneando. Al parecer, la madre la había obligado a llevar sus propias toallas porque se había enterado de que Eduardo era gay y tenía miedo de que su hija se contagiara de sida o de sífilis o que se agarrara alguna otra peste usando las que había en la casa. Laurita sabía que el miedo de su madre era descabellado e infame, y aun así no podía evitar que la inquietase un poco dormir entre sábanas y secarse con toallas que eran de un señor sudamericano y homosexual.

Conocí a Laurita en Londres. Yo estaba haciendo un máster y trabajaba de celador en una residencia estudiantil en Chelsea, calle Manresa casi esquina King's Road, a metros del cuartel de bomberos. Ella había ido por un cuatrimestre para hacer un curso intensivo de inglés y vivía en la residencia. Mi trabajo ahí consistía básicamente en recorrer las habitaciones después de cada *check-out* para controlar que no hubiese daños y lidiar, dado el caso, con residentes borrachos. No me pagaban sueldo, pero me daban una habitación en el décimo piso desde cuya ventana se veía entero el sureste de Londres. Además, tenía una llave maestra que abría todas las habitaciones y cocinas, así que buena parte de mi sustento provenía de lo que dejaban los residentes en sus heladeras y alacenas cuando se iban. Sin paga fija en una de las ciudades más caras del mundo, estaba obligado a hacer changas para cubrir gastos extra, como el abono de transporte y alguna que otra ida al cine o a comer afuera al Cadogan Arms, el pub de la esquina, o al Stockpot, un boliche mediocre pero simpático y, sobre todo, muy barato donde una vez vimos a Roger Moore. Trabajé un tiempo para una empresa de catering, fui preceptor en una escuela de música y monitor en viajes estudiantiles a Yorkshire, a Sussex y a Norfolk. Odiaba trabajar, cumplir horarios, aprender tonterías, obedecer órdenes. Me daba bronca y pereza en igual medida. Pero lo del pub sí que me gustaba.

Dos veces por semana, mi amigo Nel, un gallego de Pontevedra, y yo tocábamos la guitarra y cantábamos en un pub que estaba debajo de una casa de empanadas y pasteles, el West Cornwall Pasty Co., frente a Markham Square. Nos pagaban como cien libras por show y la cerveza era gratis. Habíamos armado un repertorio de lo más trillado y el público se divertía. Llegó un punto en que teníamos fans, nos reconocían por la calle. Los dueños del pub estaban felices. Tocábamos «Cadillac solitario», «Loco (tu forma de ser)», «19 días y 500 noches», canciones de Calamaro, de Manu Chao y de Maná. Al mismo tiempo que no muy lejos de ahí, en los bares de Camden Town y de Soho, Amy Winehouse y los Arctic Monkeys se alzaban como dos soles nacientes de la música del nuevo milenio, nosotros rasgueábamos la guitarrita y ladrábamos en ese hipogeo transpirado debajo de la casa de empanadas de Cornualles, dos pordioseros cojeando alegremente por el arrabal más carenciado de la escena musical londinense.

Una noche, recién llegada a Londres, vino a vernos Laurita arrastrada por su compañera de habitación, una hippie napolitana que se llamaba Susi. Le encantó el show. Tenía, como muchos jóvenes italianos en esos años, fascinación por todo lo hispano. A diferencia de mí, que sabía siete u ocho acordes en la guitarra y más o menos me las arreglaba para cantar sin desafinar del todo, Nel era bastante buen músico y todos los shows terminaban con un tema suyo. Dame ese porrito chiquitito que me voy..., que te recuerdo bien, pero te olvido mal, algo así decía la letra. Era una especie de flamenco trash en el estilo de Estopa, de quienes tocábamos «Tu calorro». A la gente la volvía loca la canción del porrito. Cuando terminaba, nos pedían que la tocáramos de nuevo. Una vez, íbamos caminando por King's Road y un tipo desde un auto nos cantó el estribillo. Recuerdo algunas partes nomás, me apena habérmela olvidado. Fue hace veinte años esto. Nel hoy está muerto y la canción del porrito se perdió para siempre como se van a perder para siempre todas las canciones que alguna vez cantamos los seres humanos, desde *Gilgamesh* hasta la última de Billie Eilish, cuando dentro de cinco mil millones de años el sol se quede sin hidrógeno, se dilate y se coma a la Tierra de un bocado. Aquella noche, decía, las dos italianas bailaron y bailaron y, cuando terminó el show, se quedaron conmigo y con Nel fumando cigarrillos armados y tomando Snakebites. Volvimos a la residencia doblados cantando la del porrito y nos metimos en la cocina a castigar una horma de queso manchego que yo tenía marcada desde hacía días. Se la había mandado la madre a una residente española. Nos comimos casi todo y al día siguiente la damnificada me denunció con el director de la residencia, que me amonestó, aunque no pudo esconder que el asunto le resultaba de lo más jocoso. A raíz de esto, los españoles me bautizaron el manchego.

Un par de noches más tarde, Laurita me invitó a comer a su cocina. Hizo una carbonara con panceta y queso parmesano, lo cual le dolió en el alma, pero es que para conseguir *guanciale* y *pecorino* habría que haber ido a Harrods o a Fortnum & Mason. Había invitado a Susi y a un húngaro vecino de habitación que le daba lástima porque siempre lo veía comiendo solo. Mientras cocinaba, entraron dos americanas a calentar sobras en el microondas y no sé qué dijeron, pero cuando se fueron Laurita comentó: *Questi americani tanatici...* Ya me parecía muy linda, con ese pelo y esos ojos negrísimos, la nariz imperial pecosa y el cuello de avestruz, pero cuando oí esa palabrita me enamoré. No fue tanto el hecho de que usara el término «tanático», ella que había estudiado administración de empresas, sino que deduje que pensaba lo mismo que yo de los americanos, que son un pueblo emocionalmente desahuciado cuya productividad proverbial y cuyo espíritu emprendedor no son más que expresiones maníacas de una pulsión de muerte desatada. Tal cual, dije yo, es que son paganos fatalistas. Estados Unidos no es un país, es un culto a la muerte.

Esa noche, después de comer, invité a Laurita a ver las vistas de Londres desde mi ventana. Vino y se quedó en mi habitación tres meses. Poco después, no sé cómo, me di cuenta de que aquella vez en la cocina yo había entendido mal. Ella había dicho *questi americani fanatici*. Y si bien convengamos que también esto es cierto, el malentendido me dejó bastante decepcionado.

Cuando Laurita venía a Madrid, salíamos mucho con Nel, que se había mudado al mismo tiempo que yo y fingía buscar trabajo bajo la sombra de su padre que lo celaba desde Galicia. Íbamos a comer huevos rotos al boliche ese de Tribunal. O pasábamos las horas en El Mono de Gramática, el bar de debajo de la casa de Nel, en Argüelles. A veces la llevábamos a la milonga que había los martes (¿o los miércoles?) en el Palacio Gaviria. Nel y yo tomábamos gintonics y yo la veía bailar el tango y la salsa con otros tipos y me moría de celos. Íbamos mucho al departamento de Nel también. Tenía un gato persa, naranja y atigrado, que se llamaba Vito Corleone, pero le decían Caraplana. Nel le daba de comer cualquier cosa, pan con manteca, fabada asturiana, Nutella. Un día, Caraplana se cayó por la ventana y se rompió la cadera. Los parroquianos de El Mono de Gramática lo vieron caer y llamaron a Nel, que ahora sí estaba trabajando, de gerente en el Zara de la calle Carretas. Una entrada más en un currículum que incluía otras como albañil en Malibú, barman en Dublín y guardia de seguridad en una juguetería de Covent Garden. Caraplana quedó mal y al poco tiempo hubo que sacrificarlo.

Nel era rubio como un duende, el prototipo genético de la antigua Iberia celta. Tenía la voz raspada por los excesos, la panza redonda, dura como un tambor, y le faltaban dos dedos del pie derecho que le habían tenido que amputar después de que se le gangrenasen como consecuencia de una lesión jugando al fútbol cinco. Arrancaba con la cerveza a la hora del desayuno («¡pero, tío, si es pan líquido!») y no paraba hasta la noche. En todo el tiempo que lo conocí, nunca jamás lo vi tomar agua. Comía una vez por día. Su dieta consistía en harinas, carne y papas; todo frito, preferentemente. De vez en cuando, incluía alguna legumbre. A los treinta años se le cayeron todos los dientes y volvió a Pontevedra. Su padre le pagó la dentadura nueva y le consiguió trabajo en una oficina. Se casó con una mujer mayor que él, que tenía dos hijos, y formó una banda de rock en inglés que tocaba por toda la comarca. Era un buen tipo, la verdad, conocerlo era quererlo. Murió mientras dormía, a los cuarenta y cuatro años, en agosto de 2023. Tres semanas antes me había mandado una selfi. Tenía la barba roja canosa y larga. Sos Gandalf, le puse. Y él: Alf soy.

Entre 2004 y 2006 pasé muchísimo tiempo con Nel, primero en Londres y después en Madrid. Tocábamos la guitarra, tomábamos cerveza (Foster's siempre, las latas de litro) y hablábamos de música. Él fue quien me inició en los misterios de Van Morrison. Conocía a Van, claro, y me gustaban algunas de sus canciones, pero el viaje iniciático, el descenso sin retorno a la guarida del león lo hice de la mano de Nel. Le decíamos Nel y creo que no le gustaba el apodo. Lo conocí una noche cuando otro español, Javi el Osobuco, me despertó a eso de la una para pedirme un favor. Estaba volviendo a la residencia con este tal Nel y una chica a quien habían conocido en el Tiger Tiger, una discoteca para turistas en Piccadilly Circus que, creo, todavía existe. Querían hacer un trío, pero la chica no vivía en la residencia y pasadas las diez de la noche no se podía entrar con invitados. No solo la hice entrar, sino que llevé un colchón extra a la habitación de Javi para que estuviesen más cómodos. Subí con ellos en el ascensor. La chica tendría cuarenta y tantos y era española también. Nel era un sátiro de piel colorada. Tenía los dientes pequeños y su cuerpo emanaba un olor penetrante a fruta pasada, como si se hubiese bañado en cerveza. Al día siguiente, encontré a Javi y a Nel en el Cadogan y me contaron que ninguno de los dos había podido porque, al verse ahí en pelotas, se tentaron, les dio un ataque de risa y joder que ni con grúa. La chica, ofendidísima, se mandó a mudar y ellos dos se vistieron y fueron a la cocina a tomar cerveza con Dídac, un gitano catalán que vivía en el sexto piso.

Cuando le conté a Nel que me mudaba a Madrid, dijo: Hostia, pues yo también. Había estado en Londres un año a instancias de su padre inscripto en un curso de inglés al que fue como mucho tres veces. Siempre hablaba de su padre, un médico famosísimo que tenía entre sus pacientes a uno de los empresarios más poderosos de Europa. Una vez, estábamos en el departamento de Malasaña tomando fernet y Nel dale que te dale con su papá hasta que Eduardo lo paró en seco: Nene, vos sos el único varón que conozco con complejo de Electra. Nel saltó como leche hervida. Putos argentinos de mierda con vuestro psicoanálisis, dijo. Pobres ustedes, españoles, que no tienen segundo piso, retrucó Eduardo. Yo traté de poner paños fríos hablando mal de los mexicanos, pero Eduardo ya había empalmado con un cuento de años atrás, un viaje a las Rías Baixas, a Cambados, para el festival del Albariño donde comió una empanada de mejillones recién arrancados de las rocas, el bocadillo más sabroso de su vida. Recordó los hórreos con sus símbolos fálicos. Y ese mar tan violento, esos campos verde musgo, ese mundo incorregiblemente pagano. Habló también de las brujas gallegas. Y de pronto, no sé bien cómo, llegó a la cuestión de la Argentina. Ah, sí, quería explicar por qué les decimos gallegos a los españoles. De los gallegos pasó a Franco y a cómo los gorilas lo asociamos con Perón cuando nada que ver. De un momento a otro, Eduardo estaba impartiendo una *lectio magistralis* sobre el peronismo. ¿Es de izquierda o de derecha? ¿Liberal o conservador? ¿Democrático o autoritario? En su monólogo recorrió las diferentes caras de la hidra desde 1945 hasta concluir con el kirchnerismo, al que, en ese entonces, y por motivos de estricta conveniencia, consideraba abominable. Es la ambición personal disfrazada de populismo, es un ejercicio autocrático, se dice peronismo, pero no lo es. Néstor Kirchner es el presidente más autoritario desde Videla, dijo. Años después, se haría kirchnerista, pero esa es otra historia. La cantinela siguió así:

Buenos Aires es el escenario de la degradación política total. El interior es el escenario de la miseria. Los jóvenes tienen caspa cerebral. Argentina se precipita a un abismo sin retorno, ya no hay proyecto de país ni partidos políticos, solo alianzas ocasionales, oportunismo, arribismo y nada más. La historia nos pasa por encima. No tenemos destino salvo que vuelva el peronismo verdadero.

Nel entonces hizo notar que los argentinos, sea cual fuere el tema de conversación, siempre terminamos hablando de nosotros. Y que la autofustigación constante, todo eso de «somos el peor país del mundo, somos el mayor fracaso de los últimos cien años», es una máscara más del narcisismo desbocado y del provincialismo histórico que nos caracteriza. Ah, mirá quién se puso psicoanalítico de pronto, dijo Eduardo. Nel sonrió como un zorrito. Me voy a sobar, tíos, anunció. Ya eran como las cinco de la mañana y nos habíamos tomado una botella de fernet.

En la víspera de mi partida a Roma hubo una fiesta de Halloween en El Mono de Gramática. Nel fue disfrazado de papá pitufo. Yo, de Eva Perón, con un tailleur negro, zapatos de charol que me reventaron los pies, una blusa amarillenta y una peluca rubia oxigenada con rodete que había conseguido en El Rastro. Tomamos como cosacos. Un amigo de Nel, gallego también él, vestido de nazareno con túnica blanca, capirote y antifaz, nos dio la cocaína más fuerte que haya probado en mi vida. Dos tiros y quedé como bigote de nutria. Oye, manchego, ¿sabes cuál es el río más largo de España?, preguntó Nel. Yo no sabía. El Guardiacivil. Nace en Andalucía y muere en el País Vasco. El nazareno, que se había levantado el capirote y peinaba una raya generosa, rió. Yo no entendí el chiste, me lo tuvieron que explicar.

En algún momento de la noche, apareció una pitufina. Nel la arrinconó: ¿Coincidencia mágica o jugarreta del destino? Al ratito los vi que se estaban besuqueando, el maquillaje de ambos corrido, los colores de uno embadurnados sobre la cara del otro. Yo por mi parte me conjugué con una monja afroamericana. Encontramos un recoveco junto a los baños y ahí, como diría el poeta Ramón Paz, le dimos duro al arrumaco. Cuando le arremangué el hábito y llegué a la zona inguinal tuve una sorpresa. *You are not a girl*, dije estupefacto. *I am an Übergirl*, respondió. Nunca me había pasado. Me dio miedo el implemento. Lo dejamos ahí. Después me arrepentí por eso de que, entre hacer y no hacer, entre el ser y la nada, siempre hay que elegir el ser y hacer.

La otra sorpresa de la noche fue que apareció Ophélie, la novia de Nel, que acababa de llegar de París. No le había avisado que venía. Más adelante diría que le quería dar una linda sorpresa nomás, pero Nel estaba seguro de que había ido para ver si lo pescaba en alguna. Y así fue, claro. No lo agarró pegado al morro de la pitufina, pero no hizo falta. Le vio la cara pintarrajeada de rojo y vio a la pitufina con la trompa cubierta de manchones azules. Fue una debacle. Ophélie, que era bien *petite*, toda modosita y pizpireta, revoleaba piñas, arañazos y patadas como un demonio de Tasmania. Se agarró de las greñas de la pitufina y casi le arranca el cuero cabelludo. Entre varios, logramos calmarla y Nel la subió a su casa. Yo me fui a dormir al rato.

Llegué a Roma un domingo y en menos de una semana había conseguido trabajo en una escuela de inglés en piazza Bologna, el barrio de Laurita. Barrio fascista. Una amiga de mi suegra tenía un departamento en Via Corvisieri. Lo alquilaba a estudiantes. Éramos cinco: el siciliano, el lucano, el calabrés, el pugliese y yo. Una gavilla de sudacas. El calabrés era de ultraderecha, el pugliese era comunista católico, el siciliano era un bello Brummell y el lucano, a quien no habré visto más que dos o tres veces, fue quien me hizo conocer a Fabrizio de André. Compartíamos los cinco un baño miserable en el que había más secadores de pelo que en una peluquería. Los varones italianos, aun cuando llevan corte militar, usan religiosamente el secador, el *phon*, porque le tienen pánico al *colpo d'aria*, ese chiflete helado que te da en la nuca cuando salís a la calle con el pelo mojado provocándote gripe, rinitis, pleuresía, pulmonía, enfisema y, en la mayoría de los casos, la muerte.

Me adapté rápido a la *dolce vita*. El cafecito de parado, la pizza de los sábados a la noche, la vuelta al perro por Via Nomentana, el aperitivo en Momart, las tardes en Villa Ada. Por ese tiempo se me había ocurrido una novela que transcurría en las catacumbas. Año doscientos después de Cristo. Dos patotas de funebreros se disputan el negocio de los entierros de cristianos. Iba a ser algo tipo *Gangs of New York* y, desde luego, no fue nada. Visité todas las catacumbas que pude. San Calixto, Marcelino y Pedro, Domitila, San Pancracio, Priscila, San Sebastián, Generosa. Laurita se burlaba, pero me acompañaba contenta de verme contento. A su padre le parecía todo una broma siniestra. Mi mudanza a Roma, mis ambiciones literarias, el berretín de las catacumbas, las Birkenstocks en las que me presentaba cuando iba a comer a su casa, mi pelo largo y, lo peor, la vincha que usaba para domeñarlo y para, de paso, cubrir mi oreja machucada. El pobre hombre no podía más.

No habían pasado ni dos semanas de mi mudanza cuando recibí un mensaje de Nel anunciando que vendría de visita con Ophélie. Le quería regalar un viaje a Italia para compensar por sus correrías de pitufo energúmeno. Llegaron a principios de diciembre, un miércoles, estuvieron dos días en Roma y el viernes alquilamos un auto y nos fuimos los cuatro a pasar el fin de semana largo a la Toscana.

La primera noche, en Montepulciano, comimos pasta con ragú de jabalí, nos peleamos como perros todos contra todos ya no me acuerdo por qué y los cuatro tuvimos pesadillas. Al día siguiente, Ophélie quiso ir a Florencia, pero Laurita se opuso. Odiaba a los florentinos casi como a los napolitanos, aunque no tanto como a los franceses. *Sono proprio degli stronzi*, declaró.

Paramos a almorzar en Pisa, nos sacamos fotos sosteniendo la torre y seguimos hacia el norte con la idea de llegar a Porto Venere. De camino, Ophélie propuso visitar las canteras de Carrara. A Laurita le pareció una gran idea; sin embargo, cuando llegamos anunció que nos esperaría en el auto. El tour duraba dos horas. Le insistí, pero no hubo caso. Estaba empacada. Me hizo acordar a su padre, que fue de visita a Londres y después de hablar durante días de la ilusión que le hacía ver *le bianche scogliere di Dover*, cuando finalmente llegamos a Dover, sin duda irritado por mi presencia, se quedó en la estación de tren tomando café mientras nosotros (Laurita, su hermana, la madre y yo) íbamos a ver los acantilados y hacíamos una sesión de fotos de lo más simpática.

Al volver al auto encontramos a Laurita de excelente humor. Tiempo después me enteraría de que había estado hablando con su ex, el motoquero. Ophélie sugirió hacer media hora más hasta la región de Lunigiana, en la Toscana remota, casi el confín con Liguria, y dormir ahí. En un pueblito que se llama Fosdinovo hay un castillo donde funciona un *bed & breakfast*, dijo. Era noche cerrada cuando llegamos. El auto casi se queda atascado en una de las callejuelas. Un paisano nos ayudó a salir haciendo marcha atrás. Manejaba Laurita. Estacionamos y subimos al castillo, una mole de roca sedimentaria encaramada sobre un bosque exuberante que no vimos sino hasta la mañana siguiente. Nos recibió en la entrada una chica joven de pelo castaño largo hasta la cintura y anteojos grandes ovalados. Era Maddalena, la dueña. A Laurita le cayó mal por florentina, a Ophélie por cómo gesticulaba. Durante la comida en el único restaurante del pueblo, la criticaron. A Nel las cabelleras largas y onduladas le hacían perder la cabeza. Mientras las chicas le sacaban el cuero a Maddalena, él me miraba con cara de sátiro. La odiáis porque es guapa y vosotras sois feas, ¡feas!, acusó de pronto. *T'es vraiment un salaud*, dijo Ophélie. Laurita miraba sin entender con esa jactancia de los romanos. Creo que somos los únicos en el hotel, dije yo para cambiar de tema. A ver si la tipa esta es de una secta y nos ofrece en sacrificio, dijo Laurita. A los dioses etruscos, completó Ophélie. Estamos en la zona del *mostro di Firenze*, siguió Laurita dándose manija. Ophélie, que no conocía la historia del *mostro*, quiso saber más y Laurita la contó sin escatimar en detalles escabrosos. Pedimos dos postres y los compartimos. De vuelta en la habitación, abrí la ventana y en la lejanía, a la luz de la luna, vi el brillo perlado del mar Tirreno.

A la mañana siguiente, Maddalena sirvió un desayuno espartano y después nos hizo un tour del castillo. Hacía un frío de lobos. Sabemos que hay un castillo aquí desde al menos 1084, dijo en inglés. Y procedió a narrar la saga enmarañada de los Malaspina dello Spino Fiorito, la rama de la familia Malaspina que gobernó aquel feudo durante mil años. Recorrimos patios internos y externos, puentes, galerías y túneles, subimos y bajamos escaleras, bordeamos las murallas y entramos a ver las habitaciones –todos menos Nel, que se quedó fumando en el puente levadizo–. Dante pasó parte de su exilio aquí como secretario de Moroello Malaspina. Dormía aquí mismo, explicó Maddalena señalando una cama que parecía un féretro. Laurita sacó una foto. Entramos a la sala del trono y Maddalena señaló una mancha como de humo negro que había en el techo. Es el fantasma de Bianca Maria Aloisia, la hija del marqués. Se enamoró de un palafrenero y su padre la hizo emparedar junto con un perro y un jabalí. Ophélie quiso saber más. Maddalena contó una historia escalofriante y, sin duda, completamente ficticia. De un momento a otro, se dirigió a mí.

Esto te va a interesar a ti que eres argentino. Pietro Malaspina, el hermano de Bianca Maria, horrorizado por lo que había hecho su padre, renunció al título familiar y a su herencia, abjuró de la familia y se marchó. Se fue por el mundo en busca de aventuras. Cruzó el Atlántico y llegó a Sudamérica. Fue el primer italiano en poner pie en la Argentina, a principios del siglo XVII.

Italia y Argentina, un alma con dos cuerpos, dije yo, falso y complaciente. Es que es agotador decir lo que uno realmente piensa cuando conversa así al pasar. Viviendo en Italia había comprobado que mal que nos pese los argentinos somos mucho más parecidos a los españoles. Aunque sí es cierto que los italianos, cuando hablan en castellano, lo hacen automáticamente con el acento nuestro. Hay una afinidad fonológica ahí. Tenemos la misma glotis, si bien el habla de ellos es bastante más nasal.

Cuando terminó el tour, era media mañana, brillaba

el sol y arreciaba el frío. Acordamos que partiríamos hacia Porto Venere al mediodía. Laurita volvió a la habitación para (según me enteraría tiempo después) llamar a su ex. Nel y Ophélie salieron a dar un paseo por el pueblo. Maddalena me invitó a la cocina y tomamos café. Hablaba muy buen castellano y era admiradora de nuestra literatura. Nombró autores a quienes yo no conocía ni de nombre. Se jactó de haber tratado a César Aira, a quien sí conocía de nombre, aunque después se me ocurrió que acaso lo estuviese confundiendo con César Arias, un político menemista que fue compañero de banca de mi padre en el Congreso durante la segunda mitad de la década del noventa. Me contó también la historia de Pietro Malaspina. Tenía un modo de hablar tan agradable que uno le creía todo, incluso el disparate ese de que Malaspina fue el primer italiano en llegar al Río de la Plata.

Mil seiscientos veintisiete, el año de la muerte del último uro (*Bos taurus primigenius*) en el bosque de Jaktorów, fue cuando Pietro Malaspina maldijo a su padre asesino, abjuró de su familia, dejó para siempre el castillo de Fosdinovo y se fue a Padua a estudiar medicina. Lo acompañaba Virgilio, un sirviente florentino entrado en años que lo había educado en la caza y en las letras. El viaje, que debía de haberles llevado dos meses, les tomó tres años porque, en Módena, Malaspina se enamoró perdidamente, se casó y tuvo un hijo que nació muerto llevándose consigo a la madre en un aluvión de sangre. Habiendo enterrado a su mujer y al bebé sin nombre, Malaspina bajó al infierno. Se entregó al juego, al ron y a las putas, dilapidó buena parte de su fortuna, se arrugó como un pergamino, perdió varios dientes, se le encaneció la barba y no se pescó el morbo gálico porque san Roque le tuvo paciencia. El fidelísimo Virgilio nunca lo abandonó. Tampoco lo reprendió ni hizo esfuerzo alguno por rescatarlo. Entendió que su amo tenía que atravesar la selva oscura solo, de principio a fin.

La catábasis de Malaspina terminó con un episodio de fiebre que casi lo mata. Postrado y delirante, escuchaba al galeno que lo examinaba, un hombre cerdo de mirada cruel, y se acordó de Padua y de su sueño de estudiar medicina. Le vino a la memoria su hermana, ejecutada por su padre. Estaba embarazada cuando los esbirros del marqués la encerraron en una habitación por el resto de sus días. Le daban de comer cuando caía el sol, dormía sin abrigo sobre un colchón de paja. Murió dando a luz, sola. Nadie se apiadó de ella. Ni siquiera las sirvientas. Sus gritos se escucharon hasta Sarzana. Pensó en su mujer, menuda y frágil como un pajarito, vaciada de vida mientras paría un cadáver de cuatro kilos. También a su madre se la había llevado la muerte cuando paría a su hermano menor. Malaspina tenía seis años entonces y escuchó también esos gritos. Y así fue como en el trance de la fiebre vio arcángeles y diablos batiéndose en el cielo sobre una campiña repleta de bebés recién nacidos, ensangrentados y resbaladizos, que se retorcían y que se arrastraban como orugas. Hizo entonces un juramento a la memoria de las tres mujeres muertas. Dedicaría su vida a combatir la mortalidad materna.

Una vez repuesto, prosiguió su camino junto con Virgilio, que lo acompañó cansado cuanto le dio el pellejo y dejó este mundo en una posada de Monselice, a menos de cinco leguas de Padua. La muerte de Virgilio, de quien Malaspina había aprendido todo lo que sabía, de quien había incluso adoptado el habla florentina en vez de ese acento basto y cacofónico, entre ligur y toscano, que hablaba su padre, lo sumió en una tristeza profunda pero también lo motivó a seguir. Enterró a su maestro adorado y viajó a Padua.

Pietro Malaspina cruzó las puertas de la ciudad universitaria bajo un cielo encapotado. Las calles estaban vacías. El aire se cortaba con cuchillo. Desde una ventana, una mujer le gritó algo incomprensible y cerró los postigos con violencia. Apenas unos días después, la gran peste de 1630 llegaría de Venecia al galope con su bolsa sin fondo. A Malaspina el desparpajo general de la pestilencia no le movió un pelo. Se sentía invulnerable. Había perdido el miedo a la muerte y el horror le daba curiosidad. Se movía sin problema entre las hogueras de desechos pestíferos y los cadáveres amontonados, gambeteando mendigos y suplicantes que vagaban como zombis. Se había instalado en una habitación en Via San Francesco y, cuando amainó la pandemia, empezó a asistir a lecciones clandestinas en casas señoriales o en sótanos de farmacias donde los pocos profesores que no habían muerto se reunían con los pocos estudiantes que no habían huido. Una tarde, en lo de Bonifacio Papafava, conoció al gran Cesare Cremonini, cuyo lema era *Intus ut libet, foris ut moris est*. «Para adentro, como quieras; para afuera, como dicta la costumbre.» Un resumen perfecto de la moral patavina, incendiaria y provinciana.

El teatro anatómico estuvo cerrado largo tiempo, pero de tanto en tanto había autopsias públicas en el hospital o en la casa de Giandomenico Sala, caballero catedrático. Los cadáveres solían venir del gueto. Había una bandita de drugos que irrumpía en los velorios, enmascarados y armados hasta los dientes, y se llevaba al muerto entre injurias, amenazas y escupitajos a los deudos. Luego les vendían los cuerpos a los anatomistas que se ocupaban, primero que nada, de quitarles la piel de la cara para que quedasen irreconocibles. ¿Sirve un cuerpo de judío? ¿No es como estudiar un perro?, preguntó una vez un alumno. Sirve, sí, respondió el maestro, tenga en cuenta que Galeno extrajo todo su saber de las entrañas de cerdos y de monos. En estas lecciones de anatomía caseras, Malaspina aprendió a reconocer los órganos y a separar las distintas capas de la piel con el bisturí.

En diciembre de 1631, el Vesubio entró en erupción y las cenizas llegaron hasta la Serenissima Repubblica. Padua quedó sumida en una nube espesa. Durante días no te veías la mano frente a la cara. Malaspina se la pasaba en el Hospital de San Francisco, donde hacía sus prácticas con Benedicto Silvático. Llegaba a la mañana y se pegaba al doctor que diagnosticaba una pleuresía, sangraba a uno, examinaba la orina de otro, le tomaba el pulso a un tercero o conversaba con pacientes moribundos. Silvático consideraba fundamental familiarizar a su discípulo con los síntomas de la muerte inminente. Lo primero que muere en un muerto son los ojos. Lo último que muere son las uñas, decía citando al eminente Kurt Suckert, con quien había hecho sus prácticas en los años de Galileo y de Harvey. Malaspina empezó a notar que, en los momentos inmediatamente sucesivos a la muerte, el rostro del cadáver se contorsiona apenas y parece sonreír. La sonrisa del muerto no es de alivio, sino de burla, se convenció Malaspina. Es una burla al vivo. Mientras que yo ya crucé el Estigio y vi los Campos Elíseos, a ti te queda camino por andar en el valle de lágrimas y a cada paso te carcome más y más la incertidumbre. Eso parecen decir los muertos. Rodearse a diario de cadáveres, con su silencio atronador y ese rictus burlón, llenaba a Malaspina de melancolía. Los vivos con los vivos, los muertos con los muertos, decía, y le mostraba la mano cornuta al cadáver que respondía impávido con esa mueca macabra.

En 1632, llegó a Padua un estudiante inglés. Se llamaba Thomas, pero, decoroso y políglota, se presentaba como Tommaso. Era delgado y fofo, de pelo largo, castaño claro, fino como la muselina. Tenía ojos de lechuza y una cabeza enorme, como si su cráneo contuviese un cerebro y medio. Malaspina lo conoció en las lecciones de anatomía de Johann Vesling, que acababa de volver de Palestina con historias alucinantes. Fue amor a primera vista. Se anotaron juntos en Filosofía Extraordinaria, dictada por Hernán Bellirotus, y en Humanidades Griegas, a cargo de Giorgio Camerarius Scotus. En sus horas libres, iban y venían del teatro anatómico al jardín botánico donde estudiaban el color, la paleta de grises cadavéricos, el arcoíris de los verdores vegetales, y ponderaban así el misterio de la muerte y el milagro de la vida. Después de clase, a veces se juntaban en la tertulia que organizaba los jueves en su botica Benedicto Silvático. O, si no, los sábados en casa de Johan Rode, el anatomista danés, que sabía absolutamente todo y que los dejaba hurgar en su biblioteca. Tenía un manuscrito iluminado de Dioscórides que volvía loco a Tommaso, cuya gran pasión era la botánica. Ojalá nos reprodujésemos como los árboles, le decía a Malaspina. El coito es la actividad más ridícula, más grotesca y más indigna que hay; ¡transforma al hombre en un mono! Su amigo lo escuchaba y pensaba: Qué idea tan retorcida y tan genial.

Tommaso no tardó en mudarse a la habitación de Malaspina. En la intimidad, eran Peter y Tom. Malaspina le contó de su madre, de su hermana y de su mujer, y del juramento que había hecho. Tommaso había perdido a su padre de niño y, en la adolescencia, había naufragado en el mar de Irlanda. Se salvó aferrándose a un barril, pasó tres días a la deriva hasta que lo rescató un pescador. El mundo es un hospital, decía; cada día que pasa y seguimos vivos es un milagro. Nunca podrás ganarle a la muerte, Peter. La muerte ya ganó. Nuestra misión es estrictamente paliativa. Y agregaba: *Just remember that death is not the end.*

Un día fueron al gueto a comprar libros. Tommaso consiguió el *Midbar yehuda*, de León de Módena, que incluye «Kinah Schemor», un octeto escrito simultáneamente en hebreo y en italiano, así como el temible *Ginnat Egoz*, en el que el rabino José Gikatilla dice que, por más que uno rece, Dios no va a cambiar ni un ápice el curso de la historia. Malaspina, por su parte, compró una gramática hebrea que jamás consultaría. Compartieron también una comida de langostas y saltamontes con una familia que les contó sobre la banda de drugos que robaba cadáveres. Tommaso se disculpó en nombre de la cristiandad. Ya de vuelta en la pensión, le dijo a Malaspina que, lejos de odiar a los judíos, él sentía piedad por ellos. Tuvieron a Cristo frente a sus narices y no fueron capaces de verlo. Y agregó: ¿Has notado que sus cuerpos no apestan, como se suele decir? El hedor corporal no es propio de las tribus de Israel o de los negros, sino de cualquiera que no se lave. Esa noche, cuando Tommaso dormía, Malaspina se inclinó sobre él, le olió el pelo, el cuello, el aliento. Fragancias que a nosotros nos hubiesen resultado inmundas, malcriados como estamos por el desodorante, el dentífrico y el champú, a Malaspina lo transportaron al Jardín de las Delicias. Después le llevó horas conciliar el sueño.

El invierno de 1633 fue crudísimo. Malaspina y Tommaso estaban fascinados con el curso de Embriología de Fortunio Liceti. La naturaleza no hace nada en vano, repetía Liceti mientras evisceraba animales deformes. Eran palabras de Aristóteles. Los llamamos monstruos porque *muestran*. Nos muestran el ingenio y los recursos infinitos de la naturaleza que, aun cuando tiene a su disposición materia prima defectuosa, se las arregla para crear formas insólitas, explicaba. Y agregaba: También porque la gente al verlos se los *muestra* entre sí. Mira ese pigmeo, ese cíclope, ese tritón, ese blemio. ¡Mira qué prodigio y qué ingenio!, decimos. Los hombres cuando estamos frente a algo maravilloso tenemos el impulso impostergable de compartirlo con los demás.

Entonces alguien lo presionaba: Pero ¿no son acaso monstruos porque indican la voluntad divina y nos advierten sobre el futuro, como decían Cicerón y Julio Obsecuente? El monstruo de Ravena, por ejemplo, nació justo antes de la gran batalla de 1512 para notificar a los paisanos que serían aniquilados por la artillería francesa. Y así le daban ejemplos de nacimientos aberrantes que habían sido leídos por grandes letrados como signos ominosos. Lycosthenes también opina eso, apuntaba un alumno. Y Riolan, decía otro. A Liceti lo sacaban de quicio estas impugnaciones. Era un hombre de temperamento colérico que amaba el vino y la polémica. Siempre iba de luto, la moda veneciana en esos años de guerra y de peste. Toga negra, zapatos puntiagudos con hebillas de plata y la peluca empolvada. No. ¡Absolutamente no! Eso es una superstición ridícula. No anuncian mensajes divinos, no son ángeles. Son *monstruos*. Son atletas preternaturales. Son hijos de Dios como todos nosotros. Y no refieren a otra cosa sino a sí mismos porque la naturaleza se explica a sí misma, respondía.

Malaspina escuchaba, tomaba nota y estudiaba de sol a sol. Se convenció de que la clave para combatir la mortandad de las parturientas era prevenir deformaciones durante la gestación. Estudió las obras de Varrón y de Isidoro de Sevilla, se entretuvo con Boaistuau y aprendió muchísimo de Ambroise Paré. Dominó *Sobre el concepto y la generación del hombre*, de Jacob Rüff, y el *De ortu monstrorum commentarium*, de Martin Weinrich, cuyo espíritu secular impenitente lo inspiró como pocos libros antes. Se dedicó también a examinar todos los especímenes de los que pudo echar mano. Diseccionó un ternero de cinco patas, un cerdo con dos cabezas, un calamar cíclope, una rata acéfala. Fue a Correzzola a revisar a una niña campesina que había venido al mundo con aletas de delfín y visitó a otra, en Dolo, que tenía seis dedos en la mano derecha. Viajó incluso a Vicenza para ver a un enano primordial y rechazó una propuesta de los padres del niño, que querían venderlo, porque estaban cortos de fondos. Liceti, complacido por la dedicación de su discípulo, le permitió inspeccionar la posesión más preciada de su gabinete de curiosidades, el cuerpo momificado de un niño perro nacido en Aviñón en 1543. Tenía cabeza humana y orejas, cuello y patas de perro. Su madre había sido quemada en la hoguera por bruja junto con su amante, el perro que según su marido la había preñado. Malaspina había leído sobre el caso en las *Misceláneas* de Girolamo Magi. Frente al esperpento, tuvo la sospecha de que se trataba de una falsificación, pero se cuidó de no decir nada para no suscitar la cólera de su maestro.

Con el correr de los meses, la predisposición de Malaspina fue cambiando. Cuanto más estudiaba más se apasionaba por la teoría. La ambición de erradicar la mortalidad materna empezó a menguar hasta perder todo brillo y todo calor y convertirse en una pálida obligación, una roca que lo anclaba al pasado. Ahora anhelaba descubrir leyes universales, ser Copérnico, ser Harvey. Se convenció de que existía un orden en la deformidad, una lógica de los monstruos.

Mientras que los monstruos bicéfalos son relativamente comunes entre los vertebrados, las morfologías tricéfalas son inexistentes. Esto significa que *no* cualquier aberración es posible, le decía a Liceti.

Liceti lo refutaba con su conocimiento enciclopédico.

Cerca de Milán, en 1578, una dama de buena familia parió un niño con patas de cabra y tres cabezas, una de lobo, una de sapo y la otra humana. En Vercelli, no ha mucho tiempo, también nació un crío con tres cabezas, de cada una de las cuales salían cuatro cuernos dispuestos que parecían un gorro de trapo. Tommaso Fazello reporta haber visto en Scicli una criatura tricéfala con tres pechos, seis brazos y seis pies. El adefesio tomaba la teta y berreaba con las tres bocas al unísono. Tres pechos, como comprenderá, significa tres corazones, es decir, tres almas, explicaba Liceti condescendiente.

Pero Malaspina estaba emperrado en promulgar su ley natural. En la ciencia se progresa poniendo a prueba una hipótesis y afinándola más y más si es que resiste. Malaspina se empeñaba, entonces, en rastrear presuntas excepciones a su regla y cada refutación lo convencía de que el tricéfalo auténtico era una quimera. Según su teoría, los monstruos supernumerarios se generan exclusivamente por duplicaciones binarias de miembros y de órganos. Esto significa que la forma teratológica puede no ser discreta, pero es racional y obedece a un orden determinado. Estudió el fenómeno de la superfetación, o exceso de semen, que multiplica los miembros del embrión, y llegó a la conclusión de que era la causa más prevalente en la generación de monstruos. Una dieta que disminuyese el flujo de semen acaso redujese las chances de engendrar mal, le decía Tommaso, y juntos determinaban qué plantas y alimentos podían tener tal efecto.

—Fenogreco disuelto en leche, nueces, avellanas, alfóncigos —enumeraba el inglés.

—¿Y el té de gordolobo? —preguntaba Malaspina.
—Puede ser. Sobre todo hay que evitar el anís y el mastuerzo.

Se pasaban las noches en vela considerando esta y otras cuestiones. Tommaso no creía en la monstruosidad. Cada ser vivo tiene la anatomía perfecta que le ha dado Dios para que despliegue lo mejor posible la potencialidad de su forma interna. El único monstruo que conozco, decía, es la muchedumbre, la turba cuantiosa, cuyas partes tomadas por separado parecen hombres, pero todas amontonadas forman una única bestia enorme y un endriago más pasmoso que la Hidra.

Fue una noche triste de noviembre cuando Malaspina divisó la posta siguiente en el camino de su vida. Había una tertulia en la farmacia de Benedicto Silvático. Afuera, el viento abofeteaba puertas y ventanas. Las calles eran corredores de hielo. En cualquier momento estallaba una tormenta. Adentro, al calor del fuego, se tomaba vino y se conversaba fuerte. Estaban todos. Vesling llegó último. Venía de la peluquería. Tenía la cresta canosa, reluciente y enmantecada, y se había pintado un lunar *appassionato* en el rabillo del ojo izquierdo. Se sacó la toga y debajo llevaba un elegantísimo chaleco de damasco que le hacía juego con la camisa de lino negro y las calzas de Inglaterra. No lo veían desde hacía cuatro meses. Acababa de volver de Portugal.

Contó que había desembarcado en Cádiz y atravesado Portugal de sur a norte. Los holandeses acababan de invadir Arguin, soplaban vientos de cambio. En el Alentejo oí tambores de guerra, dijo. Hay escabechina en puerta. Los Austrias van a caer como calzón de puta, pronosticó. En Lisboa, desde las damas hasta las corredoras de deseos (y a menudo son una y la misma) todas siguen la moda veneciana. Vestidos inflados que las hacen parecer globos aerostáticos, uñas larguísimas, colorinches y afiladas como colmillos de serpiente, el lunar asesino en la comisura de la boca y melenas adornadas con postizos complicadísimos sobre los que montan canastas de frutas, guirnaldas de flores, peinetas, agujas y hasta pararrayos.

Afuera se había largado a llover. Adentro, los muchachos estaban cada vez más a gusto. Tommaso avivó el fuego. Malaspina sirvió el vino. Entonces Vesling contó que en Oporto la gente vive aterrada de los dacianos, bandas de trashumantes que roban niños pequeños, les rompen los brazos y las piernas, los desfiguran y los venden a otros pícaros que luego los usan para salir a mendigar. Esto recordó a Liceti algo que había leído en Gerardo de Gales. Un ungüento a base de mandrágora y grasa de murciélago que usaban los druidas en Irlanda para fabricar enanos y ponerlos a trabajar en las minas de cobre. Robaban bebés recién nacidos y les untaban la nuca, la zona lumbar y las pantorrillas con esta pócima que interrumpía para siempre el crecimiento, explicó.

Hablando de monstruos, miren lo que encontré en una librería de Lisboa, dijo Vesling sacando de la cartera un folio plegado.

Era un panfleto. Liceti se lo arrebató y leyó:

> En este año del Señor de mil y seiscientos y treinta y dos, a setenta leguas de la Trinidad, puerto de Buenos Ayres, nació un monstruo causando admiración de todos, una aberración con tres cabezas, la una dellas femenina, las otras de macho y bien parecidas; su cuerpo se completaba con dos aletas de delfín, escamas de pez, pe-

zuñas de cabra y sexo truncado de hembra y de macho que echaba un olor nauseabundo. Las tres cabezas anuncian desorden civil, las aletas denuncian ligereza en las costumbres, las escamas representan avidez de usura, rapiña y contrabando, las pezuñas de cabra y el doble sexo son marca de lujuria y de sodomía. Su madre era salvaje y su padre, cristiano. En los meses anteriores al nacimiento, un rebaño de ovejas caminó en círculos ininterrumpidamente durante una semana. El monstruo vivió doce días y habiendo muerto se le dio sepultura.

En la parte de «tres cabezas», Liceti había dirigido una mirada sonriente a Malaspina. Nuestro héroe tenía la guardia baja por el vino.

–¿La Trinidad? –preguntó.
–El Río de la Plata –dijo Tommaso–, la última Thule de Felipe IV.
–Tiene sentido que un coso así haya nacido en un lugar tan remoto –reflexionó Vesling. Y citó a Ranulfo Higden, que decía que los monstruos más extravagantes aparecen en los rincones más apartados del mundo porque allí, lejos de toda distracción e impedimento, la naturaleza se siente libre para experimentar a sus anchas.
–Y según Cesalpino –dijo Benedicto Silvático– los pueblos del Nuevo Mundo surgieron por generación espontánea, algo que, hoy en día, la naturaleza solamente se permite a escondidas de la mirada de los hombres.
–*Per voi che avete l'ardore a divenir del mondo esperti...* –recitó Liceti mirando fijo a su discípulo siempre con esa sonrisita perversa.

Y Malaspina picó. La mención de la Trinidad, puerto del fin del mundo, y del monstruo tricéfalo en aquella noche fría de noviembre al calor del fuego, bajo los efectos del vino, y él sentado hombro a hombro con Tom, que unos días antes le había anunciado que partía, se iba a Holanda a hacer el doctorado y no se volverían a ver, esta constelación de estímulos hizo que Malaspina, infiel a la manera de los hombres, se olvidara por completo de las promesas que les había hecho a las almas de su mujer, de su madre y de su hermana, o, mejor dicho, no que se olvidara, sino que les plantara cara a esos tres fantasmas dominantes y los expulsara pronunciando la fórmula infalible, «los vivos con los vivos, los muertos con los muertos», y se desentendiera así en el acto y para siempre de la epopeya absurda de erradicar la muerte durante el parto, y canalizase toda su energía vital alimentada de esa curiosidad tan pura que le había salvado la vida más de una vez, y que volvería a salvársela porque no hay antídoto más eficaz contra la melancolía que el hambre de saber, en cruzar el océano y llegar al bendito Río de la Plata para rastrear los despojos del fenómeno, para encontrar a ese monstruito que sin duda no era un tricéfalo auténtico y en cuya mera existencia, como ya sabemos, se cifra el gran desastre argentino, y llevarlo consigo de vuelta a Europa y formular una teoría general de la deformidad, escribir un tratado definitivo, devenir inmortal y que lo lean por los siglos de los siglos, hasta que el sol se coma a la Tierra, o quizá no, quién sabe, quizá venderle los huesos a algún coleccionista y usar el dinero para viajar, esta vez hacia el este, y llegar a la India. El mundo era suyo.

Cuando paró de llover, Tommaso y Malaspina volvieron a la pensión caminando despacio sin hablar.

A la mañana siguiente salió el sol en toda Italia.

6

Llueve. Es sábado, temprano a la mañana. Tengo diecisiete años y estoy yendo a Floresta en colectivo. Le voy a caer de sorpresa a mi novia. Su madre y su padrastro fueron a pasar el fin de semana a la quinta en Derqui y ella se quedó con la hermana mayor, que es soltera y tiene un hijo chiquito. Estamos de novios hace dos años. Con ella descubrí el sexo. Cuando le metí la mano entre las piernas por primera vez y toqué esa humedad palpitante y sentí ese calor suave inaudito fue como si alguien dentro de mí hubiese abierto una puerta de una patada. Así empezó el delirio. Nos matábamos. La hermana nos apodó los conejópatas. Un día le pregunté a mi novia: ¿Y vos nunca acabás? Y ella: Para las minas acabar es más difícil que mear adentro de una botella de whisky. A mediados del 95 se quedó embarazada y se hizo un aborto en una clínica clandestina del conurbano. Me ofrecí a acompañarla, pero por suerte prefirió ir con su hermana. Fue cuando me echaron del instituto de inglés por robar billeteras. El día que se hizo el Evatest, ni ella ni yo nos alarmamos. Una prima suya se había hecho un aborto. Era una pavada, al parecer. Esa noche, antes de quedarme dormido en la cama de mi infancia, en casa con mamá y con mi hermano menor, pensé: Mirá vos, engendré.

¡Cómo llueve! El colectivo va casi vacío. Las ventanillas están todas empañadas, no se ve nada. Digo que voy a caerle de sorpresa a mi novia, pero en realidad quiero ver si la agarro *in fraganti* con un tipo. La semana pasada salía de su casa a la noche y uno de la bandita que ranchea en el kiosco de la esquina me gritó: ¡Cornelio! Yo ya tenía mis sospechas. Hay uno alto de rulos que me da mala espina. Es de la barra brava de All Boys el tipo. De los cuernos y de la muerte no se salva nadie. Me bajo en Sanabria, camino hasta Segurola y cruzo Magariños Cervantes. Toco la puerta, no hay timbre. Espero, vuelvo a tocar. Espero, toco otra vez. Soy adrenalina pura, una bomba a punto de estallar. Pasan tres, cuatro, cinco minutos o más, aunque quizá haya sido mucho menos. Cambia la noción del tiempo cuando uno está tan nervioso. Me abre la hermana en bata y con una toalla de turbante. Entro. Ahora baja, dice. Espero en la cocina. Esta no me abría porque estaba en la ducha. ¿Y la otra? Estaría durmiendo, pienso, aunque sé muy bien que no es así. Tengo taquicardia. Aparece mi novia y no tiene cara de terror ni de vergüenza sino de hastío. Mi visita sorpresa la enerva. Está Matías, dice. Matías es el tipo alto de rulos, el barrabrava. No respondo. Paso a la cocina, me siento. Ella sube. Al rato bajan juntos. No los miro, no me muevo. Tengo pánico. Ella dice: Lo acompaño un segundo y vuelvo. Cuando él sale, ella agrega: Quedate acá, si te llegás a ir no me volvés a ver nunca más en tu vida. No respondo. Cuando se cierra la puerta, subo a su habitación. Olfateo las sábanas como un perro. No encuentro nada raro, creo. Veo un bollo de papel higiénico en el tacho de basura. Lo saco y lo huelo. Tiene mal olor, pero no sé a qué. ¿Es pis? Entonces busco un alfiler de gancho, lo abro, me pincho varias veces el pulgar izquierdo, me hago sangrar. Escribo con sangre en la pared. Un mensaje de amor que solo ella va a entender. Y me voy. Doblo inmediatamente a la derecha para evitar cruzármelos, doblo de nuevo a la derecha en César Díaz y camino y camino en dirección a Liniers. Ahí me tomo el Sarmiento, bajo en Once y camino hasta Santa Fe y Anchorena. Sigue lloviendo, estoy hecho sopa, congelado. Por la ventana del bar veo a Eduardo que escribe en una libreta.

¡Pablito! ¡Qué sorpresa! Estás empapado, vení, sentate, dice cuando me ve entrar y cierra la libreta. Me saco el buzo, los zapatos y las medias. El mozo, que es amigo, se lleva todo a la cocina para darle un golpe de horno. Pido un café con leche con tres medialunas de manteca. No le cuento a Eduardo lo que me acaba de pasar. Me da terror ponerlo en palabras y que se vuelva más real. Hablamos de tonterías, de política. Él dice algo optimista. Yo, que para colmo de males en esos días estaba leyendo *Radiografía de la pampa*, respondo envenenado. Como dijo Martínez Estrada: la Argentina se tiene que hundir. Se tiene que hundir y desaparecer, no hay que hacer nada para salvarla. Si lo merece volverá a reaparecer y si no lo merece es mejor que se pierda para siempre. Él me sopapea con cariño: Muy lindo, Pablito, pero los países no se hunden. Los barcos se hunden. Hay que tener cuidado con las metáforas imprecisas. Las palabras son importantes. Los países se van degradando y degradando. Y cuando pensás que tocaron fondo, mirás y ves Haití y ves Corea del Norte. La Argentina es un gran país con grandes problemas. Las cosas van a mejorar. Pero antes van a empeorar un poquito. Considero, ahora sí, contarle lo que me acaba de pasar, pero presumo que va a querer saber qué decía el mensaje escrito en sangre y me resisto a ponerlo en palabras. Eso me lo quedo para mí. Acá tampoco pienso reproducirlo. Contrariamente a lo que puede uno pensar, no he perdido del todo la vergüenza. Eduardo tampoco me dice qué es lo que estaba escribiendo en la libreta cuando llegué. Encuentro la entrada casi treinta años más tarde, cuando él ya está muerto. Dice así:

15 de junio, 1996. En cuanto tomé la decisión de escribir *El contrabando ejemplar*, encaré su ejecución muy entusiasmado. Entusiasmado de poder unir historia y ficción, las dos vertientes de mi formación intelectual. Entusiasmado de poder dar rienda suelta a mis opiniones históricas sin necesidad de sostenerlas científicamente. Consulté bibliotecas y recopilé material documental. En poco tiempo se acumularon sobre mi mesa de trabajo libros, fichas, fotocopias, notas y listas de bibliografía. A medida que leía, que fichaba, que abría líneas de investigación, más se desdibujaba lo que quería contar. Cuanto más dato tenía, más fuerte era mi desgano, más fuerte el temor a no poder hacerlo. Hoy, sentado en uno de mis bares preferidos, la mirada perdida en una avenida Santa Fe vacía de gentes por los primeros fríos de este otoño tardío y por la lluvia tenaz que cae desde temprano, desganado como para disfrutar del *Obsceno pájaro de la noche*, pienso en mi novela, que todavía no existe, y desbordado, agobiado, tomo la decisión de abandonar el proyecto.

Pero no lo abandonaste. Poco después vino el infarto, la operación, la mudanza a Madrid, la salida del clóset y un último intento de dedicarte a la literatura. Te hiciste poeta y sibarita, te alejaste cada vez más de Buenos Aires, de su historia y de la tuya. Y aun en esa distancia formidable que pusiste entre este Eduardo renacido y aquel otro, el del pasado, el Eduardo de la Muerte, como le decías, de vez en cuando se te manifestaba la novela y sentías una molestia leve pero insoportable, una piedra en el zapato. Un día te obligaste a leer el manuscrito. Te costó un triunfo, pero lo hiciste. No es poco. Tenías como veinticinco capítulos. Calculo que estarías por la mitad. Te aburrió y te dio vergüenza, iba a ser un mamotreto, confirmaste que habías perdido completamente el interés, esta vez sí para siempre. Abandonaste el proyecto para que lo retomara yo, que, recién llegado a Sevilla con lo que quedaba del manuscrito, me sentí como se habrán sentido los arqueólogos que encontraron la biblioteca de la Villa de los Papiros, en Herculano, con esa colección de filosofía epicúrea reducida a cilindros de carbón por las cenizas del Vesubio, totalmente ilegible, tan a la mano como inaccesible. *El contrabando ejemplar* ahí enfrente de mí y, salvo un puñado de páginas, todo perdido inexorablemente. El papel se me deshace en las manos. De pronto, rescato frases inteligibles. «Médico herbolario [...] sacapotras [...] sangrar y sacar muelas [...] tabardillo, tifus, calenturas [...] un apellido sospechosamente foráneo.»

Y entonces lo veo.

Lo veo a través de un vidrio salpicado de barro y cubierto de polvo. Es una de las poquísimas casas con ventana. Queda en Sarmiento y 25 de Mayo. Es invierno, la mañana de un día gris trueno del año mil seiscientos treinta y cinco. Me toco para corroborar que efectivamente estoy ahí y que lo estoy viendo. Somos como hombres en un sueño. Él (se llama Zebulão Mendes) saca varios objetos de un arcón y los acomoda sobre la mesa. Se dirige hacia la ventana. Me quedo quieto, no me ve. Corre una cortina gruesa de lienzo negro y ahora está solo. A la luz de un candil de grasa de potro, se cubre la pelada con el chal blanco. Sus manos traslúcidas sostienen el libro. Está rezando. Hace una pausa y mira en dirección a la ventana temiendo que alguien pudiese espiarlo a través de ese vidrio mugriento y de esa cortina pesada como el manto de Perséfone. Vuelve al libro. Termina la lectura. Se quita los tefilín, dobla prolijamente el chal, que se llama talit, y guarda todo en el doble fondo del arcón. Abre la cortina. Apaga el candil. Ya entra algo de luz.

Adonai, dá-me a fé de Abrahão, os trabalhos de Jacob, a paciência de Job, musita casi cantando mientras pone el agua para el mate.

Y agrega en castellano, ahora sí cantando:

>Sobre el más alto otero
>del Monte Rafadí,
>orando estaba el más santo profeta
>y el primero,
>aquel por quien la Ley de Dios
>fue dada.

Se abre la puerta.

—Hete aquí, monstruo, ¿tenés todo? —pregunta Mendes.

—Sim, vuesa mercé —responde el sirviente que entra cargado como una mula.

—¿Leña, charque, mazorcas y fabas? ¿Y patatas?

—Sim, vuesa mercé, tudo tudo.

—Pillá la marmita de barro.

—¿Pa' las tistinchas? Melhor de cobre.

—No me contradigas, ganapán. Que la pilles.

—Deo grande no pillar fantasía, mundo cosí cosí.

—¡Insolente, animal! –grita el amo, y el sirviente ríe con esa risa perruna que hace que le caiga tan simpático a todo el mundo.

Al día siguiente es San Santiago y van a preparar tistinchas para las veintidós piezas (quince varones y siete mujeres) que acaban de llegar de Guinea y esperan el convoy que los llevará a Potosí. El sirviente desensilla y recupera la marmita de barro de abajo de una pila de cacharros. Mendes vierte el agua caliente en una pava. Se sientan a matear y a comer tortas fritas de ayer, el patrón en una silla y el sirviente acuclillado sobre la alfombra de Alcaraz que cubre la tierra pisada.

El sirviente se llama Sambelilo Belazán, aunque a veces dice que su apellido es Belamán. Tiene veinticinco años y llegó a la Trinidad hace cuatro. Es un gran conversador, habla varios idiomas, todos a la vez, y tiene memoria fotográfica. Es corto y grueso, fuerte como un toro. Le falta una oreja y canta como los dioses. Nació en el norte de Angola entre la gente Ambundu y en 1626 fue vendido a los portugueses junto con su madre y sus tres hermanos. Los separaron en el puerto de Luanda, nunca más se volverían a ver. Sambelilo Belazán (o Belamán) cruzó el Atlántico en un gigantesco ataúd flotante, él y doscientos desgraciados en cadenas, apelotonados como sardinas. Del puerto de Santos lo llevaron a un ingenio azucarero en São Vicente. Unos meses después de haber llegado, intentó escaparse, pero lo atraparon, le descosieron el lomo a latigazos y le cortaron la oreja izquierda enfrente de todo el ingenio, que presenció en silencio el espectáculo de su escarmiento. No pasó mucho tiempo antes de que lo intentase nuevamente. Y esta vez lo logró. Sus aventuras de tránsfuga las dejamos para otro libro. Basta decir que, camina que camina, llegó a Guayrá, donde fue acogido en la reducción de Siete Arcángeles, a orillas del río Ivaí. Al amparo de los jesuitas, se bautizó, aprendió carpintería, castellano y tupí, y tuvo una hija con una india. Trabajaba desde el alba y por las tardes cantaba en el coro. Fueron tiempos de relativo bienestar hasta que una mañana de 1631 los bandeirantes de Raposo Tavares irrumpieron en la misión blandiendo sus machetes y escoltados por sus perros-monstruo. Fue un vendaval de hierro y de sangre. A los varones se los llevaron para venderlos y a los ancianos, mujeres y niños que no fueron pasto de los perros se los pasó a degüello en la iglesia, ofrendas lamentables a los dioses de la selva. Sambelilo se salvó escondiéndose en la barriga de un cebú que había muerto la noche anterior. Esperó temblando en su refugio viscoso hasta que se hizo de noche; y, cuando ya el último moribundo dejó de gimotear y no se oyó más que el croar de las ranas celebrando la lluvia que caería sin parar hasta la mañana siguiente y que limpiaría la devastación de los bandeirantes, salió al mundo cubierto de sangre, como un bebé gigante, lavó los cuerpos estragados de su mujer y de su hija, los enterró a la sombra de un árbol y, habiéndose purificado en el río, se encaminó hacia el sur. Llegó a la Trinidad a fines del 31 y no había dado tres pasos cuando se topó con los paniaguados del capo contrabandista y luminaria de la facción lusitana don Diego de Vega.

Lo llevaron al Hospital de San Martín, que por entonces estaba a cargo de los hermanos de la Orden de San Juan de Dios pero que, en realidad, era una de las tantas fachadas que montaban los contrabandistas para hacer negocios. Recordemos que el puerto de Buenos Aires estaba cerrado como culo de muñeca desde hacía décadas y que permanecería cerrado un siglo y medio más. Diego de Vega, en calidad de mayordomo («director», diríamos hoy) del hospital, cuando llegaba un barco negrero y solicitaba arribada forzosa (la estrategia más común era aducir alguna avería grave que necesitaba de urgente reparación), alegaba que precisaba mano de obra y adquiría con permiso un número de piezas a precios irrisorios. No bien llegaba otro barco, los contrabandistas mandaban estas piezas a Potosí y renovaban el personal con la nueva carga. Era una rotación constante de mercancía humana. El hospital quedaba sobre la barranca del río, a la altura de la calle Defensa, y tenía también una ermita de cuya limpieza pusieron a cargo a Sambelilo Belazán (o Belamán). Un día, uno de los hombres del mayordomo lo fue a buscar y lo condujo a su jefe que mateaba animadamente con un pelado de cara redonda como una medalla. Era Zebulão Mendes, que andaba necesitando una mano en su casa y había ido a visitar a su amigo, y futuro socio, Diego de Vega. Lo hicieron desnudarse y Mendes lo examinó. Le abrió la boca y le pidió que sacara la lengua, le levantó los párpados, le inspeccionó las partes en busca de chancros. Conforme con lo que vio, arregló con el dueño y se llevó a Sambelilo.

Hicieron buenas migas amo y esclavo. Mendes era exigente pero justo. Sambelilo, sin embargo, se sentía muy solo. Por las noches, lloraba. Extrañaba a su mujer, extrañaba a su mamá. No pensaba en los horrores que había visto y sufrido en su vida, la autocompasión era para él un sentimiento perfectamente desconocido, pero sí echaba de menos la calidez de otra piel, el tacto suave de una mujer, la temperatura del amor. Un día, le dijo a su amo: Soy solo. Soy desdichado. Tal vez alguien quiere compartirme su cariño. Mi companhera deve ser oscura como yo, negro, mulato, zambo. Vuesa mercé pille para mí uma creatura tal.

A Mendes le encantaba ser solo. Y el coito le parecía repugnante. Era médico, sabía la de porquerías que circulan en los fluidos corporales. Además, tenía la suerte de ser como un camello en lo que respecta a las emergencias del bajo vientre. Con una o dos pajas por mes le alcanzaba y le sobraba. Pero se compadeció de su esclavo y le trajo una compañera, Ramona, una Lolita mulata de ojos acuosos y labios curtidos. El *match* fue un éxito. Mendes los casó y los emancipó en una misma ceremonia. No era que le pareciese abominable la esclavitud de los negros, pero se había encariñado con Sambelilo y le daba gusto complacerlo. Les pagaba un sueldo magro, les daba de comer y les regaló un terreno donde los recién casados se hicieron una choza. Intentaron tener hijos, pero no pudieron a pesar de los varios tratamientos que les preparó su patrón. A Sambelilo, que ya había engendrado con su primera mujer, en Guayrá, nunca se le ocurrió echarle la culpa a Ramona ni le tuvo tirria. Se querían mucho y servían a Mendes con empeño y con lealtad.

Cuando Mendes entró en el negocio del contrabando negrero, Sambelilo fue una ayuda invaluable. Hacía de intérprete y era el policía bueno cuando él tenía que ponerse recio con algún esclavo retobado. Es que Sambelilo era el hombre orquesta. Hacía las compras, reparaba la casa, llevaba y traía recados. Llegó a conocer los negocios de su patrón como nadie, acordaba precios, se ocupaba de la contabilidad, lo asesoraba en cuestiones de riesgos e inversiones, lo lavaba y lo vestía. Hasta que llegó Ramona, limpiaba y cocinaba incluso. Se jactaba de ser (y Mendes daba fe) el mejor cocinero de la Trinidad. En esta mañana gris de invierno, por ejemplo, está por ponerse a cocinar tistinchas porque hay que darles de comer a los esclavos que en un par de días partirán hacia Potosí. Dos meses lleva el viaje y, cuando lleguen, irán directo a las minas. Eso sin contar la ordalía ultramarina que acaban de sobrevivir. Es bestial, piensa Mendes, pero están acostumbrados; y cuando estén listos para emanciparse, lo harán, como lo hicimos nosotros en Egipto. Además, llegará un día en que no habrá necesidad de esclavos, produciremos hombres, cerebros y manos artificiales a gran escala que harán todo por nosotros. Pero, por ahora, es un buen negocio, se dice. Y tiene razón. Si en Buenos Aires una pieza cuesta entre doscientos y trescientos pesos, dependiendo de la edad, el sexo, el estado físico, en Potosí le sacás mínimo seiscientos. Y, a la vuelta, el convoy trae plata escondida en cargamentos de azúcar. Pasa por Salta, Tucumán, Córd... No, perdón, eso fue hasta 1618, cuando se fundó la Aduana Seca de Córdoba; hoy las tropas de carretas van por la Ruta de los Porongos que cruza Santiago del Estero. Y así, según la teoría de Fernand Braudel, se va delineando el primer croquis de lo que será la Argentina.

A todo esto, decía, Sambelilo está haciendo la comida y acaba de llegar Ramona, que bajó al río a lavar la ropa.

–Hirva, mugre, que lo' chancho' tán con hambre –dice Sambelilo mientras revuelve la marmita–. Hirva, mugre, que lo' chancho' tán con hambre –repite.

Es un mantra que pronuncia cuando cocina. Por eso el patrón lo apodó Sambelilo Belamugre. Y le compuso una cancioncita que entona imitando la cadencia africana, algo que enfurece a Sambelilo.

A Belazán, Belamán, Belamugre;
a bela bela bela bela Belamugre.
A Belazán, Belamán, Belamugre;
a bela bela bela bela Belamugre.

–¡Retaxado! –reacciona Sambelilo, que es así como los españoles llaman a los circuncidados.

–Ya un día me pedirás que te retaxe, monstruo.

–Monstruo tú, retaxado. ¡Viva el papa!

–Urbano octavo, a tu hermana me clavo.
–Ya basta los dos –interviene Ramona.

Cuando las tistinchas están listas, Mendes cierra nuevamente las cortinas, no sea cosa que alguien lo vea compartiendo el pan con los sirvientes. Hay vecinos que lo tienen entre ceja y ceja, por confederado, por médico, por librero y, fundamentalmente, por portugués, que en ese entonces (y no sin razón) era sinónimo de judío. Para fortuna de Mendes y de los muchos nuevos cristianos en que abunda esta primitivísima Buenos Aires, los pedidos y los ruegos de los beneméritos para que el Santo Oficio abra un tribunal en el Río de la Plata han caído en saco roto. A los confederados, que manejan el contrabando y por tanto la economía y la política locales, no les conviene que aparezca de pronto en escena un nuevo foco de poder fundamentalista dedicado a perseguir portugueses. Eduardo demonizaba el contrabando ejemplar sobre el que se fundó la nación, pero gracias a este aparato rabiosamente secular acá nunca tuvimos guetos ni sambenitos ni autos de fe.[2]

Mendes, además, goza de protección porque es médico y boticario. La Trinidad lo necesita. Ese mismo año, sin embargo, las cosas empezarían a complicarse para los portugueses en Indias. El arresto del médico peruano Tomé Quaresma daría comienzo a la mayor cacería de criptojudíos en el Nuevo Mundo, que culminaría en 1639 con el

---

2. Aquí el narrador peca de autoindulgencia. Lo explica Lewin: «Se equivocan quienes sostienen que habiendo solo comisarios del Santo Oficio en el Río de la Plata no hubo Inquisición [...] Esta "equivocación", tan característica de la psicología de todos los pueblos, absolutamente todos, que creen sinceramente que ellos son mejores, más humanitarios, juega un papel preponderante en la creencia de que en el Río de la Plata no se conocía la Inquisición». Véase Boleslao Lewin, *El judío en la época colonial: un aspecto de la historia rioplatense*, Buenos Aires, 1939, pp. 6 y 18.

auto de fe de Lima, donde, entre muchos otros, ardió desafiante el doctor Francisco Maldonado de Silva, judío pertinaz delatado por su hermana según los documentos del Archivo de Simancas. Buenos Aires está tan lejos de todo que los dramas que sacuden a México, a Cartagena y al Perú reverberan apenas en su costa extraviada. Los años siguientes, el gobernador don Pedro Esteban Dávila, enemigo acérrimo de los contrabandistas, intentará expulsar a los portugueses, sospechosos en cosas de la fe e inteligentes en todo género de mercaderías y de negros, pero no lo logrará. Mendes morirá rico y tranquilo a los sesenta y tres años, rodeado de libros y de amigos, en su casa de tejas rojas, calle Sarmiento esquina 25 de Mayo. No dejará más descendencia que su biblioteca y su nombre se perderá para siempre. O no. Pero ahora mismo acaba de cumplir cincuenta y seis, está sano como una manzana, es una pieza fundamental en la maquinaria de la incipiente sociedad porteña y amasa día a día una pequeña fortuna gracias al tráfico de esclavos, de plata, de azúcar y de ron.

Sambelilo enciende un candil y se sientan los tres a la mesa. En la penumbra, desde estanterías que cubren entera una de las paredes, los libros adquieren un cálido fulgor sepia, como si el papel fosforesciese al ser tocado por la lumbre grasosa del candil. La casa de Mendes es la primera librería de Buenos Aires. Librería y biblioteca, porque el tipo compra, vende y presta libros a un círculo de amigos que lo visitan casi a diario. No sería exagerado decir que cada barco holandés o portugués, cada navío de registro o de aviso que llega al puerto trae algún volumen que pidió Mendes a libreros en La Haya y en Amberes, en Venecia, Salamanca y Basilea. Por ejemplo, en el *Zoon van Poseidon*, la nave holandesa que trajo a los esclavos que están por comer tistinchas y que en un día o dos partirán hacia Potosí, llegó la *Crónica de los reyes otomanos*, escrita en ladino con caracteres hebreos, y el *Colóquio dos simples e drogas he cousas mediçinais da Índia*, de Garcia de Orta, publicado en Goa en 1563, dos obras que Mendes codicia desde sus años en Italia.

Italia había sido la opción más obvia para Mendes. Quería ser médico y en esos años la meca de la medicina era Padua, cuya universidad no exigía certificado de limpieza de sangre. Su sangre no podía estar más sucia. Venía de tres generaciones de marranos que no hubiesen tocado a un cristiano ni con un palo. Sus mayores habían huido de España a Portugal en el año nefasto del descubrimiento de América y, poco después, cuando Manuel I decidió replicar la cruzada antisemita de Isabel y de Fernando, hartos de escapar se convirtieron al catolicismo. El pogrom de Lisboa los propulsó hacia el norte. Se instalaron en Bragança, Trás-os-Montes, y siguieron con su doble vida y así sus hijos y sus nietos. Allí nacería Zebulão Mendes en el buen año de 5339 con el sol en Géminis y la luna en Acuario. Pasados los ocho días, lo bautizaron Miguel en la mañana y le cortaron el prepucio por la noche. Su padre, Salvador (Samuel), era mercante de vino y viajaba constantemente. Su madre, María (Rebeca), era sanadora, curaba con la palabra. Venían de toda la comarca a conversar con ella. La gente llegaba confundida, apremiada, desesperada incluso y salía viendo las cosas con calma y con claridad, convencida de que era capaz de resolver sus entuertos. Fue ella quien entrenó a su hijo único de muy chico en el *ketman*, una técnica inventada por los sufíes que permite a quien practica una religión prohibida disimular, aparentar adhesión, fingir la fe impuesta y hasta hacer proselitismo sin poner en riesgo la vida. En misa, por ejemplo, sus padres evitaban pronunciar la ese de «Deus» con una aspiración final casi imperceptible. Y durante las partes más blasfemas, la plegaria eucarística sobre todo, cantaban para sus adentros «tra la la, tra la la». Los sábados, alguien de la familia fingía estar enfermo y se turnaban para respetar el día de descanso. Así, habían logrado llevar vida cristiana sin levantar la perdiz y, a la vez, sin dejar de observar el sabbat ni de ayunar el ayuno de la reina Esther o celebrar la Pascua a puro apio y lechuga o el duelo del difunto comiendo pescado y aceitunas.

Cuando Mendes tenía quince años, su madre, que ya sufría desde hacía un tiempo de ataques de amnesia, perdió la razón. Empezó a decir por ahí que era la dama de compañía de Gracia Nasi. Que su misión en esta tierra era la salvaguarda de los conversos. Samuel, su marido, la obligó a quedarse en la casa para que no hablase. El deterioro fue vertiginoso. Mendes, que la cuidó y la atendió con gran celo, a veces observaba su mirada perdida o escuchaba sus gruñidos e imaginaba que un ejército de termitas le estaba carcomiendo los sesos y que un día le vaciaría el cráneo por completo. La mujer ya no reconocía a su marido ni a su hijo. Se había olvidado de todo, salvo de que era judía. Mucha de la gente a quien había ayudado insistía en ir a visitarla y ella dale que dale con Gracia Nasi y con Sion y el Rey David. Samuel estaba aterrado. Prohibió las visitas. Un día, Rebeca desapareció. La encontraron en una taberna disertando sobre el Talmud Babilónico. Samuel se excusó ante los parroquianos, que miraban atónitos. La gente sabe que es loca, le decía su hijo, no hay nada por qué preocuparse. Pero Samuel estaba convencido de que tarde o temprano los iban a descubrir. Sin decirle nada a Mendes, contrató a un *afogador*. Una tarde, padre e hijo salieron a hacer mandados y, cuando volvieron, Rebeca estaba muerta. Samuel la cubrió de inmediato, pero Mendes llegó a ver la marca violeta en el cuello de su madre. Unos meses después, atormentado por la culpa,

Samuel se zambulló desde un peñasco en la Sierra de la Culebra.

Solo y desastrado, Mendes intentó salir adelante con el negocio de su padre, pero se fundió y se convirtió en un paria. Vivía de limosna y llegó a comer ratas. Al menos tenía casa. La única salida era el matrimonio, pero ¿qué muchacha se iba a casar con él? Durante un tiempo consideró el suicidio (¡quién no!). Tenía visiones intrusivas, potentísimas, de su cuerpo ahorcado colgando de una viga en el granero. El médico que había atendido a su madre, un converso extremeño llamado Antonio Pico, se apiadó de él. Lo iba a visitar, le llevaba de comer y charlaban. Pico había estudiado medicina en Padua y tenía cuentos de los días de Vesalio y de las disecciones en el teatro anatómico de madera, maravilla de la inventiva patavina. Las lecciones de anatomía eran en invierno, cuando los cuerpos se pudren lento. A la luz de las velas, un cuarteto de cuerdas tocaba canciones tristísimas y los estudiantes guardaban silencio mientras el profesor y sus ayudantes extirpaban, exhibían y explicaban. La liturgia de la autopsia era complicada y espeluznante, una misa profana con el catedrático como sacerdote y el cadáver como altar. Al tiempo que los adelantados conquistaban la Terranova, nosotros descubríamos el cuerpo humano, nuestra América, decía Pico. Mendes lo escuchaba fascinado. Así, con el tiempo, fue superando la desesperanza, aunque la tristeza no se le pasó nunca.

Un día, Mendes bajó a lavarse al río y en el preciso instante en que el agua helada le tocó los pies supo que sería médico como uno sabe que ha amanecido cuando abre los ojos y ve la luz de la mañana que llena la habitación. Vendió la casa y dejó Portugal en 1601 aprovechando que

Felipe III les había dado a los judíos una última oportunidad de abandonar el reino. Bajó a Lisboa y allí tomó un barco que lo llevó a Génova. Una vez en Padua, se instaló en el gueto y por primera vez pudo practicar abiertamente el culto de su tribu. Aprendió de memoria el *Testamento de la Fe*, de Iosef Lumbroso, muerto pocos años antes en la hoguera de Ciudad de México. No te pongan miedo las cárceles ni aflicciones porque como a lana los comerá el gusano, y como a paño los devorará la polilla, decía Lumbroso. Cuando podía, iba a Venecia y estudiaba la Torá con Simone Luzzatto. En Padua, además de cursar sus estudios en la universidad, se pasaba las horas en el Jardín Botánico, donde aprendió todo lo que hay que saber sobre plantas y raíces.

Una vez graduado, se mudó a Ámsterdam y no tardó en hacerse de una buena reputación. Fue médico de Uriel da Costa y de Giancarlo Shaw, el banquero valón. Al tiempo que sumaba pacientes, profundizó sus estudios bíblicos y se convenció de que era indispensable difundir el saber milenario entre conversos, la mayoría de ellos criados en la más completa ignorancia respecto de la religión de sus mayores. La única manera que tenían los judíos de protegerse de las persecuciones era recuperar su tierra ancestral. Solo allí estarían a salvo. Pero no habrían de lanzarse jamás a esta epopeya hasta no estar lo suficientemente empapados en su propia historia. Mendes hizo varios viajes a España y a Portugal para rejudaizar nuevos cristianos. Durante uno de ellos, lo reconocieron judaizante en una fonda de Toledo y el posadero (de apellido Munro, que conste en actas) le sirvió una ración de ternera envenenada que casi lo mata. Juró nunca volver a Sefarad, tierra maldita.

En 1624, cuando la malograda Compañía de las Indias Occidentales permitió la libertad de culto en las colonias holandesas del Nuevo Mundo, Zebuláo Mendes pasó a Indias y se instaló en Recife. Desanimado por la violencia en Europa, ahora creía que el Nuevo Mundo era el sitio ideal para refundar Sion. Fue en el mercado de Rua dos Judeus donde conoció a la persona que lo llevaría a Buenos Aires, don Manuel Tinoco, un comerciante que decía ser miembro de la Casa de Noronha. Era gordísimo y para ostentar su abolengo andaba siempre en el calor escandaloso del noreste con calzones de terciopelo de China, medias de seda y capa de picote. Tinoco comerciaba en Guinea, en Angola, en Flandes, en el Brasil, y no ha mucho tiempo había empezado a incursionar en el Río de la Plata, un puerto clausurado por el que entraba todo tipo de mercaderías y de esclavos. Le contó a Mendes que había muchos portugueses en la Trinidad. Y que poco tiempo atrás habían sufrido una epidemia de tabardillo que había hecho estragos. Necesitaban médicos. Así fue como, apenas un año después de haber cruzado el Atlántico, disgustado con el clima y ansioso por seguir moviéndose, Mendes se hizo a las olas y llegó a los bancos marrones del Mar Dulce.

Entraron por el canal norte del lado de la Banda Oriental, donde había calado, y enfilaron hacia las islas de San Gabriel. Cruzaron esa anchura insólita y anclaron frente al Pago de la Magdalena, en la costa de Quilmes, uno de los mejores lugares para bajar contrabando. Nada más divisar desde el barco ese rincón perdido del mundo, Mendes entendió que le habían puesto la Trinidad porque es el punto donde convergen tres inmensidades, el río, el cielo y la planicie. Camuflado entre pajas altas, los esperaba un convoy de mulas que los llevó a la ciudad. Si es que podemos llamar a eso ciudad.

Era una toldería.

Pueblo tan pobre como este no lo debe haber en todas las Indias, dijo Hernando de Montalvo en 1594. Y la cosa no había cambiado mucho desde entonces. Todo marrón, salvo por la ocasional mancha color teja del techo de la casa de algún contrabandista. Las calles eran lodazales pestilentes y los ranchos, una mera continuación del baldío general, como si acá y allá, gracias al ingenio de la naturaleza, el barro y la paja se hubiesen conjugado formando refugios para los animales bípedos, escasos y embrutecidos por el aislamiento, que poblaban esa tierra chata y asombrosamente fértil.

Abriéndose camino entre pajonales, cardos y yerbas, animales vivos y muertos, y nubes de tábanos, moscas y mosquitos, las mulas llegaron al microcentro. La ciudad no tiene empalizada ni muralla ni foso y nada la defiende sino un fortín de tierra que domina el río y tiene dos o tres cañones de hierro, observaría Mendes anticipándose a Acarette du Biscay. Este lugar no fue hecho para el ser humano, pensó. Y entonces se le reveló que aquel puerto olvidado del rey, aquel *towu va-bohu* ingobernable, era su destino. Zebulão en puertos habitará, dice la Torá. Pero el Señor también se expresa en el libro de la naturaleza. A pesar del barro, del polvo y de la mugre ubicua, Mendes nunca había respirado un aire tan límpido. Nunca había visto un cielo tan transparente y espacioso. Supo en ese instante que viviría bien ahí y que ahí se moriría, no en Jerusalén como siempre había sido su deseo.

Pasando una seguidilla de ranchos de barro, cóncavos y feos como nidos de golondrinas, llegaron a una pulpería a la vera del zanjón de Matorras, en Florida y Paraguay. Salió a recibirlos un morocho en alpargatas bigotudas y camisa de Crimea. ¡Acá está el gordazo!, exclamó abriendo los brazos para abrazar a Tinoco. Era don Juan de Bracamonte, hijodalgo salmantino y capo contrabandista. Tinoco presentó a Mendes como médico doctorado en Italia. La Trinidad necesitaba médicos. Pablo Francisco acababa de mudarse a Córdoba; Manuel Leyton, el herbolario que había jurado que acudiría, no llegaba, y Gaspar de Acevedo solo no daba abasto. Mendes era agua en el desierto. En poco tiempo, Bracamonte le había conseguido licencia para usar oficio de barbería, para vender aceite de romero, clavos, canela y azafrán, y para hacer sangrías y sacar muelas. Mendes usaba su viejo nombre de cristiano nuevo, Miguel de Alpoim. Encontró que había varios como él. Si bien el arraigo en Indias de personas racialmente infectas estaba terminantemente prohibido, la Trinidad quedaba tan lejos que no importaba. A deshora, pasaba por el puerto algún comisario o algún notario del Santo Oficio y había que guardar las formas. Los ojos de la Inquisición están en todos lados. Pero la patota lusitana que gobernaba *de facto* aquella Buenos Aires incipiente protegía a los suyos. Mendes vivía, en sus palabras, *nascosto ma non troppo*.

—El Mundo Nuevo es nuestro, además. ¿Acaso no fue el astrolabio de Abraham Zacuto el que indicó el camino a las antípodas? ¿Acaso León de Pinelo no demostró más allá de toda duda que el Jardín del Edén está en el Amazonas? ¿Qué navegante superó jamás a Gaspar da Gama en osadía? ¿Qué sangre sino la nuestra corría por las venas de Luis de Santángel y del Almirante de la Mar Océana? Colón era judío valenciano, en España lo saben todos. Bueno, y dicen que los indios descienden de las diez tribus perdidas —declama Mendes.

Ya terminaron de comer y Sambelilo está listo para fumarse otra conferencia esotérica, pero Ramona interviene y desvía la conversación.

—¿Qué es el dibujo ese? —pregunta señalando un grabado a todo color que cuelga en la pared junto a la puerta.

Es una escena confusa. Una mujer vestida de rojo, con músculos de acero y cara cuadrada, desenvaina una espada. A su izquierda, un hombre de turbante blanco la toma del brazo secundado por otro hombre barbudo y sorprendido. A su derecha hay un grupo de mujeres. Dos de ellas revuelven en una canasta llena de alhajas verdes, azules y rojas. Otras dos muestran las tetas. Una anciana mira todo divertida y una esclava negra asoma la cabeza para espiar. Hay un perrito también.

—Ah, ese cuadro cuenta una historia muy linda —dice Mendes mientras enciende la pipa. Y, habiéndose acomodado los huevos, se cruza de piernas como una señorita y empieza.

—Érase que se era, en el alba de los tiempos, un turco muy picaflor que raptó a una dama griega de lo más mona y se la llevó con él a su reino.

—Mas os turcos son tudos bujarrones —interrumpe Sambelilo Belazán.

—Esto fue en la antigüedad. Callate y escuchá. El marido cornudo, asistido por su hermano, congregó una flota de mil naves para ir a reparar la afrenta y salió a reclutar soldados. En aquellos tiempos, el guerrero más poderoso del mundo se llamaba Aquiles. Pero era un chico todavía, tendría trece o catorce años. Su madre, la nereida Tetis, aterrada de que le mandasen el nene a la guerra, tuvo una idea. Lo mudaría a Esciros, una isla remotísima, lo disfrazaría de mujer y lo dejaría a cargo de Licomedes, el rey, que era un hombre plácido, bonachón y temeroso de los dioses. Licomedes tenía muchas hijas, todas bellísimas, pero había una que se destacaba por sobre las demás.

Ah Deidamía,
en tu cara de rosa se encendía,
una llama que brillaba
más que el oro
y varón que te veía,
te elegía.

»Va de suyo que a Aquiles le pareció degradante el plan de su madre. Protestó, tironeó y pataleó todo el camino, pero cuando llegaron y vio a Deidamía cambió de color.

»—¿Tanto te joroba vivir un tiempo con todas estas chicas lindas, bailar y jugar con ellas? —le pregunta su madre con una sonrisa rufiana.

»Aquiles ya no se resiste. Tetis le pone un vestido de seda rojo rubí, le peina la melena en dos trenzas, le pinta los labios y los mofletes con carmín, lo llena de pulseras y collares, le enseña a moverse como doncella y a usar palabras púdicas. Así como el rabino modela el barro y fabrica el Gólem, así transformaba Tetis a su hije. Tampoco tuvo que esforzarse mucho, la verdad. El chico es grandote, pero con esa cara de niña bonita tiene sin duda el *physique du rôle*.

»—Caminá así, m'hijo, mové la cadera, hablá así, en este tono, hacé así con las manos —le enseña la nereida.

»Aquiles obedece entregado, enardecido por la imagen de Deidamía, que se le ha marcado a fuego en el corazón. Antes de irse, Tetis le pide al rey que cuide de su hija menor. Se llama Pirra, dice. Es la hermana de Aquiles, fabula. Es salvaje y varonera, un pichón de mujer Amazona. Hay que domarla. Licomedes le asegura que así será y sus hijas invitan a Pirra a participar con ellas de los ritos castos en honor a Palas Atenea. Recogen flores. Hacen guirnaldas. Cantan y bailan. Licomedes las observa complacido mientras da cuenta de una generosa porción de ricota de oveja bañada en miel y salpicada con nueces y semillas de hinojo.

–¡Gostoso! –exclama Sambelilo.
–Mientras tanto, allá lejos en el mundo cruel, los ejércitos se preparan para la guerra. Pero falta Aquiles. Sin él, los griegos no tienen la más mínima chance. Ulises, el buscón, promete encontrarlo y se hace a la mar. No tarda en averiguar dónde está el muchacho y hacia allí se dirige. En Esciros, Deidamía ya se dio cuenta de que esa muchacha de espaldas anchas es, en realidad, un muchacho, pero no dice nada. Pirra está siempre a su lado. La acaricia y le da besitos en la oreja. Ella se deja, le gusta.

»Una noche después de comer salieron a dar una vuelta para hacer la digestión. Iban oscuros bajo la luna sola y Aquiles dijo para sus adentros: ¿Hasta cuándo vas a desperdiciar la flor naciente de tu coraje en esta cárcel de oro? ¿Hasta cuándo vas a sofocar la llama que arde en tu corazón? ¿Ni siquiera en amores vas a ser macho? Y aprovechando que la chica se tropieza, se le tira encima. Deidamía llena el monte de gritos que despiertan a las bacantes. Aquiles la sofoca con un beso caníbal y hace con ella lo que se le antoja. Acabada la faena, Deidamía se lamenta y él la consuela con estas palabras aladas: ¿Por qué llorás, muñeca? Ahora sos nuera del gran Océano.

»A todo esto, Ulises y su comitiva llegan a Esciros y el rey los recibe con pompa y circunstancia, aunque un poco confundido. ¿Qué hace en su casa el gran señor de Ítaca? Lo invitan a comer y, cuando le presentan a las princesas, Ulises busca una cara ambigua, una silueta feminoide, dos ojos despiadados, una mano homicida. Examina a todas con cuidado, se fija incluso en Pirra, pero no está seguro.

Durante la gran comilona, da un discurso fogoso. Habla de la grandeza de la misión contra el Turco, cuenta que los más grandes guerreros de Grecia están alistándose, enumera las riquezas de Troya que habrán de expoliar. Pirra escucha alucinado. Quien no se lance a esta empresa será odioso al Olimpo y estará condenado al oprobio. Los poetas cantarán nuestra gloria por milenios. ¿Quién puede elegir una vida larga, anónima e insignificante por sobre una muerte prematura y gloriosa seguida de loor eterno?, clama Ulises. Aquiles por poco no salta como un *jack-in-the-box*.

»Para después de comer, las princesas prepararon una coreografía que bailan con gracia. Ulises trajo regalos. Una canasta llena de joyas y otra llena de armas de guerra. Las hijas del rey están encantadas con las joyas, salvo Pirra, a quien solo parecen llamarle la atención las armas. Ve un escudo con manchas de sangre y se le iluminan los ojos. Empuña una espada, la desenvaina y, ¡zas!, se le despierta el indio. En un santiamén, infiel a la manera, etc., olvida a su madre y a Deidamía, que está embarazada.

—¡Ohhhh! —exclama Ramona.
—Sí —retoma Mendes—, su hijo se llamará Neoptólemo y entrará a Troya escondido en un caballo de madera, pero eso lo dejemos para otro día. Volviendo a Pirra, su corazón ya está en la guerra. Ulises se le acerca y le susurra al oído: Te conozco, mascarita, yo sé quién sos.

»El acompañante de Ulises toca el clarín y Aquiles se arranca el vestido, empuña el escudo y la lanza y pega un grito criminal. Licomedes no lo puede creer. Las chicas salen corriendo, todas salvo Deidamía que llora en silencio. Recién entonces el padre se percata del bulto en la panza de su preferida y entiende todo. Quédense al menos hasta mañana, pide. Ulises acepta.

»Aquiles y Deidamía se casan esa misma noche y al día siguiente se despiden para siempre con un pesar hondo como el abismo del Tártaro.

»En el barco que lo lleva a la guerra, Aquiles canta:

>Deidamía,
>¡la más mía, la lejana!
>Si volviera otra mañana
>por las calles del adiós...

—Aquiles canta el tango como ninguna —dice Ramona—, y en cada estrofa pone su corazón.
—Coração peut moult, argent peut tout —acota Sambelilo.
—No seas bruto, monstruo. No es dinero, es hambre de inmortalidad que *peut tout* —dice Mendes—. Igual Aquiles era un romántico en el fondo. En su mochila militar lleva un mechón de pelos de Deidamía y una cornalina tallada con su imagen. Lleva también el vestido rojo de Pirra y se lo pondrá en la intimidad de la tienda de campaña, durante las noches largas del asedio, cada vez que él y Patroclo jueguen a Patricia y Guillermina.
—¿Joguen a qué? —pregunta Sambelilo.
—Otro día te cuento. Vayan, llévenles de comer a los negros, que deben estar con hambre.
—Sim, vuesa mercé.

Pasa el tiempo. Me voy de la casa de mi madre y convivo con una bailarina de tango que sale todas las noches. Nos separamos. Eduardo vive en Madrid y ya descartó la idea de escribir la novela o está a punto de descartarla. Un día de primavera con sol de octubre surge una oportunidad de emigrar y la aprovecho. Visto desde acá, a más de veinte años de distancia, parece tan fácil. Se abre una puerta y después otra. Veo todo perfecto en el túnel del tiempo. Yo que me subo al avión del exilio y mamá que llora, mamá de chica que va al colegio con su padre, abre la puerta del auto y vomita el desayuno, su padre (mi abuelo) que tiene doce años y visita por primera vez el terruño, la Galia Cisalpina. Veo eso y mucho más. Y allá abajo, en el fondo, está el río, las casas, la gente, el cielo y la tierra del siglo XVII.

Noviembre es el mes menos cruel en Buenos Aires. Mañana, once, es la fiesta de San Martín. Los vecinos se pasearán a caballo acompañando al alférez real que portará el estandarte de damasco carmesí con flocaduras de oro y listones de seda amarilla. Los niños correrán detrás en procesión dándole baya al demonio. En la plaza Mayor habrá corridas de toros, juego de alcancías, mascaradas, encamisadas, desfiles de gigantes y papahuevos, cañas y escaramuzas con regocijos. En los arrabales, la chusma intoxicada bailará la danza macabra del angelito.

Pero todo eso, mañana.

Hoy se descansa.

Los porteños son devotos de Venus. A la hora de la siesta, que dura de una a cinco o cinco y media, se coge. Maridos y mujeres, amantes y amados, patrones y sirvientes, amos y esclavos, amigos, familia, viejos, jóvenes y, sí, también niños le dan a la matraca o se dejan, algunos de buena gana y otros no tanto.

En una casa de paja y tierra muerta, en Perón al 1200, tras una cortina de cuero que hace las veces de puerta, un regatón pobre como una rata remolonea con su mujer entre sábanas de lienzo fino y almohadas de raso. A quien dijo que el sexo es el único lujo de los pobres lo invito a que pase y vea. La cama es de madera de jacarandá. Sobre el piso de tierra, una colcha de la India labrada de azul y cuajada de figuras. ¿Y esa silla de caoba con espaldar de felpa? ¿Cómo es posible que alguien tan humilde tenga tales riquezas? Pasa que, aparte de regatón, Marcos (así se llama) trabaja para el capo contrabandista Armando Pecador y suelen pagarle con mercadería que él mismo elige. No recibió educación alguna, pero tiene buen gusto. Lucrecia, su mujer, se siente la reina de Saba en ese vestido de siesta forrado en tela de oro. Acaban de terminar. Marcos ahora intentará dormir un poco porque llegó un barco holandés y la fatiga de la noche va a ser larga.

El *Zeester* salió de Ámsterdam en pleno verano boreal atiborrado de textiles baratos y de cobre sueco. Hizo escala técnica en Cabo Verde y de allí se dirigió a Santo Tomé, donde cargó trescientas piezas. Una docena murió en alta mar, doscientos y pico bajaron en Olinda y el resto llegó a la Trinidad para hacer la romería infernal al Alto Perú.

Echan anclas frente a la costa pantanosa de Villa Inflamable y ahí los espera una flotilla de alijadores que transporta la carga a tierra. Es noche cerrada. Una vez que las mulas están cargadas, avanzan en caravana hacia la ciudad, los esclavos encadenados y en fila india. El cielo está batido con nubarrones, no se ve nada. Marcos guía la procesión. Los negros cantan bajito una tonada lánguida.

–Tan terrible no será... si cantan... –dice Marcos.

–Cantan porque son tristes, el canto es lo único que da bálsamo –le explica uno de los tripulantes de la nave que habla raro. No suena portugués y no tiene pinta de holandés. Fonseca, el capitán del *Zeester*, pide silencio y todos callan. Unas horas después, cuando está aclarando, llegan a la ciudad.

En la calle Perú al 500 (Perú 571, para ser exactos), donde una noche de viernes trescientos sesenta años más tarde, en el Teatro Arlequines (que ya cerró hace tiempo), mi amigo Sergio y yo vimos en vivo a Flema con Ricky Espinosa (muerto suicida en 2002), está la entrada a uno de los muchos socavones que usan los contrabandistas para almacenar mercadería y, en especial, la carga negrera. Allí se detiene la caravana. Marcos conduce a los esclavos hacia la entrada del socavón. Descienden unos metros y dan con una galería adonde apenas llegan los rayos del sol. El olor a moho es asfixiante. Los esclavos están tan cansados que se dejan caer uno tras otro como piezas de dominó. Marcos reparte cachos de tasajo y agua de chicoria, un somnífero fortísimo. El silencio se rompe entonces con el concierto de las mandíbulas rumiando trabajosamente. Cric, crac, croc. Marcos deja a cargo a uno de sus chepibes y sube. Afuera lo esperan Fonseca y dos tripulantes, uno de ellos es el que habla raro.

—Síganme —dice Marcos.

Atraviesan esa tierra baldía. Así debía de ser el mundo cinco minutos después de la creación. El sol pega con bronca. Zumban los tábanos. Nadie a la vista. La ciudad tiene menos de tres mil habitantes, no existe. De pronto, escuchan un coro cacofónico de aullidos y mugidos. En la distancia hay alboroto. A medida que se acercan empiezan a descifrar lo que están viendo. Es una escena dantesca. Un ternero se ha quedado atascado en el albañal y una jauría se lo está comiendo vivo. El tripulante que habla raro desenvaina una daga, quiere degollar al pobre bicho, pero los perros no lo dejan acercarse. Fonseca tiene una pistola, podría pegarle un tiro. Marcos se niega. Semejante barullo va a llamar la atención. El tripulante del acento raro está compungido en serio. Marcos ríe.

—Acá seremos pobres, pero hay carne para todos —dice.

Siguen camino y llegan a avenida de Mayo y Piedras, en el Barrio Recio, donde está la tasca del Pino Cuadrado. Es una choza sin puerta con techo de paja que linda con otra donde funciona un quilombo. Comadronas, depiladoras, celestinas, urgamanderas, alcahuetas, mancebas, busconas y otras mujeres mal opinadas viven todas en el Barrio Recio. En la puerta hay una de ellas, sentada de piernas abiertas sobre un fardo de paja. Es joven, pero esa carne transcurrida y esos ojos turbios hacen que aparente una edad a la que sin duda no va a llegar. Su melena gris parece violeta a la luz del sol, le faltan varios dientes y está fumando una pipa. Al ver a la comitiva, saluda con un silbido. Cuando pasan a su lado, agarra de la mano a Fonseca y le dice: Amor, después de yantar vení a ver qué hay de postre.

Entran a la pulpería y los cachetea el tufo crudo de la carne fresca. Adentro hay una barra y cinco mesas. En el rincón del descuadernado, dos tahúres juegan al siete y llevar. Y ahí está Armando Pecador comiendo un bife con papas fritas. Al verlos, se levanta de un salto y los invita a sentarse. Va a la cocina y pide tres bifes más. Para tomar hay vino y aguardiente. El del acento raro quiere agua.

—¿De dónde sos vos? —pregunta Armando Pecador. Tiene voz amable y cara de pájaro. Es flaco y menudo, pelado, de piel seca.

—Soy navarro. Ma he vivido toda la vida en Nápoles.

—Se escucha el italiano ahí.

—Soy español español.

—Sí, olvidate —dice Armando Pecador sonriente—. Es que está prohibida la entrada a extranjeros en la Trinidad.

—Rodrigo de Anchorena —se presenta el extranjero.

—El señor es diplomado de la Universidad de Padua, República de Venecia, y me ha pedido pasaje desde Ámsterdam porque gustaría de estudiar la flora local –explica Fonseca.

–Ah, pero qué bien. Pues entonces tenés que conocer a Miguelito de Alpoim, cofrade padovano de vos y galeno insigne de nosotros –dice Armando Pecador.

El extranjero agradece. Le sirven agua y bebe con premura. Les traen la carne y qué alegría sienten en el cuerpo con esa inyección formidable de proteína tras semanas y semanas tragando galleta. Después de comer, el extranjero se excusa y, mientras el capitán y el contrabandista se abocan a sus menesteres, sale a la calle a tomar aire. La mujer de al lado lo invita a pasar con palabras untuosas, pero él se aleja sin acusar recibo. Con esa barba cana y ese pelo largo negro parece un osezno que estuvo jugando en la nieve. La frente chata en pendiente y la nariz corva le dan a su fisonomía un aire antiguo. Viene de Europa, pero parece un hombre que llegó del pasado. Aunque sea flaco de brazos, se lo ve fornido. Sus ojos gris verdoso, saltones como huevos de codorniz, tienen hambre de mundo. Va todo de negro. Usa un sombrero de ala ancha y lleva al hombro un morral y la mortaja de esparto. Camina unos pasos, llega a la esquina, apoya su carga en el suelo y se sienta sobre un terraplén de cara al sol. Recién entonces lo reconozco. Es Pietro Malaspina.

7

«No hay cosa en este puerto tan deseada como quebrantar las órdenes y cédulas reales», escribió Dávila apenas atolderizó, dijo Eduardo.

Para él, llegar a Buenos Aires («la toldería» o, más afectuoso, «la tolde») era «atolderizar». Lo adopté y lo uso siempre. Cada vez que vuelvo, cuando el pájaro de aluminio pellizca el asfalto de Ezeiza con sus garras de goma, mando un mensajito a familiares y amigos: Atoldericé.

Don Pedro Esteban Dávila, siguió Eduardo, gentilhombre de España y caballero de la Orden de Santiago, llegó a la Trinidad en un buque cargado de contrabando. ¿Lo sabía? Claro que lo sabía. Pero ¿qué iba a hacer? Con su caperuzón húngaro de terciopelo y sus calzones de paño verde parecía un saltimbanqui. Fue gobernador de Buenos Aires entre 1631 y 1637. Años de completa mishiadura. Ya se había jodido todo. El Cabildo había perdido la poca legitimidad que supo tener. Los cargos de regidor perpetuo se remataban en la Audiencia de Charcas y los confederados los compraban como golosinas. Según Ruth Tiscornia, Dávila fue uno de los primeros patriotas, un digno heredero de Hernandarias. Luchó contra el contrabando como pudo. En 1636 echó del puerto a todas las naves sin licencia. No es poco. Era un Quijote en el culo del mundo. Obviamente, le ganaron los contrabandistas. Lo mismo que a Mendo de la Cueva, su sucesor. Ya habían empezado a construir una red de socavones por donde movían la mercadería de matute, como se decía entonces. Alguien debería escribir sobre esto, algo tipo el final de *Los miserables* cuando Jean Valjean baja a las cloacas de París. Es lindo lo que dice Tiscornia de los socavones en *La política económica rioplatense de mediados del siglo XVII*. Es tremendo también. Y tiene razón. El destino de nuestro país se decidió ahí, en el intestino del Leviatán. Escuchá, Pablito, dejame que te lea, página doscientos treinta y tres:

> En una ciudad como Buenos Aires, donde se practicó el contrabando más ingente que vio el mundo, contrabando que llegó a convertir en una verdadera zona franca todo el Litoral y que modificó hasta sus estructuras sociales y políticas, pues creó una oligarquía gobernante que desplazó a las familias fundadoras o beneméritas hacia la zona rural, usufructuando en forma excluyente los mejores solares urbanos, así como dominó políticamente a la ciudad monopolizando por compra o remate en pública almoneda todos los cargos municipales, jaqueó a todos los gobiernos incorruptibles no desechando ningún medio, incluso los delictuales; y llegó, no sabemos por qué ocultos caminos, a influir en la Audiencia de Charcas y en el Consejo de Indias para la designación de los más importantes funcionarios: en una ciudad así, donde existe red subterránea tan intrincada y compleja que requirió no solo trabajos importantísimos, sino gruesos caudales para su construcción, los que solo los poderosos confederados tenían, no es posible dudar un instante de sus objetivos y destino. Por allí

entraban los tejidos europeos que derrumbaron las artesanías de Santa Fe y Corrientes, los artículos de cuero que impidieron la industrialización de la corambre bonaerense, los azúcares brasileños que desplazaron a los paraguayos y hasta los vinos que comprometieron seriamente la producción cuyana. Por esos sombríos conductos dominaron los imperialismos de la época y deformaron y aniquilaron la economía nacional. Por eso, fueron ellos no solo la huella que dejó su acción, sino la prueba concreta y tangible del avasallador contrabando rioplatense.

Esta conversación que describo, con cita textual y todo, tuvo lugar en Madrid el 3 de diciembre de 2005. Era sábado y esa noche Eduardo celebraba su segundo cumpleaños o, como decía él, «la fiesta del corazón». La historia que les contaba a sus amigos era que él nació dos veces. La primera, el 30 de diciembre de 1946, cuando su madre pujó y empujó y lo expulsó de su pobre cuerpo baqueteado. La segunda, el 3 de diciembre de 1996, cuando un equipo de cirujanos del Hospital Alemán le hizo un *bypass* quíntuple que le habría de valer un cuarto de siglo más de vida. Acababa de empezar la operación cuando Eduardo se murió. Un minuto y pico después, gracias a los esfuerzos frenéticos del equipo médico, volvió a la vida. A partir del año siguiente, ya emigrado, y todos los años sucesivos, celebró su segundo nacimiento con festicholas opíparas en las que él y sus amigos se hartaban de todas las comidas y bebidas que los médicos le habían prohibido para siempre. En ese quirófano nació el verdadero Eduardo de la Puente, solía decir, porque mi vida anterior era una antivida. Era Eduardo de la Muerte.

Esa mañana de sábado, mientras limpiábamos la casa y acomodábamos los muebles para la fiesta, Eduardo no hizo ninguna referencia a la novela, que para entonces ya era un sueño trunco, pero sí habló del siglo XVII y de cómo, según él, la disputa entre dos fuerzas antagónicas, una nacionalista y la otra extranjerizante, que (siempre según él) tiraniza la política argentina hasta el día de hoy y que es la primera causa de la incapacidad transgeneracional de lograr crecimiento sostenido, se había consolidado de una vez y para siempre en esas décadas tempranas del mil seiscientos, en el contexto de la pelea feroz entre beneméritos y confederados. Para Eduardo, los confederados y su economía contrabandista eran la prefiguración del oligarca cipayo, del milico vendepatria y del fantoche neoliberal que desprecian a su país y lo venden al mejor postor. Los beneméritos, en cambio, representaban el proyecto nacional que luego se continuaría en la santísima trinidad de SanMartínRosasPerón.

Yo no tenía elementos como para discutirle de igual a igual. Me divertía pincharlo. Era gorila, básicamente. Un gorila anticlerical y antiargentino, eso sí, porque la Iglesia y el nacionalismo, ya fuese de izquierda, de derecha o de centro, siempre me produjeron escozor. De chico me negaba a cantar el himno, me pasé la vida burlándome de la literatura, del cine y del rock nacional y diciendo que las islas son, de hecho, inglesas. Lo cierto es que la corrupción, la demagogia desfachatada y el culto a la personalidad que cultivaron Perón y sus continuadores me parecían los peores males imaginables.

Seguramente, mi rechazo estuviese relacionado en parte con el hecho de que crecí con un padre peronista que me llevaba a peñas en unidades básicas y a visitar conventillos. Él, por su parte, se había hecho peronista de adolescente discutiendo con su abuela, que era gorila nivel King Kong. Cuando tenía tres años, durante la guerra, me enseñaron la «Marcha de las Malvinas», y papá y mamá me grabaron cantándola. Eso me gustaba, igual, los cánticos militantes. Me sabía muchísimos, como el de «fumando un puro me cago en Aramburu» y también el de la escalera que vamos a hacer con los huesos del susodicho para que Evita baje del cielo; y otro sobre los descamisados y los desaparecidos; y la «Marcha Peronista», desde luego. Una vez, yo tendría siete años, papá me llevó a un inquilinato en La Boca donde vi algo que nunca olvidaré. Estábamos en el patio y apareció una señora con su hija. La señora quería hablar con papá. La chica tendría mi edad, tal vez un año más que yo, y estaba totalmente desnuda. Yo nunca había visto una chica desnuda. En mi barrio, en mi colegio, en las fiestas de cumpleaños, en las casas de mis primos nadie andaba desnudo. La chica me saludó, era flaquita y tenía el pecho y las rodillas manchados de tierra. Habremos hablado, supongo. Tal vez jugamos un rato mientras mi padre y su madre atendían sus asuntos, yo vestido y ella desnuda. Reconstruyo la escena porque se me perdieron los detalles, me queda apenas una imagen difuminada que llega de la noche del pasado remoto sin contorno ni contexto acompañada de una sensación de angustia sorda pero inconfundible. Durante un tiempo estuve convencido de que me afectó tanto aquel encuentro porque en ese momento, sin entenderla, intuí la realidad de la pobreza, la degradación y el relajo de las costumbres que trae aparejados. Pero no me convence esta explicación. Puede ser que mi conmoción se haya debido a pulsiones eróticas inmanejables para un chico de siete años. Barajé también la teoría del buen salvaje. Tal vez la chica estuviese feliz correteando por ahí en estado de naturaleza; la de ella era otra cultura y acaso el infeliz fuese yo, criado con valores mojigatos, pequeñoburgueses, que estigmatizan el cuerpo. O quizás haya sido vergüenza lisa y llana lo que sentí. Quién sabe. Lo cierto es que nunca me olvidé.

La puedo ver ahí todavía, paradita en el patio del inquilinato, desnuda, flaca y sucia, de la mano de su mamá. ¿Qué será de su vida? Al año siguiente, papá se fue de casa o mamá lo echó o ambas asimetrías a la vez. Todo en el contexto sórdido de la militancia política. Ese mismo año, se murió mi abuelo materno, mi abuelo adorado, y perdí a mi mejor amigo. 1987, mi *annus horribilis*.

Papá vivió unos meses en otra casa hasta que un día volvió para convalecer de una gripe y se quedó con nosotros tres años más. En el 91, mis padres finalmente se divorciaron y yo empecé a explorar el inframundo de Buenos Aires viajando en subte. El subte hasta entonces había sido para mí no más que el trayecto de la línea D entre las estaciones Canning y Tribunales, de mi casa a lo de mis abuelos. En 1990, el día después de la derrota de Argentina en el Mundial, me habían asaltado en el paso subterráneo que cruza Santa Fe a la altura de Canning. Un chico más grande que yo me amenazó con un palo y me robó las zapatillas. Quedé traumado y no volví a bajar solo al sótano de la ciudad hasta el otoño del 91, cuando empecé el curso de ingreso a un colegio que queda en el casco antiguo. Tomaba el subte dos veces por semana e iba hasta la estación Catedral, donde termina la línea D. En ese vasto subsuelo, debajo de plaza de Mayo y del Cabildo, se cruzan tres líneas de subte: la A, la D y la E. Yendo del andén hasta la salida de avenida de Mayo y Perú, veía los carteles que indicaban las otras líneas con los nombres para mí enigmáticos de sus estaciones terminales (Primera Junta y Plaza de los Virreyes) y tenía fantasías de viajes exploratorios a esos rincones lejanos y seguramente peligrosísimos de la ciudad.

Cuando empecé la secundaria en otro colegio, me di a la tarea de recorrer entera la red de subtes. A diferencia de mi colegio primario en Barrio Norte, cuyos alumnos éramos todos más o menos vecinos, este colegio era un crisol de barrios. Tenía compañeros de Almagro y de Boedo, de Agronomía y de Villa Luro, de Coghlan, de Floresta y hasta de Bernal, en la provincia, lugares que apenas conocía de nombre y en los que jamás había puesto pie. No bien empezaron las clases, un grupito de inadaptados y yo fundamos una pandilla, la GTM (Grupo Terrorista La Masturbanda). Nos amontonó el viento y nos conjuramos para darle vía libre a algo violentísimo que anidaba adentro de nosotros. Teníamos doce, trece años. Éramos ollas a presión de hormonas y demasiado chicos como para tener vida sexual, así que nos dedicábamos a insultar, a hacer pogo y a romper cosas. Nos la pasábamos callejeando y recorriendo la ciudad en subte, molestando a la gente y cometiendo delitos menores y actos de vandalismo. Pintábamos grafiti con las siglas del grupo, apedreábamos autos desde puentes peatonales, tirábamos petardos; algunos de nosotros, como mencioné antes, robábamos. Uno de la banda, Aligar, había ido con su padre a debutar a Can Can, un prostíbulo que quedaba en la calle Montevideo. Pero el resto éramos unos pajeros redomados. Aparte de Aligar y de mí, estaban el Enano, Mendi, Topo y Sandoval. A veces se sumaba Rolo, mi primer cómplice en la rapiña, que era de otro colegio nacional, uno de categoría inferior al que iban repetidores y chicos con problemas.

Una vez, pintamos en territorio dominado por una patota coreana. Vinieron a buscarnos a la salida del colegio y nos dieron una paliza. Yo hacía tae-kwon-do, pero era medio gordo y tenía pésima flexibilidad; lo único que logré con la patada inepta que alcancé a dar fue rajarme el pantalón del uniforme. En otra ocasión salimos por la zona de Primera Junta a tirar petardos. De pronto, Rolo vio una ventana abierta en una planta baja y embocó un rompeportones. Fue una explosión brutal. El dueño de casa saltó por la ventana, se dio de cara contra la vereda y se rompió la nariz y dos dientes. Fuera de sí, ensangrentado y en camiseta, nos corrió y me agarró a mí, que había quedado último. Es un milagro que no me haya molido a palos, pero se ve que era un hombre decente, me vio como el mocoso que era y se apiadó. Me llevó a su casa, llamó a la policía y a mi padre. Resulta que el rompeportones había explotado al lado de su hija, que tendría tres años. ¡Mirá si me la dejabas tuerta, pendejo puto!, gritaba. Yo explicaba: ¡Fue mi amigo, no fui yo! Y el policía me retó por buchón. Entonces llegó papá a buscarme. Antes de dejarme ir, la policía pidió los nombres de todos mis cómplices. No tuvieron que apretarme mucho. Al único que no delaté fue a Sandoval, cuyo padre era de dar cinturonazos. Papá tomó nota y mamá llamó a las madres una por una.

Esto de la GTM duró hasta el 94, cuando me puse de novio con la chica de Floresta. De todos modos, más allá de los explosivos, las trifulcas y las pintadas con aerosol, nuestra verdadera pasión era viajar en subte. Vamos a ver cómo crecen los tulipanes desde abajo, decía Topo, que era el líder espiritual. Cómo nos gustaba el subsuelo, el mundo de *Glass Onion* y de Pennywise, donde todo fluye, donde todos flotan, donde nunca es de día ni de noche. Y ese olor inconfundible del subte de Buenos Aires, una mezcla de grasa de motores, cortocircuito y tierra mojada. Nosotros vagando por ahí abajo a las nueve de la mañana, libres como las ratas, y arriba nuestros padres, las chicas (nuestras compañeras), Ferrante (el preceptor), la vieja sexy de Latín, el loco que daba Física y Química, la patota coreana, Graciela Alfano en tanga, todo el elenco de *Tango feroz*, el presidente, la ciudad entera bailando la zamba de la rutina.

Si uno pudiese levantar la superficie de Buenos Aires como la tapa de una olla vería a vuelo de pájaro que las entrañas de la ciudad tienen la forma de un sistema circulatorio compuesto por ductos de diversos grosores, todos entrecruzados y entrelazados. Arroyos y terceros que fluyen entubados, tres cloacas máximas que llevan aguas servidas hasta el Establecimiento Wilde, en el sur del conurbano, decenas de miles de kilómetros de cañerías y desagües que mueven desperdicios y abastecen a decenas de miles de casas de agua potable, rica en cloro, y seis líneas de subte que transportan a mareas de personas del centro a los barrios y de los barrios al centro. Cuando empecé a moverme por ese submundo, la línea A terminaba en Primera Junta, la D en Ministro Carranza y la B en Federico Lacroze. La línea H no existía. Mis amigos y yo nos encontrábamos enfrente del colegio, en plaza Lavalle, y, cuando la marabunta uniformada entraba a clase, bajábamos a la estación Tribunales, donde tomábamos el subte D. Hacíamos dos estaciones hasta Catedral y ahí empalmábamos con la línea E. Íbamos hasta Plaza de los Virreyes, corríamos por el andén, entrábamos a otro vagón y volvíamos al centro en el mismo tren. A veces íbamos primero al McDonald's de Lavalle, desayunábamos, nos subíamos a la B en 9 de Julio hasta Federico Lacroze y después regresábamos hasta el Correo Central, estación Leandro N. Alem. Así, yirando por las catacumbas de la ciudad, se nos iban las horas robadas a nuestra educación secundaria. «Hacerse la rabona», le decían mis padres a esta infracción. Para nosotros era «hacerse la rata» o, más bien, «ratearse». La aclaración no es para el lector contemporáneo sino para quien lea en el año 2525, en el 2725 o en el 3500 cuando estas y otras voces de nuestra habla porteña sean piezas perdidas del rompecabezas sin bordes y sin esquinas que es la lengua castellana.

Nada nos gustaba más que viajar en la línea A, cuya flota todavía incluía los viejos vagones belgas de madera que circulaban desde que se inauguró el subterráneo, en 1913, el año del nacimiento de mis abuelos maternos. El tramo más antiguo de la red es el que va de Plaza de Mayo a Plaza Once. Una de las estaciones originarias, Pasco Sur, por la que solamente pasaban trenes en dirección a Plaza Once, fue clausurada definitivamente en 1953, el año del nacimiento de mis padres, según algunos como medida de seguridad para evitar derrumbes. Sucede que el 15 de abril de 1953, la Casa del Pueblo, sede del Partido Socialista, que estaba justo arriba de la estación Pasco Sur sobre Rivadavia, había sido destruida por militantes peronistas en venganza por un atentado cometido ese mismo día en los alrededores de plaza de Mayo. Eran las cinco de la tarde y la plaza estaba desbordada. La Confederación General del Trabajo había convocado a un acto en apoyo al presidente que acababa de lanzar una cruzada contra los comerciantes especuladores que subían precios inescrupulosamente y fastidiaban la economía. Primero habló Vuletich, el líder de la CGT, y anunció un paro general. Después, salió Perón con sus manos taumaturgas y su «sonrisa dentífrica» (Raúl Barón Biza). En pleno discurso, se oyó una explosión seguida de otra. La primera bomba explotó en el bar del Hotel Mayo, en la calle Hipólito Yrigoyen, y la segunda, en la estación Plaza de Mayo del subte A. Cuatro hombres y una mujer murieron esa tarde en los atentados. Según otra versión, fueron siete los muertos.

Mientras en Palermo y en Tribunales los embriones que serían papá y mamá flotaban en el líquido amniótico de mis abuelas; mientras en Liniers, pasaje El Hornero 525, Eduardo jugaba a los autitos o le daba un dedo de miel a su perro Oso y quemaba otra tarde preciada de su edad de oro; mientras en la confitería Los Argonautas, en

Saavedra, la tía Chiquita y Rubén Lobotrico tomaban el vermú y planeaban la próxima excursión delincuente a Montevideo; y mientras en la farmacia de Las Heras y Ugarteche un señor muy amable, de acento extranjero y sombrero chambergo, que bien pudo haber sido Josef Mengele, le contaba al niño Nacho Zoppi la historia del enano Alberico y el oro del Rin; mientras pasaba todo esto, en la plaza, la masa encabritada pedía leña para los terroristas. Perón respondió con una pregunta: ¿Por qué no empiezan ustedes a dar la leña? Dicho y hecho. Con el caer de la tarde, una columna de militantes marchó a la Casa del Pueblo e irrumpió al grito de «¡Judíos, vuelvan a Moscú!». Los peronistas vaciaron la biblioteca obrera Juan B. Justo e hicieron una gigantesca pira de libros en plena avenida Rivadavia. Después, incendiaron el edificio. Al poco tiempo, la Casa del Pueblo, en ruinas, fue demolida y es entonces, dicen, cuando se cerró Pasco Sur. Aquella noche de abril, los militantes destruyeron también la Casa Radical, la sede del Partido Demócrata Nacional y el Jockey Club. Por los atentados, la policía arrestó primero a un domador de elefantes que había sido visto corriendo por la estación Plaza de Mayo momentos antes de la explosión. Resultó, sin embargo, que los terroristas eran una banda de progresistas petiteros, rubios y cancheros. Uno de sus miembros, Roque Carranza, era un joven ingeniero industrial que varias décadas más tarde fue ministro de Defensa. En el verano de 1986, después de comer y tomar como un descosido durante un asado en Campo de Mayo, el señor ministro se dio un chapuzón en la pileta y quedó seco de un infarto. Mi padre usó durante años el cuento de la muerte de Roque Carranza para disuadirnos a mí y a mi hermano de meternos a la pileta habiendo recién almorzado. ¡Hay que esperar mínimo dos horas!, lo secundaba mi madre.

La leyenda de que la estación Pasco Sur se clausuró por peligro de derrumbe es pintoresca y significativa, pero más probable es que haya cerrado porque su cercanía con las estaciones linderas (Congreso y Alberti) la volvía superflua. Lo cierto es que en 1953 se apagaron las luces de Pasco Sur, los trenes siguieron de largo y al poco tiempo se construyó un muro de ladrillos detrás del cual quedaron la boletería, las paredes de azulejos, los molinetes originales, ese mundo de 1913 emparedado y congelado en el tiempo. Cuarenta años más tarde, cuando fuimos por primera vez, no había cambiado nada. La estación estaba intacta, enterrada bajo una capa de polvo negro como el petróleo y espeso como el terciopelo.

Fue Mendi quien primero nos habló de la estación fantasma. Mendi era de Almagro y vivía solo con su padre, un psiquiatra jubilado que se pasaba el día leyendo. Yo iba bastante a su casa después del colegio, y el psiquiatra, un hombre menudo, de bigote frondoso y ojos tristísimos, como de perro San Bernardo, estaba siempre ahí, sentado en un sillón con el libro apoyado sobre la mesa ratona y él inclinado en una posición que parecía incomodísima. Sobre todo, para leer los libracos que leía. *Ana Karenina, El conde de Montecristo* o alguno de los bien gordos de Stephen King. Solo mamotretos leía. Cuestión que Mendi nos contó que existía esta estación fantasma de la línea A. Y agregó que ahí viven las almas de los suicidas del subte. Están ahí parados esperando un subte que no va a llegar nunca, todos amontonados como cuando se atrasa el tren en la hora pico y los andenes explotan de gente, dijo.

Decidimos ir.

Era un peligro total. Había que bajar en Pasco y caminar como treinta metros por el túnel entre los rieles electrificados y en una oscuridad casi completa. Lo hicimos más de una vez. Llegábamos a Pasco, íbamos hasta el final del andén, bajábamos una escalerita y corríamos por la vía hasta la estación fantasma. Pasco Sur estaba amurallada, pero Mendi, que ya había ido, indicó un hueco en los ladrillos. La primera vez, éramos tres y a nadie se le ocurrió llevar linterna. Nos asomamos, pero no entramos. Nos quedamos en el andén hasta que pasó el tren y entonces corrimos de regreso a Pasco. La segunda vez sí llevamos linterna, pero nadie se animó a entrar. El hueco era estrecho. Yo asomé la cabeza. Había un olor pestilente, a moho, a basura y a mierda humana. Debe haber un campamento de linyeras, dijo Mendi. No entres que te van a romper el orto, recomendó Topo. Yo ni loco iba a entrar. Antes de irnos, le tiramos unos bulones que encontramos por ahí a uno de los trenes que pasaron.

La tercera y última vez fui solo con Sandoval. En la corrida por las vías, se tropezó y se dio un porrazo. No se electrocutó de milagro. Una vez en el andén abandonado, encontramos que alguien había ensanchado el agujero en el muro. Me asomé con la linterna y vi la antigua boletería en la penumbra de décadas. Vi también, en las carteleras de fierro, un aviso de cigarrillos de una marca que ya no existe. Dale, boludo, entrá, dijo Sandoval. Era alto y flaco. Le iba pésimo en el colegio y ya se había quedado libre dos veces. Lo que más le gustaba en el mundo era callejear con la GTM, fumar marihuana y escuchar música. Nunca vi a nadie disfrutar tanto de la música, se le desencajaba la cara con los Beatles, con Pink Floyd, *Atom Heart Mother*, se transfiguraba. No paso ni en pedo, dije yo usando como excusa mi exceso de peso. «El tordo», me decía mi abuela: la cabeza chica y el culo gordo. Correte, mariconazo, dijo y entró él no sin dificultad. ¡Iluminá, sorete!, gritó. Yo me había distraído porque justo pasaba el tren. Le hice luz y lo seguí por la estación hasta que lo perdí de vista.

Pasó un rato.

—¡Sandoval! ¡Sandovaaaaaaaal! –grité.

Nada. Silencio. De pronto, ruido de agua y algo que sonó a un chillido animal. ¿Ratas?

Pasaba el tiempo, yo no sabía qué hacer. Debe de haber salido por otro lado, pensé. Y ya estaba planeando mi retirada cuando apareció por el agujero la cabeza de Sandoval.

—Boludo, me la pusieron –dijo. Y rió con esa risita de guasón que tenía.

Le pregunté qué había pasado. Dijo que nada.

—¿Qué hiciste?

—Nada, entré y salí.

—¿Por qué te la pusieron? ¿Qué te pusieron? ¿Quién?

Pero Sandoval no habló más. Esperamos que pasase el siguiente subte y corrimos hasta Pasco. Ahí lo vi, con el pantalón rajado y una frutilla enorme del porrazo de antes. Estaba blanco como una hoja de papel.

—¿Qué pasa, boludo? ¿Qué pasó?

—Nada, chabón. Me hice poronga la rodilla.

Volvimos a Plaza de Mayo en completo silencio. Sandoval, totalmente ido. Ahí nos tomamos la D. Él se bajó en Pueyrredón y yo seguí hasta Canning, que entonces ya se llamaba Scalabrini Ortiz. No volvimos a hablar de lo que había pasado ese día. Con los años, Sandoval empezó a tomar drogas más pesadas. A duras penas terminó el secundario en un nocturno. Topo lo ayudaba a estudiar, se quedaba con él hasta la madrugada en la víspera de los finales. Después consiguió trabajo en un locutorio y empezó a salir con gente más joven y mucho más viciosa que él. Nunca tuvo novia. A los treinta, se encerró en el baño y tomó tres cajas de pastillas para dormir. Lo salvó su padre, que tiró la puerta abajo y lo llevó al Diagnóstico, donde le hicieron un lavaje de estómago. La madre casi se muere del disgusto. Sandoval, lleno de culpa, trató de hacer buena letra. Se fue al campo a trabajar con el padre. Reemplazó la cocaína por los ansiolíticos, engordó como quince kilos. Vimos juntos la final del Mundial de Sudáfrica y estaba hecho un zombi. Unos años más tarde, la madre tuvo un accidente de auto muy bobo. La llevaron al hospital, le hicieron estudios y como estaba todo en orden la dejaron ir. Al día siguiente, murió por un hematoma epidural. Poco después del entierro, Sandoval se tiró por la ventana de un séptimo piso a la avenida Belgrano casi esquina Paseo Colón. Yo ya vivía afuera. Lo velaron a cajón abierto y me contó Topo que el cuerpo estaba impecable salvo por un moretón en el ojo izquierdo, como si le hubieran pegado una piña. Lo pusieron en un nicho arriba de su mamá, en el cementerio de la Chacarita, estación Federico Lacroze de la línea B.

Aquel 3 de diciembre de 2005, luego de que hubimos preparado la casa para la fiesta, Eduardo y yo almorzamos y él durmió la siesta. A la tarde me llamó mi amiga Eva para invitarme al cine.
¿Vamos a ver la de los vaqueros maricones?
Fuimos al Yelmo Ideal, atrás de Puerta del Sol. *Brokeback Mountain* nos pareció buenísima. A la salida tomamos una copa y Eva comentó que Ennis del Mar y Jack Twist, los vaqueros maricones, eran como Aquiles y Patroclo según los pinta Platón, dos efebos bellos como el sol dándose murra en una tienda de campaña. La gran mayoría de los hombres que no son abiertamente gais son maricones reprimidos, dijo. Y agregó: La homosexualidad masculina es el grado superior del machismo.
Ya conocía su teoría.

La homosexualidad masculina es el grado superior del alma humana, dije yo.

Esa era *mi* teoría. El hombre heterosexual reemplaza a la madre por la novia, por la mujer, por la compañera, por la prostituta, por la enfermera, por la cuidadora, pero su objeto de deseo es siempre el mismo: su mamá. Es bebé de por vida. Las lesbianas, igual. Y la mujer heterosexual, si bien evoluciona y se aleja de la madre, tiende al varón determinada por la anatomía y por la biología, para procrear. El varón gay se independiza de su propia naturaleza y de su linaje. Es un alma libre de verdad.

—¿Por qué te pensás que los filósofos griegos glorificaban el amor entre hombres?

—¿No te digo? —respondió Eva—. En mi vida escuché algo tan machista y tan maricón.

La conversación entonces tomó una deriva biológica. Eva estaba obsesionada con la caída progresiva en los conteos de esperma, algo que al parecer se puede constatar en todo el mundo occidental y en algunos países asiáticos como Corea y Japón. Más de un cincuenta por ciento en cincuenta años, una crisis de fertilidad terminal, dijo. Somos una especie en vías de extinción. Y vaya que se ve. Los hombres sois cada vez más afeminados. Mira tan solo cómo se os van estrechando los hombros y ensanchando las caderas. Mira a ese tío, por ejemplo, voltéate y mira, dijo indicándome un hombre blando y caderón que pasaba con su hijo en una mochila portabebé, como una mamá canguro.

—Es una involución aceleradísima que se puede medir también tomando como parámetro la reducción del perineo. Hay una correlación directa entre esto y la baja en la cuenta de esperma pues hoy los niños nacen con perineos cada vez más cortos.

—¡A la perinola! —dije, pero ella no entendió el argentinismo.

Eva era de Guadalajara, uno de esos pueblos castellanos más secos que lengua de loro. Y uno de los tres pueblos de España que entonces todavía tenían un monumento a Franco. Fui una vez. La peña se reunía en la tienda de frutos secos, donde por las noches funcionaba un bar con rocola y karaoke. Eva y sus amigas cantaron «I'll Be There For You», la cortina musical de *Friends*, y la gente bailó y coreó.

–¿Mi teoría? –dijo Eva–, bueno, que no es mía. Hay muchos estudios que la corroboran. Son los plásticos y los pesticidas que nos tragamos desde que nacemos. Cuando se reduzca del todo el perineo, los genitales del macho desaparecerán devorados por el orificio anal y machos y hembras tendremos cloacas, como los pollos, vamos.

–Seremos monstruos –fue mi pálido aporte.

–Ya lo somos. Siempre lo hemos sido. En el proceso evolutivo no existe la normalidad. O, como dice Canguilhem, la normalidad es el grado cero de lo monstruoso.

Algo parecido sugería Fortunio Liceti, el tutor de Pietro Malaspina, cuando escribió que las famosas razas monstruosas de Plinio (los caníbales, los pigmeos, los cinocéfalos) no son tales. El monstruo propiamente dicho es un individuo excepcional, la extraña constitución de cuya anatomía suscita horror y admiración entre sus pares.

–Quiero decir que la monstruosidad es una cualidad individual, no colectiva –resumió Malaspina–, porque, dado que todo individuo es excepcional (sabemos que no hay dos especímenes que sean exactamente iguales, en ninguna raza), todo individuo es también en cierto modo monstruoso. Y los hombres somos monstruos, además, porque somos caníbales. Los animales que nos dan sustento pastaron en tierras abonadas por los restos de las generaciones pasadas.

Lo del canibalismo universal era una idea de Tommaso. Pero para Malaspina era evidente que las ideas no son de nadie. Las ideas, al igual que las almas según la teología órfica, migran de mente en mente a lo largo de la historia (esta también era una idea de Tommaso).

—De todos modos, *monstruo* propiamente dicho es aquello que es excepcional con alevosía, no sé si me explico —concluyó el italiano.

Mendes lo escuchaba con cara de póker. Él había estudiado la *Curiosa filosofía* de Juan Eusebio Nieremberg. Algo entendía de monstruos. Sin ir más lejos, había sido él quien escribió el panfleto del monstruo querandí, la noticia que había llegado a oídos de Malaspina a través de Vesling y que había inspirado su odisea transoceánica. Pero esto Malaspina todavía no lo sabía. Se acababan de conocer y estaban dele charlar.

—Pero contame de Padua. En la piazza dei Signori había un trovador ciego, Metlika, que cantaba una épica interminable sobre las transformaciones del *kresnik* Pervinapo.

—Sigue ahí.

—Santo varón. El Señor lo proteja.

—Amén.

—¿Y los carnavales, siempre tan violentos?

—Este último fue terrible. Violaciones, incendios, estampidas. Y una pandilla de drugos, liderada por un averroísta, il Signor Marcello, mató a palos a dos frailes.

—En mi época, los drugos tiraban piedras. Y mataban judíos.

—Eso fue...

–Hace como treinta años.
–¿Has conocido a Casserio?
–Y a Jerónimo Fabricio. Nos cansamos de abrir perros.

Estaban en lo de Mendes. Ramona les había servido mate con tortas fritas y Sambelilo Belazán preparaba el puchero.

–Agradezco tu discreción, colega –dijo Malaspina cuando estuvieron solos.

–Tu secreto es mi secreto, hermano –le aseguró Mendes, que supo de inmediato que este tal Rodrigo de Anchorena, supuesto navarro criado en Nápoles, era más toscano que el Gran Duque de Medici. Malaspina no había dicho media frase que esa entonación glotal y esa cadencia sincopada típica de los avaros florentinos, que hablan con el diafragma para ahorrar aire, le reveló al anfitrión sus orígenes.

–Y el tuyo, mío –retribuyó Malaspina, que, no bien entrar, había visto sobre el escritorio la boina negra, uniforme del galeno judío en la República de Venecia.

–Zebulão Mendes, de Bragança, Trás-os-Montes –dijo Mendes extendiéndole la mano para un nuevo saludo, esta vez con sus nombres verdaderos.

–Pietro Malaspina, de Fosdinovo in Lunigiana.

–No de Florencia.

–No. Adopté el habla de mi maestro, Virgilio (Dios lo tenga en su gloria), que sí lo era.

–¡A yantar! –clamó Ramona.

De postre sirvieron rodajas de melón de una dulzura que Malaspina no había probado jamás. Detrás de la casa, Mendes tenía manzanos, perales, higueras, naranjos y todo tipo de hortalizas.

—La fertilidad de esta tierra es el verdadero *monstrum* —dijo Mendes—. El punto perfecto de humedad y ese aire divino, aliento de serafines, que llega del océano a través del río color de león y que contrarresta la peste de las ciénagas y el tufo perenne del cuero crudo. Lo único que planté y no creció fue un cordero verdura de Tartaria.

—¿Tienes semillas de Barometz? —preguntó Malaspina con total seriedad.

Mendes rió.

—Volviendo a los monstruos, entonces, resulta que viniste a las Indias en busca de tu tricéfalo imposible.

—Sí —dijo Malaspina.

—A las mismísimas Indias, engaño común de muchos y remedio particular de pocos, como dicen en Sevilla —insistió Mendes y le indicó a su invitado una bandeja con chuchería de regaliz.

—Aquí estoy, ¿no? —respondió Malaspina estirándose para agarrar sin tener que levantarse.

—¿Y ahora?

—A buscar ese cuerpo que, sin duda, no tiene tres cabezas. O, si las tiene, una dellas sale del tórax, lo cual indica un gemelo parasitario, que vuol dire otro cuerpo.

—Sabrás que estos monstruos significan daño futuro para todos los que entran en contacto con ellos.

—Esas son supersticiones de la Edad Oscura.

Malaspina entonces explicó su teoría, la lógica de los monstruos. Si no toda aberración es posible (dos cabezas sí, pero tres no, por ejemplo) y si las deformidades supernumerarias se dan en números pares, nunca impares, quiere decir que la naturaleza sigue una lógica estricta aun cuando se desvía de la norma. La dilucidación de esta lógica podría incluso contribuir a que nazcan especímenes cada vez mejor proporcionados, más sanos, más bellos. Pero todo esto, además, confirmaría la sospecha de muchos hombres de ciencia, una sospecha abismal, inefable, cuya mera mención puede costarle la vida a un cristiano.

—¿Qué sospecha? Hablá con libertad, hermano –lo animó Mendes.

—Que lo que llamamos Dios no è ni más ni menos que la naturaleza. Que no hay trascendencia alguna ni mundo inteligible. Que esto que vemos y tocamos è lo único que hay: cuerpos, cuerpos y más cuerpos.

—En cambio, si nació un monstruo de tres cabezas... su excepcionalidad radical demostraría que...

—Demuestraría que no hay lógica, que todo è posibile. O que, si existe una lógica, no nos è dado a los hombres comprenderla por lo que toda empresa científica è vana. El tricéfalo sería evidencia de una voluntad omnipotente, caprichosa e incomprensible. El Dios de Pedro Damián que le restituye la virginidad a una prostituta, el Dios que multiplica los panes y resucita a los muertos.

—No encuentro mucho sentido en tu teoría. La ciencia es una isla en el océano del gran misterio. Sus costas son la lógica. Pero la naturaleza es el universo donde están la isla y el océano. Eso es Dio', lo de más acá y lo de más allá. Los monstruos son signos del gran misterio, son anuncios y advertencias –dijo Mendes.

—¡Qué tontería! Por el contrario, si este tricéfalo, en efecto, nació...

—Te aseguro que nació y te garantizo que es un anuncio de grandes penurias.

—¿Cómo eres tan seguro?

Fue entonces cuando Mendes se reveló como el autor del panfleto. Malaspina no le creyó, de modo que el otro abrió el arcón donde tenía escondida la parafernalia de su religión y sacó una carpeta de cuero de la que extrajo una hoja.

> En este año del Señor de mil y seiscientos y treinta y dos, a setenta leguas de la Trinidad, puerto de Buenos Ayres, nació un monstruo causando admiración de todos, una aberración con tres cabezas, la una dellas femenina, las otras de macho y bien parecidas; su cuerpo se completaba con dos aletas de delfín, escamas de pez, pezuñas de cabra y sexo truncado de hembra y de macho que echaba un olor nauseabundo. Las...

Malaspina, perplejo, había sacado del bolsillo su copia del texto e, imponiéndose sobre Mendes, completó la lectura:

> ... tres cabezas anuncian desorden civil, las aletas denuncian ligereza en las costumbres, las escamas representan avidez de usura, rapiña y contrabando, las pezuñas de cabra y el doble sexo son marca de lujuria y de sodomía. Su madre era salvaje y su padre, cristiano. En los meses anteriores al nacimiento, un rebaño de ovejas caminó en círculos ininterrumpidamente durante una semana. El monstruo vivió doce días y habiendo muerto se le dio sepultura.

—Eso —dijo Mendes.
—¡Eres tú!
—El que viste y calza.
—¿Lo tocaste? ¿Dónde fue sepultado? Y las cabezas, ¿salían todas del cuello o dos del cuello y una del tórax?
Mendes no había visto ni tocado ni olido al monstruo. Tampoco sabía dónde había sido sepultado, aunque suponía que en el mismo lugar donde había nacido, a

unas setenta leguas de la Trinidad, en el Mate Dulce, un monte a la vera del arroyo Vallimanca. Por ese entonces (ya habían pasado tres años largos), allí toldeaba el cacique Tubichaminí. Mendes había escuchado el cuento de un indio encomendado que trabajaba en los viñedos de Antonio Bernalte de Linares. Al indio en cuestión lo habían maloqueado en esa misma toldería los hombres de Amador Báez unos meses después del nacimiento del monstruo. Le contó el cuento a su amo y Bernalte de Linares se lo refirió a Mendes, que entrevistó al indio y escribió la noticia para luego mandarla a Europa en el primer barco.

–Entonces no sabes si tuvo tres cabezas legítimas.
–Le creo al indio.
–¿Por qué?
–Porque vi la verdad en su mirada. «Poco pueden las palabras frente a los rayos de los ojos» (León Hebreo).
–No me convences con entelequias platónicas. Pero estoy aquí. Iré a buscarlo. ¿Me acompañas?
–Hace ya tiempo que yo rumiaba el pensamiento de ir a Tierra Adentro.
–Vuesa mercé quere retaxar indios pra engordar as tribus de Israel –dijo Sambelilo por la ventana.
–¡Engendro! –gritó Mendes–. Y vos venís con nosotros, de lenguaraz.
–No, él se queda con su mulata –intervino Ramona.
–Mi patata mulata –dijo Sambelilo apoyando a su mujer de atrás.

Estaba decidido. Harían el viaje al Mate Dulce con la esperanza de encontrar a alguien, allí o de camino, que les indicase dónde buscar. A pesar de no tener sede ni habitaciones ciertas por razón de vagar constantemente, como los escitas, los querandíes enterraban a sus muertos, según

Mendes, y marcaban las tumbas con piedras talladas.³ Había que esperar, de todos modos. Tenía que pasar la canícula. Partirían con los primeros frescos del otoño. Esos meses, gracias a una gestión de Mendes, Malaspina vivió en la chacra de Bernalte de Linares. Le dieron un ranchito en Maipú y Marcelo T. de Alvear. Cuando se instaló en su nuevo domicilio, el indio que había visto al monstruo había salido a vaquear. Ya no volvería. Si murió en el campo o si regresó con su gente nunca nadie lo supo. En esos años, los querandíes, gitanos del desierto, que antes de la llegada de los españoles se habían movido a sus anchas por toda la tierra de Morocotes, desde el pie de la sierra y la orilla del Carcarañá hasta el Mar Dulce y el Río Salado, que luego habían ahuyentado a Pedro de Mendoza y que habían luchado con uñas y dientes contra Garay y contra las malocas cristianas, estaban desapareciendo. Los que permanecieron en la zona tarde o temprano fueron encomendados. Los que se fueron, se diluyeron en sangre araucana. Hacia 1670, su nombre ya era un recuerdo.

Fue un verano bochornoso en Buenos Aires. El vampiro Malaspina salía de casa recién cuando caía el sol. Iba a comer a lo de Mendes o se juntaban en la tasca del Pino Cuadrado y se pasaban la noche tomando vino, conversando y jugando a las cartas. En esas veladas, el italiano fue testigo de tramoyas y tejemanejes de todos los colores del arcoíris. La sofisticación del sistema de comercio intér-

---

3. «Yo a pesar de haber examinado minuciosamente millares de fragmentos de huesos encontrados en los paraderos no he visto uno solo que pueda atribuirse al hombre [...] ¿Quemarían sus muertos los indios? ¿Los enterrarían en el fondo de lagunas y ríos? El problema está aún por resolverse». Florentino Ameghino, *La antigüedad del hombre en el Plata*, París, 1880, p. 308.

lope, con tentáculos que llegaban a Lima, a la Casa de Contratación y muy posiblemente al Real Alcázar, el ingenio tortuoso y la falta completa de escrúpulos de quienes practicaban el contrabando ejemplar, el cambalache mismo que era la vida en esa ciudad pobre del rey: todo horrorizaba y maravillaba a Malaspina en igual medida.

A veces, aparecía en la tasca Ventura Barrios, un cofrade de la Limpia Concepción de María que era también regidor en el Cabildo y, desde luego, contrabandista. Charlando con Barrios fue que Malaspina aprendió dos o tres cosas sobre las costumbres de alcoba de las porteñas. Son todas putas, le dijo Barrios, que era petiso y sanguíneo, un casanova de parroquia. No hay una que no le meta los cuernos al marido, agregó. Y a Malaspina, que andaba necesitado, se le llenó la cabeza de ratones.

Empezó por la mujer de su anfitrión, Clara, una señora de treinta y tantos, ni linda ni fea, con buena figura. Primero, una sonrisita. Una mirada lánguida en la mesa. Y mucha charla. Ellas quieren que las escuchen. Vos dales charla, haceles muchas preguntas y listo el pollo pelada la gallina, le había dicho Ventura Barrios. Bernalte de Linares no dormía la siesta, estaba siempre trabajando, así que, después de almorzar, Clara y Malaspina se quedaban en la galería tomando tereré. Él le contó de su mujer, de su madre y de su hermana, muertas dando a luz. A ella se le estrujó el corazón de ternura, le encantaba el acento italiano. Un día que Bernalte de Linares salió a vaquear, almorzaron solos y después dieron un paseo. El cielo estaba cubierto, noventa por ciento de humedad. Las caras de los dos brillaban por la transpiración. Cuando se largó el diluvio, Malaspina la tomó de la mano y corrieron hasta su rancho. Palo y a la bolsa.

Fue un romance eléctrico, pero duró poco. A Clara le daba miedo su marido. El riesgo era altísimo. El precio, la muerte. Un día dijo basta. Entonces Malaspina, que ya estaba cebado como un tigre que probó carne humana, fue a por Isabel de Cervantes, que tenía su fama, y rebotó como canica en piso de loza. Por consejo de Ventura Barrios, perseveró: el chancho no coge por lindo sino por insistidor. No hubo caso. La señora era inexpugnable. Lo intentó, entonces, con la viuda Frías de Martel, dueña de los Montes Grandes, una de las chacras más extensas de la ciudad. Arrimó el bochín con la excusa de que quería estudiar la flora del terreno, que iba desde Callao hasta Coronel Díaz. Frías de Martel adivinó de inmediato las intenciones de este tal Rodrigo de Anchorena, dizque médico y botanista. Lo estudió un poco y decidió probar. A Malaspina lo incomodó la autoridad de la señora, que, además, era más alta que él. Ella lo hizo ir y venir hasta que un día le dio cita en el cobertizo. Fue un chasco. Es la primera vez que me pasa, debe ser el calor, dijo Malaspina. Ella entonces le pidió otra clase de favor, pero él no quiso. Un hombre solo se arrodilla ante el rey, dijo. La segunda y última vez que se vieron en el cobertizo, Malaspina logró acoplarse, pero los interrumpió un alboroto que venía de afuera. Se asomaron y vieron una jauría de perros matando un ciervo. Los bramidos del animal eran sobrecogedores. Malaspina quiso intervenir, salvar al ciervo. Salí de acá, muñeco de manteca, no vuelvas más, le dijo Frías de Martel subiéndose los calzones. Humillado y ofendido, Malaspina recordó el parecer de su querido Tommaso sobre el coito, la actividad más ridícula y denigrante de todas las que practica el ser humano. ¡Tommaso! ¿Qué estaría haciendo en ese momento?

Cuando le contó a Mendes lo que había pasado en Montes Grandes, su amigo le recomendó la poción que le había recetado Maimónides a Al-Muzaffar Umar, el sobrino de Saladino: triture hormigas en aceite de nardos y frote la verga vigorosamente con el emplaste momentos antes del encuentro. Si pasan cuatro horas después de la última descarga y la turgencia persiste, consulte a su médico.

Pero Malaspina no quería ni consejos ni remedios. Quería despotricar nomás.

—Este calor del infierno, este puerto inflamado, lupanar a cielo abierto. Y sus gentes corruptas, adúlteras, incestuosas. Con sus costumbres abominables. Abusan de toda ley, natural y humana. Todos marfuces conjurados. Dal gobernador hasta el aguatero, pasando por cabildantes, pulperos, capitanes de milicia y de navíos, frailes, cofrades de las santas hermandades y, por supuesto, las mujeres, todas y cada una de ellas, lamias amancebadas con Satanás.

—No te equivocás —dijo Mendes—. Desde la perspectiva ética, es tal y como decís. Pero lo que todavía no entendiste es que en Buenos Aires rige solo la política. Y la política, si bien a veces, cuando le conviene, se disfraza con las ropas de la ética, no necesita de ella en lo más mínimo. La ética mejora al individuo, su producto final es interior y florece en el espíritu. La política, en cambio, es como la carpintería o como la escultura: su producto, el poder, es externo a ella. Nadie niega cuán digno de alabanza es ser buena persona, cumplir con las promesas, no engañar a los demás. Pero la experiencia demuestra que muchísima gente que engaña, que miente y que quiebra las leyes logra grandes empresas y se asegura una buena vida para sí, para sus hijos y para sus súbditos.

—¡Qué monstruosidad dices! Eres un hombre temeroso de Dios, ¿no crees en los castigos de ultratumba?

—A Dio' le ne frega lo que pasa acá, hermano. Esto es la Cucaña. Cuando llegué, también me horrorizaba el relajo. Pero si uno quiere sobrevivir en este puerto extraviado tiene que hundirse en el barro hasta la coronilla. Y tiene que hacerlo pronto. Como vos, mirá qué rápido te adaptaste, recién llegado, de contrabando además, haciéndote pasar por otro y cogiéndote mujeres casadas. Es así. La culpa es del rey y de su gobierno incompetente. La necesidad no tiene ley. ¿Qué le vamo' a hacer? Es lo que hay.

–Tu diatriba degenerada me hace pensar que tal vez el tricéfalo sí sea nacido para advertir sobre vosotros y vuestras costumbres infames.

–En esto tampoco te equivocás. El monstruo vino para anunciar eso, entre otras cosas.

Salieron en su busca una mañana de fines de marzo. Eran tres. Volverían dos.

Mendes calculó unos cinco días de marcha hasta el Mate Dulce. Iban a pie para que no los tomaran por maloqueros y llevaban un burro cargado de provisiones. Mendes y Malaspina iban disfrazados de capuchinos, en sandalias y sayales marrones. Sambelilo llevaba el burro y guiaba la comitiva. Hacía un tiempo glorioso. El celeste del cielo y el verde amarillento de la pampa se fundían en el horizonte creando un espejismo dorado que se concentraba en un punto único y fulgurante, la compuerta a otra dimensión.

Ya caía el sol cuando llegaron a Cañuelas y levantaron campamento en un claro protegido por un cerco de gramíneas. Sambelilo Belazán anunció que cocinaría algo especial y partió en busca de los ingredientes. Mendes hizo el fuego y Malaspina sirvió ron. Hablaron de monstruos. Mendes mencionó viborones plateados de diez y quince metros que viven en las cañadas y bestias mitad tigre mitad chancho que comen caballos. Habló del gigante de Peña Pobre y de los muertos vivos de Guaira, la ciudad enferma. Era la primera vez que salía de Buenos Aires, pero había escuchado historias. Malaspina comentó que todavía no había visto ovejas. Según el panfleto, poco antes del nacimiento del tricéfalo un rebaño de ovejas caminó en círculos durante días.

–La zona ovejera empieza en la pampa deprimida –dijo Mendes haciéndose el baqueano.

–En Roma, nell'época de Augusto, una vaca habló y empezó a llover leche días antes del nacimiento de un niño perro. Lo cuenta Giulio Obsecuente –repuso Malaspina.

–Hay algo que no entiendo de tu teoría, Malaspina: otros materialistas dirían que la imperfección en la naturaleza es prueba de que no existe la Divina Providencia, de que todo es azar, átomos que caen en el vacío y se desvían y se tocan así y asá formando cuerpos de todo tipo. Para vos no hay Divina Providencia, solo leyes naturales que rigen también la imperfección. ¿Pero si encontrases al tricéfalo comprobarías que Dio' existe?

–¡Claro! Pero no sucederá –exclamó el otro que ya estaba entonado.

–O sea que cruzaste el océano buscando a Dio'.

–Crucé para corroborar que Dios no existe.

–Entonces, mañana te llega noticia de que nació un tricéfalo en Catay y te vas para ahí. Y pasado mañana, a Mingrelia, como bola sin manija. Y así se te va la vida. Está bien.

–¿Entiendes que si nació un tricéfalo significa que todo è posible y que no hay orden? ¡Dios è caos!

–En Buenos Aires todo es posible. Ergo Dio' existe.

–Todo lo que no tiene una explicación racional, y los monstruos que conocemos ciertamente la tienen, debe tener una explicación irracional. La explicación irracional solo puede ser Dios.

–Puede que la explicación sea irracional porque todavía no descubriste su razón de ser. Hace agua por todos lados lo que decís. Tengo para mí que son puras excusas que fabricás para justificar tu naturaleza tránsfuga.

–¿Tránsfuga?

–Estás huyendo, Malaspina. ¿Quién te corre?

–No huyo.

–Entonces no te preocupes. Sos el que sos, naciste así. Están los que se quedan y estamos los que nos vamos. No se elige. Y no hace falta justificarse.

–¿Justificarse? ¿No entiendes? Si encontramos los restos de un tricéfalo genuino (cosa que no sucederá), vuol dire que el mundo è caos y que la era de los milagros no ha terminado.

–A no perder la esperanza, entonces; si sigue habiendo milagros, capaz se te vuelve a parar la pija.

De regreso, Sambelilo escuchó sus risotadas. Traía un balde con agua y una canasta llena de caracoles y de verduras con los que hizo una paella descomunal. De postre, frió huevos de gorrión en grasa y los quemó con almíbar al ron, una crème brûlée de campo. Quedaron los tres que reventaban, así que para bajar la comida compartieron una pipa y se tomaron un carajillo.

–El tricéfalo era hermafrodita –dijo Malaspina–. Eso también me hace pensar que fue un caso de siameses con un gemelo parasitario, y no de un monstruo de tres cabezas. Qué macana que mueren tan pronto esos endriagos.

–Viven poco porque tras el esfuerzo de ingenio extraordinario que hace la naturaleza para crearlos se extingue todo residuo de energía vital –explicó Mendes.

–Hay uma tribu de indios hermafroditas que toldea na parte da Venado Tuerto –intervino Sambelilo.

–Son sodomitas. Los hombres se visten de mujer y las mujeres, de hombre. Góngora trató de exterminarlos, pero no pudo –dijo Mendes. Y se puso a hablar pestes de Góngora, el exgobernador, que había acusado a varios portugueses de convertir indios al judaísmo.

Malaspina se quedó dormido boca arriba, arrullado por las voces amigables del convite, por el crepitar del fuego y por el concierto de los grillos. Se durmió mirando las estrellas que le parecieron tanto más frías y más lejanas que en Europa.

Cuando se despertó, todavía era de noche. Los otros dormían. Se incorporó y avivó el fuego. Estaba helado y sentía una presión horrible en el pecho. Intentó identificar el origen de su pesadumbre. ¿Era angustia de muerte? ¿Era nostalgia? ¿El recuerdo indistinto de sus muertos? ¿Era quizá la magulladura que le había dejado una pesadilla? No, era resaca. Se le pasaría caminando.

Partieron al alba y anduvieron por la llanura todo el día entre plumones blancos de los cardales, flores azules, amarillas y punzó. Casi los atropella una manada de ñandúes.

Sambelilo cantaba:

> Recuerde el alma dormida
> Avive el seso y despierte
> Cómo se pasa la vida
> Cómo se viene la muerte.

–Ahora una que sepamos todos, monstruito –pidió Mendes.

Y Sambelilo cantó:

> Hace frío y estoy lejos de casa...

Y Mendes, desafinado, lo acompañó.

Serían las seis de la tarde cuando llegaron a la Laguna de Lobos. Se había nublado y estaba fresco. Después de comer, junto al fuego, en pasándose la bota de ron, Mendes le pidió a Malaspina novedades de Metlika, el trovador ciego de Padua, que desde hacía más de treinta años cantaba la épica de un *kresnik* llamado Pervinapo.

–¿Qué es um *kresnik*? –preguntó Sambelilo.

Entre los dos le explicaron que los *kresnik* son brujos benévolos. Son los niños que nacen enmantillados. Son inmortales y protegen los cultivos de ataques de los *vukodlak*, brujos malvados, generalmente vampiros o zombis, que matan niños y beben su sangre. El *kresnik* es transformista, puede convertirse en lo que quiera. Aprendió esa habilidad de las hadas. Puede hacerse invisible, también.

–¿Aquí? –preguntó Sambelilo, alarmado.

–En Istria –dijo Malaspina.

–Metlika viene de ahí. Vos lo vieras... un gañán con cara de toro, pero delicado como Bambi. Es ciego. Vieras cómo mueve las manos cuando canta. ¡Y cómo canta! –dijo Mendes dirigiéndose a Sambelilo.

–¿Melhor que yo?

–La última vez que fui a escucharlo, Pervinapo se había convertido en nutria para recuperar el anillo de un hada que había quedado atrapado no sé cómo dentro de una ostra –contó Mendes.

–La última vez que lo escuché yo, Pervinapo era mujer, había viajado a Pirano y estaba intentando seducir a un vampiro para matarlo –dijo Malaspina.

–Una vez, un vampiro lo tuvo prisionero durante años y lo obligó a comer su propia mierda. Desde entonces le dicen Pervinapo el coprófago –aportó Mendes.

—Es um cazavampiros —dijo Sambelilo y, habiendo tomado un trago abundante, le pasó la bota a Malaspina.

—Sí. Y è inmortal también. Ese è su castigo. Los vampiros pueden morir, él no —explicó el italiano.

—La muerte es el don más piadoso de Adonai. Bendito sea Aquel que trae muerte y destrucción —dijo Mendes y bebió.

No habrían pasado ni dos minutos de esto cuando se oyeron los ronquidos de Sambelilo Belazán. Mendes fue el siguiente en caer. A Malaspina le costó conciliar el sueño. Estaba ansioso, saltaba de un pensamiento a otro y sentía un hormigueo muy molesto por debajo de la piel, en el pecho y en los brazos. Probó contando ovejas. *Non ne abbiamo visto nemmeno una ancora*, pensó y volvió a destemplarse. Los ruidos del campo esta noche lo alteraban. Eran impredecibles e intermitentes. Pasó un rato largo, imposible saber cuánto. A esas horas de la noche el tiempo transcurre distinto, pastoso. En el ensimismamiento de la duermevela, Malaspina intentó detectar el momento exacto en que los pensamientos se convierten en sueños. De pronto, tenía una idea estrambótica o evocaba una imagen disparatada, monstruosa, y pensaba «*ecco, un sogno... mi sono addormentato, allora*». Pero seguía despierto. Por fin, se hundió del todo en la inconsciencia.

Se despertó de un salto y era noche cerrada. La hoguera todavía ardía, de modo que no podía haber dormido mucho. Se destapó, se puso de pie y se alejó unos metros para vaciar la vejiga. Estaba terminando cuando escuchó una voz a sus espaldas.

—Pietro, caro.

Soltó el sayal, que tenía arremangado, se dio vuelta y ahí junto al fuego, en un vestido blanco manchado de negro, estaba Bianca Maria, su hermana.

—Bianca Maria, te manchaste —dijo Malaspina sin acercarse.

—Es sangre, no es nada —respondió su hermana.

Qué linda era. Igualita a él. Qué flaca estaba.

Pasó un murciélago en vuelo rasante y se perdió sobre la laguna.

—Mira, mira. Un fuego fatuo —exclamó Malaspina señalando la superficie bioluminiscente de las aguas.

—Pietro, caro, no se cruza solo, que lo sepas —dijo Bianca Maria acariciándole la mejilla—. Yo crucé con mamá. Me vino a buscar.

—Perdóname, Bianca Maria —dijo Malaspina y se le llenaron los ojos de lágrimas. Quiso abrazarla.

Se despertó llorando y era de día. Tenía el sayal mojado. Tardó unos instantes en comprender que se había hecho pis encima.

Esa mañana caminaron en silencio, atribulados los tres y pensativos. Malaspina, mortificado por lo de la noche anterior. Primero, la visita ominosa de su hermana. Después, el accidente. ¿Qué indicaba esa incontinencia? Estuvo tentado de preguntarle a Mendes, pero no lo hizo. A Sambelilo lo tenía afligido la idea de Ramona sola en la casa. Había uno que le arrastraba el ala, un zambo con cara de sapo. Su mujer le era fiel, de eso estaba seguro. O casi seguro. Mendes, por su parte, estaba arrepentido de haber salido de su casa. Era casi imposible que el viaje no fuese en vano. Pero eso no era nada. Con cada minuto en Tierra Adentro aumentaban las chances de morir. Y qué muerte estúpida habría sido. Ya estaba viejo y ahora lo único que quería era volver y nunca más alejarse de su casa, de sus amigos, de sus libros.

Cruzaron el río Salado, que estaba casi seco, y Sambelilo anunció:

—De acá en adiante, la nada.

Atravesando Roque Pérez los envolvió un enjambre de moscas que los persiguió durante una media hora.

–Estas son las moscas de la muerte –dijo Mendes; una cita del Eclesiastés.

Siguieron andando y en la primera tarde, a la altura de Paso San Juan, Sambelilo de pronto se detuvo y levantó la mano.

–Veo alguien.

Se acercaron con cautela.

A la sombra de un eucalipto, sentada de piernas cruzadas, la espalda erguida, los ojos cerrados, había una mujer. Cuando los oyó y los vio, se puso de pie, sonriente, y saludó con una mano. Difícil calcular su edad. Tenía cara de adolescente y porte de anciana. Llevaba un poncho hecho de retazos de lana atado a la cintura con una lonja de cuero crudo, de esas con que se envolvían las ruedas de las carretas para evitar que se atascasen en el barro. El pelo castaño le caía sobre los hombros en trenzas naturales producto de la mugre. En los pies usaba unas plantillas de cuero atadas a los tobillos con piolines. Y sobre la cabeza, una corona de juncos. Habló en su lengua, hizo un gesto y los viajeros entendieron que los estaba invitando a sentarse.

Teruca. Teruca, dijo levantando la mano con la palma abierta.

Y ellos se presentaron, pues supusieron que ese era su nombre.

Teruca los miraba con asombro, sobre todo a Malaspina, que, a su vez, no podía quitarle los ojos de las manos. Nunca había visto uñas tan largas. Parecen *shofar*, pensó Mendes. Ella hablaba y ellos le hacían preguntas. No se entendía una palabra. Mendes le ofreció charque y galleta, y la mujer comió con fruición. Sambelilo le pasó la bota de ron y ella tomó un trago que escupió inmediatamente con una mueca de asco. Los cuatro rieron. Entonces, Mendes sacó un dibujo que había hecho del monstruo tricéfalo con las aletas de delfín y las patas de cabra, con el doble sexo, con las escamas de pescado, y se lo dio.

—¿Lo viste? ¡Mons...truo! ¿Dónde está? —enunció modulando lento, como si eso ayudase, y acompañando las palabras con gestos supuestamente ilustrativos.

La mujer soltó una carcajada. Le devolvió la hoja a Mendes y habló. Habló largo y tendido. Acá y allá, Sambelilo, el supuesto lenguaraz, reconocía o creía reconocer alguna palabra. «Castilla», «el toro», «bambino», «espadachín», «caballada», «peñeñelchefe». La mujer por momentos levantaba la voz. O murmuraba. Cada tanto, señalaba en la dirección de donde habían llegado los viajeros y decía «locultis».

—Pero ¿lo viste? —le preguntaba Malaspina. Y ella lo miraba fijo con ojos vivos de carbón ardiente.

—¿Dónde está? ¿Dónde lo en-te-rra-ron? —decía Mendes y hacía la mímica de cavar la tierra.

Ella levantaba los brazos, gritaba «ay» y retomaba su soliloquio incomprensible. Los viajeros, agotados, sus músculos todos doloridos, aprovecharon para descansar. En un momento, Teruca se paró y se alejó unos pasos. Señaló hacia el oeste y dijo «vilachichi».

—Os vilachichis toldean na zona del Vallimanca —exclamó Sambelilo.

—Vamos por buen camino, entonces; hay que seguir —decidió Malaspina que ya estaba harto.

Le dieron galleta, charque y tabaco. Le regalaron una manta de perpetuán y se despidieron. Teruca se acercó a Malaspina, le apoyó una mano en la frente y dijo algo. Él agradeció lo que interpretó como una bendición y partieron. Cuando habían hecho unos metros, Malaspina se dio vuelta y vio que la mujer se estaba quitando el poncho. Se echó desnuda sobre la manta, las piernas abiertas y los brazos en cruz.

—¿Qué hace?
—Ni idea. Cosas de indio —dijo Mendes.

Caminaron unas horas más y pararon cuando empezaba a oscurecer. Hicieron el fuego y Sambelilo preparó un arroz en el que echó trozos de charque y verdolagas gruesas y jugosas que había recogido por el camino.

—La dejaste muerta a la india —dijo Mendes con la boca llena.

—Espero que no nos mandó al muere —respondió Malaspina.

Sambelilo se persignó. Pertenecía a la cofradía de los Cordijeros como tantos otros sirvientes y esclavos en la Trinidad, y era devoto de san Cristóbal. Sacó del bolsillo un escapulario con la imagen del santo.

—São Cristobal nos proteja de la malamorte —dijo y la besó.

—¿Y de la buena morte quién nos protege? —preguntó Mendes.

—Malamorte es la morte del viajero, la morte súbita que no da tiempo ala confesión in extremis. Y el auma se val inferno —explicó Sambelilo.

Mendes lo sabía, claro, y siempre para molestar a su criado se puso a hablar de san Cristóbal cabeza de perro, una antigua tradición iconográfica armenia originada en errores de traducción y en creencias precristianas. Malaspina conocía el tema, pero no dijo nada. Comió su porción y se sirvió más. Estaba agotado. Cuando terminó, tomó un trago de ron y soltó un eructo ácido. Se acostó, se embutió en la frazada y rodó hasta quedar de espaldas al fuego. En pocos minutos, estaba durmiendo.

Serían las cuatro cuando lo despertó un lamento que venía del monte. Se incorporó con dificultad, tenía el brazo izquierdo completamente entumecido. Volvió a oír ese llanto y ahora notó que eran varias las voces. Hay un bebé llorando, pensó, el tricéfalo. De un momento a otro, reconoció el sonido. Eran balidos.

Ovejas..., dijo y sintió una descarga ácida y ardiente que le subía del pecho hasta la boca como una llamarada.

Mendes lo escuchó vomitar. Se levantó y fue a verlo. Malaspina temblaba y transpiraba.

–El brazo –dijo, el brazo. Y, alzando la mano derecha, llamó–: Virgilio, *eccomi*.

En la luz mortecina de las últimas brasas su rostro era gris piedra. Tenía los ojos bien abiertos, como si quisiese absorber el mundo entero porque era la última vez que lo veía. Un silbido apenas perceptible indicó que se estaba ahogando. Mendes le hizo respiración artificial y le masajeó el pecho. Al ver que no respiraba, empezó a golpearle el esternón con los dos puños y despertó a Sambelilo.

–¿Qué? –protestó el sirviente.

–Traeme la navaja.

Sambelilo se levantó de un salto, sacó el botiquín de una de las alforjas y revolvió hasta que la encontró.

Mendes hizo un tajo largo, poco profundo, en el brazo de Malaspina. El italiano ni se inmutó. Ya no sentía. Tenía la mandíbula cerrada como una trampa para osos.

–¡Qué lo parió!

–¿Tiene calentura? –preguntó Sambelilo.

–Se le paró el corazón –dijo Mendes.

–¡Pero, no!

–Vení, ayudame.

Lo acercaron al fuego. Malaspina estaba muerto.

—Pobrecito —dijo Sambelilo.
Mendes le cerró los ojos.
—Vuesa mercé, ¿y agora?
—Ahora, a dormir un poco. Mañana volvemos a casa.
Sambelilo se arrodilló sobre Malaspina y rezó el padrenuestro. Después sacó del bolsillo el escapulario de san Cristóbal y lo apoyó sobre el corazón del muerto.
—Que te guarde dos demonios da noite.
Fue el turno de Mendes, que pronunció el kadish del doliente y le acarició la frente, dura y helada como el mármol.
—Chau, pichón —dijo al final.
Lo cubrió con una manta y se acostó.

Lo despertaron los rebuznos del burro. El sol arañaba el horizonte, la luz era rosada y cremosa.
—¿Qué te pasa? —dijo Mendes sin abrir los ojos. Le hablaba al burro, que estaba histérico.
—Vuesa mercé... —advirtió Sambelilo.
Mendes se despabiló en un santiamén y se incorporó.
Había un toro enorme, negro astracanado, que los observaba a no más de cinco metros.
—¡Juira! —gritó Sambelilo, pero el animal no se inmutó. Los miraba fijo, inmóvil, e imponía sin reparos su majestad arcaica—. ¿Qué queré' vo'? Salí de acá —le dijo Sambelilo al toro.
Entonces Mendes se dio cuenta de que faltaba el cuerpo de Malaspina. En el lugar donde lo habían dejado estaba la manta y, entre sus pliegues, el escapulario de san Cristóbal.
Lo buscaron durante horas.
Mendes estaba convencido de que se lo había robado un animal, un puma probablemente. Los peludos y los chi-

mangos comen carroña, pero no hay manera de que muevan un cuerpo de ese tamaño. Aunque tampoco era imposible que hubiese sido el hombre carpincho o el tigre uturunco. A Sambelilo se le ocurrió que podía haber sido el lobisón o la india Teruca, que estaba embelesada con el italiano. Nos siguió, dijo. Lo envenenó ella, dijo. Es uma bruxa, es la Mulánima, dijo. Volvieron al eucalipto donde la habían encontrado el día anterior, pero Teruca no estaba.

—Capaz Malaspina viró el toro negro ese —dijo Sambelilo.

—Alabado sea el Creador por todo y por siempre —respondió Mendes, y le puso punto final a la empresa.

Caminaron toda la noche y todo el día siguiente. En Mataderos, justo ahí donde hoy está El Cedrón, la mejor torta de ricota de Buenos Aires, se cruzaron con una patrulla comandada por Carlos Til Negrete, que conocía bien a Mendes.

—¿Quién vaquea de a pie? —preguntó el comandante cuando le dijeron de dónde venían.

—Me robaron los pingos.

—Y te dejaron el burro.

—Carlos, no me rompas las pelotas. Tené, tomá —dijo Mendes, y le dio media arroba de tabaco.

Cuando entraron a la ciudad ya era de noche.

Ramona había salido a buscar leña, los vio llegar y corrió hacia su marido. Se abrazaron como si no se hubiesen visto en veinte años.

—Hice pan —dijo—. Todavía está caliente.

8

Teruca no comía desde el martes. Tenía hambre en todo el cuerpo. Hambre en los dedos, hambre en las piernas. En la parte anterior de cada ojo sentía puntazos que se proyectaban hacia arriba, hasta la coronilla, y hacia abajo por la garganta hasta llegar al tórax y al abdomen donde se transformaban en chillidos como de murciélago que retumbaban contra las paredes de la caverna que era su estómago. Sentada a la sombra de un eucalipto, mascando una raíz mustia, veía la llanura-desierto aplastada por la caricia brutal del sol e imaginaba que era un mar de maíz tostado en el que apenas tuviese algo de fuerza se iba a zambullir para tragar hasta hartarse.

Lo mal que estoy y lo poco que me quejo, decía de tanto en tanto para hacer conversación.

La noche anterior había empezado a delirar. Al menos se daba cuenta de que deliraba. Cuando se le apareció Cheranda, desnuda como la reina de la diablada, y le ofreció una hoja de welwi, supo que estaba alucinando por el hambre. Igual, se entretuvo un rato con la quimera. La welwi es una planta que vive mil años y se alimenta de la niebla matutina. Sus hojas gordas y carnosas son ricas en fibra. A Teruca se le hizo agua la boca. Pero la vejezuela no solo no tenía las famosas hojas, sino que la empezó a insultar.

Puta boba, todo por ese pantano que tenés entre las piernas, pozo sin fondo, barril de aceite, jodete.

Teruca se mataba de risa. Estaba flaquísima, pero su cuerpo conservaba las redondeces de tiempos más afortunados. A los veintidós tenía una figura esbelta, carne muelle, piel lustrosa; y su cara, cubierta de hollín, llamaba la atención: quijada varonil, cejas tupidas, nariz finísima. El pelo crespo, largo y fuerte, bajo la corona de juncos que se había hecho por hacer algo, le daba un aire antiguo y silvestre. Sus ojos radiantes eran testimonio del raudal de sangre que bombeaba todavía ese corazón nervioso. Si alguien la hubiese visto ahí sentadita habría pensado que era la única sobreviviente de una hecatombe nuclear.

Tomá, le había dicho Cheranda antes de irse. Y le había dado un paquetito de hoja de parra que contenía una sustancia amarillenta, tipo manteca.

Es ricota de verga. Por si te besa un alacrán.

Teruca se reía y se reía.

Era el equinoccio de otoño y arreciaba el sol de la primera tarde. Sentada de piernas cruzadas, Teruca sentía que levitaba. Tenía los ojos cerrados y ahora se regalaba con fantasías de un festín de lechón asado. Levantaba la capa de piel crocante y rascaba trocitos del lomo que le quemaban las yemas de los dedos y se le deshacían en la boca, una explosión de grasa y de jugos deliciosos. O arrancaba un pedazo de cuero y lo masticaba con aplomo. Algunas secciones pequeñas como esquirlas de caramelo se le quedaban pegadas a las muelas y las recuperaba con maniobras de la lengua. Qué lindo es comer con hambre.

De pronto, oyó pasos. Eran tres hombres: dos cristianos y un negro. Se le acercaban muy despacio con un burro cargado hasta el tope. ¡A comeeeeer!, pensó. Se paró de un salto y les hizo señas amistosas. No tenía duda de que era un espejismo. Se presentó y los invitó a sentarse con ella. Intercambiaron palabras del todo incomprensibles. Sin más, el negro abrió una alforja y repartió charque y galleta. Cuando Teruca dio el primer bocado, su mandíbula crujió horriblemente y sintió una corriente eléctrica que le recorrió todo el cuerpo. Era comida real, esos hombres eran de carne y hueso, el burro existía. No lo podía creer. Van a querer trincar después, pensó. Comió con ansia y pidió más. Le dieron de tomar algo ardiente que le quemó la boca. Lo escupió y todos rieron. Le ofrecieron agua y bebió con furia. Cuando terminó, tenía la panza como un bombo legüero.

El que llevaba la voz cantante era pelado y grandote. Hablaba lento, como los idiotas. O como se les habla a los idiotas. Teruca no entendía nada. No sé castilla, dijo en su lengua. El negro no paraba de canturrear. ¡Tenía una voz muy bella! Y al tercero, ¿qué le pasaba? Una sombra le nublaba el entrecejo.

—Oh, estás enfermo, mi alma —dijo Teruca—. Te vas a morir.

Malaspina le miraba las uñas largas y enruladas como cuernos de carnero.

Fue entonces cuando Mendes sacó el dibujo del monstruo.

—¡No era así! No era así mi Gustavito. Tenía una sola cabeza toda deforme, tipo calabacín, con dos caras aplastadas, una de cada lado. Y tenía cuatro bracitos y cuatro piernitas. Eran dos crías cosidas por la espalda, un macho y una hembra. Mi pobrecito. Eran dos bebés en uno. Era un cosito todo estropeado. Mi pobre Gustavito. Y se me murió —dijo Teruca.

Tenía los ojos en llamas y dos lágrimas gruesas le caían por las mejillas dejando surcos en la capa de hollín que le cubría la cara.

–Mejor empiezo desde el principio, pues sepan ante todo que a mí llaman Teruca porque nací dentro del Delta, al que mi gente, los laguneros, dicen *teruco*.

Mendes, Malaspina y Sambelilo Belazán (o Belamán) no entendían una palabra, y Teruca les contó la historia de su vida.

Había nacido en una balsa que navegaba por El Durazno mientras su gente escapaba de un ataque de los guaraníes de las islas. Su madre murió de una infección a las pocas horas de parir. Antú, su padre, paralizado por la tristeza, dejó de remar. Los otros los abandonaron y padre e hija con el cadáver dieron vueltas por ese infierno hasta que encontraron una caleta protegida y desembarcaron. Teruca era una piltrafa, se iba a morir de hambre. Antú la engordó con papilla de tunas y manteca de pescado. Preparaba el mejunje y llenaba un zurrón de caucho al que le había hecho un agujero. Se lo ataba al pecho y le daba la teta. Construyó un refugio con ramas, juncos y barba de viejo. Plantó trampas y de noche dormía con un ojo abierto. Ni jaguares ni yacarés los molestaron jamás. Teruca crecía sana, la selva proveía, vivían tranquilos. Eso fue el primer año. Pero el hombre empezó a volverse loco en esa soledad, así que un día se cargó el bebé a la espalda y echó a andar.

Cerca de la Torre de Gaboto encontraron una toldería de bartenes y Antú se las arregló para que les permitiesen ranchear ahí. Al principio, los trataban como si estuviesen apestados, los hacían dormir lejos y nunca jamás los tocaban. Teruca iba siempre pegada a su papá, no lo dejaba solo un segundo. Con el tiempo, la cosa fue mejorando. Antú consiguió novia incluso, una enana patizamba más fea que pegarle a Cristo. Él tampoco es que fuera gran cosa, la verdad. Tuvieron mellizos, un nene y una nena que salieron igualitos a la madre. Teruca los odiaba y su madrastra la odiaba a ella. La hambreaba, le tiraba de los pelos, la pellizcaba, la verdugueaba sin cesar. Y Antú, ni enterado. La tipa, fiera como era, lo tenía embobado y él la trataba como a una reina, se desvivía por ella, le daba todos los gustos. La suerte de la fea la linda la desea.

Un día, cuando tenía siete u ocho años, Teruca se escapó. Antú la buscó durante semanas. Cuando por fin la dio por muerta tenía el corazón roto. Nunca se lo perdonó. Teruca había intentado volver, en realidad, pero se perdió. Caminó y caminó hasta que llegó a Los Cardales, donde dio con una familia calcilaca que la adoptó. ¿Cómo sobrevivió esos días sola y sin comida? No tenía idea, aunque sospechaba que la había encontrado y apañado Cheranda, la bruja comechingona que más adelante habría de jugar un papel fundamental en su vida.

La vida en Los Cardales no resultó ser mucho mejor. Sus padres adoptivos la trataban como a una esclava. Ella no les entendía cuando hablaban y había muy poca comida. Caminaban como bestias. Una vez a Teruca se le hincharon tanto las piernas que no pudo seguir. El padrastro le hizo unos tajos en las pantorrillas para bajar la hinchazón y le embadurnó las heridas con grasa de una yegua que habían carneado la noche anterior. Esto era raro, igual, que comieran yegua. Un lujo. En general se las arreglaban con vizcachas y peludos. Cuando no tenían agua, tomaban sangre de animales. El padrastro era un borracho con voz de toro. A la madrastra solo le importaban sus hijos naturales. Era una mujer mezquina, implacable. Teruca descubrió que escondía comida. La enterraba en una canasta atrás del toldo antes de irse a dormir. La chica empezó a hacer excursiones nocturnas para robar. La descubrieron porque comió tanto choclo que vomitó, un charco hediondo de granos sin digerir a la vista de todos. El padrastro le dio una paliza. Teruca siguió robando, pero de a puchitos. La madrastra la vigilaba. No pasó mucho tiempo antes de que la volviesen a pillar y esta vez el padrastro la subió al caballo, galopó toda la noche y la dejó tirada en el medio de la nada librada a su suerte.

La pampa es una abominación: desierto verde, pradera de limo. Su vastedad no tarda en paralizar a quien que se propone recorrerla. Hasta la llegada del caballo era un espacio vedado al movimiento. Y sin movimiento no hay tiempo. Ilimitada y circular, la pampa es la versión espacial de la eternidad. Por ser tan fértil y tan templada desafía la ley natural de las estaciones, fundada en la alternancia, catalizadora del cambio. Si hasta hace poco se la conoció como «el desierto» no es por nada. Los árboles son escasos, hay pocos animales. Así era cuando se acható hace millones de años en el parsimonioso corcovar de las placas tectónicas que moldearon los Andes. Así era en los días brutales de Teruca y así mismo es hoy, un planisferio de casi un millón de kilómetros cuadrados sin una sola sombra, puro horizonte.

Perdida en esta inmensidad, Teruca entendió que la vida es sufrimiento y que la causa del sufrimiento es el deseo de estar bien. Tenía once o doce años, vivía con hambre y todavía no sangraba. Camina que te camina, alimentándose de saltamontes como san Juan Bautista en el desierto, durmiendo por ahí como un animal cualquiera, un día llegó a la orilla cenagosa de un río grande como el mar, el único río que refuta la máxima de Heráclito porque es siempre el mismo, una humedad primordial que se extiende en todas las direcciones como el magma del que surgió todo. En esa costanera de juncos y de fango, con la nada misma por delante, Teruca pensó en ahogarse. Estaba sola y estaba harta de vivir famélica. Lo pensó en serio, no como cuando uno sale al balcón y se le ocurre saltar; tan fácil que sería, cabalgar la baranda, soltarse y llenarse de vacío. No. Teruca sintió un deseo hondo y comprometido de desaparecer en esa podredumbre. Metió los pies en el miasma, caminó unos metros, pero estaba tan cansada. Lo dejaría para la mañana siguiente. Volvió a la playa, se acurrucó contra una duna de barro seco y se quedó dormida.

La despertó un dolor horrible. Alguien le estaba picando las costillas con un palo. Era Cheranda que se había tropezado con ella y quería saber si estaba viva.

Cheranda viene de James Craik, en Tercero Arriba, hoy Capital Nacional del Tambo. De chica era bien afable, pero cuando se hizo señorita cada vez que le venía la regla se ponía como una cabra y hacía barbaridades. Los comechingones la echaron y se volvió cimarrona. Dicen que se instruyó en la salamanca del Uritorco. Lleva cuarenta o cincuenta años en este mundo y miles de kilómetros en las piernas. Las plantas de los pies son duras como ladrillos. Usa una capa de lana, faldellín hecho de plumas de ñandú y una manta adornada con chaquiras de abalorios y huesos de zopilote. De tanto en tanto se apersona en algún toldo y cambia remedios o amarres por comida y por chucherías. Es alta y flaca como un palo, melena cenicienta, larga y alborotada, su piel es dura color mate, camina medio inclinada mirando el piso, parece que sufriese de vértigo, pero no, está siempre a la pesca de algo. Va por ahí con cinco gatos negros que son todo su placer. Cuando vio a Teruca tirada como un animal muerto sintió pena. Vení con nosotros, hacete amiga, le dijo. Teruca no se hizo rogar.

Al amparo de Cheranda, Teruca aprendió de todo. La vieja le enseñó el porqué de las estaciones y de las lluvias, los secretos de la tierra fértil y de sus entrañas rebosantes de plata y de fierro. Le mostró dónde crecen las plantas que sirven para curar el reuma, para cortar la fiebre y para matar un embrión. Le contó por qué sopla el viento, cuán profundo es el río, qué canción canta el chajá y qué hay en el centro de la Tierra (obsidiana). También le dio consejos para la vida: «si pasás por un toldo y ves perros flacos, no pares», «quien come carne de pluma no tiene arruga», «si lo montás vos al tío, al menos te quita la picazón». Y si bien le habló de la práctica milenaria de la transfiguración, se abstuvo de iniciarla en esos arcanos porque Teruca estaba muy verde aún.

Dos años pasaron juntas casi sin ver a nadie, comiendo hasta tres veces por día, mirando las estrellas y estudiando las plantas, los hongos, las raíces. Teruca creció fuerte y sana y se hizo señorita. Un día encontraron una banda de locultis que toldeaba con unos indios serranos, salteadores y matadores de arrieros. Cheranda desapareció como había aparecido y a Teruca la casaron con un gordito cara de queso, experto en lanzas y lancerías, que la trató muy bien y compartió con ella su pobreza de pescado y carne.

—Pero al monstruo, ¿lo viste? —interrumpió Malaspina.
—El monstruo, ¿dónde está? ¿Lo enterraron? ¿Dónde

lo en-te-rra-ron? –intervino Mendes haciendo la mímica de cavar la tierra.

–Ay –dijo Teruca–. Yo nunca tuve otra escuela que una vida desgraciada.

Y retomó.

La vida locultis con el marido lancero no fue del todo mala, pero duró poco. El problema no eran los locultis, que son gente decente, sino la patota de salteadores que se había malenganchado en la toldería y que ejercía una influencia nefasta sobre los jóvenes. Cuando caía la noche, tiempo criminal, salían a robar caballadas y después iban a los cristianos y cambiaban animales por yerba, tabaco y aguardiente. Eran muy borrachos. En las orgías de alcohol, se alzaban y se mataban entre ellos como uno mata un mosquito. Tanto va el cántaro a la fuente que al fin se rompe.

Un día salieron a malón y mataron a tres hombres de Andrés Lozano, uno de los vecinos más peligrosos de la Trinidad. La respuesta no se hizo esperar. Lozano se asoció con Domingo Gribeo y con otros cristianos que maloqueaban tolderías y les cayeron como tormenta de verano. Fue un infierno. Hombres, mujeres y chicos degollados regando la llanura con saliva y sangre. A Teruca y a otras varias jovencitas con sus hijos las raptaron. Varones adultos habrán quedado seis que se salvaron de milagro, entre ellos el marido de Teruca. La masacre de Suipacha inspiró rapsodias que los querandíes cantaron hasta que desaparecieron.

Así empieza el largo cautiverio de Teruca. Al principio las tienen en un toldo apartado, en cuarentena. ¿Y qué hace Teruca? Cierra los ojos, respira hondo y exhala fuerte como le enseñó Cheranda. Así encuentra sosiego y ve pasar las horas mientras sin alivio lloran las cautivas miserables y los ternezuelos niños al ver llorar a sus madres. Están en un puesto de frontera por la zona de Villa Devoto. Andrés Lozano es un gaucho matrero de corazón frío como barriga de sapo. Cortarle el pescuezo a una chinita y tirársela a los perros es menos para él que bailar el pericón. Una de las cautivas tiene un pie en gangrena, el dedo gordo parece una morcilla de arroz, en cualquier momento explota. La pobre chilla día y noche hasta que Lozano se harta y la degüella enfrente de todos. Teruca cierra los ojos y hace sus ejercicios de respiración para calmarse. ¿Qué otra cosa puede hacer?

En las semanas sucesivas, encomiendan a los niños cautivos y a las mujeres las mandan de sirvientas a la ciudad. Pero Andrés Lozano le echó el ojo a Teruca y se la queda para el uso ese. Teruca no se deja, muerde, araña, pega piñas, patea, se contorsiona toda y se estriñe. Lozano le gana siempre, le pega en la cara con la mano abierta para no afearla y la pone mirando a Potosí. Ella hace lo posible por no gritar porque los gritos lo hacen reír. Aguanta, se le caen las lágrimas, respira y aguanta. Lozano se divierte en estas contiendas y recompensa a Teruca con raciones generosas de comida. Es un maniático de la limpieza y la obliga a lavarse todos los días. La mañana después de una noche de abuso, Teruca se las arregla para preparar la receta que le dio Cheranda y que previene la concepción. Semillas de poa trituradas y mezcladas con un huevo. Se toma esa pócima y se encomienda a la luna. Un día, Lozano se aburre, se cansa o le traen a otra más modosita y decide deshacerse de Teruca. Entonces interviene Álvaro, su hijo menor (son cuatro hermanos), que la pide para él y su padre se la da, amoroso como es con la luz de sus ojos.

Álvaro se enamoró de Teruca *in ictu oculi*. Tenía dieciséis años y ya era un arriero avezado. Su familia había llegado a la Trinidad cuando él todavía gateaba. Los Lozano eran sevillanos, del barrio de San Lorenzo, devotos del Gran Poder. Andrés Lozano se hizo la América en tiempo récord, especialista en vaquerías y en el contrabando de corambre. Tenía desjarretadores holandeses, que son infalibles, medialunas de acero que inmovilizaban de un saque a toros y terneros. Su mujer, Tránsito, administraba el solar familiar mientras los hombres se la pasaban en el campo. Sus tres hijos mayores, Ramiro, Luis y Felipe, controlaban sendos paradores de frontera. Álvaro todavía estaba aprendiendo el oficio. Ramiro era la piel de Judas. Felipe y Luis, dos cretinos ultraviolentos. Álvaro se daba aires de rudo para que no le hicieran la vida imposible, pero por dentro era blando como masilla. Le daban pena los indios, le daban pena los negros, le daban pena hasta los novillos. Teruca le encantó. Era virgen el chico. Su padre le quiso dar el gusto y creyó, además, que le templaría el ánimo tener que domeñar a una india así de brava.

Al principio la miraba con ojos de ternero degollado. Avanzaba y retrocedía. Ella no tardó en darse cuenta de que podía hacer con él lo que quisiera. Por empezar, le pedía comida y hacía caso omiso de sus avances titubeantes. Un día lo dejó que la besase y fue muy agradable. Era imberbe Álvaro y su cuerpo irradiaba una energía sexual fortísima. Después del beso aquel, el chico se entregó por completo. Le traía leche tibia con gotas de licor de rosas, chocolate con buñuelos y otras golosinas que conseguía en la Trinidad, siempre a escondidas de su padre, a quien le decía que la tenía domada bien mansita. Le regaló unas calzas de velludo y un azulejo de Triana, verde, azul y dorado, con la imagen de un basilisco. La peinaba, le sobaba los pies. A veces se besaban, pero cuando él estiraba la mano para tocarle la cara interna del muslo o para agarrarle una teta, ella reculaba. Hablaba cada uno en su lengua y se entendían mediante señas. Ella lo odiaba, desde luego, a él y a toda su gente. Fantaseaba con descoserlos a puñaladas, cortarles la cabeza y hacer pis y caca sobre sus cuerpos mutilados. Así y todo, le gustaba estar con el chico, no había con qué darle.

Una noche de invierno, a deshora, Teruca estaba helada y se metió en el catre de Álvaro. Hicieron cucharita. El chico estaba endiablado, no podía más. Teruca se arremangó el poncho y se quedaron pegados. Cuando percibió que el chico iba a acabar, se desacopló y le enseñó la técnica de la marcha atrás que Álvaro, a partir de entonces, practicó religiosamente. Le agarraron el gusto a esta gimnasia. Se pasaban las tardes y las noches dale que te dale. Teruca iba arriba en general y el enchastre terminaba en la panza y en el pecho de Álvaro (a veces le llegaba a la cara e incluso al pelo) para que después ella, en una ceremonia jovial que repetían también religiosamente, juntase todo en el ombligo formando una lagunita que procedía a limpiar con un trapo. Y así fue como, muy a su pesar, Teruca se enamoró.

Junto con la relación entre una madre y su bebé, el amor pasional es el único vínculo humano que se puede dar el lujo de prescindir por completo del lenguaje articulado. Álvaro y Teruca se entendían al dedillo sin necesidad de conversar. Es que el amor tiene su propia lengua, una lengua esotérica que se habla con las manos, con la respiración, con el movimiento y con el reposo de cada parte del cuerpo. Hablan los latidos del corazón, hablan los ojos, hablan las manos que se entrelazan como tarántulas en celo o la boca que se abre apenas para dejar salir un suspiro. Habla la marca del rubor que visita las mejillas. Habla la nube pasajera del desencanto que oscurece el entrecejo. El del amor es un idioma rigurosamente táctil. Y dado que el tacto nunca miente, es un idioma cristalino: la única interacción que no da lugar al malentendido. Todo esto para decir que un día, durante una sesión de acrobacias particularmente fragorosa, Teruca hizo que Álvaro se le acoplara de misionero. Y cuando estuvieron los dos al borde del precipicio, se miraron y decidieron tener un hijo. Ahí vengo, dijo él. Ahí voy, dijo ella. Y más allá la inundación. Qué gozo sintieron, qué plenitud. Pero, ay, el amor por mucha lengua propia que tenga vive rehén de la suspicacia, así que ella lo abrazó de la cintura y le apretó bien el culo no fuese cosa que el chico cambiase de idea a último momento. Álvaro no iba a cambiar de idea, le encantó el gesto posesivo de Teruca. Esa noche concibieron a Gustavito.

Durante el coito, partículas espermáticas provenientes de todo el cuerpo acuden a la zona bajo abdominal y convergen en los espacios cavernosos y esponjosos del aparato reproductor. Estos embajadores genéticos del individuo se congregan efervescentes, se amontonan y en un momento dado se desesperan por liberarse y por salir en dirección del polo magnético que los enardece, el cuerpo amado. En ese caos de hormiguero pisoteado se produce de pronto el cosquilleo y brota la secreción que da origen a toda forma de vida animal. Según han corroborado los filósofos naturales, desde Empédocles hasta Falopio, si durante las descargas prepondera el semen masculino, lo más probable es que se forme un embrión de macho. Si lo que abunda, en cambio, es la simiente femenina, se suele concebir una hembra. Cuando el volumen de ambas eyaculaciones es equivalente (ocurrencia rarísima) se puede producir el hermafrodita. En el caso que nos concierne, el embudo de Teruca rebosante de un elixir elástico y perspicuo recibe una marea igualmente profusa y oleaginosa que emana de la uretra de Álvaro. Materia y forma colisionan, implosionan millones de espíritus vitales y se moldea el pastelito de leche y sangre. ¿Por qué sale bicéfalo? Porque esa noche Venus y Mercurio estaban alineados y porque en el instante preciso de la confluencia, Teruca evocó la imagen larvada de una babosa saliendo de una flor de ceibo mientras que a Álvaro se le manifestó en el ojo carnoso del cerebro la figura ignota de un animal grande y moteado, una especie de perro infernal que ríe como el mono y que mata como la yarará. Tales fantasmagorías, el desglose de cuya densidad simbólica requeriría de un libro bastante más gordo que este, marcaron al cigoto como hierros candentes y contribuyeron para hacer de él un avatar aberrante. Así fue como empezó la infortunada gestación de Gustavito, la fabricación de su osamenta deforme, de sus vasos horadados, de sus tendones flojos, de sus membranas permeables, de sus humores funestos (mitad flema, mitad bilis negra), de su lánguida túnica de piel y de su magra carne infeliz. Claro que los padres no tenían manera de saber que acababan de hacer un monstruo. Estaban felices y se quedaron retozando y haciéndose mimos hasta que el sol se comió a la noche.

Un día Teruca se dio cuenta de que ese mes ya no iba a sangrar. La noche anterior Álvaro le había dado a entender que quería casarse con ella. Tenían que huir. Viajarían a Lima por tierra y en El Callao embarcarían hacia las islas Filipinas. Álvaro creía que podían vivir tranquilos ahí, cultivar arroz o criar puercos, prosperar, agrandar la familia. Ella no entendió los detalles, pero sí supo que le estaba hablando de proyectos y una vez más percibió el amor profundo que el chico sentía por ella. El amor se constata en los proyectos. Cuánto más sincero y expresivo que un desabrido «te amo» es un «vámonos a vivir juntos». Y así Teruca entendió algo que su cuerpo ya sabía: ella también lo amaba. Se odió por ello. Era cautiva de esta gente. En los meses que había pasado en ese puesto de frontera maldito nunca se había ido a dormir sin fantasear con escaparse o con que llegara una maloca y pasara a cuchillo a todos, incluso a Álvaro. Por más que le gustara, el chico era su enemigo. Pero la idea de huir juntos, que él expresó con los ojos y con las manos, la ablandó aún más que el sexo, hasta entonces su único refugio. Y le dijo: Dale. Se fueron a dormir felices. Al día siguiente pasó lo del caballo.

Los hombres habían salido a vaquear y estaban como a tres leguas del parador. Álvaro era un jinete excelente, pero el tobiano que montaba casi pisa una víbora y corcovó feo. El chico aterrizó de cabeza contra una piedra puntiaguda y se desnucó. Cuando su padre lo alcanzó, tenía los ojos dados vuelta y le salía espuma por la boca. Andrés Lozano pidió ayuda a los gritos. Álvaro se le murió sobre el regazo. No llegó a saber que iba a ser papá. ¡Tiene diez y seis años! ¡Tiene diez y seis años!, rugía Lozano. Esa tarde, cuando vio llegar al tobiano sin jinete, a Teruca se le aflojaron las rodillas. Andrés Lozano lloraba como una Magdalena. La vio y le dijo: Fuiste tú, hija de puta, me lo engualichaste, ya verás. Sin entender las palabras, Teruca comprendió que tenía que poner pies en polvorosa y, aprovechando la distracción general, se subió al mismísimo tobiano y salió disparada.

Sola una vez más y desastrada, Teruca galopó hacia el oeste y galopó, hasta que el río Luján detuvo su carrera. El caballo estaba exhausto, ella desfallecía. Era la noche de la octava luna y del campo estelar en el cielo llovía sobre el desierto una luz fría y suave. Teruca se quedó dormida ahí mismo donde desmontó, boca arriba con las manos sobre la panza resguardando al monstruito que crecía en su interior. Tuvo sueños muy vívidos. Soñó con Antú, su padre, que no tenía piernas y se arrastraba a campo traviesa y la llamaba y ella iba corriendo y lo alzaba y se abrazaban muy fuerte. Siempre te voy a cuidar, bebé, le decía ella, y Antú, pesado como un tronco y tumefacto, balbuceaba gugu gaga. Soñó también que copulaba con Álvaro y gozó en sueños, pero cuando abrió los ojos vio que Álvaro era Andrés Lozano y sintió pánico, creyó que estaba despierta, pero todavía dormía y nuevamente gozó. La despertaron los puntazos del sol en la frente. Estaba toda transpirada y tenía la garganta en llamas. El tobiano se había ido. Ya habría encontrado una manada de baguales y estaría pavoneándose y tirando patadas al aire todo contento. Teruca iba a tener que caminar.

Tomó agua en el río y bordeó la orilla hacia el sur. No daba más de hambre. Iba lento, peinando el suelo con los ojos en busca de algo que morder. Encontró un nido de codorniz que ya habían saqueado las comadrejas. Se tiró al piso y lamió la babita podrida que quedaba de una pila de huevos rotos. Después dio con un hormiguero enorme. Mojó una rama con saliva, la metía y la sacaba y se comía las hormigas como hacen los chimpancés. Cuando se estaba poniendo el sol, alcanzó el margen de un arroyo y se detuvo. Hasta acá llegué, dijo. Pero no lo creía en serio. Quería vivir y parir y darle de comer a su hijo y verlo crecer. Se arrodilló al borde del agua, se puso en cuatro patas y bebió. Se mojó la cara y se sintió mejor.

El concierto de los grillos era ensordecedor. Dominaba el cielo un sistema de nubes que parecía una cordillera nevada. Cuando se puso el sol, empezaron a croar las ranas y Teruca sintió un chucho de frío que la estremeció. Tenía el pecho helado, las piernas agarrotadas y el corazón pesado como un cencerro de plomo. Supo que, así las cosas, no llegaría a la mañana siguiente. Pero sacó fuerza de quién sabe dónde y se incorporó. Tenía que comer algo, tenía que encontrar abrigo. Entonces vio al animal que cruzaba el arroyo y se dirigía hacia ella. Era un caballo petiso y morrudo, un azulejo. Con la pelambre empapada y a la luz de la luna, parecía una estatua de cobalto. Cuando lo tuvo al alcance de la mano, Teruca vio que de su cuello colgaba una alforja llena de frutos secos. Le acarició el belfo para congraciarse, a ver si el tipo le convidaba algo. El caballo levantó la cabeza y habló:

Estás preñada, chiquita. Subí que te llevo.

Teruca pegó un grito. Era Cheranda.

Anduvieron toda la noche, Teruca montada en la bruja, durmiendo de a ratos y dándole charla. Le contó sus penas. Cheranda asentía como si ya supiese todo y habló de los cristianos con un desprecio tal que era casi como escuchar la perorata de fray Tomás de Ortiz ante el Consejo de Indias después del desastre de Chiribí.

–Se comen a su dios en tierra firme, son sodométicos más que generación alguna, no tienen amor ni vergüenza, son estólidos y alocados, son bestiales en general y abominables en toda calaña de vicios, son traidores y haraganes, hechiceros comeliebres, sucios de culo y de barba, tratan a las mujeres como espantapájaros, es que no tienen arte ni manera de hombres, y esto es así como te lo digo.

–Álvaro era bueno –dijo Teruca. Abrazada al cuello del azulejo, comía higos y nueces.

–¿Adónde vamos? –preguntó el caballo.

–Llevame con mi papá.

–Bueno. Pero antes te voy a enseñar a transformarte. Así no te van a joder nunca más esos mierdas.

El azulejo se detuvo en un monte. Estaba por salir el

sol y el cielo de la pampa pasaba de azul metálico a rosa fuego. Teruca desmontó, el caballo sacudió la cabeza, relinchó, dio un saltito muy simpático que levantó una nube de polvo y, zas, en su lugar apareció la vieja.

En este punto del relato, de haber entendido lo que estaban escuchando, Mendes, Sambelilo Belazán y Malaspina sin duda habrían tenido algún tipo de reacción. Asombro, sorpresa, incredulidad, indignación, ¡algo! Pero como no entendían un cuerno, miraban a Teruca con cara de nada, cansados y aburridos. Sambelilo era el que ponía más atención intentando en vano pescar al vuelo alguna voz inteligible. Malaspina, que empezaba a impacientarse, se levantó y se puso a caminar en círculos. Mendes giraba el cuello para un lado y después para el otro con la intención de hacerlo sonar. Le dolía todo. Tenía un nudo que le recorría la parte izquierda del cuerpo. Malaspina lo vio dolorido, se paró detrás de él y le empezó a hacer un masaje. Mendes cerró los ojos, tiró la cabeza para atrás y profirió un jadeo quebrado.

—Hostia, ¿no te digo que sois todos maricones? —dijo Eva.
Del bar nos habíamos ido a su casa. Estábamos tirados en la cama, semidesnudos, medio a los besos.
—¿Yo también? —pregunté y estiré la mano para bajarle la bombacha.
—Tú especialmente. Eres una guarra tú, criada a puro porno y puticlub; muy siglo veinte, además, qué pereza... —dijo sacándome la mano.
Volví a intentarlo.
—¡Que no, he dicho! Que estoy con mis cosas.

Repetí que me daba igual.

–No te jode... Claro que te da igual. Las sábanas son mías, el colchón es mío...

Repetí que podíamos poner una toalla y ahí Eva explotó.

–Pero ¿es que no te enteras? ¿En qué idioma tengo que decirte que no me apetece? Mira, vete ya. Adiós.

Pensé que estaba *de coña*, pero me echó en serio. No era la primera vez. Teníamos una amistad ciclotímica.

El frío de medianoche me temperó en un instante. Había salido desabrigado. Caminé rápido, casi trotando, hasta Manuel Becerra. La estación estaba llena de adolescentes que se iban de parranda. El metro tardó y llegó bastante lleno, pero conseguí asiento. Sentado enfrente de mí, había un hombre de unos cuarenta años en una remera de *Kill Bill* con los antebrazos todos picados que entraba y salía de un estado de inconsciencia profunda. El mes anterior, uno de estos zombis había matado a puñaladas a una mujer en Lavapiés. Este parecía inofensivo. De un momento a otro vi que se había meado y seguí el cauce del riacho que fluía de la manga de su pantalón y que fue recorriendo el piso del vagón al tiempo que los pasajeros que se interponían en su curso cambiaban de asiento o levantaban las piernas. El tipo entonces abrió los ojos, me miró y con una sonrisa de total autocomplacencia dijo: Pasa volando. Me hablaba desde el futuro y era tan transparente lo que decía que me vi ahí mismo de cincuenta años, de sesenta, de ochenta, viejo, digamos, y sentí en el estómago el vértigo del tiempo, la velocidad impresionante del aluvión que nos arrastra. Todo esto que cuento sucedió la madrugada del 4 de diciembre de 2005, hace casi dos décadas. No hay manera de que ese yonqui siga vivo.

Cuando llegué a lo de Eduardo, la fiesta del corazón se oía desde la calle. En el palier del edificio, derruido y sin luz, el barullo que venía del primero izquierda hacía un eco bestial. Increíblemente, ningún vecino salió a quejarse. Malasaña todavía era un barrio relativamente bohemio. Subí la escalera a la luz del celular, metí la llave en la cerradura y adentro se hizo silencio. Apenas me vieron entrar, Eduardo y sus convidados estallaron en vítores, aplausos y silbidos. En la penumbra del salón, con la ventana del balcón entreabierta, bajo un tendido de muérdago, flores y guirnaldas, se desarrollaba una escena de vodevil. Seis hombres y dos mujeres coronados y maquillados alrededor de una tirada de cartas de tarot. Se presentaron. Eduardo era la Condesa Jacinta Ladrón de Guevara, Carlos era la Marquesa de Tarifa, Pepe Garamendi era el Duque de Medinaceli, Andrés era la Reina del Coro de San Vito, los Juanes eran el Capitán Matamoros y su escudero, Chichilo, y las dos mujeres, Beatriz y Teresita, eran respectivamente Don Miguelito de Corella y Álvar Núñez Cabeza de Vaca.

Se abrieron para hacerme lugar y me senté del lado de las mujeres. El Duque de Medinaceli me sirvió una copa de vino y Eduardo retomó la lectura. Le acababa de tirar las cartas a Beatriz, su amiga dentista, que había venido desde Zamora especialmente para la fiesta. La tirada era muy significativa, al parecer. La Estrella arriba, el Diablo abajo y, a los costados, la Rueda de la Fortuna y el Colgado. Beatriz es argentina, de Córdoba, y vive en España hace muchos años. Pelo rubio, ojos verdes, piel de oliva. No tenía idea de quién había sido el capitán Don Miguelito de Corella, uno de los mayores psicópatas del Renacimiento. Eduardo había asignado las identidades. Por aquellos días de 2005, Beatriz/Don Miguelito se estaba por separar o se acababa de separar, no me acuerdo, pero estaba muy mal de ánimo.

Esta tirada es una maravilla, capitán, dijo Eduardo. Los arcanos mayores le sonríen y le indican el camino hacia una transformación profunda. Pero no es borrón y cuenta nueva. Es una transformación fiel a su destino, con consciencia de su pasado. Se está liberando de ataduras muy fuertes. Está renaciendo. El Diablo son las tentaciones de siempre, los vicios compañeros; es su pasado que nunca lo abandona del todo. Pero la Estrella y la Rueda de la Fortuna iluminan la ruta que conduce al futuro. El Colgado, como le decía antes, es la mirada tranquila hacia atrás, un simple recordatorio, una advertencia. Porque si uno olvida, vuelve a meter la pata en el mismo pozo. ¡Es pura esperanza esto, peregrino! El viaje ya empezó, este es su camino de Santiago, ahora tiene que ponerle garra y tirar para adelante.

Beatriz sonreía entonada por el vino, llena de sentimiento. Teresita la abrazó. Eduardo levantó la copa y pronunció la fórmula de rigor: Que la Diosa te acompañe, nena, y que te garúe finito.

Estaba borracho y era, como de costumbre, la estrella alrededor de la cual orbitaba todo en la galaxia de su vida social. Había una cuota generosa de vanidad en esta costumbre de ser siempre el centro de atención. Pero la monomanía nunca llegaba a ser aborrecible porque sus palabras y sus modos dejaban entrever un espíritu frágil, sobreviviente, y esto funcionaba como una *captatio benevolentiae* repetida en silencio, una especie de súplica que decía «les pido perdón por ser así; tengo que ser esta persona porque si no soy esta persona me muero». Además, nunca se dirigía al público, siempre le hablaba a alguien en particular. Te miraba a los ojos y lo que decía, cuando no era iluminador, era como mínimo agradable. Más tarde esa noche recordó su roce con la muerte. No me acuerdo si alguien le preguntó cómo había sido o si fue él quien sacó el tema. Sonaba en loop *Cosas tuyas*, el disco tributo a Antonio Flores.

Lo conté mil veces, dijo Eduardo, ya saben que sufro de incontinencia verbal. Pero, venga, que la ocasión lo pide. Me morí. Así de simple. Me morí. Vista de afuera la muerte es el horror máximo. Sin embargo, cuando estás adentro sentís tan profundo la totalidad y experimentás una paz tan absoluta que ya no querés volver a la vida. Yo estaba mal mal mal. Vos te acordás, Pablito. Era Eduardo de la Muerte. Glacial, pesado, lívido, como un pollo de supermercado. Me pusieron la anestesia y me hicieron contar de diez para atrás. No habría llegado al seis cuando desaparecí. Y, de pronto, aparezco o aparece algo (¿mi consciencia?) que flota. Me empiezo a alejar. Primero, de la camilla y del quirófano; después, de mi cuerpo. Y salgo del hospital. Me voy para arriba como un globo aerostático. Floto en el espacio a miles de kilómetros de la Tierra. Esa liviandad, ese aire... un aire que no es de este mundo. Nunca sentí algo tan maravilloso. Viajo hacia el este, cruzo el Atlántico y veo la curvatura del planeta bañada en una luz azul. Veo todo con una mirada esférica. Veo una vaca. Pasan dos segundos, medio segundo (qué sé yo), y estoy volando sobre la meseta castellana. Entonces aparece una estructura cuadrada de piedra negra como la Kaaba de los musulmanes, que tiene una grieta por la que puede pasar un cuerpo. Y yo entro, pero no porque quiera entrar. Ya no sentía deseo ni voluntad alguna. Entro nomás. Todo era así, natural, espontáneo, inmediato. No tenía cuerpo, creo. O mi cuerpo era un recipiente vacío, una urna transparente. Y adentro de la roca encuentro el arcón de madera que había en la casa de Liniers donde mis tías guardaban los pocos tesoros que tenían: algo de platería, porcelanas, una bolsita de terciopelo con un doblón de oro paraguayo, un camafeo de jade con la imagen de Xipetotec, el dios azteca de los despellejados, que había traído de México un primo, las alianzas de mis abuelos, unos aros de perla que habían sido de mi abuela y que mis tías se ponían cuando tenían un casamiento. Había alguna que otra cosa más. El arcón estaba siempre bajo llave. Ah, unos binoculares había, que yo pedía y pedía y que nunca me dejaron usar. Mi tía Tita, la cancerbera, una vez cada tanto me llamaba, abría el arcón y me mostraba todo. Era mi gran placer esto. Resulta, entonces, que entro en esta roca negra y veo el arcón, y veo que está abierto. Me asomo y encuentro una forma cilíndrica envuelta en seda negra. Un salame, pienso, mirá si seré gordo. Lo agarro. Era blando, pesado. ¡Y se movía! No sé cómo explicarles. Imaginen una oruga gigante, una larva, un gusanote. Se movía. Me dio un asco... Estaba envuelto en seda, pero se notaba que era viscoso. Lo sostengo en las manos como si fuese un bebé y es tan pesado que me arrastra adentro del arcón. Fue entonces cuando volví al cuerpo con violencia y con dolor. Yo creo que era mi alma ese gusanote. Y renací. Aparecí en la habitación del hospital. El cirujano me dijo que me cuidara mucho por el resto de mi vida porque me podía morir en cualquier momento. Pero ya no me daba miedo morirme. Me da miedo sufrir, eso sí. Nueve años más tarde, acá estoy, vivito y coleando.

—¡Hala! Enhorabuena —exclamó la Reina del Coro de San Vito.

—Felicidades, Edu, y a ver si este año te dedicas de una vez por todas a tu novela —dijo la Marquesa de Tarifa.

—No, nene, este año voy a dedicarme de una vez por todas a vivir la vida, que dura tres días y ya pasaron dos y medio. ¿Para qué voy a dedicarme a escribir una novela? Lo mejor que puede hacer un escritor argentino es dedicarse al plagio, tan desprestigiado hoy en la era de los derechos de autor y del berretín ingenuo de la originalidad, pero que hasta hace muy poco significaba simplemente erudición y riqueza cultural. Prefiero leer un Balzac plagiado que las novedades de un autor argentino.

—Sarmiento les recomendaba a los escritores locales que se copiaran todo de los grandes porque nuestra inteligencia nacional no había evolucionado lo suficiente como para rivalizar con ellos —agregué yo.

—Honor y gratitud al gran Sarmie-entoooo —cantó Beatriz.

—Pero ¿hace cuánto dijo eso? —intervino Teresita—. Ahora ya tienen a Borges, a Cortázar...

—A Puig —exclamó el Duque de Medinaceli.

—Borges no estuvo a la altura de su genio. Pudiendo habernos dado un Quijote nos dio a Pierre Menard. Fue un pusilánime y un mezquino. Los otros dos son poca cosa —dije.

No había leído a Manuel Puig, pero no tenía duda de que fuese poca cosa.

—Pablito, no digas boludeces —me retó Eduardo.

—Sarmiento sí que fue grande —dijo Beatriz—, ¡gloria y loor, honra sin par!

Y Eduardo, poniéndose de pie, recitó:

> Recuerdos de provincia en el estío
> infinitos, monótonos, iguales
> y carretadas de pastos naturales...

Chichilo lo interrumpió. La Reina del Coro de San Vito llenó las copas y brindamos. Entonces Teresita puso Gloria Estefan y todos, salvo Eduardo y yo, bailaron.

A eso de las tres, Beatriz y Teresita se fueron y yo aproveché para despedirme. Pepe Garamendi dormía sentado. Los Juanes bailaban y el resto tenía batería para rato; sobre todo, Eduardo. Insistieron en que me quedase. Yo insistí más. Ya no estaba borracho, había cruzado la barrera de la curda y estaba simplemente agotado. Cerré la mampara que comunicaba el salón con la parte de la casa donde estaban la cocina, el baño y mi habitación, el excuartito de los cachivaches, que no tenía puerta. Me lavé los dientes en dos segundos, un gesto simbólico, me puse el pijama y me quedé frito apenas apoyé la cabeza en la almohada. Si alguien fue al baño mientras yo dormía, si alguien se asomó a mi habitación así porque sí, para curiosear nomás, o simplemente porque podía; si alguien entró a mi habitación, se inclinó sobre el catre desvencijado en el que dormía y me olió, por ejemplo, una infracción totalmente inofensiva, esas cosas que uno hace tal vez de puro morbo y con total impunidad sabiendo que nunca nadie se va a enterar; si pasó algo así, digo, no tengo manera de saberlo. Dormí como un oso. A la mañana siguiente, cuando fui al baño, noté que tenía la bragueta del pantalón de pijama desabotonada. Siempre la abotonaba, siempre. ¿Tal vez en la prisa por irme a dormir había olvidado cerrar el botón? No lo sé. No estoy seguro.

9

En 1583, cuando Buenos Aires era un aguantadero de trasnochados que soñaban con el Rey Blanco, con la Sierra de Plata y con la Ciudad de los Césares, cuando lo único que proliferaba era la escasez y cuando la pureza de sangre era todo y el apellido era nada, en esos días tentativos de nuestra ciudad, Juan de Garay donó la manzana 132 a la Orden de los Frailes Menores para que construyeran una iglesia. La primera San Francisco era de adobe con columnas de madera, techo de hojas de palma y transeptos de tierra muerta. Hubo muchas San Francisco desde entonces. Se derrumbaron, se partieron, se volaron, se desfondaron y se incendiaron. La estructura que vemos hoy en Defensa y Alsina data de 1815. La fachada en estilo bávaro, obra del arquitecto alemán Ernesto Sackmann, es de 1911. Quince años más tarde, Sackmann construiría el edificio Lahusen en la esquina de Moreno y Paseo Colón. A una cuadra y media de ahí, sobre Moreno, está el Museo Etnográfico, un edificio de la década de 1870 en cuyo sótano se encuentra uno de los poquísimos testimonios materiales que corroboran la existencia de la Buenos Aires del siglo XVII que Eduardo imaginó en *El contrabando ejemplar* y que yo vengo a reanimar en esta obra de ficción. Algo sí existe de aquella época. Y no hablo del aljibe tapiado, que es del XVIII, ni del pozo de once metros de profundidad al que conduce, sino del socavón en ruinas que hay en el fondo de ese pozo, un túnel abovedado de ladrillo cocido por el que los contrabandistas transportaban la mercadería y la carga negrera desde el río hasta la plaza Mayor pasando por las entrañas de San Francisco. Abajo de la plaza convergían varios ramales de socavones que iban hacia el norte, hasta el Obelisco, donde estacionaban las tropas de carretas que llevaban la mercadería a Córdoba, a Catamarca y al Alto Perú. En lo que hoy es la estación Catedral de la línea D, uno de estos socavones se reducía al tamaño de una vizcachera que desembocaba en el Teatro Colón, entonces una laguna cenagosa formada por sedimento del Tercero del Medio adonde los indios y algunos cristianos orilleros iban a cazar patos. Años antes de que Teruca pariese al monstruo que los querandíes enterraron debajo de la catedral para engualicharnos por los siglos de los siglos, vivía en el convento de San Francisco un cordelero llamado Gaspar que había venido de Sevilla con un gran tesoro: el primer cuadro de Francisco de Zurbarán.

Zurbarán tenía quince años cuando su padre lo mandó a Sevilla para que aprendiese el oficio en el taller de Pedro Díaz de Villanueva, pintor de imaginería. Fue ese mismo año de 1614 cuando el joven prodigio, a escondidas de su maestro, pintó la imagen que Gaspar llevaría consigo al Río de la Plata. El cuadro, un panel de madera de alcornoque de unos treinta centímetros de alto, figuraba la escena de la verificación de los estigmas de san Francisco. Zurbarán lo pintó a escondidas, pues su maestro jamás se lo hubiese permitido. En primer lugar, porque era un aprendiz cuyas tareas se limitaban a limpiar el taller, lavar pinceles, mezclar colores y, como mucho, garabatear en papel de descarte. En segundo lugar, porque lo que pintó es una escena polémica.

Todo el mundo conoce la leyenda que dice que Francisco de Asís oraba un día en el monte Verna y se le apareció un serafín con seis alas resplandecientes que le imprimió a fuego en el cuerpo las cinco llagas de Cristo. No fue un milagro más, fue una «delicia inaudita», una «prodigiosa novedad», como dice el hagiógrafo Tommaso da Celano. Francisco era el primer hombre después de Cristo en ser digno de tal marca. La primera mujer había sido una beguina, María de Oignies, unos doce años antes, pero el caso recién salió a la luz siglos más tarde. Lo cierto es que la cristiandad se había demorado más de un milenio en asimilar el sentido profundo de la humanidad de Jesús. Los estigmas de Francisco, mucho más que su labor de caridad y su exaltación de la pobreza, les enseñaron a los cristianos en Occidente que Jesús no era simplemente un Apolo vencedor de la muerte, sino que también había sido un hombre de carne y hueso que fue vejado y torturado y que murió entre dolores indecibles. Así nació el humanismo que engendró a la modernidad que no tardó en matar a Dios, esta vez para siempre.

Todo el mundo sabe también que antes de manifestarse en Dante y en Petrarca el giro franciscano se plasmó en la pintura. El humanismo nació en aquellos paneles de madera que narran la humanísima vida de Francisco y que a su vez inspiraron las cruces doradas imponentes y los Cristos demacrados, de piel verdosa y costillas protruidas, que según Vasari disiparon las tinieblas de la barbarie e hicieron renacer el arte en Europa.

Lo que no muchos conocen, sin embargo, es un episodio de la vida de Francisco que poquísimos artistas se atrevieron a tratar. Cuenta Buenaventura de Bagnoregio en la biografía oficial del santo que, durante el funeral en la Porciúncola, un hombre llamado Jerónimo, educado en las letras y escéptico respecto de los estigmas, tocó el cuerpo muerto para cerciorarse. Como el apóstol Tomás después de la Resurrección, Jerónimo necesitaba evidencia del misterio. Pero a diferencia de Tomás, que según el texto evangélico no llega a tocar a Jesús, Jerónimo sí metió el dedo en la herida del costado. Es una escena polémica, peligrosa incluso, porque lleva la comparación entre Francisco y Jesús a un nivel que raya con la blasfemia. Giotto, el Sassetta, Ghirlandaio y el Beato Angelico son los únicos que se animaron a pintarla. El joven Zurbarán no vio estas obras ni supo jamás de su existencia, pero sí tuvo en sus manos una reproducción en papel azul de *La incredulidad de Santo Tomás*, de Caravaggio, que retrata al apóstol penetrando a Cristo con el dedo. Y habiendo leído a Buenaventura tuvo la idea intrépida de combinar ambos elementos. Su *Verificación de los estigmas de San Francisco* presenta el cadáver del santo desnudo como Jesús en el descendimiento, rodeado por tres hermanos de la orden y por un hombre en un sayo verde malaquita que introduce dos dedos en la llaga lateral y que mira hacia delante con cara de ciego, en imitación del Tomás de Caravaggio.

Zurbarán le dio los últimos toques a su cuadrito y vio que era bueno. En 1617, volvió a Extremadura para casarse y unos años más tarde viajó nuevamente a Sevilla para dar inicio a su carrera meteórica. El panel con la verificación de los estigmas quedó en el taller de Pedro Díaz de Villanueva hasta que un día el sobrino del maestro, un novicio llamado Gaspar, fue a visitar a su tío y hurgando aburrido entre los trastos dio con él y se quedó helado. El cuerpo desnudo del santo, terso y opaco, esos dedos intrusos en la herida (el mayor, apenas flexionado; el índice, recto como una flecha), la mirada extática del escéptico que confirma el prodigio, el color del sayo... Gaspar en un instante vio e intuyó. El escéptico era él, el cuadro era la herida, sus ojos eran dedos. El muchacho experimentó entonces aquello que dos siglos más tarde experimentaría Stendhal durante su primera visita a Santa Croce (donde, dicho sea de paso, está el fresco de Giotto que muestra a Jerónimo metiéndole mano al cadáver de Francisco). Hoy diríamos que tuvo un ataque de nervios. Unos días más tarde, sosegada ya su alma, pero fervorosa en la fe incipiente, fue al taller y se robó el cuadro. Cuando al año siguiente cruzó el océano y llegó a Buenos Aires llevaba consigo su posesión más preciada.

Dado el corte sacro del artefacto, dadas sus humildes dimensiones, Gaspar se había convencido de que poseerlo no era una violación del voto de pobreza. Pero el ministro general de la Orden en la Trinidad determinó que se trataba de un adorno maldito. Representar al santo desnudo era soez, enfatizar la figura vana del escéptico envuelto en ese indumento afeminado y regodearse en sus dedos ávidos era directamente diabólico.

Destruye esa basura ahora mismo, ordenó el ministro.

Gaspar no tenía la más mínima intención de acatar la orden y esta vez no se le escapó que su actitud era una violación flagrante de otro voto, el de obediencia. Esa misma noche, mientras sus hermanos dormían, bajó al sótano del convento, se escurrió por la estrecha abertura que daba al socavón y llegó a los intestinos de la plaza Mayor. A la luz de un candil buscó dónde esconder el panel, que había envuelto en arpillera y en cuero para protegerlo de la humedad. Pero hete aquí que tuvo la mala suerte de tropezarse con un campamento de contrabandistas de poca monta y uno de ellos, sobresaltado, creyendo que se trataba de un ladrón, le clavó una daga en la ingle y le atravesó la arteria femoral. Gaspar se desangró en pocos minutos ante la mirada pasmada de los delincuentes. Habían matado a un fraile y tenían que eliminar todo rastro. Quemaron el hábito, las sandalias y el cordel, descuartizaron el cuerpo y metieron las partes en la vizcachera que mencioné antes, la que conducía al Teatro Colón. El panel de Zurbarán quedó en manos del fortuito asesino, que se lo vendió al capitán de un barco portugués. Desconozco el derrotero preciso del cuadro a través de los siglos, pero me dijeron que hacia el final de la Segunda Guerra Mundial cayó en manos de Antoni Tàpies, que lo tuvo en una caja fuerte de donde lo sacaba muy de vez en cuando para enseñárselo a sus amigos más íntimos.

El misterio de la desaparición de Gaspar mantendría ocupados a los hermanos franciscanos durante años. Barajaron teorías de todos los colores. Viajó a la Ciudad de los Césares, se lo tragó la tierra y ahora vive en las antípodas, lo raptaron los indios, se lo comió el uturunco, volvió a España, ascendió al empíreo. Nadie supo jamás lo que pasó, salvo la bruja Cheranda, que unos días después del luctuoso evento volvía del Teatro Colón convertida en vizcacha y se topó con la cabeza agusanada del fraile bloqueando la galería.

Como esta hay cientos de historias enterradas en los socavones de Buenos Aires. Y acá enfrente, al lado de la catedral, los españoles tuvieron su primer cementerio. ¡Imaginen ustedes todo lo que esconde este suelo sobre el que estamos parados! Hay un secreto en particular, oscuro y misterioso, que quisiera referirles. Pero ¿qué digo secreto?, es el gran arcano de nuestro pueblo. Hablo de los huesos de un niño monstruo que los querandíes enterraron junto a la catedral, debajo del árbol que llora, para condenarnos a la calesita del fracaso perpetuo.

El que habla así (palabras más, palabras menos) es Eduardo. Está parado al pie de la Pirámide de Mayo de cara al Cabildo rodeado por una docena de personas. Es lunes 21 de noviembre de 1966 y son las once de la mañana. Mis padres tienen trece años; mamá estará en el colegio, papá se habrá hecho la rata. La plaza de Mayo semivacía se deja acariciar por el sol de primavera. No muy lejos de Eduardo y del grupo (son turistas santafesinos), en la Casa de Gobierno, la Morsa está reunida de querusa con Adalbert Krieger Vasena, recién llegado de Europa, a quien piensa nombrar ministro de Economía. La inflación no para de subir y el PBI sigue estancado. Ayer, Racing ganó el campeonato. Mañana vence el plazo para pagar el impuesto automotor. Hay sequía en la pampa y en la radio suena The Supremes, «You Keep Me Hangin' On». Eduardo habla y transpira como un pollo al espiedo, la camisa se le pega al cuerpo, la corbata lo asfixia. Es la primera vez en su vida que hace de guía turístico. Es la primera vez en su vida que habla en público. Estudió mucho, practicó frente al espejo y anoche hizo un ensayo general con la tía Chiquita, que le pidió que omitiera lo del monstruo querandí y la bruja Cheranda.

Ni se te ocurra, perejil, van a pensar que estás loco.

En noviembre del 66, Eduardo estaba a punto de cumplir veinte años y acababa de empezar la carrera de Turismo. Había dejado Grand Bourg, el pueblo infecto-contagioso, a fines del 63 y, pasada una temporada en lo de su tía Magda, se había mudado con Tita y Chiquita a la vieja casa de Liniers. Leyendo los diarios y transcribiendo los audios de WhatsApp que recibí en los meses que precedieron a su muerte, me detuve en estos años de 1966 y 1967 porque fue entonces cuando Eduardo descubrió su vocación, la historia argentina, y la gran pasión de su vida: viajar. Estos descubrimientos sucedieron, como suele pasar, de carambola. Eduardo estaba inmerso en una búsqueda religiosa que terminaría muy mal cuando encontró sentido profundo en el estudio y en el turismo. El capítulo más destacado de sus aventuras religiosas es sin duda el de la secta pentecostal a la que perteneció durante unos cuatro o cinco meses y de la que fue expulsado en una escena digna de una película de Polanski. El relato de esta desventura, narrado en parte en los audios y registrado en varias entradas de los diarios, fluye denso, ofuscado por digresiones retorcidas en las que se habla, por ejemplo, de una aventura anterior en la iglesia mormona de la que lo rescató su tía Chiquita. Eduardo empieza este cuento con el recuerdo de su primer amor.

Se enamoró de Marta, dice, el primer día de clase de cuarto año en el colegio Dámaso Centeno. Esto habrá sido a fines de febrero o principios de marzo de 1964. De entrada, quedó claro que era un amor imposible. Marta estaba «muy de novia». Cincuenta años más tarde, le mandó un mensaje por Facebook contándole que se había quedado viuda y proponiéndole un encuentro, como si fueran Fermina Daza y Florentino Ariza. Eduardo la ignoró olímpicamente, no tanto porque en esa etapa de su vida le gustasen los hombres, sino porque este tipo de reencuentros intempestivos le parecían deprimentes. Lo que la vida separó que no lo junte Facebook. Pero cómo me enamoré, Pablito, vos no sabés... Fue a primera vista, como todo amor verdadero. Porque, en realidad, el enamoramiento es un reconocimiento. Ves al otro y sabés que ya lo conocías de otra dimensión, la dimensión del destino.

Fue en una fiesta. La vi en la cocina y yo te juro que no la conocía, pero fui y le dije vos sos Marta. Ella me miró como uno mira la pared.

Iba a muchas fiestas al principio. Estaba recién llegado del pueblo infecto-contagioso y tenía hambre de sociabilidad. Así redescubrí mi costado dicharachero. Pero siempre guardé un aspecto mío alejado de toda esa alegría. No digo que fuese desconfiado porque yo siempre fui ingenuo, pero sí retraído, reacio a hablar de mí. Algo bien adentro me advertía que no me expusiera tanto, que no mostrara todo. Me escribía cartas a mí mismo y diarios que después rompía. Yo sabía que todo lo malo estaba ahí, sabía lo que sentía porque recordaba muy bien los años anteriores, todo eso, esa culpa, el no saber dónde estaba, quién era.

Un día, mi tía Magda me llevó al psicólogo y no pude decirle en dos o tres sesiones lo que me pasaba. Estaba enamorado, estaba caliente, eso sí le conté. El tipo se dio cuenta de que tenía algo jodido en mi pasado y creo que entendió que ese enamoramiento era una distracción que me hacía bien. Una vez me dijo que hay cosas que mejor dejarlas enterradas. Cuando exhumás el pasado se llena todo de olor a podrido y te asfixia, dijo. Me liberó con eso porque yo sentía como un peso tremendo la obligación de contarle a alguien lo de la pizzería. Así que lo volví a enterrar, cincuenta años más lo tuve bajo tierra, hasta el otro día, cuando te lo conté a vos.

A todo esto, las hijas de puta de mis compañeritas se ve que se dieron cuenta de que me gustaba Marta (aunque yo era impenetrable, cara de estatua) y más de una vez, cuando estábamos en educación física jugando al vóley, yo estaba en la zona del saque y ellas me cantaban una canción litoraleña:

> Mira qué cabeza loca
> estar enamorado de mí,
> yo que siempre ando de paso
> no podré hacerte feliz.

Pero yo nunca me daba por aludido. Mi mecanismo de defensa era infalible. Maniobras de evasión que fui perfeccionando a lo largo de mi vida.

La amistad que trabé con mi profesora de historia, María Sara Colombres, era un remanso de calma en mi tormenta interior. Me invitaba a su oficina, tomábamos café, charlábamos de política y de historia argentina. María Sara hablaba bárbaro y era muy leída. Un día nos enteramos de que estaba escribiendo un libro sobre el Chacho Peñaloza. La menciono porque al terminar la escuela se convierte en una persona muy importante para mí. Ella creó el primer instituto de turismo de la Argentina y yo me anoté. Ahí empezó mi etapa de guía. Y el bautismo de fuego fue ese lunes 21 de noviembre de 1966 en plaza de Mayo. Cuando terminó el tour, María Sara me llevó a almorzar a Harrods. Fue tan lindo. Yo tenía un nivel de excitación..., esa alegría que te hace ver el mundo color de rosa. Me imaginaba llevando tours al Noroeste, a Misiones, a Córdoba, en el micro por la ruta un día de sol, yo parado con el micrófono hablando y todos escuchándome fascinados. Pero esa tarde, volviendo a Liniers, me agarró una depresión aplastante. Era así todos los días. Algo me daba un subidón y de pronto me salía de adentro una gran tristeza que me tiraba para abajo como un ancla. Yo quería creer que era porque Marta no me daba pelota, pero en el fondo sabía que no era eso. Era un miedo no sé a qué y, confusamente, porque no era reconocido por mí, confusamente (lo voy a decir así), un sentimiento de culpa que me venía de los años anteriores pero que yo no había logrado reconocer. Un sentimiento de culpa, y vos ya sabés por qué, que poco después estalla y me catapulta a una vida religiosa horrible.

En las fiestas del Dámaso Centeno se jugaba a verdad o consecuencia. Las preguntas que te hacían eran despiadadas. Sobre todo a mí, estas guachas que sabían que estaba loco por Marta. ¿Te gusta Marta?, me preguntaban con el novio ahí presente. Yo me hacía el boludo. De esos juegos después surgían charlas y las chicas empezaron a plantear problemas de moral. Te estoy hablando de 1964. Una moral que todavía no estaba rota. Fumábamos como murciélagos. Ya se olía algo en el aire, algo moderno, los Beatles. Igual, las chicas eran muy católicas. Y finalmente todos caímos en la problemática religiosa que a mí siempre me había preocupado muchísimo. Mi última experiencia en una iglesia había sido esa vez a los once años, ¿te conté, no? Un domingo de Pascua, en Grand Bourg, que yo quería comulgar y el cura me hizo salir de la fila, algo que yo interpreté como que Dios me rechazaba por..., bueno, por eso. Desde entonces no había vuelto a entrar a una iglesia. Y unas vacaciones de invierno en Villa Carlos Paz, con mis tíos y primos, charlando con un chico que medio le gustaba a mi prima, hablando de Dios y demás me dice: Vos sos muy religioso. Yo dije: Para nada. Y él: Vos tenés mucho metido adentro.

En Buenos Aires lo seguimos viendo a este chico (se llamaba Rogelio, era guapísimo) y un día me trajo un libro de Lisandro de la Torre, *La cuestión social y un cura*. Me lo leí de un tirón. Y fue un golpe en la cabeza. El libro denuncia que esa política social de la que tanto hace alarde la Iglesia es una farsa. La Iglesia glorifica la pobreza porque necesita ejércitos de miserables que la sostengan.

Para mí fue una revelación. Entonces empecé a pensar mucho en la religiosidad como dogma y en la necesidad de liberar las ideas. Marta planteó que tuviéramos una charla con un sacerdote de su parroquia y arregló el encuentro una tarde en Las Violetas. Vino un curita relamido, recontragay, muy arisco; y ya de entrada hubo dos o tres cosas de él que no me gustaron nada. Una fue la certeza con la que hablaba; no nos daba la posibilidad de opinar ni de dudar, era monolítico. Otra cosa irritante es que me decía «rubio». Eso me daba por las pelotas. Y me miraba mucho. ¿Qué mirás, maricón?, pensaba yo, que era lo que me decía siempre mi hermano. Entonces yo, un día que andaba medio revirado, saqué ideas de Lisandro de la Torre y se las tiré en la cara. Le molestó mucho, me dijo: Rubio, estás demasiado revolucionario, estás leyendo libros equivocados. Yo le dije que Jesús tenía hermanos y que, por lo tanto, la Virgen María no era virgen, y le planteé también que Dios era un sádico, Sodoma y Gomorra, etcétera. El tipo se puso loco. Y las chicas decían, Eduardo, callate. Ahí, me acuerdo, pensé por primera vez que Marta era una boluda. ¡Santo remedio! Así se me empezó a pasar el metejón. Es impresionante cómo la estupidez afea a las personas. Pero todo esto desató una inquietud religiosa en mí que se fue intensificando cada vez más. Mi enojo con Dios y con la Iglesia fue el trampolín a experiencias más radicales, primero los mormones y después la secta.

A fines del 65, principios del 66, yo vivía con mis tíos y con mi prima en Parque Chacabuco. Un día mi prima no sé qué bicho le picó que hizo contacto con unos misioneros de la iglesia mormona. Tengo que aclarar que mis queridas tías de Liniers, Tita y Chiquita, habían sido mormonas y me llevaban al culto del barrio. Yo iba a jugar, tenía cuatro años, cinco, no más. Ellas no me explicaban nada del culto. Mis padres les tenían terminantemente prohibido que me hablaran de esas cosas. Pero volviendo a mi prima, a ella lo que le gustaba era que los mormones tienen misioneros jóvenes. Esos americanos rubios, altos, de pantalón negro y camisa blanca de manga corta que parecen siempre recién bañados. Estaba caliente mi prima. Cuestión que empezaron a venir dos mormones a la casa. A mis tíos no les hacía ni pizca de gracia, pero se la bancaron. Estos mormones, ni lerdos ni perezosos, intentaron convencernos de afiliarnos, convertirnos, o como corno se diga. Y me tocaron una tecla. Yo seguí viéndolos aun cuando dejaron de venir a la casa, cuando a mi prima se le pasó la calentura. Les planteaba mis dudas, íbamos al culto. Ellos me hablaban del Ángel Moroni y de Joseph Smith y Brigham Young y la tribu judía que cruzó el Atlántico mil años antes de Cristo. A mí me parecía una sarta de disparates, pero seguía yendo. Estaba todo tan bien organizado, con folletos, cuadernillos, dibujos; bien marketineros eran, bien americanos, y me sedujeron. Sobre todo, creo, porque tienen una ley de la castidad muy represiva. No se puede ni pensar en el sexo. Te rompen los huevos con que hay que hacer mucho deporte para cansar el cuerpo y evitar la entrada del Maligno. Lo contrario a Dios es tocar al otro. Después se desquitan con la poligamia, mirá qué vivos.

Un día iba con dos misioneros por la calle (ellos siempre van de a dos) y me encontré con una amiga. Le di un beso en la mejilla como hacemos los argentinos y cuando se fue me dijeron que eso era un pecado y que debía pedir disculpas. Mi padre, el Elder Albrich, dijo uno de ellos, me dijo cuando era niño: la mujer que beses será tu esposa. Pero en Argentina nos damos besos, dije yo. Es un pecado, respondieron. A mí me atraía mucho esto. La ley de la castidad me sirvió de justificación para no tener que revivir aquello, para que el sexo no se acercara a mí nunca más. Todas estas prohibiciones me permitían ensimismarme, adentro mío estaba cómodo y calentito, el mundo me daba mucha aprensión.

Bueno, así fue como una mañana me desperté y estaba metido hasta el cuadril con los mormones. Había reuniones todo el tiempo, para leer y discutir doctrina. Si faltabas un domingo, venían a tu casa a buscarte. Empezó un control estricto sobre mi vida. Me presionaban. Querían que diera clases en la escuela dominical. Tenía que estudiar bien su dogma y para eso debía viajar a Utah. Yo ni en pedo iba a Utah. Me sentí ahogado. Esto duró varios meses. Hasta que apareció la tía Chiquita al rescate. Ella los conocía bien, como te dije antes, y sabía cómo tratarlos. Me llevó a vivir con ella y con Tita a Liniers. Los tipos se enteraron y fueron a buscarme. Chiquita los sacó cagando y no volvieron nunca más. Así me escapé de los mormones. Y al poco tiempo caímos ella y yo con los pentecostales. De la sartén al fuego.

La tía Chiquita y su hermana Tita habían formado parte de la Iglesia de Jesucristo de los Santos de los Últimos Días durante toda la década del cuarenta. Eduardo tenía recuerdos borrosos de sus visitas al culto mormón de Liniers en la infancia y nunca supo cómo fue que sus tías entraron en la iglesia. Nunca supo, por ejemplo, que a fines de 1939 Chiquita viajó a Mar del Plata invitada por su amiga Rina. Lo que iba a ser una vacación de tres semanas terminó convirtiéndose en una estancia de meses porque en la fiesta de Año Nuevo su futura tía conoció a un hombre, se enamoró y se quedó embarazada. Cuando volvió a Buenos Aires sola y desgraciada a finales del invierno del 40, su hermana Tita había empezado a recibir en la casa a dos misioneros mormones, los hermanos Lloyd y Clarence. En ellos, Chiquita encontró al principio más que nada una distracción, pero luego se convirtieron en una fuente de consuelo insustituible.

Lloyd y Clarence se presentaban siempre después de la siesta. Las tías les servían limonada (los mormones tienen prohibida toda infusión estimulante) y galletitas, y se sentaban afuera con ellos a tomar aire y a conversar. Lloyd había misionado en Pamplona y hablaba un español peninsular que habría hecho las delicias de Menéndez y Pelayo. El español tarzanesco de Clarence les resultaba adorable a las hermanas De la Puente. Los misioneros eran pulcros y educados, jóvenes, cancheros, bien parecidos. Les hablaron de Joseph Smith, de la revelación angélica y de las veinticuatro planchas de oro con la historia del viaje de Jesús a Norteamérica. Ilustraron con elocuencia los días de esplendor en Nauvoo y se les cayeron las lágrimas cuando narraron el calvario del profeta en la cárcel de Cartago. Les mostraron fotos del Templo de Salt Lake City, en cuyo sótano los mormones bautizan a los muertos, y de la ciudad, esa nueva Sion entre el lago y las montañas, con sus anchas avenidas y sus arboledas frescas. De tanto en tanto, tiraban el anzuelo y las invitaban al culto, pero las chicas se reían y cambiaban de tema.

Una tarde se hablaba de faltas y de transgresiones y el hermano Clarence, habiendo percibido que Chiquita se había puesto incómoda, contó la historia de una tal Olivia Sorensen que había sido excomulgada por fornicadora y que se había suicidado tirándose abajo del tren. Si tan solo hubiese encontrado la fuerza para volver la cara a sus hermanos... El camino del arrepentido es largo y difícil, pero conduce al don máximo del Padre Celestial: el perdón, apostilló el hermano Lloyd. Tenían el numerito bien ensayado. Y Chiquita, que había estado aguantando con alma y vida, se partió al medio y rompió a llorar. Era una de esas tardes interminables de la primavera que ya es verano y el sol se derretía a sus espaldas, al final de la calle Tuyutí, formando un charco de luz naranja. Chiquita lloró y lloró. Su hermana la consolaba dándole palmadas en la espalda. Los mormones, cabizbajos, esperaban. Cuando Chiquita se hubo calmado, les contó sus desventuras en Mar del Plata. Tita sufrió por su hermana y lloró con ella. Lloyd y Clarence escucharon atentamente interrumpiendo el relato acá y allá con reflexiones santurronas y palabras compasivas. Se despidieron pasada la medianoche no sin antes haberles hecho prometer a Tita y a Chiquita que al día siguiente los irían a visitar al culto de Liniers. Los misioneros volvieron a su casa en silencio caminando ufanos por el barrio dormido.

La historia que contó Chiquita empezaba en el Club Mar del Plata la noche del 31 de diciembre de 1939. Había llegado a la ciudad feliz dos días antes y se la había pasado en la Bristol tomando sol. Ya tenía el color de un ají putaparió. En unos días se iba a empezar a pelar y quedaría dorada y lustrosa. Le sentaba divino el bronceado, le realzaba el brillo de los ojos, y el sol le aclaraba el pelo dándole esos reflejos sutiles que no logra ningún cosmético. Pero esa noche estaba al rojo vivo y fue un engorro maquillarse y ponerse el vestido. A eso de las ocho, las pasaron a buscar dos tíos de Rina y las llevaron a la fiesta. Una vez ahí, las abandonaron a su suerte y se fueron a jugar a las cartas. No los volvieron a ver sino hasta el brindis de las doce, cuando aparecieron los dos caminando como pingüinos y cantando guarangadas.

Durante la fiesta, Rina, que era muy tímida, hizo rancho aparte y Chiquita se aburrió como una ostra. Comió torta, tomó champán. Miraba a la gente conversar, trataba de adivinar de qué hablaban por los gestos. Seguramente hablasen del Graf Spee, que era el monotema de entonces. O del Millón de la Polla, que sorteaba al día siguiente. Chiquita se inventaba historias. Aquel es un marinero nazi, este otro es un espía británico que lo busca para matarlo, esa de ahí es la amante del nazi. Así se entretuvo hasta que dio la medianoche. No habían pasado ni quince minutos de 1940 cuando Rina anunció que era hora de volver a casa. Y entonces la noche se dio vuelta como una media. Al ver que Chiquita se iba, apareció de la nada un señor que ya la tenía fichada y que, en cuestión de segundos, la arrebató de su amiga y se la llevó como se lleva a los chicos el hombre de la bolsa. Acababa de empezar una historia que duraría meses y que dejaría a la tía Chiquita en Pampa y la vía con el corazón deshecho.

–Pero ¿cómo se llama? –insistió Chiquita.
Estaban en la terraza tomando champán.
–Tuteame, te lo pido. ¿Qué importa cómo me llamo? Vos sos Chiquita, yo soy el Mago, dejémoslo así por ahora y concentrémonos en cosas más importantes, como, qué sé yo, la inmortalidad del alma –respondió el tipo.

Era bajito y forzudo. Había ido solo a la fiesta. El saco le quedaba chico de hombros, el nudo de la corbata estaba mal y no se había lustrado los zapatos. La cabeza era un poco ovalada. Dijo que tenía treinta y cuatro («la edad de Cristo si hubiese vivido un año más»). El pelo era castaño claro, fuerte y sano. Los ojos color miel separados, como de cabra, y el bigote denso, compacto, engomado con las puntas hacia arriba, le daban a su cara y a toda su persona un aire grosero. Lo único elegante en él eran las manos, grandes, esbeltas, venosas, con dedos rápidos apenas peludos y uñas laqueadas. Manos de asesino, pensó Chiquita.

Charlaron toda la noche. De metafísica y de astrología, de alquimia y de religiones orientales, de vampiros, de todo menos de sí mismos. El Mago era una enciclopedia y le brillaban los ojos cuando hablaba. Chiquita le hizo un millón de preguntas. Estaba fascinada y borrachísima. Caminaron por la Rambla hasta Cabo Corrientes y vieron el amanecer sentados en las rocas. Cuando salió el sol, el Mago pronunció algo en una lengua extraña.

–¿Qué decís?
–Saludo al sol en su lengua.
–¿Qué lengua?
–¡Sánscrito!

Desayunaron en una confitería frente a la Playa de los Ingleses y Chiquita se quedó dormida sobre la mesa. Cuando despertó estaba en una cama enorme, sola, desnuda. Las persianas estaban abiertas y entraba como una ráfaga el solazo de mediodía.

Si no se quedó embarazada la primera noche habrá sido la siguiente o la tercera como mucho. Se pasaban el día yendo de la cama al sillón del living y de vuelta a la cama. Las ventanas siempre estaban abiertas para que corriese el aire marino, limpio y reparador. La charla fluía a borbotones, interrumpida solamente por los besos y las caricias. Ponían tango en la vitrola y bailaban desnudos. Cómo se hacían reír. Qué milagro el encastre de sus cuerpos. Cuánta intimidad, y qué rápido. Chiquita no lo podía creer, nunca había estado tan a gusto con alguien, no le daban vergüenza los ángulos menos agraciados de su cuerpo y decía todo lo que se le cruzaba por la cabeza. Se olvidó de la playa, se olvidó de Rina, se olvidó incluso de la valija con su ropa y sus cosméticos. No necesitaba nada, le bastaba ese otro ser como único sustento. Comer comían, igual. El Mago salía a la mañana y hacía las compras. Cocinaba él, puros manjares. Pastas con mariscos, arroces y pescados regados con vino blanco. Era tierno y atento. Por momentos era cursi y le hablaba con vocecita de bebé. Por momentos era grotesco, cuando se hacía el payaso y revoleaba el pito o se abría las nalgas y soltaba un pedo o la apoyaba de atrás y se contoneaba como un perro alzado. Chiquita se reía y se enamoraba más y más con cada ocurrencia del sátiro ese. ¿De qué planeta viniste?, le decía. En Liniers no hay hombres como vos. Él se reía y hacía morisquetas.

Chiquita volvió a ver la calle recién el día de Reyes. Ya habían empezado a pelársele los hombros y la nariz y le hacía falta el neceser. Fue a lo de Rina, les hizo un cuento chino a ella y a la tía, que estaban preocupadísimas y recuperó sus cosas. Cuando volvió al departamento encontró al Mago en cueros saltando langostinos en manteca.

Quedate conmigo todo el verano, se dio vuelta y le dijo con cara de cordero huérfano.

Chiquita no tuvo ni que pensarlo.

Fue el verano de las maravillas. Chiquita y el Mago se despertaban tarde, remoloneaban hasta el mediodía y después iban a Playa Grande. El Mago tenía una carpa y conocía a todo el mundo. Un día almorzaron con un Peralta Ramos. Todos le decían «eh, Mago», «¿cómo anda, Mago?», «¿qué se cuenta, Mago?». De tanto en tanto, Chiquita insistía:

–¿Me vas a decir cómo te llamás?
–Adiviná –decía él.
Ella enumeraba nombres. Y él se reía.

–¿Osvaldo? ¿En serio te parece que me puedo llamar Osvaldo? Mirá, en mi cultura somos extremadamente cuidadosos con ese tema. Le das mucho poder a una persona cuando le revelás tu nombre de pila.

–¿Pensás que soy una bruja por lo que te conté?

Chiquita le había hablado de su infancia en Caucete y de Rosario Carrizo.

–La bruja Cachavacha sos vos –decía el Mago y le hacía cosquillas. O cambiaba de tema.

A veces iban a tomar el té a la Torre Pueyrredón y pasaban por la librería El Abuelo, en la calle San Juan. El Mago nunca compraba nada, pero se quedaba un rato largo, charlaba con el librero, curioseaba en las estanterías, sacaba un libro y leía en voz alta el nombre del autor o el título.

–¡Walter de la Mare! Gran valor... Uh, la *Aquileida* de Estacio, qué joya.

El librero le preguntaba:

–Mago, ¿leyó a Hamsun (o a Tagore)?

–¡Knut! (o, ¡Radindranath!) –respondía el Mago para que quedase claro que sí.

De noche iban al casino. El Mago jugaba al punto y banca y, no bien ganaba una mano, dejaba la mesa. Entonces, se iban a comer afuera y después a ver una película en la trasnoche del Ocean Rex o a bailar a la milonga de la calle Gascón. Esos meses de enero y febrero de 1940, Chiquita vivió como nunca antes había vivido y como nunca más habría de vivir: en un estado sostenido imperturbable de presencia y de atención. En la América que había descubierto no había familia ni terceros. Era un mundo sin pasado y sin futuro. Y ella ya no era ella, era otro, un binomio de dos cabezas con un solo corazón descomunal y pura piel. Así habrá vivido Eva hasta que se tropezó con la serpiente.

1940 fue año bisiesto, de modo que Chiquita, nacida un 29 de febrero, pudo celebrar su cumpleaños como corresponde.

Hay una astrología más profunda que no depende del calendario, le había dicho el Mago. Cada uno de nosotros es parte del cosmos, cada uno de nosotros tiene un cuerpo astral y un cuerpo terrestre. Cuando dejamos el cuerpo terrestre nos mudamos a los astros. La muerte no existe.

–¿Vamos a estar juntos siempre, entonces? –preguntó ella.

–No seas codiciosa –respondió él–. ¿Qué querés que te regale? Algo especial. Veinticuatro es un número mágico.

–Quiero que me digas cómo te llamás.

–Adiviná.

–Rumpelstiltskin.

–¡Adivinaste! –exclamó el Mago y empezó a zapatear como el enano en el cuento.

La noche del 29 fueron a comer a la parrilla de Gorí y, antes de que les trajesen el postre, el Mago tomó a Chiquita de la mano izquierda y le deslizó un anillo plateado de banda cuadrada en el dedo mayor. Eduardo nunca supo de dónde había salido el anillo que Chiquita le regaló cuando se mudó a Madrid y que usaría hasta el último día de su vida; el anillo que me legó a mí a través de Teresita y que nunca me saco, ni siquiera para meterme al mar.

–No es un anillo de compromiso, es de emancipación –dijo el Mago–. El matrimonio es una ergástula. Un día, cuando estés lista, se lo vas a regalar a alguien y vas a ser libre.

Después de comer, fueron a la milonga y bailaron bien pegados hasta las cuatro de la mañana. Cuando volvieron al departamento, Chiquita se descompuso. Ese fin de semana, estuvo pésimo y casi no salió de la cama. El Mago la cuidó, le hizo sopa de arroz y la mantuvo hidratada. Pero de buenas a primeras algo entre ellos había cambiado, los colores eran distintos, el aire se había aplomado. Chiquita sintió que al ponerse aquel anillo alguien había encendido todas las luces en su interior, como hacen en los boliches a la hora de cierre. Era el fin del verano. El domingo a la noche, el Mago anunció que al día siguiente debía volver a Buenos Aires. Tenía que trabajar. Ella se quedaría en Mar del Plata y él regresaría todos los viernes.

—¿De qué trabajás?
—Menos averigua Dios y perdona –dijo él.
—¡Pero, che! –explotó Chiquita–. Ni eso me podés decir, ¿no soy nadie, acaso?
—Mi vida, no te enojes, era un chiste. Trabajo en un banco.

Marzo fue una montaña rusa. De lunes a viernes, Chiquita esperaba al Mago con un anhelo desgastante y el fin de semana revivían como podían las glorias del verano. Eran los mismos de antes, se llevaban muy bien, pero había una grieta ahora. Eran dos personas y ya no el ser bicéfalo que habían sido. Por suerte, ninguno de los dos fingía. Todo cambia, es la ley de la vida, decía el Mago. Y bueno, ¿qué se le va a hacer?, decía Chiquita, después de un verano en tecnicolor, ahora nos toca vivir en blanco y negro, que también es lindo. No le preocupaban demasiado los cambios, era optimista por naturaleza ella. Pero por segundo mes consecutivo se había saltado el ciclo y un poco inquieta estaba. Ya le había pasado antes, igual. Se convenció de que era normal. La ausencia del Mago le había descalabrado la rutina, había adelgazado, sería eso. Cuando llegó abril y no pasaba nada, consideró seriamente que podía estar embarazada y fue al médico.

Ese viernes, al volver de Buenos Aires, el Mago se encontró con Chiquita en la puerta del edificio. Estaba tan ansiosa que no había podido esperarlo en el departamento.

–Vamos a tener un hijo –anunció.

El Mago dejó caer la valija y la abrazó.

–Tendrá que llevar mi apellido visto que el tuyo es un misterio –dijo Chiquita.

El Mago no la soltaba. Cuando finalmente se separó, ella vio que estaba emocionado.

Esa noche, en la cama, el Mago se arrodilló y la hizo arrodillarse.

–Soy Carlos María Pervinapo –dijo tomándola de las manos–. Nací en 1317 en la aldea de Pekel a orillas del Lago Bled. Y soy inmortal.

–¿Dónde queda eso?

–En Yugoslavia.

–¿Sos yugoslavo?

–Bueno, de nacimiento. Pero vivo acá hace más de cien años.

Chiquita pegó una carcajada.

–¿Qué decís?

–Soy inmortal de cuerpo y alma. Es una desgracia. Te voy a perder. Los voy a perder –dijo apoyándole la mano en la panza chata como una tabla.

—Estás loco de remate —dijo ella—, pero gracias por decirme cómo te llamás.
—Gracias hacen los monos —dijo Pervinapo.

Se entrelazaron con urgencia esa noche, llenos de pena, y después se quedaron dormidos como dos bebés. Al día siguiente, Chiquita quiso saber más sobre esta cuestión de la inmortalidad, pero Pervinapo respondió con evasivas.

—No sé si sos inmortal, pero sos la persona más rara del mundo. A veces sospecho que no sos humano, quizá seas un animal de una especie desconocida —dijo Chiquita—. No sos como ningún otro hombre que conozca, tampoco como ninguna mujer —agregó.

—El alma es andrógina —repuso él—. Por algo en sueños uno no es hombre ni mujer.

Ese lunes, Pervinapo se despidió con declaraciones de amor extemporáneas que dejaron a Chiquita con un mal sabor de boca. El viernes siguiente no apareció. Chiquita estaba tan afligida que no pegó un ojo en toda la noche. En la tarde del sábado le llegó un telegrama con una disculpa enrevesada. El Mago tenía un viaje de negocios y no volvería hasta el viernes siguiente. Chiquita estaba furiosa. Se pasó la semana en cama, estaba débil, tenía vértigo y náuseas. Cuando Pervinapo finalmente regresó, traía una caja envuelta en celofán con un moño amarillo. Chiquita abrió el regalo sin ganas, pero cuando vio lo que había adentro se le pasó todo malestar. Era un gatito negro, minúsculo. Estaba sucio y tenía los ojos legañosos. Lo encontré cuando paré a cargar nafta, dijo. Chiquita lo llevó a la veterinaria para que lo bañaran, lo vacunaran y lo despulgaran, y le compró un collar rojo. La bronca que había acumulado contra Pervinapo se evaporó en un instante. Al gato le puso Nando.

Los días que siguieron, Nando la mantuvo ocupada, y cuando Pervinapo volvió a saltearse un fin de semana, a Chiquita le molestó, sí, pero se le pasó rápido. Estaba absorta en las tareas del hogar y el gato no la dejaba en paz ni un segundo. La perseguía de acá para allá, le corría por entre las piernas y casi la hace tropezar más de una vez. Si bien estaba embarazada de cuatro meses, no se cuidaba en absoluto. Levantaba cosas pesadas, movía los muebles para barrer, tomaba vino y fumaba. No era consciente de tener algo adentro. Un embarazo fantasma. Lo único que le importaba era Nando. Le servía leche a cada rato para engordarlo y le daba de comer pedacitos de atún con la mano. Al gato le gustaba sentársele sobre la panza, que seguía chata y dura. Había escuchado por ahí que en el primer embarazo no te crece mucho la panza.

Un día salió a hacer las compras y volvía cargadísima cuando estalló una tormenta. Se metió en el palier de un edificio y desde su refugio presenció lo que resultó ser el temporal más violento en quince años. Al principio fue un deleite, la ciudad vapuleada por el viento y azotada por la lluvia y ella ahí al resguardo mirando la debacle. Aunque la furia de la naturaleza no tardó en hacerla sentir desvalida y de un momento a otro se le hizo evidente que el Mago ya no volvería. Estaba sola; ella y su bebé, solos. ¿Cómo iba a hacer para mantenerlo? La idea de volver a lo de sus hermanas como madre soltera humillada le daba ganas de arrancarse la piel. Tendría que buscar trabajo, el horror. Dos horas duró el temporal, o más, y ella ahí sentada en el palier tiritando. Cuando paró de llover, caminó a oscuras por calles cortadas entre árboles y semáforos caídos, cruzando cauces de agua desbordada y esquivando camalotes de basura. Al llegar a su edificio, vio un cuerpo largo y oblongo que se movía espasmódicamente contra el cordón de la vereda. Era un cachorro de tonina. Tenía los ojos abiertos y emitía un sonido extrañísimo, algo entre una gárgara y un chasquido. Chiquita hubiese querido ayudar, pero ¿qué podía hacer? Se le caían los brazos de tanto que pesaban las bolsas con las compras. Subió los seis pisos por escalera, en la oscuridad total. Cuando entró, se tropezó con Nando que estaba histérico. Sin aire, congelada, Chiquita se desnudó, se secó, se envolvió en una frazada y se asomó a la ventana para ver a la tonina. El animal siguió coleteando un rato largo, cada vez más lento y con menos fuerza, como un muñeco de cuerda, hasta que se quedó quieto. Entonces Chiquita cerró la ventana, se acostó envuelta en la frazada y se quedó dormida. A la mañana siguiente vio que la frazada y la toalla que había usado para secarse tenían manchas de sangre. Fue al baño, pero ya no sangraba. Consideró ir al médico y luego desistió. Si ya no sangraba... La tonina estuvo ahí un par de días pudriéndose hasta que se la llevó el camión de la basura.

Era junio y había llegado ese frío marplatense húmedo y salino que cala los huesos. Pervinapo no aparecía desde hacía dos semanas. Cuando pasó el tercer fin de semana sin noticias, Chiquita pensó en regresar a Buenos Aires, pero la idea de ver a sus hermanos en ese estado le resultaba insoportable. El martes recibió un telegrama.

Inesperado viaje. Panamá. Regreso primero de julio. Cuidate. Cariños, el Mago.

Llegó el primero de julio, después el siete y el quince y de Pervinapo, ni noticias. Había dejado plata, pero ya se estaba acabando. Ahora sí que tenía panza Chiquita. Y con la panza aparecieron nuevas emociones. El bebé se movía y pateaba y a ella se le empezaron a antojar cosas que nunca le habían gustado (café con crema, bife de hígado). Sintió de un día para el otro un amor avasallante y desesperado por ese coso que llevaba adentro, tanto amor que no sabía qué hacer. Entonces caminaba, iba hasta la costa e imaginaba que seguía de largo por sobre las aguas y llegaba a África, donde la adoptaba una tribu de pigmeos o de mujeres amazonas y ahí tenía a su hijo y vivían felices y contentos en la selva. A veces ponía música, los valses camperos de Corsini, «Palomita blanca», y bailaba despacio, agarrándose la panza. En el departamento había una lanza de tacuara colgada en la pared y Chiquita se la pasaba haciéndola girar, molestando al gato. Te mato, eh, porquería, le decía. Te mato y te tiro a la basura. El gato se divertía como loco, le daba zarpazos a la lanza y de pronto Chiquita lo alzaba y lo llenaba de besos. Pensaba cada vez menos en el Mago, se había roto el hechizo. Le preocupaba, sí, quedarse sin plata y tener que volver a Buenos Aires con el rabo entre las piernas y semejante bombo.

Un día gris y helado de fines de julio, Chiquita dormía la siesta en el sofá cuando escuchó que alguien abría la puerta. Desgraciado, gritó justo antes de ver entrar a un hombre, una mujer y dos niños pequeños.

—¿Usted quién es? —dijo el hombre.

La mujer dio un paso atrás y tomó a los chicos de las manos.

—Yo soy la amiga de Carlos Pervinapo, *ustedes* quiénes son? —los desafió Chiquita incorporándose. El gato se había escondido abajo del sofá.

—Esta es nuestra casa, señorita —dijo él.

Ni el hombre ni su mujer habían oído hablar jamás de Carlos Pervinapo. Eran de Córdoba. La mujer empezó a envalentonarse. ¡Te vas de acá, atorranta! ¡José, andá a llamar al vigilante! ¡Y sacame de acá ese bicho asqueroso, ya me habrá llenado todo de pulgas, mirá cómo dejó la alfombra!

Chiquita estaba estupefacta. Se agachó y sacó a Nando de debajo del sofá. Al ver que estaba embarazada, la mujer bajó el tono y el hombre intentó calmar los ánimos.

–¿Nos puede explicar qué hace en nuestra casa? –preguntó.

Y Chiquita les contó.

A la mujer no le cerró la historia. Y si fuese cierto, eso le pasa por irse con el primero que se le cruza, dijo dirigiéndose a su marido. El hombre, compadecido, le ofreció llevarla a la estación de tren. Chiquita hizo la valija llorando, metió al gato en la cartera y salieron. Antes de que se cerrase la puerta, escuchó a la mujer que le decía al marido: Ni se te ocurra darle un peso.

El hombre la dejó en la estación y le deseó buen viaje con aire de circunstancia. Pero Chiquita no pensaba volver a Buenos Aires. Todavía no, al menos. Entró al bar, tomó un café con leche bien cargado y comió un pebete de salame y queso. Después cruzó la calle y alquiló un cuarto en una pensión. Ya estaba anocheciendo. Con la plata que le quedaba, alcanzaba apenas para una noche. Nando estaba hecho una bola de nervios, así que una vez en la habitación Chiquita pasó un buen rato acariciándole el lomo y rascándole la barbilla. Le dio un poco de atún y le hizo una especie de cuna con una toalla. Entonces, por fin, se desvistió y se puso el camisón. Cuando fue al baño a lavarse los dientes vio algo negro en piso. Se agachó. Era un murciélago muerto. El hallazgo le dio mucha más angustia que asco. Primero la tonina y ahora esto. La muerte viene de a tres, pensó. Lo recogió con papel higiénico y lo tiró al inodoro. Nando durmió con ella, ronroneó como una locomotora y la mantuvo caliente, pero Chiquita tuvo pesadillas horribles y se despertó muchas veces. Estaba llena de odio contra Pervinapo. Lo tenía que encontrar.

A la mañana siguiente, fue a la estación de tren, dejó la valija en consigna y se tomó un colectivo a Playa Grande con el gato en la cartera. En el bar del balneario, nadie sabía quién era el Mago.

–Pero ¿me va a decir que no se acuerda de mí tampoco? Veníamos todos los días –increpó Chiquita a un mozo flaco como un fideo y con cara de opa.

Pidió la guía telefónica en el bar y no encontró un solo Pervinapo. Había guías de Buenos Aires y de Rosario también. Nada. ¿Qué apellido sería? ¿Yugoslavo? Fue a la librería El Abuelo y el librero le dijo que no tenía idea de quién era el Mago, lo había conocido aquel verano. Lo mismo en la parrilla de Gorí, ni la más pálida. Gorí la vio apremiada, le sirvió una porción de chorizo a la pomarola con un vaso de soda y le dio un cacho de bofe a Nando, que estaba muerto de hambre y maullaba sin parar.

Cuando volvió a la estación ya oscurecía. Ahora sí que no le quedaba otra que tomarse el tren. Sin embargo, no compró el pasaje. Recuperó la valija, fue a la confitería y pidió un café con leche. Le dolía mucho la panza. El bebé no paraba de moverse, esto le dio gusto. Nando dormía metido en la cartera. De un momento a otro, se sacó el anillo cuadrado que le había regalado el Mago y lo guardó en el monedero. Entonces escuchó que la llamaban.

–¡Emilse! ¿Qué hacés, querida?

Era la tía de Rina.

–Oh, ¿te trajiste el gatito?

Pero Chiquita no pudo responder porque en ese momento sintió un calambre feroz entre la espalda y el abdomen y se dobló.

–¡Nena! ¿Qué te pasa? –exclamó la señora y, al ver la panza, alertó al gerente–: ¡Esta chica va a tener familia!

La ambulancia tardó más de media hora en llegar. Una vez en el hospital, mientras esperaba en la camilla, Chiquita tuvo otra ronda de contracciones y sintió tac, como si se le hubiera roto un hilo adentro. Empezó a sangrar mucho y la llevaron al quirófano de urgencia. Le bajó la presión, pero no se desmayó. Cuando apareció el médico, el bebé ya estaba en el canal de parto.

–¿Tiene pensado un nombre? –le preguntaron.

–No quiero un bebé deforme –respondió Chiquita–, no quiero un milagro de la ciencia.

Y ahora la tratan de hacer parir lo que ella ya sabe que es un chico muerto. La instan a pujar, como si no lo supieran también ellos. Le sale de entre las piernas un bracito, blanco y finísimo como una raíz. Intentan tirar de él con suavidad, pero inmediatamente se dan cuenta de que es imposible y pasan a modo cesárea. El anestesista no llega. Mientras la enfermera le afeita el pubis, Chiquita ve al Mago ahí, apoyado contra el marco de la puerta, que la mira con esos ojos depravados de macho cabrío y le dice que la muerte no existe. Está muy fría, alerta la anestesista. Chiquita siente un calor abrasador en la mano. La anestesista tiene una cofia con arabescos. Se nos va, grita la enfermera.

Cuando me desperté me dijeron que el bebé había muerto y que yo casi casi me iba con él. Era un varoncito. Yo estaba tranquila, pero tenía los pechos de piedra, de piedra. Tuve que sacarme leche sin estimular. Fue espantoso. El médico me dijo: Tu bebé es un angelito. Ahí me quebré. Sentí que me hundía en mi cuerpo, quise morir con toda mi alma, morir para siempre. Me llenaron de morfina, gracias a Dios, y estuve tres días grogui. Cuando me dieron el alta, la tía de Rina me hospedó hasta que me repuse. Se portó tan bien conmigo, tan cariñosa estuvo, nunca me juzgó ni me preguntó nada. Me dio ropa de invierno. Cuando me sentí mejor vine para acá. Y colorín colorado, dijo Chiquita.

–Qué historia –exclamó el hermano Clarence.
–Sí –dijo Chiquita–. Pero al menos aprendí una lección. Nunca más me va a engañar un hombre.
–Te van a engañar mil veces más, tesoro, pero está bien, quiere decir que sos optimista, que tenés buen corazón; y eso es mucho mejor que ser un cínico –dijo Tita.
Chiquita rió.
–¿Y el gato? –preguntó el hermano Lloyd.

Qué distinto fue el embarazo de Teruca. Cuando la dejamos promediaba el capítulo octavo y les estaba contando la historia de su vida a Mendes, a Sambelilo Belazán y a Malaspina, que no entendían una palabra. Sambelilo, a quien Mendes había sumado a la expedición como lenguaraz, hablaba perfecto el tupí guaraní y tenía nociones de araucano, pero no reconoció la lengua de Teruca. Manuel Trelles fustiga a los historiadores que creyeron que el idioma que hablaban las tribus de la región pampeana «cuando no es puro araucano tiene una estrecha analogía con él».[4] Salvo alguna que otra palabra prestada, la lengua

---

4. Manuel Ricardo Trelles, *Memoria sobre el origen de los indios querandís y etnografía de la comarca occidental del Plata al tiempo de la conquista*, Buenos Aires, 1865, p. 2.

lagunera de Teruca se parecía al araucano tanto como el español se parece al urdu. De haber entendido lo que estaban escuchando en esa tarde del otoño temprano de 1635, los viajeros se habrían enterado de cómo Teruca aprendió de Cheranda el arte de la transfiguración.

Primero me hizo arrodillar, dijo Teruca, y me frotó el cuerpo con manteca de pescado y hojas de canelo trituradas. Luego subimos a un árbol, me puso el instrumento en la oreja y tocó la canción secreta. Todo el día estuvimos las dos a los gritos, cantando como teros, ladrando como perros, mugiendo, balando, maullando y cacareando.
No me es dado revelar lo que pasó después.
Visitamos otras formas.
Viajé cientos de kilómetros.
Al día siguiente me reencontré con mi papá que toldeaba en Martín Coronado, cerca del arroyo Morón. La felicidad de Antú cuando me vio... Él me tenía por muerta. Se arrodilló y se arrancó los pelos. Lloró tanto que casi se ahoga. Me regaló una manta de piel de nutria. La peñeñelchefe, una extranjera que venía de las montañas, supo no bien verme que yo estaba ocupada. Me olió las axilas, me puso un huevo en la panza y anunció que tenía cría. Antú dio gracias a la Madre Cielo por su futuro nieto. A nadie le importó quién era el padre, los niños son bienvenidos siempre entre nosotros. Hay que multiplicarse como sea porque los castillas nos mataron tanto, dijo el cacique. Pero el brujo también me revisó y no le gustó nada lo que vio. Dijo que estaba contaminada y ordenó que me pusiesen a dormir sola. Antú protestó, pero no hubo caso. Y me terminé jodiendo, como siempre, dijo Teruca.

A todo esto, Mendes se había acostado porque le dolía cada vez más la espalda. El masaje de Malaspina había sido un paliativo fugaz. Ya è hora de partir, protestó el italiano. Pero Sambelilo acababa de pescar una palabra que conocía, «peñeñelchefe» («partera» en araucano), y les pidió a sus compañeros un poco de paciencia. Los otros dos estaban cansados y desganados, así que accedieron. Fue en balde, de todos modos, porque el supuesto lenguaraz seguía sin entender nada. Y los tres forasteros escucharon la historia del embarazo, de la mayéutica y del nacimiento del monstruo.

Teruca contó que había sentido la presencia del embrión desde el primer momento. Una presencia ardiente y pesada en el fondo del estómago como si se hubiese tragado una roca de pimienta. Primero hay una humedad densa entre el culo y la garganta que se convierte en fuego macizo en la panza y, por fin, en una pelota de sangre picante, dijo. Se sentía encerrada en su propio cuerpo y corta de aire. Cuando la mandaron al toldo apartado fue como si la hubiesen enterrado viva, agregó. Antú le llevaba comida y pasaban el rato en silencio sopesando cada uno sus asuntos. Ella apenas se movía para salir a hacer sus necesidades. Y así transcurrieron las semanas.

Recién a los ocho meses se amigó con su tamaño y empezó a moverse más. Contó que había días en que se despertaba roja como un camarón. Otros, su complexión se volvía pálida y verdosa ahora que la sangre más pura estaba concentrada en el útero para la fabricación del bebé. Sus venas lactales se inflaban y se azulaban. Los pies eran globos violetas. La peñeñelchefe le llevaba vino con ralladura de maíz para subirle los calores cuando se enfriaba y agua de alpiste para refrescarla cuando ardía. La última semana estuvo ligera como una pluma, la mente clara y el corazón alegre. Era la calma antes de la tormenta.

La mañana del nacimiento, se despertó empapada. Antú llamó a la peñeñelchefe y empezó la labor que duraría horas. En plena tarea, la parturienta escuchó voces animales que le advertían sobre la aberración que estaba a punto de sacar al mundo. Cuidado, dijo el tordo. Está torcido, dijo la liebre. Al nacer morirá, dijo el ñandú. Cuando llegó el momento, Teruca se acuclilló sobre una manta y la peñeñelchefe le masajeó la panza con las dos manos. De pronto, se le abrió el cuerpo, se le abrió el espíritu y con una inhalación profunda liberó a su hijo, a sus hijos, en un torrente de agua rosada.

–¡Gualicho! –gritó la peñeñelchefe al ver la doble cabeza, y cortó el cordón con una daga de hueso.

Teruca recogió al bebé que berreaba a dos voces y lo limpió. Vio que entre las piernas tenía varios orificios y un apéndice informe que parecía un dedito sin huesos ni falanges. Acarició su espalda torcida, sus pies inertes, su barriga turgente y viscosa.

–Gustavito –dijo llorando.

Había elegido el nombre hacía rato. Era el nombre que le gustaba a Álvaro. Gustavito reconoció a su mamá y buscó la teta con una de sus bocas mientras la otra chillaba.

La peñeñelchefe, mientras tanto, leyó la placenta y predijo que el engendro no vería el día siguiente. Justo entonces irrumpieron en el toldo el brujo y sus monaguillos. El brujo le arrebató el niño a Teruca, salió y lo exhibió ante la gente. Uno de los monaguillos recogió la placenta y la arrojó a los perros que se la disputaron a los tarascones. Antú lloraba. No se acercó a su hija. Exánime, Teruca, con el poncho entre las piernas, escuchó al brujo y a la peñeñelchefe que discutían.

–Habrá comido un huevo de doble yema –dijo el brujo.

—Una papa deforme que, pues, bueno..., te saca chueca la guagua una papa deforme —opinó la peñeñelchefe—. O capaz que cuando anduvo sola, arrancada por el monte, se le cruzó un wayllepen o alguna otra animita del pantano.

—Si mató algún bicho para comer, el aliento del muerto le pasó al feto —dijo uno de los monaguillos.

—Vino del monte llena de camándulas —concluyó el brujo.

Teruca ardía de odio, pero no tenía fuerza para levantarse. La peñeñelchefe la lavó y le dio leche con maíz. Afuera, el brujo y sus monaguillos hicieron una alfombra con corteza de árbol y se pintaron todos la cara de rojo. Llevaban coronas de pelo de venado. Uno de los monaguillos tocaba unas maracas con abalorios colgados. Gustavito, en el centro de la ronda, ya no lloraba, apenas se movía. El brujo y sus monaguillos bailaban, se chupaban el cuello los unos a los otros y luego escupían sobre una comadreja que tenían atada a una estaca.

Kajala ka kan, kajala ka kan, cantaba el brujo. Y los otros bailaban y tocaban las maracas. Así toda la noche, hasta que cayeron rendidos. Gustavito se murió ahí mismo de hambre y de frío. Se habría muerto de todos modos con ese cuerpo malhecho.

Al día siguiente, el cacique convocó al consejo de guerra. El brujo propuso enterrar al monstruo en la Trinidad, debajo del templo mayor. Que sus despojos contaminen la sangre de los castillas y que se restaure la gloria antigua de Morocotes, tierra del pez dorado, dijo. Mientras el consejo organizaba la logística, Teruca intentó apoderarse del cadáver de su hijo y la pillaron. La ataron de pies y manos y le dieron agua con hongos sedantes. Antú quiso liberarla, pero los monaguillos lo descubrieron y le dieron de a palazos, le abrieron la cabeza, le rompieron la cabeza, toda aplastada como pulpa se la dejaron. Teruca alucinaba, no se enteró de nada.

Al tercer día, quemaron el cuerpo de Gustavito. Guardaron las cenizas y los huesos en una urna de barro y antes de que cayese el sol partieron hacia la Trinidad, un viaje de seis leguas, no de setenta como decía el panfleto que escribiría Mendes basado en la versión fantástica de aquel indio encomendado. Eran siete, el brujo y seis más. Los despidieron cantando canciones. Cuando se los hubo tragado el horizonte, alguien notó que faltaba Teruca. Encontraron su poncho y la soga con que la habían amarrado. La buscaron por doquier, pero no hubo caso. Había desaparecido. Mientras la buscaban, lejos en el este, un gavilán pollero que surcaba el cielo plomizo divisó por fin la comitiva de siete y la siguió en su marcha nocturna hacia la plaza de Mayo.

10

En el principio el universo era un cúmulo de aire oscuro que flotaba espeso y se movía apenas, como una boya en el agua calma. Entonces, los siglos duraban segundos y el tiempo corría tan rápido que no había futuro ni pasado. Cuando, de pronto, una comba en la inercia. El aire se arremolina, baila y se enamora. En ese vórtice se hace la luz y la danza del amor va dejando una estela de espuma cuyos grumos forman costras que se diseminan por la inmensidad del espacio. De aquel deseo nacieron los cuerpos celestes, el mar grande y las montañas, los árboles, las bestias y nosotros, que fabricamos cosas, contamos los años y cantamos porque andamos erguidos y tenemos manos. De aquel deseo nació el nuestro, el anhelo de que nos quieran, el afán por multiplicarnos, la obsesión con perdurar. Para mí que no tengo hijos todo este deseo está puesto en la literatura.

Los días que pasé en Sevilla hace dos veranos, cuando empecé y abandoné *El contrabando ejemplar*, fueron de estricta soledad. Mis únicos interlocutores, los mozos del bar, los chicos de la taquilla del cine Cervantes y del Museo de Bellas Artes, el tipo del supermercado, la señora de la panadería y poco más.

Cuando desperté de aquella siesta envenenada, moqueando y con dolor de cabeza por el aire acondicionado, me vino a la mente el yonqui del metro de Madrid, el que se hizo pis enfrente de mí esa noche de diciembre de 2005. Recordé que, mientras meaba, cuando me miró y me dijo «pasa volando», tenía una sonrisa abierta, expansiva, contagiosa. Comprendí entonces, con casi veinte años de delay, que sonreía porque se estaba diseminando. Era el placer de saber que algo suyo íntimo salía al mundo, se abría camino solo, dejaba una marca y se imponía ante los demás, en este caso ante los otros pasajeros obligados a cambiarse de asiento o a levantar las piernas para evitar que el arroyito los tocase. Era el placer atávico que da a todo ser vivo el diseminarse y es el placer que persigue quien escribe. La esperanza de que una parte de nosotros nos sobreviva, la fe en una forma de permanencia que vence a la muerte. Pero, no. La apuesta por el futuro es algo secundario. Diseminarse es hacerse presente, marcar el territorio; diseminarse es decir existo, heme aquí ahora, en toda mi gloria. Aunque a la vez es cierto lo que decía Chejfec: diseminación es también disgregarse molecularmente hasta desaparecer.

Entusiasmado con esta idea, salté de la cama como resorte. Me di una ducha, me vestí de corto, me puse un piluso y salí a dar una vuelta. La ciudad estaba desierta. Fui por la sombra y en cámara lenta, al sol podía hacer cincuenta grados. Pasé por el bar Dos de Mayo y pensé en picar algo, tomar una cerveza, pero la idea de detenerme me daba más calor. Seguí de largo. Crucé el barrio de San Lorenzo y subí hasta la calle del Hombre de Piedra. Ahí a la izquierda está el Palacio Bucarelli con su portón colorado. Me asomé y vi que estaba abierto. Una mujer que tendría la edad de mi madre, flaca y seca como una nuez, con un vestido floral que le quedaba grande, leía hundida en una mecedora de mimbre. Al verme, me invitó a pasar. Había algo inusual en su flacura, algo repentino. De cerca comprobé que esa pelambre rubia y pajosa era una peluca. La enfermedad se manifestaba también en su piel color ceniza.

–¿Cuánto es? –pregunté.
–¿De dónde nos visita? –quiso saber ella sonriente.
–Soy de Buenos Aires, pero vivo en Florencia.
–¡En Florencia! ¡Y de Buenos Aires! Doble coincidencia. Pues entonces para usted es gratis –dijo cerrando el libro.

Charlamos un rato. La mujer era descendiente de los Bucarelli, la familia florentina que construyó la casa a principios del siglo XVII. Pero era una doble coincidencia porque resulta (yo no lo sabía) que un Bucarelli, Francisco de Paula, fue el penúltimo gobernador de Buenos Aires antes de la creación del virreinato del Río de la Plata. Francisco de Paula Bucarelli atolderizó en 1766 y gobernó a los ponchazos durante cuatro años que se le hicieron eternos. En ese tiempo, ejecutó la orden real de expulsión de los jesuitas y echó a franceses e ingleses de las islas Malvinas, pero nada le dio tanto trabajo como la batalla contra el contrabando, que por supuesto perdió.

De la casa puedo decir muy poco. Paseé por las dos plantas sin apuro, pero sin prestar tampoco demasiada atención a nada. Recuerdo, sí, un retrato de Francisco de Paula en el que se lo ve que posa orondo contra un fondo negro aterciopelado vestido de azul y rojo con la peluca empolvada típica de los iluministas. Sus ojos grandes llenos de mundo le dan una expresión de serena complacencia y miran a través del espectador como diciéndole «acá vamos por el postre y vos recién por el melón con jamón». Es la imagen de un hombre satisfecho con su legado. Algo queda de la Buenos Aires de Bucarelli. La Manzana de las Luces, San Ignacio y el solar adyacente donde funcionó el colegio homónimo que tras la expulsión de los jesuitas se convirtió primero en el Real Colegio de San Carlos y después en el Nacional Buenos Aires. Allí fui a desgano dos veces por semana para hacer el curso de ingreso durante el período lectivo de 1991. Fue cuando descubrí la red de subtes. Esa ciudad cuyo subsuelo recorrí de pe a pa y de la que emigré hace ya más de veinte años se me figura tan lejana en el tiempo como la ciudad que gobernó Bucarelli. El pasado iguala todo. Este instante que se acaba de ir es tan irrecuperable como la Roma imperial.

Al final de la visita, me senté en el patio de los naranjos a tomar fresco y a absorber las delicias del jardín andaluz. El perfume de los cítricos, el murmullo del agua jugando en las fuentes, el canto de los pajaritos. Qué alivio y qué alegría habrá sentido Francisco de Paula cuando volvió a su casa de aquel apeadero en el culo del mundo. Así y todo, al poco tiempo de haber regresado partió nuevamente. Primero fue a Italia y luego a Pamplona, donde sirvió a Carlos III en calidad de virrey de Navarra y donde murió de viejo en 1780.

Hay dos clases de personas, las que se quedan y las que se van. Es un destino y, como tal, no se elige. El exiliado que huye para salvar la vida o para darle de comer a su familia no lo elige. El viajero que parte porque tiene hambre de mundo, tampoco. Uno es lo que es. Claro que el segundo puede volver si quiere. Y la disyuntiva nunca deja de carcomerlo. ¿Vuelvo o sigo adelante? ¿Qué hago acá tan lejos de mi gente? La condición del exiliado voluntario es más tortuosa. Voluntario entre comillas, en realidad, porque si se fue quiere decir que es de los que se van y no de los que se quedan. Eduardo intuyó que era de los que se van cuando entró a la carrera de Turismo e hizo sus primeros viajes al Noroeste. Escribe en su diario el 13 de abril de 1999: Me tomó treinta años empuñar mi destino. Me resistí y me costó una vida. Tuve que morirme y renacer. Pero cuando miro para atrás (o para abajo, mejor dicho, porque el pasado está debajo de nosotros, no detrás; estamos parados sobre el pasado como sobre una montaña de escombros), cuando pienso en mi infancia veo que siempre fui el que después se terminó yendo. De chico, en Liniers, el silbido del tren de carga a la mañana me daba una felicidad incomprensible. Era una sensación de vastedad, de posibilidad y de urgencia. Anhelo puro. O la primera vez que fui al puerto. Me llevaron a despedir a la tía Chiquita que viajaba a Montevideo y la bocina del barco que zarpaba me estremeció, sentí una excitación tal... No lo supe entonces, pero era mi llamada, mi vocación. Más adelante me pasó con los anuncios de los altoparlantes en los aeropuertos, con el rugido del avión que carretea para despegar, con el olor a micro de larga distancia y con el olor a nafta cuando se llena el tanque antes de salir a la ruta. El viaje que empieza, el mundo a puertas abiertas, la felicidad suprema, escribe Eduardo.

Se viaja leyendo también. Eduardo, niño lector, lo sabía mejor que nadie. La literatura no existiría de no ser porque hubo gente que viajó, volvió y contó lo que vio. Por eso la vuelta es la verdadera odisea. Sin viaje de vuelta, no hay cuento. El Ulises de Homero regresa, pero no puede quedarse quieto y, al final del poema, después de una escala relámpago en la cama matrimonial, parte nuevamente. Dante, niño lector, se tilda con este apéndice homérico y manda al héroe al infierno por guiar a sus hombres de manera imprudente, por soberbio y monomaníaco. El Ulises de la *Divina Comedia* quiere fatigar la Tierra para siempre, conocerlo todo, devenir del mundo experto. Va a Cerdeña, toca España, roza Marruecos, pasa por Ceuta, cruza el estrecho de Gibraltar y sale al océano rumbo a occidente. Ulises y sus hombres navegan días y noches, pero el barco naufraga durante una tormenta y no se salva nadie. De no haber sido por el torbellino que se los tragó, habrían llegado a las Bahamas, a Cuba, a Veracruz, incluso, donde siendo el mil y algo antes de Cristo se habrían topado con los olmecas. Una épica que no pudo ser. Pasarían dos mil quinientos años antes de que un griego pisase las Américas. Doroteo Teodoro se llamaba. Era carpintero y fue parte de la expedición desgraciada de Pánfilo de Narváez. Sobrevivió naufragios, hambrunas, huracanes, pestes y, harto de viajar, cuando llegó a la costa de Alabama, saltó a tierra, se internó en el país de los choctaw y desapareció, nunca más nadie supo de él. Otra épica perdida.

Antes de dejar el Palacio Bucarelli, busqué a la señora para despedirme. Tenía la ilusión de que me invitara a comer. Qué chico tan culto y agradable y qué buenmozo, hay que decirle que venga a cenar, habría pensado la señora seguramente. Y yo habría aceptado, cómo no: una comida gratis en ese palacete, un poco de sociabilidad, contactos aristocráticos en Sevilla. Pero la señora había desaparecido. Sobre la mecedora, que aún se movía apenas, estaba su libro. Me acerqué para chusmear. Era *La muerte del espontáneo*, de Manuel Arroyo-Stephens.

Decía que en Sevilla empecé y abandoné *El contrabando ejemplar*. Fue un caso extremo del sube y baja emocional en el que vivo. En una milésima de segundo paso de creer que una idea es magistral a convencerme de que es un bodrio sin pies ni cabeza. No bien me senté a copiar el manuscrito se me hizo evidente que era una empresa inútil. Una impostura, sí, pero peor todavía, una pérdida de tiempo. La novela histórica es un género que solo admite dos categorías: obra maestra (*Memorias de Adriano* y alguna que otra más) y basura. Aparte, ¿a quién le podía interesar una novela que explicase cómo se jodió nuestro país? Nada explica nada. Todo es pluricausal. No, miento, nada es pluricausal porque la causalidad no existe o, si existe, es indemostrable. En la vida como en la literatura las cosas pasan de casualidad. Una corriente de aire mueve la rueda de la fortuna y cae lo que cae. Es el orden desigual que rige el universo (Corneille). Tiempo después, la misma ciclotimia y la misma casualidad me llevarían a retomar la escritura de la novela robada.

Viajé a Madrid y pasé mis últimos días de vacaciones entregado al recreo. Vi amigos, fui de tapas, tomé tinto de verano, volví al Prado luego de muchísimos años, paseé por el Retiro, me hice un masaje tailandés. No volvería a escribir sino hasta meses después. En ese tiempo, sin embargo, leí y releí los diarios y los apuntes de Eduardo, escuché nuevamente sus mensajes vocales, tomé muchas notas y de a poco me fui dando cuenta de que este material era mil veces más rico que *El contrabando ejemplar*. La infancia en Liniers, el perro Oso, la tía Chiquita, Caucete y Rosario Carrizo, Rubén Lobotrico y los viajes a Montevideo, la militancia política y, sobre todo, las penas de amor, en especial aquel cuento espantoso de cuando P. R., su amante madrileño, lo llevó en la mitad de la noche a un cementerio de campo cerca de Calatañazor con la excusa de mostrarle la tumba de su padre. Estaban borrachos y, de repente, P. R. salió corriendo, volvió al auto y se fue y lo dejó ahí tirado sin celular, aterrorizado, él que era tan miedoso, y tuvo que volver caminando por la ruta en la oscuridad, llorando. O la crónica de las aventuras religiosas, el melodrama con los mormones, por ejemplo, y la expulsión de la secta pentecostal. Me detengo un minuto ahí porque si no después me olvido.

La historia empieza en el verano de 1967, antes de los carnavales. Eduardo y Chiquita no se habían ido de vacaciones y estaban aburridísimos. Tenían hambre de mística, sí, se sentían vacíos e insatisfechos, pero sobre todo buscaban desesperadamente una actividad que rompiese la rutina de esos días interminables. Una vecina les habló de esta iglesia pentecostal en San Miguel. Es un grupo tan lindo, es gente bien, les va a encantar, a mí me cambió la vida, dijo. Fueron con ella un domingo y quedaron deslumbrados.

Había té con masitas, sánguches de miga, gaseosas, dice Eduardo. El líder era un correntino, el pastor Juan. Yo estaba hasta las manos con la cuestión religiosa, recién salido de los mormones y buscando algo más radical. Acababa de leer *Autobiografía de un yogui* y quería magia en mi vida, milagros, trascendencia, pero en versión occidental, la cosa hindú me daba otredad. La iglesia se reunía en la puerta 31 de Campo de Mayo. Ese primer día, para agasajarnos, el pastor Juan dio un sermón que nos dejó helados. Era alto y lampiño, la cara redonda, grande y tostada, como un bizcochuelo. No tenía casi cejas. Gritaba, saltaba y gesticulaba, empapado en transpiración, la camisa pegada al pecho. Hicieron temblar el imperio romano, decía, no había león que se los comiese, no había fuego que los quemase, no había espada que los matase, si los decapitaban recogían sus cabezas y las usaban de linternas, la luz de sus ojos siempre vivos guiaba al rebaño hacia el fin de la noche, eran una fuerza tan abismal, un poder tan avasallante, una potencia tan aplanadora como nunca el mundo de los hombres había visto ni vio nuevamente ni verá por los siglos de los siglos, ¡amén! ¡Nuestros mártires viven por siempre, alabado sea Dios! A ellos nos debemos, su sangre regó el árbol de la vida, sus bocas abiertas son nuestras bocas, en sus pechos masacrados vive el Espíritu de Dios y de ahí sale y entra en nuestros corazones. Entra haciendo ese ruidito que todos conocen. ¿Cómo es? ¿Cómo es el ruidito del Espíritu Santo? ¿Cómo es el ruidito de Pentecostés? Pfffffffffff, respondía la congregación a coro, y se formaba una nube de microgotas de saliva. ¡Todos juntos! Pfffffffffffff. Y hace pfffffffffff y entra en nuestros corazones. Y hace pfffffffffff y nos penetra por la boca hasta la punta de los pies. ¡Es el suspiro de la salvación! ¡Es el suspiro neumático de Dios! ¿Cómo hace? ¡Otra vez! Pfffffffffff, resoplaba la grey, y el pastor Juan abría los brazos y cerraba los ojos mientras lo bañaba el vapor respiratorio de sus fieles. Sí, gritaba, hace pfffffffffff y nos llena de su gracia celestial. Hace pfffffffff y nos salva del pecado porque puede. ¡Porque puede! ¿Escucharon? ¡Porque puede! Podría dejarnos caer a la caldera del infierno como las alimañas asquerosas que somos. Podría aplastarnos como las cucarachas inmundas que somos. Pero nos salva. ¡Nos salva! ¡Somos insectos y nos salva! ¡Alabado sea Dios! Y lo único que pide es que le abramos la puerta. Lo único que le debemos es el bautismo. ¿Se puede ser más recatado, más humilde, más generoso? ¡Esa limosna nos pide a cambio de la salvación eterna! Alabado sea Dios. No pierdas el tiempo. El bautismo pentecostal es hoy. No mañana, ni pasado. ¡Hoy! Efesios 5:18. ¡Llénense del Espíritu! Tú y tú también, y tú, decía y señalaba. A ustedes les habla, dijo mirándonos a mí y a Chiquita, sí, a ustedes dos, ¡ábranse! ¡Es hoy! ¡Hoy! Alabado sea Dios.

Empezamos a ir todas las semanas. Nos bautizaron en la pileta de un club. El pastor hablaba en lenguas, manipulaba culebras, exorcizaba espíritus maléficos. Nosotros, tomados de las manos, cantábamos y rezábamos. Era un delirio. La tía Chiquita estaba chocha. Yo también. Y el pastor, obviamente, fascinado conmigo. «Ojos de cielo», me decía. O «terror de Belial». De golpe y porrazo me convencieron de que tenía poderes sanadores. La gente hacía fila y yo les tocaba la frente y todos gritaban. «Alabado sea Dios, me curó del reuma», decía uno, o «se me pasó la migraña», o «me quitó la lumbalgia». Me empezaron a llevar a casa de gente con enfermedades graves. Me acuerdo de un hombre que se estaba muriendo de cáncer. Fui con el pastor Juan, era lejos, por Paso del Rey. Cuando llegamos, me arrodillé a los pies de la cama y recé durante más de una hora. Recé el padrenuestro sin parar hasta que entré en trance, sentí que levitaba, vi a Dios, era un colibrí, y vi al Diablo, una flor carnívora, rosa, deforme, como una concha con dientes. Qué impresionante cómo me sugestionaba. Lo pienso ahora, que nada me mueve un pelo, y no lo entiendo. Esa intensidad con la que uno siente todo cuando es joven, blando, maleable, y que se pierde a medida que envejecés y se te endurece la piel y se te seca la carne. Cuestión que yo, en éxtasis. Y la familia rezaba y lloraba. Estaban todos, la mujer, los hijos, y gritaban «alabado sea Dios». En un momento el pastor le dijo al enfermo: Estás curado. Y el tipo se levantó de la cama y caminó. La familia, a los gritos. Unos días después el hombre murió, pobre. Como esa hubo muchas, era una locura difícil de explicar, Pablito. Y duró meses.

Un domingo con Chiquita decidimos no ir al encuentro. Fue como si nos acabáramos de despertar de un sueño pesadísimo. Yo sentía un malestar horroroso, tipo resaca, la peor resaca de mi vida. Sentía asco de mi persona. Yo sabía que no podía curar a la gente, que era todo verso. Además, nos estaba costando cara la cosa. Eran muy jodidos con el diezmo los pentecostales, una mafia. Dijimos chau, se terminó. Pero los tipos no iban a dejar que nos borrásemos así nomás. La vecina nos vino a decir que al menos fuéramos a despedirnos, que no estaba bien desaparecer así. La tía Chiquita dijo que ni loca iba. Pero yo sí fui, de culposo que soy. Cuando llego, estaba la congregación entera sentada formando un semicírculo. Todas las luces prendidas, no volaba una mosca. Cierran la puerta con llave y me hacen sentar en el medio. Ahí me doy cuenta de que es un juicio. Me estaba juzgando un tribunal de cinco personas, entre ellos, el pastor Juan. Me acusaban de hereje y de traidor, decían «anatema, anatema». Supe que me iban a matar, pero estaba paralizado de miedo, no podía hacer nada. El pastor Juan se paró, me declaró culpable y me condenó a la maldición de Palmira. Tu cuerpo será transportado por buitres a la copa de un árbol donde lo celará un súcubo con un solo ojo y un solo brazo hasta que lleguen tres demonios, lo tiren del árbol, lo aten al tronco y lo despellejen. Luego, tu alma será transportada por un murciélago *psicopompo* (nunca me voy a olvidar) a las ruinas de Palmira y allí será colgada de una columna patas para arriba donde permanecerá hasta el día del Juicio Final.

En ese momento, el chico que había cerrado la puerta con llave la abrió, se me acercó y me dijo «rajemos». Corrí desde la puerta 31 de Campo de Mayo hasta San Miguel, sin parar, cuatro kilómetros.

Durante meses vivimos aterrados. Empezamos a cerrar la puerta con llave, algo que jamás se había hecho en la casa de Liniers. Un día me crucé a la vecina pentecostal y ni me miró. Ahí yo doy por concluida mi búsqueda religiosa institucional, digamos. A partir de entonces, mi búsqueda fue espiritual y privada. Y al poco tiempo sucede algo muy fuerte. Abro un paréntesis. Yo te conté lo de la pizzería en Grand Bourg. Y cómo a partir de entonces me quedé como sin sensación. No pensaba, no sentía, no sabía qué hacer. Estaba vacío, es la única palabra que se me ocurre. Tampoco entendía qué había pasado. Sabía que era muy malo, pero no entendía por qué. Y estaba convencido de que había sido mi culpa. Once años tenía. Bueno, un mes o dos después yo estaba en la ventana y veo que pasa por la puerta de mi casa este hombre, el pizzero. Se llamaba Franco, me enteré. Era joven. Estaba con unos chicos. A mí me entró pánico de que me viera. Me tiré al piso. Porque, no sé, pensé que si sabía dónde vivía le podía decir algo a mi papá. Entonces decido adelantarme y contarle yo a mi papá. No sabés lo que me costó armarme de coraje. Días y días de unos nervios..., no podía dormir, tenía diarrea. Creo que fue lo más difícil que hice en mi vida. Once años tenía, Pablito. Cuestión que un día vamos juntos al mercado. Y yo pensaba le digo, ahora le digo, le digo ahora, ahora, ahora; no, mejor más tarde, más tarde, esta tarde. Ya estaba por posponerlo otra vez cuando sin quererlo me salió de la boca, lo vomité. Papi, te tengo que decir algo, dije. Lo que me habrá temblado la voz. Me transpiraban las manos. Y mi papá, pobre, pensando yo creo que le iba a hacer preguntas sobre el sexo, me dijo: Mirá, hay cosas que un padre no puede hablar con su hijo, ¿por qué no le preguntás a Sayuz? Sayuz era el vecino. Y ahí, Pablito, se me bajó una persiana de hierro, me quedé totalmente encerrado adentro mío. De ahí a la secta pentecostal hay una línea recta. Cierro el paréntesis.

Cuando fue lo de la secta, el juicio ese inverosímil del que huyo despavorido, yo estaba tan mal, tan perdido... Y en esos días justo mi papá estaba en el norte. Lo habían mandado a Yacuiba, límite de Bolivia con Salta. Estaba, no sé, supervisando una obra, ni idea, trabajando estaba. Pasó como tres meses ahí y yo un día no sé qué me agarra que me siento y le escribo una carta larga contándole todo, lo de la pizzería, todo tal cual, y diciéndole cuánto me había fallado y lo mal padre que era porque no me había dejado hablar aquella vez. Una carta muy fea, muy fea. Como a los diez o quince días (yo esa carta la mandé expreso-certificada) nos avisan desde el ferrocarril que mi papá volvía en tren desde Jujuy, que tal día a tal hora llegaba a Retiro y que lo fuéramos a esperar. Mi mamá captó que pasaba algo raro. El día de la llegada de mi papá yo había salido a caminar por el centro. Estaba muy angustiado. Para hacer tiempo antes de ir a Retiro, entré a un bar, pedí un café y no sé, me dio por escribir. Saqué mi cuadernito y escribí una especie de relato corto, una descripción fantasmal del Parque Chacabuco con mucha niebla, y yo que caminaba por ahí muy melancólico y me hundía más y más en esa depresión. Los árboles semejaban animales amenazantes y la luz era cada vez más espesa. Entonces yo agarraba por un sendero y veía que venía hacia mí una persona envuelta en tinieblas. Eso escribía y me salía de manera muy natural. La persona se acercaba cada vez más por el sendero hasta que, de pronto, yo reconocía la forma de caminar, la forma de su cuerpo, y me daba cuenta de que esa persona que venía hacia mí envuelta en niebla era mi papá. Ya era casi la hora de ir a Retiro. El cuento terminaba así: Lo reconocí, sé quién es, hoy ha muerto mi padre. Fue una descarga emocional terrible, quedé agotado. Rompo la hoja, la tiro a la basura y de ahí me voy a Retiro y llega el tren y mi viejo sale en camilla. Había tenido un infarto y no lo podían mandar en avión porque de Yacuiba a La Paz no iba a soportar la altura, el avión no estaba presurizado, así que lo llevaron en camioneta a Humahuaca y ahí lo metieron en un camarote acompañado de un compañero, por si se moría. Llegó muy mal. Yo recuerdo que cuando lo vimos se abrazó a mi mamá (él le decía Mani) y le dijo: Mani, yo soy un hombre sufrido, ¡he sufrido tanto! Cuando dice eso yo recuerdo la carta. Y digo, puta madre, leyó mi carta criminal y le dio un infarto, es culpa mía esto. Fue horrible. Fue horrible, Pablito. Por suerte, salió, costó mucho, pero se repuso. Él tenía una enfermedad que es la que yo heredé, la enfermedad coronaria, y muchos años después, una vez que nos amigamos (que ya te contaré cómo), pero sin hablar del tema, le dije papi yo te mandé una carta muy jodida a Yacuiba, ¿a vos te agarró un infarto por la carta esa? Y él respondió: Yo nunca recibí ninguna carta, no sé de qué carta me hablás, yo no recibí nada. Fue la única vez que tocamos el tema. Tardamos muchos años en poder querernos libremente. Después lo quise muchísimo y lo admiré, pero yo ya era adulto y había pasado tanto tiempo, era otra vida.

Con los años he podido resolver muchas incógnitas que tenía sobre mí mismo. Mi experiencia de muerte con el infarto. Mis vivencias transpersonales. Al final comprobé la existencia de Dios a través de la lectura de Jung. Dios existe, la religión lo escondió. Dios es el *sí mismo*. Ahora estoy buscando algún libro de introducción a la física cuántica. ¿Vos conocés? Lo de la secta pentecostal y el infarto de mi papá también venía a cuento de que por ese entonces descubrí mi verdadera vocación: viajar. Viajar en sentido amplio te hablo. Primero estudié Turismo, el viaje en el espacio. Después hice la licenciatura en Historia, el viaje en el tiempo. Y la búsqueda espiritual permanente, el viaje del alma. Chiquita fue un gran apoyo. Cuando le conté que me mudaba a Madrid, ella ya era muy viejita, tenía casi ochenta años. Puta, cuatro o cinco años más que yo ahora tenía. Qué bárbaro, Pablito. Soy un viejo choto. No la volví a ver porque murió poco tiempo después. Yo creo que ella contaba con que yo la cuidase en sus últimos años. Pobrecita. Pero nunca me recriminó nada, todo lo contrario. Cuando le di la noticia de que me iba, me regaló su anillo plateado de banda cuadrada, el que tengo puesto siempre, y me dijo: Cuando estés allá, olvidate que naciste en Argentina, no seas pajuerano. Pero no se te ocurra españolizarte. El mundo entero es la patria de una mente libre. Sé libre, perejil. Acá no vas a volver. Y hacés bien. Este país está jodido desde que los querandíes enterraron al monstruo debajo de la catedral.

El mensaje después se iba por las ramas y Eduardo se despedía abruptamente con la promesa de que me hablaría pronto y con las disculpas habituales («tengo incontinencia verbal», «sufro de logorrea, Pablito», «perdón si me repito, perdón»).

Vuelvo al principio ahora, al primer capítulo de esta fantasía.

Aquella tarde en el barcito espantoso que ya no existe, en la esquina de Santa Fe y Anchorena, cuando yo tenía dieciocho años y acababa de dejar de robar y Eduardo, pronto a cumplir cincuenta y uno, acababa de volver a nacer; aquella vez en que hablábamos de política como de costumbre y debatíamos por enésima vez la pregunta del millón, la de *Conversación en La Catedral*, Eduardo dijo que para saber cuándo se jodió la Argentina había que esperar y leer su novela, *El contrabando ejemplar*. Yo tuve entonces un recuerdo fugaz del verano del 86 en Alpa Corral y del monstruo querandí. Hacía años, una década o más, que no pensaba en ese cuento que tanto me había impresionado. Supongo que el tema de los orígenes del gran fracaso nacional me lo devolvió a la mente porque el cuento explica precisamente eso. Pero había olvidado los detalles y le pedí a Eduardo que me lo contase. Él dijo que no se acordaba bien. Era un cuento que le había contado su tía hacía más de cuarenta años, algo de un niño monstruo hijo de una india y de un español. El niño moría al poco tiempo de nacer, los indios enterraban el cadáver en el cementerio de los españoles, donde hoy está la catedral, y echaban una maldición permanente contra todo el que intentase prosperar en este suelo.

–Lindo cuento para un chico de seis años –dije yo.

–Cuando mi tía me lo contó yo debía tener la misma edad –respondió Eduardo–. Ella estaba convencida de que era cierto. Bueno, es un mito de origen que explica algo real. Nadie puede negar que estamos mal paridos. Solís salió del puerto de Lepe, Pablito, la ciudad más ridícula de España. Pensó que el Río de la Plata era un mar, pensó que navegándolo se llegaba a las minas de plata. Y se lo comieron los indios. El viaje de Pedro de Mendoza fue un descenso al infierno. Estaba paranoico por la sífilis. Parece que en el barco leía el *Elogio de la locura*. En Brasil se reviró e hizo matar a Osorio, su mano derecha. Llegaron acá en febrero de 1536. En Vuelta de Rocha, donde desemboca el Riachuelo, levantaron un fuerte de barro, la Choza del Adelantado. Se recagaron de hambre y los querandíes les hicieron pasar las de Caín. Comían cardos, víboras y ratas. ¡Un tipo murió de hambre y su hermano se lo morfó! Las mujeres se prostituían por una cabeza de pescado. El Adelantado, cada vez más paranoico, se olvidó de que había sido él quien mandó matar a Osorio y empezó a culpar a su gente. ¡Vosotros, judíos, hicisteis matar al maestre de campo y agora morís como chinches!, les gritaba. Otra que *Aguirre, la ira de Dios*... Luis de Miranda, el capellán, que estuvo desde la fundación hasta la evacuación en 1541, escribió una comedia pródiga donde dice:

> En las partes del poniente
> es el Río de la Plata
> conquista la más ingrata
> a su señor.

Vinieron buscando plata, que no había, ciudades imperiales, que no había. Y se tuvieron que ir corriendo a Paraguay. Nuestra historia es un sainete oscuro.[5] Y acordate de lo que escribió sobre Buenos Aires Del Barco Centenera, el que nos puso el nombre falaz (aunque tan lindo) de Argentina:

---

5. Entre las dos fundaciones de Buenos Aires, España mandó una expedición al Río de la Plata. Lo cuenta la relación de un tal Andrés Martínez, sevillano. El líder era don Juan Buil e iba también quien sería el gobernador, un tipo de cuyo nombre Martínez no quiere acordarse. Salieron de Sanlúcar de Barrameda el primero de marzo de 1559. La cosa anduvo mal de entrada. El gobernador resultó ser un matón y un inepto. Iban hambreados, mal proveídos de vituallas y bastimentos, casi sin agua. Se perdieron. Tres semanas después de zarpar, el barco en el que viajaba Buil dio media vuelta y volvió a España. Al poco tiempo, los otros dos también interrumpieron la misión, cambiaron el rumbo y enfilaron hacia La Española. Dice Martínez que «llegados a Sancto Domingo dimos todos gracias a Dios que fue servido de nos librar y estorbar el viaje que llevábamos del Río de la plata, porque hivamos a poblar una tierra desierta, sin bien ninguno». Otra épica que no fue.

> Poblose de muy buena y noble gente
> En tiempos de Don Pedro de Mendoza
> Aunque hay, como sabemos, al presente
> En abundancia ya de toda broza.
> La causa de este mal inconveniente
> Paréceme será la gente moza
> Que, aunque valientes y esforzadas,
> Al mal, y no al bien, son muy inclinadas.

Inclinados al mal desde la cuna, ¿te das cuenta? Un país cuyo mismísimo nombre es una engañapichanga. Después vinieron los doscientos años del contrabando ejemplar seguidos de un gobierno vendepatria detrás de otro. El peronismo fue el único intento verdadero de proyecto nacional. La primera vez que tuvimos la chance de ser algo más que un granero y un corral en el fin del mundo para que unos pocos se llenen los bolsillos.

Ahí yo me calenté. ¿Cómo el peronismo iba a ser un intento de construir algo si era un movimiento fundado en el resentimiento?

—El resentimiento es una pasión derrotista —dije.

—No, Pablito, te equivocás fiero. Pero no es culpa tuya. Hay peronistas hoy que reivindican el resentimiento, que creen que es el motor de la historia. Es la pasión de las masas explotadas, dicen, la pasión de los comuneros, de los descamisados, de los bolcheviques. ¡Error! La pasión de las masas explotadas es la bronca, que es la única pasión altruista, de hecho. El peronismo nace de la bronca, una reacción espontánea y sincera frente a la desigualdad y frente a la injusticia. El resentimiento es otra cosa. Los pobres quieren cosas que no tienen y les da bronca que otros las tengan. El resentido es alguien que tiene las necesidades básicas cubiertas pero que sabe que está estancado inexorablemente. El resentido no quiere algo que no tiene, quiere simplemente que los demás no tengan lo que quieren. El resentido no quiere que a los demás les vaya bien porque el éxito y la felicidad de los otros es un dedo en la llaga, le recuerdan su mediocridad. El resentimiento es una pasión burguesa, típica de una clase media chata, celosa, abombada por la rutina de las pequeñas costumbres. Y la Argentina es un país de clase media. Eso lo vuelve un país resentido. Pudo haber sido grande y no lo fue. Pudo haber sido rico y no lo fue. Pudo haber sido líder mundial y es un cuatro de copas. Y esto es así porque la mayoría de los argentinos, peronistas y gorilas por igual, no queremos que a nuestros vecinos les vaya bien. Punto.

–Estados Unidos es un país de clase media –dije yo–. Francia también, Inglaterra, todo Europa occidental.

–Argentina está en el culo del mundo.

–Australia está en el *orto* del mundo. Y es un país de clase media.

–Los protestantes salieron de Europa sabiendo que no volverían y con la misión divina de fundar un mundo nuevo. Argentina fue poblada por italianos y españoles, en su mayoría vagos y atorrantes, que vinieron con la idea de hacer guita fácil y volverse rápido. Muchos lo lograron. Pero la mayoría, como suele pasar, se achanchó y se terminó quedando, descontenta, resentida. Una prueba más de su mediocridad. Por eso el argentino no apuesta por su país. Por eso el único patriotismo que conocemos es el del fútbol, un patriotismo infantil, frágil, histérico. Perón fue el primero que combatió esta idiosincrasia mezquina, el único que realmente construyó las bases para hacer una nación en el desierto argentino. En diez años le cambió la cara al país, le dio dig-ni-dad. Pero al final ganaron las fuerzas del resentimiento, la desidia, la avaricia, el cortoplacismo. Nosotros luchamos por que volviese el verdadero peronismo, pero nos salió todo mal. La mía es una generación fracasada, Pablito. Argentina es un amor imposible.

Yo seguramente argumenté que Australia fue poblada por delincuentes y después dije que Perón, lejos de sentar las bases para una nación, instauró una cleptocracia seudofascista basada en la demagogia y el amiguismo, y así la discusión se debe de haber prolongado un buen rato. Pero más allá de estos bizantinismos, hoy me pregunto si fue a raíz de aquella charla que Eduardo decidió darle un lugar central al mito del monstruo querandí en *El contrabando ejemplar*. Me pregunto si fui yo quien le dio la idea. En la carátula del manuscrito aparece la fecha de 1997, pero yo sé que él siguió escribiendo y editando hasta principios de los años 2000. Es posible que, cuando le pregunté por el cuento aquella tarde en el barcito horrendo que ya no existe, él haya fingido que no se acordaba bien porque estaba absorto en la escritura y no quería revelar nada. Pero es posible también que en aquel preciso momento y gracias a mí se le haya ocurrido hacer del mito aquel el centro neurálgico de la novela. Sea como fuere, ni Eduardo ni la tía Chiquita ni Rosario Carrizo ni Vicente Pazos Kanki ni siquiera el lenguaraz araucano que conoció personalmente a la nieta del brujo supieron jamás cómo terminó el cuento de Gustavito y cuál fue el destino de sus huesos. Teruca sí que lo supo. De haber entendido lo que escuchaban, Mendes, Malaspina y Sambelilo Belazán (o Belamán) también se habrían enterado porque la india lo refirió con pelos y señales.

Todavía era de día cuando el brujo y los seis monaguillos llegaron al confín del asentamiento miserable que los castillas llamaban La Trinidad. El gavilán pollero que los seguía desde Martín Coronado los vio internarse en un monte de eucaliptos en la esquina de Suipacha y Bartolomé Mitre, bajó en picada y se posó sobre una rama. Los indios ataron los caballos y esperaron que oscureciera. Cuando fue noche cerrada, el brujo y cinco de ellos trotaron hasta la catedral. El otro se quedó cuidando los caballos. Teruca los siguió en vuelo rasante. Una vez en el cementerio, al pie de la tipa que dominaba el jardín, hicieron un pozo y el brujo vació la bolsa de huesos. Pálido, el indio exorcista entonó una canción gutural que nombraba el árbol fatídico mientras los monaguillos con sus vocecitas de falsete repetían algunas palabras y estiraban otras. Al terminar, cubrieron la tumba y en ronda los seis mearon sobre la tierra fresca. Después se fueron.

—Cuando los perdí de vista —dijo Teruca—, bajé del árbol y lo que tuve manos desenterré a mi hijo. Lo llevo en una bolsita acá en mi pecho.

Teruca se puso de pie.

—Ahora viaja conmigo, va conmigo por mi casa, mi casa es todo esto —dijo señalando el horizonte—. Hoy estoy acá, mañana estoy allá. Evito nomás a los vilachichis asesinos. Viven ahí —dijo y estiró el brazo hacia el oeste.

—Os vilachichis están na zona del Vallimanca —exclamó Sambelilo.

—Vamos bien, pues, sigamos —dispuso Malaspina.

Teruca les pidió comida y eso sí que entendieron. Le dieron charque y galleta. Le regalaron una manta de perpetuán. Antes de que se fueran, Teruca se acercó a Malaspina, le apoyó la mano en la frente y dijo: No se cruza solo, te van a venir a buscar, buen viaje. El italiano le agradeció lo que interpretó correctamente como una bendición. Y partieron. Cuando habían hecho unos metros, Malaspina se dio vuelta y vio que la mujer se estaba quitando el poncho. Ya desnuda, se echó sobre la manta con las piernas abiertas y los brazos en cruz.

—¿Qué hace?
—Toma sol —dijo Mendes.

    Amanece sobre la Trinidad, escribiste. Yo fui retocando, corté y pegué, agregué acá, borré allá. Ya no sé qué palabras son tuyas y qué palabras son mías. Amanece sobre la Trinidad, empezaba el párrafo. Teruca dejó la ciudad hace horas y se interna en el desierto a paso redoblado. El brujo y sus monaguillos ya están de vuelta en la toldería de Martín Coronado. Amanece sobre la Trinidad, decía. El sol rasguña el horizonte del río dorando sus aguas leoninas. La corriente serena lleva algunos camalotes más allá de la rada. Estallan en el cielo el amarillo y el bermellón arreando el tropel agrisado de la noche vencida. La marea murmura en el aire. La brisa trae olor a tierra y a verdín. Los pescadores recogen redes y acomodan su carga en grandes canastos. Los aguateros siguen las barras de limo arenoso en busca de los pozos más profundos. Las primeras negras llegan a la costa barrosa con fardos de ropa para lavar. En la playa de toscas que hay en Libertador entre Montevideo y Rodríguez Peña, al borde de una lagunilla de juncales, camuflado entre penachos de paja brava, el cadáver de un hombre degollado anoche empieza a convocar zopilotes. En la plaza Mayor hay feria. Los vendedores de sebo y de velas, de mazamorra y de pacotilla acomodan la mercadería sobre cueros curtidos. En la catedral está por empezar la misa. Catedral suena exagerado. Estamos hablando de un tugurio en ruinas que en cualquier momento se derrumba. La primera vez que entró al edificio, recién llegado de Sevilla, fray Pedro Carranza Salinas, obispo inaugural de la diócesis del Río de la Plata, no lo podía creer. En España hay pocilgas más presentables que esto, dijo. Carranza Salinas, hermano carmelita, es primo de Juan de Vergara, notario del Santo Oficio y capo contrabandista. Ahora hace diez años que es obispo de Buenos Aires y está muy enfermo. Regresó bien malo del Concilio Provincial de Charcas y cada día está peor. Hoy ha insistido en dar misa. Será su última vez. Entra a la iglesia y ve una cubeta llena de agua podrida. Furioso, llama al capellán de altar. Bota esa mierda. Espabila, palurdo, ¿que no ves que me hacen daño las miasmas?

El capellán de altar sale al jardín a vaciar la cubeta e inmediatamente nota algo extraño. Hay un pozo fresco y un montículo de tierra al pie del árbol. No parece hecho por animales. Es un pozo redondo pequeño que ayer no estaba. Se agacha y mira. Mete la mano, comprueba que es profundo. Se acuesta, mete el brazo entero y recién ahí toca el fondo. Palpa, no hay nada. Palpa una vez más y se pincha un dedo con algo. Saca ese algo y lo refriega contra el pantalón. Es un hueso. Nada fuera de lo común teniendo en cuenta que el jardín es un camposanto. Lo que sorprende al capellán de altar aparte del pozo, que es estrecho y reciente, es que se trata de un hueso solo. Un pedazo de hueso, más bien. Parece una moneda oblonga con un agujero en el medio y tiene una astilla que le sale fina como una aguja. El capellán de altar no tiene conocimiento alguno de anatomía, desde luego, pero aun de tenerlo probablemente no reconocería la rareza que sostiene en la palma de la mano. El hueso es un fragmento de la superficie posterior de un sacro con displasia severa. Proviene del esqueleto de un niño deforme. Niños deformes, mejor dicho: gemelos siameses simétricos pigópagos, es decir, conectados por la espalda, con pelvis y sacro compartido. El capellán de altar (Juan de Avorda es su nombre) examina el fragmento, le arranca la astilla y se lo guarda en el bolsillo. Rellena el pozo y vuelve a sus menesteres.

Al poco tiempo de la muerte del obispo, Juan de Avorda tiene un golpe de suerte tras otro y empieza a ascender en la cadena alimenticia. En menos de dos años pasa de capellán de altar a líder de la Comunidad Seráfica y a vecino accionero con licencia para vaquear. Vende cuero, despacha esclavos y abandona la vida beata. Le gusta vestirse bien, lleva broches y pulseras, llama la atención. Se termina casando con una Rivera Mondragón, familia benemérita que llegó con Juan de Garay. Conchabado con su suegro, adquiere el cargo de escribano del Cabildo y el de depositario general, tenedor de bienes de difuntos sin herederos. Hacia el fin del gobierno de Dávila ha acumulado una fortuna desorbitante para la Buenos Aires de entonces.

Más supersticioso que creyente, el excapellán de altar siempre le atribuyó su fortuna al hueso de Gustavito que lleva colgado al cuello. No se lo quita nunca. Este viernes de fin de junio, ocho años después del hallazgo del huesito, Juan de Avorda sale de su casa de punta en blanco. Capa de picote de seda, jubón de raso verde con guarnición de oro y calzones de terciopelo chino. Lo afeitaron, le enceraron el bigote y le peinaron la melena con manteca. En un exabrupto de coquetería, se puso la sortija que le regaló su suegro, de oro incrustada en rubíes. Lo acompaña un esclavo que lleva una damajuana de vino apoyada sobre la coronilla. Anoche se quedó hasta tarde jugando a los dados con su mujer. Está cansado, pero de buen humor. Va a un asado en lo de su amigo Miguel de Alpoim, a quien los lectores de esta novela conocen mejor por su nombre hebreo, Zebulão Mendes.

Cuando llega a lo de Mendes le abre la puerta Blas, el nuevo sirviente. Juan de Avorda entra, se quita la capa y se la da al muchacho. Sale al jardín y ve a Lorenzo Caraballo y a Juan de Tapia Vargas, el dueño de la chacra que hoy es el cementerio de la Recoleta. Está Pedro Comentale, jesuita napolitano y primer matemático de Buenos Aires, y está Luis Corso Gómez, procurador del Cabildo y jefe de Policía, con un amigo recién llegado a la Trinidad, Pantaleón Sánchez Cansado, que, según se rumorea, es comisario del Santo Oficio. La comitiva, sentada en dos banquetas enfrentadas bajo un toldo de plumas de ñandú, charla animadamente. Mendes y Blas, un mulequito adolescente de torso apolíneo y ojos árabes, van y vienen, sirven vino y atienden la parrilla sobre la que se doran mollejas, chorizos y dos láminas de entraña. Se habla de un filibote holandés que encalló antenoche en Las Balizas. En la capital mundial de la trampa, una arribada forzosa legítima es más rara que perro verde.

–Venía costeando en derechura, se le rompió el árbol del trinquete, un grado de la línea, a la parte del sud y ahí mismo se clavó... –cuenta Corso Gómez.

–¡Qué olor a bolas! –aparece De Avorda y chicanea.

–Ahí llegó rocín y manzanas –dice Tapia Vargas.

Mendes le sirve un vaso de vino al recién venido y ve que su amigo trae un libro.

–¿Ya lo terminaste?

–Leí todas las páginas impresas, de la primera a la última. No entendí un pepino.

–¿Qué es? –pregunta Comentale.

–Fox Morcillo. El *De regni* –responde Mendes alcanzándole el volumen.

–Fox es críptico. Y escatológico. Escribió un tratadillo sobre la flatulencia. Ahí explica por qué a cada quien le huele bien su pedo –dice Comentale.

–¿Y por qué?

–Guarrerías de judío –interrumpe Caraballo.

–Pero ¿qué dices? ¿Sebastián Fox Morcillo judío? Anda ya –protesta Comentale.

Mendes, con un asomo de sonrisa, mira de reojo a Pantaleón Sánchez Cansado, que está enfocado en Comentale como un lince.

–Pero, claro, hombre. Conozco a la familia. Son de Sevilla. Parientes de los Abregos, conversos también ellos. Su hermano Francisco Fox entró al convento de San Isidoro del Campo con los jerónimos, que eran todos cristianos nuevos. Y luteranos, encima. Lo quemaron vivo, a él y a otros tantos, en el auto de fe del 59. Y la cereza de la torta: Sebastián le dedicó el *De juventute* al conde de Niebla, acreditado benefactor de conversos. El que quiere oír que oiga –dice Caraballo.

Antes de que Comentale proteste, aparece el mulequito Blas con una bandeja cargada de pan y mollejas y la comitiva se entrega a la masticación.

–¡Glándula bendita, qué manjar, me cago en Satanás! –clama Tapia Vargas con la boca llena.

Juan de Avorda insiste con que abran el vino que trajo.

–Recién llegado de Cuyo, primera calidad, dulce y pastoso, una mermelada –asegura.

–Morcilla canaria más que mermelada... –sentencia Comentale cuando lo prueba.

–Vino de toro, sangre de cabrito –dice Caraballo.

–Vino trasnochado no vale un cornado –retruca Mendes.

–Miguel, contá el cuento del toro gigante que apareció cuando se les murió el italiano en el desierto –pide Juan de Avorda.

–Este siempre tiene que salir con un domingo siete –le dice Tapia Vargas a Caraballo como si Juan de Avorda no estuviera ahí.

–¿Conocen el origen de esa expresión? –pregunta Mendes.

Nadie lo conoce. Así que, en vez de repetir por enésima vez el cuento de la excursión en pos del monstruo querandí, Mendes contó lo siguiente:

—Hace muchos años y allá por las cañadas, había un gauderio que salió a vaquear solito y lo pilló la víspera del sabadito. Para no causar ofensa, siendo ilegal el trabajo después del crepúsculo, se trepó a un árbol, rezó sus oraciones y se durmió. Todavía estaba oscuro cuando lo despertó un coro de voces apitufadas. Al pie del árbol vio una pandilla de enanos con antorchas que cantaban: Lunes, martes, miércoles tres. Lunes, martes, miércoles tres. Lunes, martes, miércoles tres. Y cantaban y cantaban, siempre lo mismo todos quietos en ronda con sus bonetes negros. De repente el gauderio, que ya estaba aburrido de la canción, la completó: Jueves, viernes, sábado seis. Jueves, viernes, sábado seis. Shemá Israel, Adonai Eloheinu, Adonai Ejad. Los enanos se pusieron como locos. Lo enlazaron, lo tiraron del árbol y lo arrastraron adonde vivían para mostrárselo a su padre, el Enano Montaña. El gauderio estaba muerto de miedo, pero el Enano Montaña comprendió todo. No os estaba espiando, enanitos, dijo, estaba ahí quietito porque es sabadito y no puede trabajar, hay que darle una manito. Y los enanos vaquearon por él y lo llevaron a su casa en domingo con doce novillos gordos. La mujer del gauderio había estado preocupadísima por su marido y exigió una explicación. El gauderio le contó lo que había pasado sin saber que había un compadre suyo ahí afuera que escuchó todo. Se llamaba Ahitofel y era soberbio, avaro y atolondrado. Yo voy a hacer lo mismo, se dijo Ahitofel. Fue al monte donde vivían los enanitos, se subió al mismo árbol y en la noche los vio llegar con sus bonetes y sus antorchas cantando: Lunes, martes, miércoles tres; jueves, viernes, sábado seis. Y gritó: ¡Domingo siete! Qué mal suena eso, dijeron los enanos y se llevaron a Ahitofel. Cuando lo vio y hubo atendido a sus excusas, el Enano Montaña, sagaz e implacable, ordenó a sus enanitos que degollaran al pícaro y lo cortaran en pedacitos.

–¿Y a usted quién le contó ese cuento, maese De Alpoim? –preguntó Sánchez Cansado.

–Un portugués que pasó por acá con carga negrera. En el treinta y tres habrá sido. Se apellidaba Mendes. El nombre se me escapa. Judaizante, sin duda –dijo Mendes.

–Mientras no haya aquí tribunal seguirá pasando el judío como pancho por su casa –protestó Juan de Avorda.

La concurrencia estuvo de acuerdo; Mendes miraba con aire despreocupado como un niño bostezando. Volviendo al cuento del domingo siete, el destino de Ahitofel le recordó a Corso Gómez el caso de un emprendedor portugués que cuando llegó al Brasil se separó de la expedición, quiso comerciar con los tupinamba por su cuenta, estilo Cabeza de Vaca en Texas, y los indios lo mataron y se lo comieron. Caraballo señaló que ese también debió de haber sido judío porque, como bien se sabe, *tres lusitani, duo iudaei*. Y así fueron saltando de tema en tema como salta el mono de rama en rama. Comieron y bebieron y charlaron de modo que el tiempo se les pasó volando y, cuando Blas sirvió el mate cocido, el sol en declive ya se anaranjaba y se empezaba a sentir en la piel un aire frío y terroso que anunciaba tormenta. A Mendes no lo iba a agarrar desprevenido la primera estrella del sábado, así que con un gesto de las cejas le indicó al muchacho que empezase a retirar los platos y los vasos para que los invitados, detenidos en el sopor de la sobremesa, espabilasen y emprendiesen lo que sin duda sería una lenta retirada. Se puso de pie para dar el ejemplo. De a poco la concurrencia se fue moviendo. Primero se levantó uno y con las manos en la cadera se arqueó hacia atrás hasta que le crujió la columna. Después otro, que tenía que hacer pis. Y así. Hubo abrazos y palmadas. Promesas de verse pronto. Más abrazos. Corso Gómez fue el último en irse junto con Sánchez Cansado. A regañadientes se fueron porque la estaban pasando de maravilla. Es viernes, protestaba Corso Gómez, ¿qué tenés que hacer mañana? Y Mendes: En realidad, os echo porque empieza el sabbat. Pero que quede entre nosotros, eh. Hubo risas y más abrazos y más palmadas.

Mendes se despide y los ve subir por 25 de Mayo en dirección a Córdoba. Van despacio surcando el barro, tomados del brazo, cabizbajos, cuchicheando, como una pareja que sale del cine a la noche tarde. Allá va Sancho con su rocino, dice Mendes. Cuando los pierde de vista, decide estirar las piernas. Baja hasta Paseo Colón, una cuadra nomás y ahí está el río. Respira hondo y se llena de la tormenta que viene del sur. Calcula y se orienta de cara a Portugal, a Bragança, su primera patria. Con el ojo de la mente ve la casita de su infancia. La ve tan nítida. Ve la chimenea apagada porque ya es sábado, ve la cama de sus padres recién hecha con sábanas limpias y la puerta baja de marco verde que atravesó por última vez hace casi cuarenta años. Después vira un poco a la derecha y mira hacia Jerusalén, la patria ancestral que jamás va a pisar. Parecen distancias descomunales, pero en realidad el mundo es pequeño: es cuestión de moverse nomás y tarde o temprano uno llega a donde sea. Él ya no va a ir a ningún lado, de todos modos. Acaba de cumplir sesenta y uno. Morirá dos años más tarde exactamente en esa fecha, 25 de junio. ¿Intuye que es el preaniversario de su muerte? Puede ser. Le zumba el corazón. Hay algo en el aire que está picado. Siente un gran apremio, pero no sabe por qué. Avanza hacia la orilla. El agua está revuelta y tiene el color del plomo. Llega hasta los pajonales y sin quererlo se moja los pies. Un impulso fortísimo lo empuja a que siga caminando, a que se zambulla y nade y atraviese el río y salga al océano. El mundo está ahí, entero, redondo, al alcance de su mano. Retrocede. Saca los pies del agua. Entonces se da cuenta de que cae una garúa finísima y por detrás del primer nubarrón de la sudestada aparece en el horizonte como una gran llama que se mueve en espiral cortando el aire. En ese cielo perturbado Mendes ve algo que no le concierne a él sino a nosotros. Ve la luna de Babilonia. Ve la última puesta de sol. Ve una constelación de estrellas que deletrean *ajarit hayamim*. Ve una muralla de fuego entre Carmel y el mar, del valle de Hinom a la loma de Megido. Estoy en Sion. Nunca nos fuimos, pero ahora volvimos, dice. Se da vuelta y en el horizonte del desierto ve una columna de polvo que llega al cielo. El aire se tiñe de amarillo. Azazel y sus huestes vienen de Sheol, cruzan la puerta de carbunclo, paran en la tasca del Caballo Negro y afilan los cuchillos. Azazel, que les enseñó a los hombres a forjar metales. Azazel, que les mostró a las mujeres cómo pintarse los ojos. Salen como avalancha los verdugos y embisten. Tiembla la tierra exaltada. Tiemblan plantas y animales. Las casas se derriten como figuras de cera. Caen gigantes de las nubes y se suman a las huestes. La llama en el cielo se cierne sobre la tierra y el aire se vuelve rojo, después negro. Relámpagos atraviesan las nubes como espadas. Hay montañas de carne podrida. Y de pronto ya no queda nada. Como en Ai, como en Hazor. Castiga con saña el dios destructor. La tierra se sumerge en el gran abismo. Ojos nunca vieron la mar tan alta. Y sobre la faz de las aguas no se mueve ni una hoja.

11

Yo, que nunca fui hombre de pelo en pecho, veo al chico en la ventana, asomado al vacío, sopesando la idea de saltar al techo contiguo, convencido de que es perfectamente factible, midiendo la distancia, preparado, listo..., y me transpiran las manos. Tiene siete años el chico y esto sucede en Mar del Plata, en la loma de Stella Maris, calle Paunero entre Gascón y Alberti, enero de 1987. Es la hora de la siesta, los adultos duermen, su hermano también. El chico es ojo duro. Le cuesta dormir de noche y a la tarde tiene energía para correr un maratón ida y vuelta. Deambula por la casa como un tigre enjaulado, revisa los cajones buscando algo con que hacer alguna maldad. Sale al jardín y saca de entre los arbustos dos ladrillos cubiertos de una sustancia viscosa y negra que huele a podrido. Hurga entre las hojas y en los canteros hasta que junta seis caracoles. Los acomoda en tres filas de dos sobre uno de los ladrillos y los revienta de un golpe con el otro. «Sánguche de caracoles» se llama este pasatiempo. Después, hace pis sobre los ladrillos embadurnados de tripas, los devuelve a su escondite entre los arbustos y entra a la casa. Sube las escaleras de la cocina y se mete en la buhardilla donde escucha el coro de los murciélagos que le da miedo y lo fascina. Se queda poco tiempo porque es un horno ahí adentro y el olor del guano es insoportable. Entra al cuarto de huéspedes, abre la ventana, se trepa y es entonces que se le ocurre saltar al techo de al lado. Está quieto ahí desde hace un rato, agachado, calculando. Se asoma una vez más, se posa sobre el alféizar y se le encoge el estómago. La ventana da a la entrada del garaje, que es de piedra y baja en picada unos cuatro metros desde el nivel de la calle. De ahí abajo hasta donde está él habrá unos diez u once metros. Vuelve a medir la distancia que lo separa del techo. Será un metro, metro y medio como mucho. Un salto sencillísimo, piensa. Llega, sin duda que llega. Flexiona las rodillas. ¡Ahora! En el instante mismo en que su cuerpo da el impulso, se arrepiente. Sabe que no llega, sabe que se equivocó. Ni siquiera alcanza a rozar la primera fila de tejas, cae diez u once metros en un segundo. No ve pasar su vida por delante de los ojos, su vida es tan corta, pero sí llega a pensar «por matar caracoles». Aterriza sentado y hace un ruido seco. Se fractura el coxis, eso es lo de menos. El impacto lo propulsa violentamente hacia atrás contra las piedras de la entrada. Se desnuca. Abre la boca para gritar y le sale un suspiro ronco apenas audible. Alrededor de la cabeza, sobre la piedra, se empieza a formar una aureola de sangre. Quiere mover los brazos, quiere incorporarse, no hay manera. Es como esos sueños lúcidos de madrugada en que uno está paralizado y trata de despertarse desesperadamente pero no puede. Tiene la cabeza rota. Se muere con los ojos abiertos.

Eso vi desde la ventana. Ahí abajo estaba yo, Pablito, boca arriba, muerto. No lo imaginé ni lo temí, lo vi como estoy viendo ahora mismo por la ventana del comedor al cartero que me deja un paquete en la puerta de casa. Eso:

vi el futuro. Nunca antes me había pasado y nunca me volvió a pasar. Entré al cuarto de un salto y cerré la ventana. Sentía que el corazón se estaba por desprender y que se me iba a salir por la boca. Me senté en la cama deshecha. Eduardo y su mujer, Betina, que habían venido a pasar la primera quincena de enero con nosotros, estaban en la playa. Abrí el cajón de la mesa de luz. Había documentos, los pasajes de vuelta a Buenos Aires y un paquete de forros abierto. No sabía qué eran, pero me robé uno. Antes de irme, abrí nuevamente la ventana para ver si mi cadáver seguía ahí.

Visto desde acá, a una distancia de casi cuarenta años, no había manera de que fuese a saltar. Era y siempre fui un chico miedoso. Supongo que esto es en parte producto de los accidentes. Primer acto: cuando tenía meses nomás, mis padres se juntaron a almorzar con amigos en Pampa y la Vía, una fonda que quedaba en la cortada Bollini. Era la sobremesa, yo berreaba y mamá me sacó a dar una vuelta. Pero llevá el cochecito, dijo papá. Ella no quiso, me llevó a upa. No había hecho ni media cuadra cuando de un primer piso cayó una maceta y nos pasó por el medio. No me mató de milagro. Podría haber matado a mamá también, pero apenas le rozó la frente y la nariz. Volvió al restaurante en shock con la cara bañada en sangre y yo que gritaba como un marrano. Segundo acto: unos meses más tarde, en casa de mis abuelos, estaba dando mis primeros pasos y me agarré del perro, de Puki, que se me vino a la cara y me destrozó la oreja derecha. La cirugía de reconstrucción duró horas y el posoperatorio fue larguísimo e inimaginablemente doloroso. No tengo recuerdo alguno de todo esto, pero el cuerpo es un acumulador compulsivo, no descarta nada. Lo que le pasó y lo que le pudo haber pasado, lo que deseó, lo que imaginó, lo que temió, lo que soñó, lo que le contaron: todo guarda. Y así fue, supongo, que pasé a vivir en estado de alarma perenne.

Mamá alimentaba con su neurosis mi cosmovisión aprensiva, difidente y catastrofista. Todo suponía un riesgo de muerte. Una ciruela, un perro (por supuesto), cualquier viaje en auto, todos los electrodomésticos. Pero el peligro era también para mamá un elemento formativo en la crianza, lo usaba para entretenerme y para estimular mi curiosidad. Cuando íbamos a los acantilados, en las afueras de Mar del Plata, y papá estacionaba el auto, yo, que todavía no sabía leer, preguntaba qué decían unos carteles amarillos que había ahí. Ese dice: CUIDADO, ZONA DE TIBURONES, respondía mamá. ¿Y ese otro?, señalaba yo. PELIGRO, TIBURÓN BLANCO AL ACECHO. Los carteles en realidad advertían sobre el riesgo de desmoronamiento, un peligro mucho más real y por ello mucho más prosaico. Pero a mí me encantaba saber que ese mar oscuro y turbulento estaba lleno de tiburones. También por ese entonces me contó la historia de Antonio Scoufalos, el padre de su primer novio, que naufragó dos veces. Scoufalos había nacido en Quíos, la patria de Homero, y era marino mercante. El primer naufragio fue en septiembre de 1940. Él era primer oficial en un carguero griego que había zarpado de Cardiff rumbo a Buenos Aires con miles de toneladas de carbón. Los interceptó un buque corsario alemán en medio del Atlántico, entre Cabo Verde y Brasil. Los alemanes obligaron a la tripulación a abandonar el barco y luego lo hicieron estallar. El capitán huyó en una lancha. Scoufalos y los demás tripulantes se amontonaron en un bote salvavidas. Los días pasaban crueles. A las tres semanas, se les acabaron los pocos víveres que tenían (galleta y algunas latas de anchoas y de leche condensada) y empezaron a complotar para comerse al grumete, así lo establece la ley del mar. Scoufalos se puso firme y lo impidió. Uno intentó suicidarse, pero Scoufalos lo disuadió. Otro le ofreció sesenta libras esterlinas a cambio de dos raciones de agua. Un tercero se pasaba el día hablando con san Nicolás, pidiéndole favores e insultándolo. Aparte del hambre y de la sed, estaban los tiburones que escoltaban el bote. Si llegaban a rozarnos, nos hacían volcar, y eso era el final, contaba Scoufalos. Al día veintisiete, se cruzaron con un buque inglés que los rescató y los llevó a Buenos Aires. El segundo naufragio fue en noviembre de 1942, a treinta millas del cabo de Buena Esperanza. Scoufalos era primer oficial en el *Argos*, una nave de pasajeros. Los torpedeó un submarino alemán y el barco se hundió en cuestión de minutos. Esta vez no quedaron ni botes salvavidas y los pocos sobrevivientes pasaron veintitrés horas en el agua abrazados a los escombros. Una mujer cantaba *La Marsellesa* para darse ánimo. Scoufalos vio morir a dos niños pequeños. Vio cómo los tiburones mutilaban y decapitaban a varios de sus compañeros. Me salvó mi uniforme azul, los tiburones tienen aversión por ese color, le dijo años más tarde a un reportero de la revista *¡Aquí está!* Al caer el sol, los rescató un destructor inglés. Cuando dejó de navegar y se radicó en Argentina, Scoufalos iba a Mar del Plata de diciembre a marzo, como era costumbre entre la clase media acomodada de entonces, y todas las mañanas nadaba desde la Playa de los Ingleses hasta la Bristol. Me parecía alucinante que alguien nadase largos en ese océano de tiburones como si fuera una pileta. Hasta el día de hoy me da pánico el mar, me meto unos metros nomás, como los chicos chiquitos.

Inevitablemente asocio el mundo plagado de peligros reales y ficticios en el que crecí con el descubrimiento de la literatura. Mientras que mi padre me contaba cuentos inventados por él que reflejaban su espíritu alegre y optimista (recuerdo uno que me encantaba, de un señor y su hijo que iban por la ciudad pintando coloridísimos murales... Pinturón y Pinturito se llamaban), los cuentos de Grimm y de Perrault que me leía mi madre eran tristes y macabros y contenían severas moralejas. «Caperucita Roja» advierte sobre los peligros del espacio público que está lleno de degenerados. «Los tres chanchitos» recuerda que no hay lugar más seguro que la casa (siempre y cuando esté hecha de ladrillos). «El lobo y los siete cabritos» (mi preferido) insiste con la importancia de no abrirle la puerta a nadie. Estos cuentos me angustiaban y me apasionaban. Mamá sabía por experiencia que no hay emoción más fructífera que el miedo. Fue durante aquellas vacaciones, cuando me vi muerto en la entrada del garaje, que me contó la historia de Drácula. A ella se la había contado su tío, también en Mar del Plata, cuando tenía más o menos mi edad. Y fue durante esas vacaciones, después de la experiencia de la ventana, que escribí mis primeros cuentos, cuentos escabrosos y violentos como «El ángel malo» y «El enano maldito». «El monstruo bueno», si bien intenta acercarse a la luz, termina oscurecido por el mismo espíritu torturadito. Dice así: «habia una vez un monstruo muy pero muy malo vivia en polonia una véz mato a juan pablo 2 toda la gente lo odiaba un día dios le ablo y le dijo tobi no agas mas pecados por fabor y yo te concedere tres deseos aparte fue un pecado grandisimo matar al papa y el monstruo dijo tenes razon sere bueno desde ese día empezo a construir un monasterio y se dedico a cuidar gente porque le parecia que la gente era el símbolo de la vida pero desgrasiadamente murio de una enfermedad muy grabe y lo metieron en un ataud».

Había descubierto la muerte el año anterior. Esto sucedió en tres movimientos. Primero, el cuento del monstruo querandí que Eduardo me contó en Alpa Corral en el verano de 1986. Fue la muerte prematura de Gustavito mucho más que su deformidad lo que me impresionó y me dio terrores nocturnos durante meses. Si puede morirse un bebé recién nacido, no hay nadie que esté a salvo, concluí horrorizado. El segundo movimiento fue una película que vi en la tele con mis padres. *Juego sucio* se llamaba, con Chevy Chase y Goldie Hawn. Es un policial disparatado que transcurre en San Francisco durante una visita del papa. Chevy Chase es policía, Goldie Hawn es bibliotecaria. Hay un enano vendedor de Biblias y el villano que quiere asesinar al papa es un albino interpretado por William Frankfather. En la escena final, Chase mata a Frankfather de un tiro. Se hace justicia, se restaura el orden en el universo, él y ella se besan, *happy ending*. Pero yo me quedé tildado con el albino. ¿Qué le va a pasar ahora? ¿Dónde está? ¿Y después, adónde va a ir? Mis padres me habrán dado alguna respuesta secular que sin duda no me satisfizo. Pasé noches en vela preguntándome por el albino. Lo imaginaba flotando en el espacio exterior, blanco y liviano con los ojos rosas abiertos como flores, llorando, viendo transcurrir los días en el mundo desde la lejanía por los siglos de los siglos. Me convencí de que la muerte era eso, visión y consciencia más distancia y perpetuidad. Pero sobre todo intuí por quién doblan las campanas. La muerte ficticia del albino anunciaba la muerte real de mis padres, de mis abuelos, de mi hermano, la mía propia, la de todo el elenco de *Juego sucio*. En septiembre del 87 se murió mi abuelo materno de un edema pulmonar, ese fue el tercer movimiento, la muerte en segunda persona, como le dicen los filósofos. A William Frankfather lo mató una enfermedad del hígado, tenía cincuenta y cuatro años. Chevy Chase y Goldie Hawn viven, por ahora.

Hablando de películas, en 1986 se estrenó *Highlander* y fui a verla con mi mejor amigo, Sebastián, y su padre, el señor Orozco, al Atlas Santa Fe un sábado por la tarde. Delante de nosotros en la cola del cine había una pareja besándose apasionadamente. Para mí eran adultos, pero dudo que tuviesen más de dieciocho años. No podía dejar de mirarlos. Yo ya me había besuqueado, con chicas y con Sebastián, pero esto era distinto, esto era en serio. La sexualidad de los niños es puro esparcimiento. Pasada la pubertad, el sexo es contienda e implica violencia. El espectáculo de los lengüetazos y de las bocas húmedas que se abrían y se cerraban como anémonas de mar me impresionó muchísimo, me excitó, me dio angustia, rechazo y curiosidad, todo a la vez. Fue el preámbulo perfecto de una tarde llena de revelaciones. En *Highlander* encontré todo lo que me obsesionaría por el resto de mi vida: el pasado, el mal, el sexo y la muerte. Disfruté de esa película como pocas veces en mi vida disfruté de algo. El drama de los inmortales confirmó mis miedos más íntimos: no hay perspectiva más temible que la de la permanencia perpetua. Y no hay bálsamo más eficaz contra el miedo a la muerte que la fe en la aniquilación total y definitiva del complejo cuerpo-alma. Evidentemente, mi yo de siete años no llegó a estas conclusiones, pero sí intuyó cosas que con el correr de los años abonaron el terreno en el que irían germinando estas ideas. Cuando Connor MacLeod, el último inmortal, le revela a la chica su gran secreto y la obliga a apuñalarlo tembló todo el cine. Ella cree que lo mató y llora. Él se incorpora y le muestra el prodigio. Entonces hacen el amor y, en un claroscuro de lo más sugerente, a ella se le ve un pezón. Lo mejor de la película es El Kurgan, el antagonista de MacLeod, un inmortal violador y asesino. En la escena final, se baten a duelo en el Madison Square Garden y gana el Highlander. *There can be only one.*

Cuando salimos del cine, Orozco nos llevó a tomar el té y en el camino nos explicó la película poniendo énfasis en la figura del villano. El Kurgan es escita, dijo. Los escitas eran una tribu nómade, es decir, que no tenían casas, vivían de viaje por la estepa rusa y dormían en carpas. Eran maestros en el arte de la guerra y ni los persas pudieron dominarlos. Los rusos de hoy son sus descendientes. Por algo ni Napoleón ni Hitler pudieron conquistar Rusia. La estepa es un lugar gélido, nieva todo el año y la nieve es densa y pesada, con copos como bochas de helado de vainilla. Los escitas son el pueblo más joven del mundo. Los hombres son todos pelados de nacimiento y las mujeres se cortan una teta para poder usar mejor el arco y la flecha. Son grandes tiradores. Entre ellos casi no hay diferencia entre hombres y mujeres. Todos cazan, todos cocinan, todos crían a los hijos y todos guerrean. Se llaman a sí mismos *tigra*, que en su idioma significa «flecha». Suena a «tigre» y tampoco estaría mal que se llamasen así. En la India, a los tigres más feroces se les dice *Raja Begum*, «príncipe princesa», porque combinan la ferocidad del tigre y la de la tigresa. Los escitas comen carne de lobo y toman leche de yegua. Tienen esclavos ciegos. Ellos mismos les sacan los ojos para que no se escapen. Sus mayores enemigos son unos hombres con patas de cabra que viven en las montañas y duermen seis meses al año. Kurgan es el nombre de los montículos donde entierran a sus muertos.

Orozco era un hombre grandote de cabeza cuadrada y barba castaña, bastante parecido a Enrique VIII. En el medio de la frente tenía un lunar gordo y protuberante (acaso fuese un quiste) que era como un tercer ojo. Sabía de todo y contaba muy buenos cuentos de terror. Años después de su muerte me enteré de que era artista plástico y de que escribía en una revista cultural. Él y Ana, la madre de Sebastián, se habían hecho muy amigos de mis padres y solíamos veranear con ellos. Se conocieron gracias a nosotros, a Sebastián y a mí, que habíamos sido compañeros de jardín de infantes. Sebastián después fue a una escuela pública y yo a un colegio privado, pero seguimos siendo inseparables hasta 1987. Fue el mejor amigo que jamás tuve, éramos un alma con dos cuerpos, un Sancho con su rocino. Jugábamos a que éramos pulgas vagabundas que iban por el mundo en busca de aventuras. Nos habíamos hecho hatillos con ropa vieja y los atábamos al final de un palo que llevábamos al hombro. O inventábamos historias sobre nuestras vidas. Yo era taxidermista, Sebastián cantaba en Menudo. Tenía una voz angelical y cuando cantaba abría la boca grande mostrando la lengua rosa, reluciente de saliva, y las paletas recién crecidas, separadas y lustrosas. Jugábamos también a Patricia y Guillermina y esto consistía en besarnos con las bocas abiertas, sacando la lengua y girándola tipo tirabuzón. Patricia y Guillermina eran dos maestras del jardín de infantes. No sé por qué le decíamos así al juego. Era excitante y sabíamos que había que hacerlo a escondidas, así que nos encerrábamos en un cuarto o en un armario. Una vez, la madre de Sebastián nos agarró *in fraganti* y se puso furiosa. Estábamos con los pantalones bajos, encima, haciendo esgrima de pitos. ¡¿Qué hacen, cochinos?!, gritó. Nada, nos batimos a duelo, explicó Sebastián. Basta, que se van a lastimar, cochinos, dijo Ana. Nunca más lo hicimos. Y yo nunca más hice cosas así. No me animo a medirme físicamente con otros varones. Por eso, creo, siempre odié los deportes de grupo y las competencias en general.

Aquel verano del 87, cuando me vi muerto en la entrada del garaje, los Orozco vinieron a Mar del Plata a pasar la segunda quincena de enero y se quedaron en casa. Íbamos a la playa a la mañana y volvíamos para almorzar. A la tarde, Sebastián y yo jugábamos en la casa y salíamos a merodear por el barrio. Le mostré mi campo de concentración de caracoles, pero no le divirtió. Una vez fuimos al almacén de la calle Gascón, nos robamos dos latas de leche condensada, les hicimos agujeros con un clavo, subimos a un árbol y tomamos tanto que nos empachamos. También dábamos vueltas a la manzana y hacíamos ringraje. Una casa blanca de techo negro, con un timbre antiguo que hacía «ding-dong», nos atraía especialmente y nos daba pánico porque en ella vivía un hombre solo que no salía nunca. Se llamaba Hilario del Campo y decían que era descendiente de Estanislao, el poeta. Un día, estábamos comiendo y mamá nos dijo que era el diablo y que ni se nos ocurriera acercarnos a esa casa. Orozco acotó que también debía de ser descendiente de Sancho del Campo, el cuñado de Pedro de Mendoza, que fue el primero en tocar tierra aquella mañana de febrero de 1536. Respiró los buenos aires y bautizó la ciudad. Cuánto optimismo. Claro, todavía no habían aparecido las indianas huestes, agregó Orozco, que hablaba así siempre, irónico y ampuloso. Mi padre dijo entonces que la ciudad originariamente se llamó La Trinidad, no Buenos Aires. Había tensión en la mesa. En el momento no la entendí como tal, pero la percibí muy bien.

Una tarde, Sebastián y yo trepamos la medianera del jardín y pasamos a lo de mi vecina, Clarita. Yo tenía el forro que me había robado del cajón de Eduardo. Lo abrimos y Clarita lo desenrolló. Decidimos que era una bombita de agua. Lo llenamos, lo atamos, salimos a la galería de la casa, nos atrincheramos y yo se lo tiré a un auto que pasó. Tremenda puntería. Le estalló en la cara al conductor, le hizo volar los anteojos y lo obligó a frenar. Fue un drama. El tipo nos quería matar. Tuvo que salir la mamá de Clarita a defendernos. Después de que el hombre se fue, la señora me llevó a casa de las orejas y me entregó junto con los restos del forro que yo dije que me había encontrado en la vereda. ¿Así lo encontraste o en un paquetito?, preguntó mamá horrorizada. En un paquetito, dije, no porque fuese cierto sino porque intuí que era la respuesta preferible. Mamá no me creyó. Se lo juré, pero no hubo caso. El mentiroso miente aun cuando dice la verdad. Nos pusieron en penitencia toda la tarde y esa noche nos mandaron a la cama sin postre. Pero yo me escabullí del cuarto, fui a buscar a Sebastián y le propuse jugar a las pulguitas linyeras. Se pasaron el día caminando las pobres pulgas, están muertas de hambre y entran a la casa de unos humanos en busca de comida. Fuimos a la cocina en cuatro patas y robamos el pote de dulce de leche. Estábamos por volver, cuando nos llegó desde el comedor la charla de sobremesa. Nuestros padres hablaban de Oriel Briant, una profesora de inglés asesinada dos o tres años antes. Nos acercamos a la puerta entreabierta conteniendo la risa y escuchamos lo siguiente:

—Fui a un congreso en La Plata poco tiempo después y no se hablaba de otra cosa. Conocí a sus compañeros, estaban todos en shock —dijo mamá.

—Imaginate —dijo Orozco.

—Pepe Altavista es muy amigo de la hermana —comentó papá.

—Y Graciela fue a la facultad con Federico Pippo —dijo Ana.

—La mató él, es obvio —sentenció Orozco.

—Fue muy cercano ese asesinato espantoso —dijo mamá.

—Espantoso —repitió Orozco—, cuánta saña, le acuchillaron la concha.

—Ay, por favor —exclamó mamá.

—Bueno, es verdad.
—Pero esa palabra, te lo pido...
—Ok, vagina, vulva, cachucha, ¿cómo querés que le diga?
—No se le dice de ninguna manera, es inefable.
—*Ahí* se dice. La acuchillaron *ahí* —dijo Ana.

Silencio. Sebastián estaba blanco como una hoja. Dio media vuelta y volvió a su habitación en cuatro patas. Yo me quedé. En el comedor, el silencio se prolongaba.

—¿Qué? ¿Qué pasa? —dijo papá—. ¿Qué me perdí?
—Nada —dijeron Orozco y mamá casi al unísono.
—Yo tampoco entendí —dijo Ana.
Otra pausa.
—¿Pero, qué? Decí —insistió papá.
Orozco rió.
—Bueno, es todo por hoy —anunció mamá.
—Te ayudo —dijo Ana.
Salí disparado y volví a mi habitación.

Los Orozco habían venido por dos semanas, pero se fueron al octavo día. La mañana de su partida anunciaron que no vendrían a la playa y cuando volvimos, a la hora de almorzar, se habían ido. Me angustié muchísimo. Mis padres no parecían sorprendidos. Mamá me dijo que habían decidido volver antes a Buenos Aires porque Ana tenía mucho trabajo. No nos avisaron ni a mí ni a Sebastián para que no hiciésemos escándalo. Yo me di cuenta de que pasaba algo. El aire en la casa estaba enrarecido. Comimos en silencio y mi hermano vomitó. Esto, igual, no era nada del otro mundo. Vomitaba siempre el pobre. Antes de dormir, mamá vino a mi habitación a cortarme las uñas de los pies y notó que estaba turbado. Me preguntó qué me pasaba. Le dije que nada. Creo que se dio cuenta de que yo entendía todo, pero quería constatarlo, de modo que insistió. Yo me rehusé a hablar, no me animaba. Pero ella insistió tanto que finalmente accedí a ponerlo por escrito. Me trajo a la cama un cuaderno y un lápiz y le pedí que me dejara solo.

Hoy no tengo recuerdos de cuando aprendí a escribir, en preescolar, pero esa noche de enero de 1987 todavía me acordaba patente. Me acordaba del día en que aprendí cada letra del abecedario y de cómo me la habían enseñado. Entonces, dado que lo que tenía para decirle a mamá me costaba mucho, a fin de estirar el tiempo fui deletreando el mensaje muy lentamente y, por cada letra que escribía, evocaba el recuerdo del día en que la había aprendido. La «e», por ejemplo, cuyo contorno dibujamos en una cartulina verde y recortamos. La «eme», que escribimos con plasticola y espolvoreamos con brillantina. O la «pe», tan fácil en imprenta y tan difícil en cursiva. Y así. Cuando terminé, la llamé y le di la hoja que había doblado ochocientas veces hasta dejarla hecha un bultito de papel que parecía uno de esos libros miniatura. Mi carta expresaba un gran temor, la sospecha de que ella, mi mamá, quería a Orozco más que a papá. Me acuerdo perfectamente de lo que escribí, palabra por palabra, pero citarlo sería como desnudarme en la esquina de Callao y Santa Fe, agacharme y abrirme las nalgas. Entiendo que la autobiografía es una rama de la pornografía, pero todo tiene un límite. Mamá se afligió mucho cuando leyó. Me aseguró que no era así, que quería mucho más a papá, que Orozo era un amigo nomás. Después me leyó un cuento y me dormí lo más contento. Las emociones de los chicos son tan intensas como efímeras. En la adultez, se siente menos y se rumia más.

No volvimos a ver a los Orozco y perdí a mi adorado Sebastián. Unos años después, estaba con papá en el supermercado y vimos a Orozco, que también nos vio y se hizo el distraído. A los pocos meses, nos enteramos por un aviso en *La Nación* de que había muerto. No tenía cincuenta años. ¿De qué se habrá muerto?, pregunté. Quizá se hizo el distraído para no saludar a alguien y se cayó en un pozo, dijo papá. Mucho después, mamá me contó que Orozco se había enamorado perdidamente de ella y que durante aquellas vacaciones en Mar del Plata se le había declarado. Mis padres se separaron a mediados de ese año y en septiembre murió mi abuelo querido. Mis penas son poca cosa comparadas con las de otros. Pero cada uno sufre lo que le toca. Es como dice el gordo Pierre al final de *Guerra y paz*: quien sufre porque un pétalo de su lecho de rosas está torcido, sufre tanto como quien tiene que dormir a la intemperie en el frío animal de la estepa.

Todas estas cosas que pasaron antes de que cumpliera ocho años las recuerdo como si hubiesen pasado ayer. Pero la memoria es una máquina de narrar que omite, rellena y edita para dar sentido. Y recordar es un gesto ocioso, un pasatiempo de pueblos bien alimentados. Lo natural es el olvido porque a fin de cuentas todo se resuelve en la nada. ¿Qué voy a ser después de morir? Lo mismo que era diez meses antes de nacer. Lo mismo que era en 1953, cuando nacieron mis padres, y en 1913, cuando nacieron mis abuelos, y en 1635, cuando Mendes, Malaspina y Sambelilo Belazán salieron a buscar los restos del monstruo querandí. Muerto voy a ser lo que era a fines del pleistoceno, cuando llegaron los primeros hombres al Río de la Plata. Eso fue hace más de diez mil años. ¿Qué cara tendrá Buenos Aires en el doce mil veinticinco? Uno quiere creer que escribe para preservar algo, para perdurar, pero en la llanura del tiempo la pirámide de Keops es un montículo de nieve al sol, como diría Tommaso. Uno escribe para expresarse. La literatura es una de tantas formas de expresión y su único tiempo es el presente. En esas vacaciones de 1987 escuchamos sin pausa dos canciones sobre boxeadores: «The Boxer», de Simon & Garfunkel, que era la canción de mis padres, y «Cachito, campeón de Corrientes», de León Gieco. Una más triste que la otra. La primera me desfonda hasta el día de hoy, así que trato de evitarla. Es la música de mi génesis, será por eso que me llena de una nostalgia atávica, indescifrable, y además es la música de aquel año tan rico en emociones y tan desgarrador. Pero ¿ven?, esto también es ficción.

Cuando empecé a escribir cuentos serios, con pretensiones y aspiraciones, Eduardo fue mi primer lector. En el 94 o 95, le di para que leyera algo de lo que estaba orgullosísimo. «Mozambique» se llamaba. Empezaba así: «Lo despertó el diluvio. Amanecía y las gotas gordas de lluvia herían las dunas de pan rallado». El cuento transcurre en Florianópolis, en la playa de Mozambique. Una familia argentina (padre, madre y dos hijos) alquila una casa de vacaciones y llueve sin parar. Los chicos no toleran el encierro y salen de todos modos, encapotados, a chapotear. Una tarde encuentran un animalito en una zanja, empapado, tiritando. Parece un gato. Lo adoptan y se lo llevan a Buenos Aires, pero resulta que el animal (al que bautizaron Riglos) crece y no es un gato. Tiene cola de rata, hocico de cerdo y manitos de coatí. Se empieza a poner agresivo. A todo esto, los padres se están separando. El cuento termina con que los hermanos abandonan a Riglos en un terreno baldío donde más tarde lo mata un perro a la vista de un grupo de obreros que comen un asado. Yo esperaba efusividad de parte de Eduardo, elogios encendidos, asombro, «sos un genio, Pablito». Me encontré en cambio con un editor frío y riguroso que tachó metáforas, símiles y adjetivos, cambió párrafos de lugar, dictaminó que el personaje de la madre no era creíble y me sugirió eliminar la escena en que Riglos entra a la habitación mientras los padres pelean a los gritos y se refriega impúdicamente contra una almohada. Me cayeron pésimo los comentarios («la devolución», como dicen ahora). Me desanimé por completo. Igual, ¿para qué voy a corregirlo? Nadie más lo va a leer. ¿A quién le puede interesar lo que yo escriba?, dije melodramático. Era una duda que me asolaba de verdad. Y lo sigo pensando. Existiendo Tolstói, existiendo Melville, ¿quién va a elegir invertir su precioso tiempo en leer estas menudencias? Eduardo respondió: Lo estás pensando mal. Es al revés. Hay cinco mil millones de personas en el mundo. Estadísticamente hablando, es imposible que no haya lectores que apreciarían lo que escribís. Aunque sean un 0,00001%, ahí están, esperando tus cuentos sin saberlo. En ellos tenés que pensar, no en todos los demás.

Fue el mejor consejo que me dieron en mi vida.

Otro consejo que recuerdo es el que me dio Ruth Bhaee, pionera de los talleres literarios, durante una comida de Nochebuena a fines de los noventa. Ruth era íntima amiga de la madre de mi novia y solía pasar las fiestas en lo de mis suegros, un departamento antiguo y cavernoso en la calle Medrano. Yo había escrito un cuento sobre la vida de un enano en la corte de Felipe IV y se lo había mandado. Le sobran cinco páginas, dijo (el cuento tenía siete). ¿Y qué sabés vos de enanos en el siglo XVII? Escribí de lo que sabés, ordenó, lapidaria, y se sirvió una rodaja de pionono. Ruth no me estaba diciendo que antes de escribir sobre algo hay que investigar. Ella creía –me parece– que es mejor escribir sobre cosas que uno ha vivido.

Pero imaginar algo, soñarlo, leerlo también es vivirlo. Uno vive en muchos mundos a la vez. Y todos son reales, cada uno a su manera. El escritor no es más que una antena que sintoniza ondas: imágenes, citas, ideas, figuras retóricas, recuerdos, visiones que, aunque vengan de dentro, se perciben como externas. Solo así es posible la construcción de algo verdadero. En la literatura, verdadero quiere decir eficaz. «Fuego fatuo», el cuento del enano, no era eficaz. En eso tenía razón Ruth Bhaee.

Los años de la facultad llevé un noctario. No anotaba todos mis sueños, únicamente aquellos que consideraba «literarios». Ya en esa curaduría había algo artificioso que me sentaba mal, pero no sabía cómo remediarlo. Quería ser esto, quería ser lo otro. Escribía con recelo y releía con disgusto. Cuanto más esfuerzo ponía, peor era el resultado. Leía *Las once mil vergas*, de Apollinaire, una y otra vez. ¡Qué envidia me daba esa prosa clara, elegante y culisuelta! La mía era tensa y acomplejada. Escribía como enfundado en una armadura. Mi amiga Leonor, un par de años mayor que yo, me leía todo. Devolvía los textos marcados con resaltador y extensas notas en los márgenes. Yo tomaba sus consejos al pie de la letra convencido de que era la única manera de mejorar, dependiente de su juicio como un náufrago abrazado a un tronco en alta mar. Leonor era menuda, de piel tostada, pelo trigueño y ojos marrones, la oveja negra de una familia patricia. Usaba pantalones de pata de elefante y suéteres holgados, se movía por Puan sin que nadie la viera. Ella también escribía, cuentos cortos y tristísimos ambientados en su mundo familiar que era, en sus palabras, un lemon pie rancio. Yo estaba enamorado, pero nunca se lo dije. Hicimos toda la carrera juntos, éramos inseparables, nos decían Sacco y Vanzetti. Después nos distanciamos, por nada en especial, algún rencor tal vez. La perdí de vista. Cuando se cayó el avión de

Air France, en 2009, vi su nombre en el periódico, una de dos argentinos que murieron en la tragedia. Se acababa de casar con un brasilero e iban a París de luna de miel. El marido se llamaba Paulo. ¿Lo eligió porque su nombre le recordaba el mío? ¿Y si en los años de la facultad nuestro amor había sido recíproco? Claro que fue recíproco. Y nunca nos dijimos nada, qué imbéciles. Nuestras vidas podrían haber sido otras. Me acordé de una tarde en La Rambla. Leonor tenía una vincha y la cara lavada, estaba tan linda que me hacía mal. Tomábamos café y comentábamos un capítulo del noctario que no le había gustado. Es todo muy rígido, parece que se fuera a romper en cualquier momento. Estás como estreñido. Relajate, dejá que se abra la flor, no tengas miedo. Hasta ahora viviste así, dijo, y cerró el puño con tanta fuerza que los nudillos relucieron lívidos. A partir de hoy vas a vivir así, anunció como en un conjuro, y abrió la mano y la dejó caer suavemente sobre la mesa. Era una imagen de *Muerte en Venecia*, la mano laxa, sumisa, abierta para que el mundo la toque y para poder tocar.

Aquel verano de 1987, poco después del episodio de la ventana, Eduardo y Betina me hicieron un regalo extraordinario. Betina era arqueóloga y los meses precedentes había estado excavando en un yacimiento de La Matanza, que se llama así porque fue donde Garay se ocupó de los querandíes. Su equipo había encontrado piezas de distintos períodos, desde finales del pleistoceno hasta el siglo XVII. La pampa se pobló en tres oleadas. Los primeros hombres llegaron desde el norte hace más de diez mil años. La segunda oleada es de hace unos ocho mil quinientos años. Estas dos civilizaciones se extinguieron o abandonaron la zona. La tercera, que finalmente puebla la región, llevaba ahí cuatro mil años cuando llegaron los españoles. Estas gentes dejaron restos de todo tipo: cuchillos de cuarzo y de cuarcita blanca, raspadores retallados con patrones simétricos, hachas de sílex, lascas, núcleos de obsidiana, cabezas de martillo, morteros de diorita, hojas semilunares de calcedonia, boleadoras y otros utensilios toscos de piedra más una cantidad enorme de puntas de flecha, de piedra pulida y de piedra tallada. Betina y su equipo encontraron, además, huesos fósiles, coprolitos y madera petrificada. La pampa, esa alfombra densa de gramíneas, como la llama Florentino Ameghino, parece vacía, pero esconde en su interior un museo de millones de años.

—Esto es para vos —dijo Betina.

Era una piedra triangular, gris y afilada.

—Es una punta de flecha. Es piedra tallada del paleolítico, cuarcita se llama. La encontramos en la coraza de un gliptodonte. El gliptodonte es un animal que se extinguió. Eran mulitas grandes como hipopótamos con caparazones muy gruesos que las protegían de los tigres dientes de sable —explicó.

—Tiene más de diez mil años esto, Pablito —dijo Eduardo—. El pasado existe. La historia no es un cuento, es real como vos y yo, la podés tocar.

A la noche antes de irme a dormir, sentado en la cama, jugaba con la punta de flecha y la presionaba contra la palma de la mano. Imaginaba que la flecha se clavaba en la carne sin lastimarme. Que entraba limpia y entera y sin sangre. Y que pasaba a formar parte de mí para siempre, un apósito inextirpable. Seguro conserva restos de los animales que cazó, me había dicho Eduardo. Pienso que, de ser así, todo ese material genético se habrá mezclado con el mío y mi cuerpo habrá de ser entonces un repositorio de la megafauna cuaternaria que encontraron los primeros hombres en llegar al Río de la Plata. La mirada hacia un pasado tan lejano, que me conectaba materialmente con la prehistoria y, en última instancia, con el origen de la vida en la Tierra, no tardó en revertirse y proyectarse hacia el futuro más remoto abriéndose camino a través de un mundo desconocido en el que mis padres y mis abuelos, mi hermano, Eduardo y yo ya estábamos muertos, pero siempre presentes como infinitesimales vestigios concretos en cuerpos animados e inanimados. A la larga, esta visión de la inmortalidad me curó de los terrores nocturnos.

De puntas de flecha como la mía y de otras armas que escondía el subsuelo de La Matanza se valió el hombre paleolítico, ávido y rapaz como nosotros, para cometer la última gran extinción. ¿Qué canciones cantaban esos hombres y mujeres mientras tallaban la piedra, cuando cuereaban animales y secaban sus pieles al sol, cuando se trasladaban en caravana por el mundo sin gente? ¿Qué cuentos contaban después de comer, sentados alrededor del fuego bajo un cielo de estrellas que hace tiempo ya no vemos por los malos aires y por la luz eléctrica? Llegaron del noroeste con sus caballos enanos y sus pies de cuero. No podían ser más de cincuenta. Llegaron de Catamarca y de Córdoba. Pasaron por Cañada de Gómez y por Pergamino. Llegaron en pleno día. Buscaban el confín último de esa tierra que en algún momento creyeron infinita. Llegaron para ver si en efecto terminaba y qué había más allá. Llegaron escapando de hombres más recios que ellos y de climas más ásperos. Llegaron famélicos. Y había tanta comida que no se fueron más. No hay manera de que en los miles de años que vivieron ahí no hayan acampado al menos una noche en la esquina de French y Canning, donde crecí, y en Libertad entre Tucumán y Lavalle, donde fui al colegio. Llegaron famélicos, decía, y pusieron todo su esfuerzo en tallar piedras para matar animales y faenarlos. Mataron tipoterios, toxodontes, megaterios y mastodontes, tapires grandes como toros y roedores del tamaño de automóviles. Mataron a todos los tigres dientes de sable, a todos los yacarés de nueve metros, a todos los lobos gigantes, a los miopótamos, a los cervinos, a las auquenias y macrauquenias; a todos los neolicaphrium mataron y a todos los eulamaops. Mataron osos de Luján, cerdos nuevos, ciervos de campo, protobuitres, paleollamas, megavampiros y cardumen sobre cardumen de unos peces dorados, gruesos tipo salmones que a la hora del crepúsculo asomaban el lomo formando una plataforma como de mica que unía las dos orillas. La superficie de las aguas entonces parecía un incendio. Al ver semejante prodigio, esos hombres fantasiosos y despiadados como nosotros, cuyo nombre se perdió para siempre, exclamaron ¡Morocotes!, que en su lengua significaba «pez de oro». Su memoria colectiva todavía recordaba el oro que habían visto en el Amazonas, en California, en Siberia y en el Cuerno de África. Morocotes se llamó este mundo durante miles de años hasta que Sancho del Campo, al final de un largo viaje, saltó de la barca, hundió los pies en el barro y se llenó los pulmones de aire fresco y terroso sin una pizca de sal.

Eduardo fue a Buenos Aires por última vez en diciembre de 2019. Yo también estaba, pero no nos vimos. Después vino la pandemia. En las horas largas del encierro tuve la idea de robarme *El contrabando ejemplar* y le pedí que me contara su vida para escribir una biografía con la esperanza solapada de hacerlo hablar de aquel proyecto trunco. A lo largo de muchos meses, hablamos poco de la novela y mucho de su infancia y juventud. Después de que murió, cuando abrieron las fronteras y recuperé lo que quedaba del manuscrito, puse manos a la obra para plagiarlo como dios manda, pero me desbordé y crié un monstruo hecho de retazos variopintos, diverso y abigarrado, sin medida ni razón. Cada cosa engendra su semejante, y cuando vi el portento que había parido no tuve más remedio que destruirlo como hacían los espartanos con los niños deformes –aunque dicen que esto es un mito difamatorio inventado por los atenienses–. Resentido como siempre frente al éxito de los otros, consciente como nunca de mis imposibilidades, de mi *penuria imaginativa*, abandoné el afán de ser novelista y volví a considerar aquel ensayo sobre la reforma protestante entendida como expresión de una parafilia sádico-anal. Lutero era constipado crónico. ¿Cómo no iba a rechazar la idea de la salvación por las obras alguien que no era capaz de *hacer*? Calvino, por su parte, sufría de hemorroides sangrantes, de ahí su obsesión con los castigos del infierno. El entusiasmo me duró poco, el proyecto era sórdido y deprimente. Lo abandoné. Más me hubiese valido escribir la biografía de Eduardo, centrarme en la migración, en la salida del clóset, en la relación de amor-odio con su hermano y con Buenos Aires.

Siempre fui en invierno a Buenos Aires, dice en uno de los últimos mensajes que me mandó. Y a mí el frío me pone de muy mal talante. Pero esta última vez fui de verano y fue lindísimo. Me reuní con mi hermano, mi cuñada y mi prima, que está casi ciega. Comimos empanadas. Pasamos juntos un día entero. Criticamos parientes, miramos fotos viejas, revivimos la niñez sin la neblina de la angustia. Por primera vez desde que me fui, la pasé bien en Buenos Aires. Tomamos el bus turístico para recorrer la ciudad, yo que enseñé la historia de los barrios y fui guía en un millón de tours. Fue un lindísimo viaje. Camino a Ezeiza, el taxista, un venezolano, me decía que Argentina estaba muy bien para un tiempo pero que él quería volver a su país tarde o temprano. Hay que volver, hay que volver..., repetía. Me costó irme al invierno europeo y justo estalló la pandemia. En Madrid, los viejos se morían como moscas y el frío no daba tregua. Yo me hice monje de clausura. Últimamente, he estado pensando mucho sobre la vejez. Me la paso en posición horizontal. Acabo de cumplir setenta y cinco. Las líneas de mi vida se juntan formando un círculo que concentra todo mi pasado. Y compruebo que mi pasado es más que palabras y recuerdos, es algo tangible, como una esfera de vidrio cubierta de barro. Lo puedo tocar y lo voy limpiando, una caricia que quita la mugre y deja todo el paisaje de mi vida límpido, cristalino. La vejez te da esa mirada que limpia, es como una operación de cataratas. No es que vas aceptando lo que pasó, sino que decís: Es lo que hice, es lo que viví. Y la sensación de haber vivido es muy gratificante. Para mí, la vejez es la recuperación del pasado sin rencores ni remordimiento. He vivido lo que he podido. No es poco. Y así, tirado, durmiendo siestas eternas, me empecé a acordar de cosas. Y me acordé de que hará unos diez años, durante un viaje a Buenos Aires, volvíamos de Ramos Mejía con un amigo y pasamos cerca de Liniers. Le dije: Doblá, que hace treinta años que no veo mi barrio. Entonces nos metimos por la calle Tellier, vi mi escuelita primaria en Ramón Falcón y Tellier. Exactamente igual estaba, Pablo, exactamente igual. Yo tenía sesenta y cinco años y era tal como la recordaba, con el portón de vidrio pintado de verde. Era mi escuelita. Hasta vi las ventanas del aula de tercer grado. Después seguimos por la misma calle Tellier, que era una calle transitada en esa época, comunicaba Rivadavia con el Matadero, y llegamos al almacén de don Aldo. Ahí hacíamos las compras, pero no nos daban dinero, se compraba con libreta y después los padres iban y pagaban. Estaba exactamente igual. Le dije: Pará, Andrés, que es el almacén de don Aldo. Era un día horrible, de tormenta. Yo me bajo y empiezo a sacar fotos, estaba todo igual, no sabés la emoción qué tenía, Pablito. Y sale don Aldo y, te juro, sale con el pantalón gris que yo le conocí toda la vida y con una chaqueta color marrón que se usaba, como una especie de saco para trabajar. Él viene (era chiquitito, blanquito, estaba igual igual), viene y me dice: ¿Qué hace usted? ¿Por qué saca fotos? Y yo le digo: Usted se llama Aldo, su esposa se llama Clelia, tiene una hija que se llama Clelia y un hijo que se llama Alberto que estudió para marino mercante. Y el tipo dice: ¿Y cómo sabe todas esas cosas? Y le digo: Don Aldo, yo nací en este barrio, me crié ahí en El Hornero, soy Eduardo de la Puente. Ah, me dice, ¿y las chicas? Las chicas eran mis tías. Y la rubia, ¿cómo está?, dice. Mi tía Chiquita, que era más conocida que Tita Merello en el barrio. Le dije que ya se habían muerto todas, qué sé yo, y entonces pensé que don Aldo ya era viejo cuando yo era chico, o sea, que ahora debía de tener más de cien años, ciento treinta años o algo así, y Andrés me agarró del brazo y me dijo qué te pasa, vení, vamos. Fue una emoción tan grande... Entonces fuimos a mi cuadra y estaba tal cual. Mi casa era la misma, yo la veía y estaba en 1950. Sobre la ventana del living, la clave decorativa en estilo corintio que tanto me fascinaba de chico, cuando aprendí sobre los griegos y los romanos, porque ahí estaba contenido todo el mundo antiguo, dos mil quinientos años de historia en mi casa de Liniers. Y el jardincito de la entrada todo crecido. Y la puerta de madera con reja de hierro y vidrio esmerilado, la misma puerta. Fue como viajar en la máquina del tiempo. Me estoy emocionando de contártelo. Era un día de tormenta y yo veía la calle llena de chicos jugando, corriendo, gritando..., el ruido..., ese ruido de recreo en la escuela..., todos amigos, todos... Entonces yo le decía a Andrés que yo no veía la calle de hoy, sino la de ayer. Pero Andrés ya estaba harto y me dijo vamos, vamos. Ahí me di cuenta de que no tenía que volver nunca más a mi barrio porque mi barrio ahora existía adentro de mí. Desde entonces, cuando me tiro a dormir la siesta o a la noche, cuando apago la luz, miro y está todo ahí, tan vivo y radiante, el pasaje El Hornero, mi perro Oso, los amigos, los juegos, mis tías. Nunca me sentí más porteño que en ese viaje. Y nunca estuve tan seguro de que mi casa es Madrid. Yo sé que no voy a volver nunca más, Pablito.

Y aunque no quiso el regreso, Eduardo volvió a Buenos Aires de contrabando. Por suerte desconocemos la hora de nuestra muerte, pero más ignorantes aún somos del derrotero que les espera a nuestros huesos. En una operación clandestina, poco después de la muerte de Edu alguien cuyo nombre conviene no revelar voló de Madrid a Buenos Aires sin aviso ni permiso con un tupper que contenía las cenizas. Igualmente ilegal, aunque sin duda mucho más imprudente, fue la ceremonia que celebró su círculo íntimo. Se reunieron cuatro amigos (mejor no dar nombres) un día de semana a media mañana en plaza de Mayo. Era un día perfecto de primavera, uno de esos días celestes de sol manso y jacarandá en flor, el aire más puro que haya uno respirado jamás, esos días en que los porteños constatan con los cinco sentidos que viven en la ciudad más linda del mundo y los inunda un optimismo avasallante. Había poca gente en la plaza, cantaban los pajaritos y, frente a la Pirámide de Mayo, la pequeña compañía hizo un minuto de silencio. La persona que había traficado los restos desde España dijo una oración profana en memoria del difunto. La amiga más joven llevaba una bolsa de supermercado con las cenizas y la amiga del alma había traído una caja con guantes de látex. Pónganse esto que hay astillas de hueso, dijo. Enguantados, se turnaron los cuatro para meter la mano en la bolsa y agarrar un puñado. Alguien se pinchó con un huesito y hubo risas. Se dispersaron y fueron por los canteros de la plaza espolvoreando a Eduardo acá y allá como campesinos en la siembra. Esparcieron las cenizas sobre el pasto y al pie de palmeras, plátanos y jacarandás. Regaron con el polvo de muerto también el ceibo y el olivo del papa Francisco. El último puñado fue a parar de la mano de su mejor amigo a la fuente donde los peronistas metieron las patas el 17 de octubre de 1945.

Cuando se estaban yendo, los deudos pasaron junto a un grupo de niños de escuela, un enjambre de guardapolvos blancos, cuerpos letárgicos o distraídos, y en el centro una mujer de pelo corto que disertaba con voz engolada. El 25 de mayo de 1810 era viernes, decía la maestra; llovía a cántaros y la plaza era un barrial, pero aun así la gente salió a pedir la renuncia del virrey Cisneros. Imagínense el mar de paraguas y la mazamorrera que se mueve entre la gente con su canasta y el carro duraznero que se atasca en el barro. Los líderes eran French y Beruti, pero estaban todos los patriotas en la plaza y, entre ellos, un legionario que medía dos metros y era fuerte como el Increíble Hulk. Buenaventura de Arzac se llamaba, había nacido en Buenos Aires y los españoles le tenían pánico. Ya había demostrado su coraje y su bravura durante las invasiones inglesas. Dicen que el gigante Arzac en un momento empezó a cantar con un vozarrón tremendo:

> Se levanta en la faz de la tierra
> una nueva y gloriosa nación,
> coronada de eternos laureles
> y a sus plantas rendido un león;
> coronada de eternos laureles
> ¡y que viva la revolución!

Y la gente cantó con él, toda la plaza cantando bajo la lluvia. ¡Y que viva la revolución! Así nació nuestro país, chicas y chicos, así empezó todo, el pueblo unido cantando, un grito de corazón por la igualdad y por la liberación.

Mientras la maestra hablaba y los amigos de Eduardo bajaban por Diagonal Sur en dirección a la avenida Belgrano, uno de los alumnos, un chico medio gordito, de pelo negro selvático y cachetes rubicundos, se separó del grupo. Se aburría como un hongo en clase, la historia argentina no le interesaba en lo más mínimo, pero se separó más que nada porque buscaba algo. Tenía una pasión este chico, coleccionaba marquillas de cigarrillos. Así que iba siempre por ahí barriendo el piso con los ojos e incluso revolviendo en los tachos de basura, cosa que enardecía a su pobre madre. Busca que te busca, al pie de una palmera vio un objeto cilíndrico de color pajizo que le llamó la atención. Tenía el tamaño de una colilla de cigarrillo. Por dentro era negro y poroso. Uno de los extremos pinchaba. Es un dardo de cerbatana, pensó el chico, que era lector de Tintín. Lo metió en el bolsillo del guardapolvo y se olvidó. Esa tarde, su madre, que antes de cargar el lavarropas siempre se aseguraba de que los bolsillos estuviesen vacíos, palpó la astilla del húmero izquierdo de Edu y examinándola tuvo una sospecha terrible. Al día siguiente, madre e hijo llevaron el hueso a la comisaría. Al poco tiempo, la noticia estaba en todos los diarios: «Niño encuentra restos humanos en plaza de Mayo». Así podría empezar un policial.